소설

방기환 저

태종 이방원

2
王朝의 고향

문지사

소설 태종 이방원(太宗 李芳遠)

제2부 王朝의 고향

차 례

소설·태종 이방원(太宗 李芳遠)·총목록

9. 王朝의 故鄕

　노령산맥이 서남으로 뻗어내려가다가 불끈 솟아오른 기린봉, 고덕봉, 그 두 봉을 오른편 손아귀에 휘어잡고, 동쪽에는 곤지산, 왼편 옆구리엔 완산칠봉(完山七峰)을 병풍처럼 끼고 앉은·고읍(古邑) 완산부(完山府 :전주), 그것은 이 고을의 역사적인 자세이기도 하다.

　지난날 삼국시대엔 백제의 영토로서 비사벌(比斯伐) 혹은 비자화(比自火)라고 불리웠다던가.

　그 후 백제가 멸망하고 통일신라의 판도로 들어가자 완산주라고 칭하게 되었지만, 신라의 국력이 쇠미하여져서 도처에 군웅이 봉기하게 된 시점을 계기로 조는 듯이 고요하던 이 한읍(閑邑)도 일약 위세를 떨치게 된다.

　후백제를 세운 쾌걸 견훤(甄萱)이 이곳에 도읍하여 일국의 수도로 삼은 것이다.

　그러나 그 영광의 날도 오래 가지 않았다.

　신검(神劍), 용검(龍劍) 등 아들들의 혈육 반란으로 견훤이 실각하고 고려 태조 왕건에 의해서 신검 등이 토평(討平)되자 모처럼의 국도(國都)는 안남도호부(安南道護府)란 일개 지방 읍으로 격하되고 말았다.

　그 후부터 이 고을은 북방에 근거하고 있던 고려조에 의해서 멸시와 우롱을 곱씹어야 했다.

　지명이 곧 그 고장의 영욕을 단적으로 나타내던 그 시대의 풍토였던 만큼, 그 후 거듭된 이 고장 지명의 개칭은 불운과 파란의 상징이기도 했다.

전주(全州), 승화절도안무사(承化節度安撫使), 안남대도호부(安南大都護府), 전주목(全州牧) 등 승격과 격하를 되풀이하다가 이성계가 즉위한 해 8월 7일에 이르러서야 새 왕조의 고향이라는 점을 존중해서 완산부로 다시 승격한 것이다.

그 왕조의 고향 북쪽에 펼쳐진 호남평야를 방원은 누벼가고 있었다.

──여기가 나의 고향인가!

정곡(情曲)이 저리도록 스며드는 흙냄새, 하늘빛, 바람의 감촉, 멀리가까이 굽이치는 산봉우리, 능선, 광막한 평원을 가로지르는 도랑길, 냇물그리고 여기저기 흩어져 서 있는 수목들 또한 가난은 하면서도 결코 초라하지 않은 생활의 연륜을 보이고 있는 민가들.

"이러!"

방원은 새삼 마음의 눈을 씻어 본다.

현실적으로 밀착해 온 고향은 물론 따로 있다.

방원 자기자신은 말할 것도 없고 부친 이성계도, 조부 이자춘(李子春 : 桓祖)도, 증조부 이춘(李春 : 度祖), 고조부 이행리(李行里 : 翼祖), 이렇게 4대 조선(祖先)들이 출생하고 성장한 고장은 이곳과는 정반대로 동북면 변방이었다.

그러기에 부왕 이성계가 즉위한 지 한 달도 못되는 8월 8일에는 그 조상들에게 창업의 성취를 보고하고 능실(陵室)을 제사하기 위해서 방원은 그 고장에 파견되기도 하였었다.

그러나 그때 느끼던 귀향의 감회와 지금 여기서 가슴에 받는 이 감동과는 사뭇 거리가 있는 것 같다.

북쪽 고향땅을 밟았을 적엔 창업주의 아들임을 과시하려는 들뜬 허세뿐이었지만, 지금은 다르다. 그저 포근히 안기고 싶은 것이다.

방원은 눈길을 돌려 이 나라의 곡창지대라고 일컬어지는 그 평야를 더듬어 본다. 그리고는 아픔을 느낀다.

　예년에 비해서 비가 적은 해이긴 했다. 그러나 송도를 중심으로한 경기 지방에선 간간이 비 구경을 할 수 있었다.

　요 며칠 전 갈산참에 묵었을 때만 해도 냇물이 불어날 정도의 폭우를 본 것이었지만, 이 고장에 이르러보니 전혀 딴판이었다. 이른 봄부터 한 방울의 비도 내리지 않은 것일까, 논바닥에 갈라붙은 흙덩이들이 바람만 불면 뿌연 먼지를 일으키곤 했다.

　모를 내기엔 아직 이른 계절이었지만, 모처럼 키워 놓은 못자리의 물까지 걱정해야 할 형편인 모양이었다.

　여기 저기에 웅덩이를 파고 물을 길어 올리느라고 애쓰는 농민들의 모습이 보인다.

　──내가 언제부터 농사일에 가슴을 아파하게 되었을까.

　그는 이 세상에 태어나고부터 농사일과는 거리가 먼 속에서만 살아왔다.

　혁명에 투신하고 새 왕조의 설계도를 그리던 무렵에는, 농토에 관한 문제도 중요한 과제로 대두되긴 했었다.

　부왕 이성계를 도와 전제개혁(田制改革)을 위해서도 많은 활약을 했었다. 그러나 그것은 토지를 경작하는 농민을 위한 배려에서였다기보다도 족벌이나 세족들이 소유하고 있던 사전(私田)을 국유화하자는 정책적인 개혁에 지나지 않았다.

　땅을 파서 먹고 사는 농민들에게 밀착해서 그들과 애환을 같이 하여 본 기억은 별로 없다. 그러나 지금 이 메마른 농토를 보고 자신의 피부의 상처처럼 아프게 느끼는 까닭은 무엇일까.

　──역시 나의 핏줄의 고향땅인 때문일까.

　이런 심회를 씹고 있는데 가로변 가까운 곳에서 물을 푸고 있던 농민 하나가 이 편을 바라보더니 한 손을 높이 쳐들며 뭐라고 외쳤다.

　그러자 다른 농민들도 일제히 이 편으로 고개를 돌렸다. 하더니 그 농민들은 다른 지점에서 물을 푸고 있는 농민들을 향하여 다시 소리쳤다.

그와 같은 외침은 이 입에서 저 입으로, 저 입에서 그 입으로 메아리처럼 전파하여 삽시간에 광활한 호남 평야를 메우는 듯 싶었다.

그리고 그들은 달려 왔다. 물통을 던지고 앞을 다투어 가로를 향하여 쇄도하더니, 길 양옆에 무릎을 꿇고 머리를 조아린다.

물론 신임 절제사를 영접하는 그 고을 백성들로서의 예도라고 볼 수도 있겠지만. 그렇게만 보아 넘기기엔 지나치게 열광적이었다.

어떤 노옹은 미처 버리지 못하고 들고 달려온 물통을 두드리며 덩실덩실 춤을 추었다.

방원은 감격했다.

어쩌면 평생에 처음 느끼는 감동일 것이라고 생각하면서, 그러나 그런 만큼 농민들의 환대가 부끄럽고 미안스러웠다.

"내 보기에 가뭄이 심해서 한창 고생을 하고 있는 모양이거늘, 나를 위해서 이렇듯 헛된 시간을 보내서야 되겠는가."

춤추는 노옹을 향하여 말해 보았다.

"뭔 말씀이신가유, 나리."

노옹은 펄쩍 뛰었다.

"비록 논바닥은 말라 붙었어두유, 나리를 맞이하는 지들 백성들의 가슴에는유, 흥건하게 비가 내리고 있당게유."

새로 나타난 지배자에게 아첨하려는 입에 발린 말이 아니었다. 오래오래 가슴 깊이 묻어둔 무엇을 절실하게 터뜨리는 소리였다.

"이 고장 백성들 얼매나 오랫동안, 얼매나 서럽게 살아왔덩가유."

노옹은 깊은 눈길을 보내며 말을 이었고, 길가에 꿇어앉은 백성들은 깊이 깊이 고개를 끄덕였다.

"훈요십조라는 것이 있잖어유. 고려 태조가 우리네 호남 사람들을 멀리 허라는 그말 때문에, 고려 오백 년 동안 우리는 얼매나 억울하게 살아왔덩가유."

훈요십조(訓要十條), 혹은 신서십조(信書十條)라고 불리는 왕건의 유훈은 그가 임종할 때(고려 태조 26년 4월) 대광(大匡) 박술희(朴述希)를 내전으로 불러들여 친히 주면서 훗날 귀감으로 삼게 한 것이지만, 그 여덟째 조목엔 다음과 같은 대목이 있다.

——차현(車峴 : 차령) 이남, 공주강(公州江 : 금강) 밖은 산형지세(山形地勢)가 배역(背逆)하고 인심도 또한 그러하다. 그 하주군인(下州郡人)이 조정에 참여하여 왕후국척(王侯國戚)과 혼인을 하고 국정을 잡게 되면, 혹은 변란을 일으켜 국가를 어지럽게 할 것이며 혹은 삼한의 통합을 원망하고 필로(蹕路)를 범하는 난이 생기리라. 또한 일찍이 그 관사(官寺)의 노비나 진역잡척(津驛雜尺)에 속하였던 자들 중에는 권세가에 투신하거나 왕후궁원(王侯宮院)에 붙어 간교한 말로 국권을 농락하고 정사를 문란하게 하여 재변을 일으킬 자가 반드시 있으리라. 그런즉 양민이라도 높은 자리에 쓰는 일이 없도록 하라.

그것은 왕건의 창업 과정에 있어서 가장 강ㅣ한 적대 세력이 ㅤ도 했던 후백제의 유민들의 역량과 적개심을 두려워한 나머지 경계한 교훈이었겠지만, 영걸 왕건의 인상에 두고두고 오점을 남긴 실언이 아닐 수 없다.

사가(史家)에 따라서는 왕건 자신이 목포 출신의 장화왕후 오씨(壯和王后, 吳氏)를 취한 일까지 있으니, 훈요십조의 그 대목은 개인적인 감정에서 남긴 말이 아니라. 일종의 정책적인 배려였을 것이라고 풀이하는 측도 있지만, 그렇게 호의적인 해석을 내리는 데에도 저항을 느낀다.

고려사《후비열전(后妃列傳)》을 보면 이런 대목이 있다.

왕건이 처음 오씨를 가까이 했을 때였다. 그는 임신을 꺼린 나머지 오씨의 몸을 피하여 침석(寢席)에 사정을 하는 냉혹한 행동까지 취하였다. 그때 오씨는 즉시 그 정액을 마시고 임신을 했으리라는 것이지만, 어쨌든 오씨의 임신까지 꺼리고 회피한 이유는 무엇일까.

그때부터 오씨의 출신지인 호남지방 사람들을 꺼리는 성벽이 왕건에게 깊이 박혀 있었던 것이 아닐까.

그리고 그와 같은 개인 감정을 유훈에까지 반영시켜 그 지방 백성들을 두고두고 따돌리게 한 과오를, 노옹은 지금 준엄히 문책하고 있는 것일 게다.

또 말을 이었다.

"저희 고장에서 탄생하신 것과 다름이 없으신 나라님, 그 뒤를 이으실 왕자대군 나리, 그 어른께서 왕림하셨는데 논바닥이 말라붙은들 어떻겠시유. 한해쯤 굶은들 어떻겠시유. 먹지 않아두유, 지들은 배가 부르단 말씀이유."

"배가 부르다구?"

방원은 되물었다.

"굶어도 배가 부르다는 까닭은 무엇인가. 고려 오백년 동안 두고두고 쌓인 원한을 풀 때가 왔다고 해서 그러는가. 그대들을 냉대하고 그대들을 멸시하여 온 자들에게 보복할 호기가 도래하였다고 기뻐하는 건가."

방원은 이렇게 넘겨 짚어 보았다.

"아녀유, 왕자대군 나리."

노옹은 강하게 두 손을 가로 흔들었다.

다른 농민들 역시 고개를 흔들었다.

"지들이 나리를 반기는 것은유, 지들만 잘 보살펴 달라는 욕심 때문이 아녀. 고려 태조가 저지른 잘못을 바로잡어 주실 것으로 믿는 때문이유. 오백년을 서럽게 살아온 지들의 괴로움을 삼천리 어느 고장 백성들도 다시는 맛보지 않도록 골고루 은총을 베푸실 분으로 알기 때문이여유."

방원은 새삼 그 노옹의 얼굴을 들여다보았다. 가난과 고된 노동에 찌들 대로 찌든 얼굴이었고, 거기 노쇠의 주름살까지 되는대로 패어진 얼굴이 었다.

그러나 그 두 눈만은 무한히 넓고 따뜻한 호수처럼 보였다.

광대한 평원에 눈길을 돌려본다.

송도 근처에서도 혹은 그가 자란 동복면 어느 곳에서도 볼 수 없는
탁 트인 벌판.

──이 농군들의 마음의 터전도 벌판을 닮은 것일까.

자기 자신도 저절로 따스해지고 넓어지는 가슴을 느끼며, 방원은 그
자리를 떠났다.

그들 일행이 완산부 성내에 들어설 때까지 그와 같은 환대는 계속되었
다. 특히 성내 백성들은 축제 기분에 들떠 있었다.

방원은 물론 기뻤다.

그러나 그 기쁨이 차차 무거운 책임감으로 변질하여 어깨를 찍어누른
다.

──이 천진하고 티없는 백성들한테 나는 무엇으로 보답할 수 있을
것이냐. 내가 그들에게 무엇을 줄 수 있단 말이냐.

아무것도 없다.

그들 백성들은 창업주의 아들이라고 해서 또 혁명의 기수였다는 점에
서 방원을 하늘같이 믿고 있을는지 모르지만, 지금의 처지로선 웬만한
지방 수령보다도 무력한 자기 자신이 아닌가.

"그러니까 힘을 기르셔야 합니다. 왕자님을 흠모하고 왕자님을 믿고
왕자님을 의지하는 모든 사람들을 위해서 적을 무찌르셔야 합니다. 들큰
한 정분 따위는 냉엄히 버리셔야 합니다."

지난 번 갈산참 여사(旅舍)에서 취해 쓰러졌을 때 속삭이던 그런 어투
로 평도전이 또 귀엣말을 건넨다.

그때 방원은 곤드레가 되어 있었지만, 진언같이 외던 평도전의 그 말만
은 묘하게 놓치지 않았었다. 그리고 그 말이 내포한 뜻, 무자비한 강자가
되어야 한다는 유혹은, 날이 갈수록 그의 가슴 속에서 크게 굳어가고
있었다.

그러나 한편 그것은 또 고독한 성벽 같은 것이기도 했다.

홀로 강하여진다는 것은 의지하여야 할 언덕을 모조리 거부하는 것이

나 다름이 없다.

그 외로움과 적적함을 어떻게 견디고 나갈 것인가. 두려움조차 느끼고 있던 참이었는데, 이곳 백성들의 지지와 기대는 그와 같은 고독의 늪에서 자기를 건져 주고 버티어 주는 새로운 지주로 여겨지기 시작한다.

──그렇다. 진정으로 강력한 맹우(盟友)는 바로 그 소박한 백성들일지도 모른다.

방원은 곰곰 다짐해 본다.

완산부, 즉 전주 병영에 당도한 그 이틀날 아침 나절, 방원은 수수한 선비 차림으로 변복하고 영문을 나섰다.

선조들의 발생지라고 하는 이 고장을 차분히 남모르게 답사하고 싶었다. 그렇게 하면 고향땅이 깊이 간직하고 있었던 무엇을 자기에게 흐뭇이 안겨줄 것 같은 마음이 들었던 것이다.

성내를 동남쪽으로 누벼가서 고덕산 북쪽 기슭의 고대에 이르렀다.

울창하게 둘러선 수목, 구름처럼 첩첩이 솟은 석벽(石壁)들, 북으로는 기준성지(箕準城趾)로 통한다고 하며, 서쪽 아득한 만경평야 저 너머론 망망한 서해 바다가 될 것이다.

다채로운 절경, 그래서 만경대(萬景臺)라고 부르는 것일까.

주위 풍경에 잠시 넋을 잃고 있는 방원의 귀청을 문득 건드리는 소리가 있었다.

천인(千仞) 강두(岡頭)에 석경(石徑)이 가로지르니

아득히 우러러보는 나로 하여금 사무치는 정을 이기지 못하게 하는구나.

어느 유객(遊客)이 있어서 한가로이 읊조리는 노래일까.

청산은 은연히 부여국(扶餘國)을 감싸고

황엽(黃葉)은 분분히 백제성(百濟城)에 흩날리도다.

구월고풍(九月高風) 수심에 쌓인 나그네야

백년 호기로 갈길을 그르치지 말라.

천애(天涯)에 해가 지니 벽운(碧雲)과 하나가 되고
고개를 둘러보아도 옥경(玉京)은 아득하도다.

처량히 읊조리는 그 목소리의 임자는 알 길이 없었지만, 시구(詩句)만은 들은 적이 있는 듯싶었다.

――누구의 글일까.

기억을 더듬다가 방원은 긴장한다.

――포은이 언젠가 만경대를 읊조렸다는 그 시가 아닌가.

바로 이 지점에서, 바로 이 시점에서, 바로 자기가 지나가는 머리 위에서, 굳이 그의 작품을 곱씹어 던지는 자는 누구일까.

자기 손에 죽어간 정몽주의 망령이라도 숨어서 자기를 희롱하는 것은 아닐게다.

방원은 그 시구가 표현하는 그런 들길을 밟으며 소리나는 쪽을 향해 더듬어 올라갔다.

수십 명의 사람들이 둘러앉고도 남을 만한 고대 위에 십여 명 선비들이 모여 앉아서 술을 마시고 있었다. 그들은 방원이 올라올 것을 미리 예기하고 있었던 것일까, 술잔을 멈추고 의심에 가득찬 눈을 쏘아붙이고 있었다.

노래 소리가 수상해서 올라오긴 했지만, 십여 명의 독한 시선이 자기에게만 쏠리니 방원은 약간 어색하고 무안해진다.

"내 지나가던 과객이오만 속세를 등지고 정유(淨遊)하는 귀공들이 부러워 이렇게 찾아왔소이다. 그 술 한 잔 주실 수는 없겠소?"

슬쩍 이렇게 던져보았다.

그러자 선비들은 착잡한 눈길을 주고받다가 그 중에 좌장인 듯 싶은 한 노사(老士)가 퉁명스러운 소리를 마주 던졌다.

"이 술이 무슨 술인 줄이나 알고 감히 달라는 거요?"

그리고 그 말꼬리를 잡아 이번엔 사뭇 팔팔해 보이는 젊은 선비 하나가 비양거린다.

"만일 이 술에 독이라도 탔다면 어쩔 셈이지?"

어처구니 없는 소리였다.

모처럼의 오붓한 정유를 시끄럽게 하는 불청객에 대해서 가벼운 적의쯤은 보일 수도 있겠지만, 그렇다고 독을 탔느니 어쩌느니 하는 소리는 비약도 이만저만이 아니다.

방원은 화가 치민다기보다도 실소를 금할 수 없었다.

"우습소?"

독주 운운하던 젊은 선비가 앞질러 꼬집었다.

"지나가는 과객이 술 한 잔 달라는데 심한 말을 한다고 귀공은 의아한 모양이요만, 우리로선 이건 진담이요."

그 말과 같이 결코 농을 하는 기색은 아니었다.

"그 과객이 단순한 길손이 아니라 우리를 죽이러 온 사람이라면 어떻겠소."

늙은 선비가 한술 더 뜨며 말을 이었다.

"그 자를 미연에 없애버리지 않는 한 우리들 자신이 죽게 된다면 어쩌겠느냐 말이오. 달라는 술에 독이라도 탈법한 노릇이 아니겠소."

방원의 입가에 새겨졌던 웃음살이 절로 굳어진다. 심상치 않다. 당치도 않은 오해가 아니면 엄청난 곡절이 없을 수 없다.

"도대체 나를 누구로 알고 그런 엄청난 소리들을 하는 거요."

탁 털어놓고 정면으로 캐고 들었다.

"우리 눈알이 뒤집히지 않았다면 이안사(李安社)의 5대손 되는 사람으로 보고 있거니와, 어떻소. 사람을 잘못 보았을까."

늙은 선비도 정면으로 마주 받았다.

이안사란 다름아닌 방원의 5대조, 즉 목조의 본명인 것이다.

"그 사람이 바로 어제 이 고장의 절제사가 되어 내원했다기에 우리 일족들 이제는 죽었구나 싶어서 이렇게 모여앉은 것이 아니겠소. 이왕 죽을 바에야 마지막 술잔이라도 나누자고 말이오."

얘기는 제곳으로 들어가는 듯 싶었지만, 그래도 방원으로선 아직 이해가 가지 않는 말이었다.

"귀공들의 말과 같이 나는 바로 그분의 5대손 되는 방원이거니와, 나로서는 초면인 귀공들인데, 무슨 까닭에 귀공들을 해친다는 거요."

혜식은 질문 같았지만 묻지 않을 수 없었다.

"듣기보다는 우둔한 군이로구먼."

젊은 선비는 일그러진 웃음을 흘렸다.

"노형의 5대조가 이 고장을 쫓겨난 사연만을 잠깐 생각해 본다면, 우리가 누구라는 것쯤 이내 짐작이 갈 법도 한데 말이오."

그제서야 방원은 그들의 정체를 알 수 있을 것 같았다.

"그렇다면 귀공들은 그때 산성별감을 지냈다는 그 사람과 어떤 관계가 있는 처지요?"

캐고 물었다.

"귀공이 이안사의 5대손인 것과 마찬가지로, 그 산성별감을 지냈던 분은 바로 우리 고조 되시는 분이란 말이오."

젊은 선비는 잘라 말했다.

그리고는 독기에 이글거리는 눈을 하고 술잔을 집었다.

"자, 그래도 마시겠다면 잔을 들어보오."

잔이 넘치게 술을 부었다.

방원은 그 잔을 물끄러미 바라보더니 입버릇처럼 되어 있는 하여가를 또 흥얼거린다.

그 선비들의 어투로 미루어 자기에게 심한 적개심, 경계심을 품고 있는 것만은 사실인 듯싶다.

방원이 이 고장에 도임하였다는 사실을, 곧 그네들의 신변을 위협하는 공포로 받아들이고 지레 겁을 먹을 수도 있을 것이다. 그러나 그렇다고 방원 자기를 독살하려는 앙심을 먹고 그 술에 독약까지 탔다는 얘기는 곧이 들리지 않는다.

지나친 비약으로만 여겨진다.

궁지에 몰려 떨고 있던 그들 앞에 불쑥 나타난 방원에 대한 충격이 일시적으로 발악적인 심화를 터뜨려 놓았을 것이며, 그 심화가 발산한 악담에 지나지 않을 것이라고 생각된다.

── 물론 나는 저 술잔을 거부할 수도 있다. 누구 앞에서 감히 그 따위 무엄한 주둥이를 놀리느냐고 호통을 칠 수도 있다.

하지만 그럴 심정이 아니었다.

그 사람들을 미워하거나 그 사람들의 행동을 나무랄 마음은 들지 않는다.

── 창업의 그늘 속에 짓밟힌 가련한 희생자들.

그렇게만 여겨졌다.

지금은 비록 소외당한 위치에 밀려 있지만, 혁명 과정에선 누구보다도 앞장서서 뛰던 자기가 아닌가.

── 이 사람들을 궁지에 몰아넣고 이 사람들에게서 피눈물을 짜낸 책무는 나에게도 있다.

도와줄 길이 있다면, 위로해 줄 방도가 있다면 자신의 불쾌감 따위는 마땅히 덮어두어야 할 것이라고 다짐한다.

방원은 손을 내밀었다. 술잔을 받았다. 자신의 충정을 행동으로 증명할 수 있는 길이란, 지금으로선 그것밖에 없다.

술잔을 내민 젊은 선비는 말할 것도 없고 다른 사람들도 모두들 놀라는 얼굴이었다.

그들로선 방원의 그런 태도는 예상밖이었을 것이다.

"내 이 잔을 들겠거니와 그것은 곧 그대들이 기우하고 있는 지난날의 원혐 따위는 깨끗이 잊어버렸다는 뜻을 표시하는 태도로 보아도 좋을 거요."

선비들의 표정이 더욱 더 놀라움에 술렁거렸다.

그러나 방원이 그 술잔을 입에 대려고 할 찰나였다. 어디선가 단검한 자루가 날아들었다.

술잔을 때리며 떨구어 버렸다.

"뉘놈이냐."

호통치는 방원의 질성(叱聲)에,

"졸자 올시다, 왕자님."

메아리처럼 응구(應口)하는 소리와 함께 평도전이 바위 위로 뛰어 올라섰다.

"어험."

방원은 헛기침을 씹다가,

"왜 못마시게 하는 거지. 그대도 이 술잔에 독을 탔을 것이라고 염려하는 건가."

떫은 눈웃음을 보내며 물었다.

"그 술에 독은 없을 것이라고 졸자도 보고 있습니다."

평도전의 답변은 엉뚱했다.

"하지만 그 잔을 드시어서는 아니됩니다. 비록 독약은 타지 않았더라도 어느 독주보다도 극심한 독이 장차 왕자님을 해칠 것이니 말입니다."

"독주보다도 더욱 극심한 독이라?"

곱씹어보는 것이었지만, 방원은 그 말뜻을 얼핏 이해할 수 없었다.

"왕자님께선 지금 당신 손으로 당신에게 들이닥칠 재앙의 불길을 일구고 계시는 거올시다."

평도전은 다시 이렇게 부연했다. 하지만 아리송하기는 매한가지였다.

"좀더 자세히 말씀드리지요."

선비들에게 경계하는 눈길을 보내며, 이번엔 방원에게만 들리는 귀엣말로 속삭였다.

"전번엔 두문동 선비들에게 호의를 보이셨고 이번엔 또 이 사람들을 가까이 하려고 하십니다. 그런 처사가 장차 왕자님께 미칠 화를 어찌 헤아리지 못하십니까."

"화라니?"

어렴풋이 짐작은 갔지만 방원은 되물었다.

"그 사람들은 모두 다 새 왕조에 불평 불만을 품고 새 왕조를 백안시하는 자들입니다. 그런 패들과 왕자님께서 손을 잡으신다면, 왕자님을 적대시하는 무리들이 뭐라고 하겠습니까. 정안군 그 사람은 구 왕조에 연연한 불평객들을 긁어모아 대왕님께 반기를 들고자 한다고 모함을 할 수도 있지 않겠습니까."

다 듣고보니 일리 있는 말이었다.

물론 자신의 충정은 그런 불순한 것이 아니다. 하지만 순수한 심정에서 취하는 행동이라도 불순한 구렁으로 몰아넣으려는 책동을 농하는 것이 정쟁(政爭)이라는 소용돌이 속에선 오히려 상식인 것이며, 또 그런 술책이 곧잘 먹혀드는 것이 그 세계의 풍토이기도 하다.

"남이 뭐라고 하든지, 어떠한 농간을 부리든지 왕자님은 왕자님대로 소신껏 행동하겠다고 말씀하실는지 모릅니다."

평도전은 다시 곁의 사람들에게도 들리는 음성으로 말을 이었다.

"합니다만, 그 소신이라는 것은 보다 더 크고 보람찬 일을 위해서 간직하셔야 할 것이 아니겠습니까. 하찮은 시골 선비 몇몇으로 말미암아 어찌 큰 일을 그르치실 수 있으시겠습니까."

그 말에 선비들은 노한 눈길을 쏘아던졌다.

그러나 평도전은 무시했다. 그리고는,

"이만 이 자리를 뜨시도록 하십시오, 왕자님. 졸자가 방금 말씀드린 크고 보람찬 일이 지금 당장 왕자님을 기다리고 있습니다."

심상치 않은 소리까지 한다.

방원은 뭉클한 감상에서 깨어나는 가슴을 느끼며, 선비들에게 잠깐 착잡한 눈길을 던지다가 그 자리를 떠났다.

만경대를 내려서서 호젓한 언덕길에 접어들자 방원은 물었다.

"조금 전에 그대가 말한 크고 보람찬 일이란 도대체 뭔가?"

편도전은 좌우를 살펴보며,

"새 왕조를 위해서 공을 세우실 기회가 기다리고 있다는 뜻입지요."

자못 심각한 어투로 말했다.

"왕자님께서 지금 엄청난 공을 세우신다면, 사람들은 모두들 왕자님을 다시 볼 것이 아닙니까. 나라에 불평 불만을 품고 원망하는 줄로만 알았더니, 역시 정안군은 이 나라엔 없지 못할 기둥이라고 말입니다. 그렇게 되면 왕자님께 씌워졌던 가지가지 혐의도 풀릴 것이며, 대왕님께서도 지난날로 돌아가시어 왕자님을 아끼고 의지하실 것이 아니겠습니까."

떨떠름하게 눈꼬리를 꼬고서 듣고만 있던 방원이, 그 눈을 활짝 뜨면서,

"공을 세운다?"

웃음을 터뜨렸다.

"어떻게? 무슨 공을? 지금 이 일대에 왜적들이라도 우글거린다면 또 모를 일이지만, 아무리 수소문을 해도 그 자들은 그림자 하나 얼씬거리지 않는데 말이야."

방원이 도임한 즉시로, 아니 도착하기 이전부터 신경을 쓴 것도 왜적들의 동태였다.

그는 민첩한 첩자들을 풀어 남해 일대를 수색하도록 하였지만, 어느 첩자의 보고나 왜적 한 명, 왜선 한 척 발견할 수 없다는 것이 일치된 정보였다.

"그야 남해안 일대에 일본 해적이 나타나지 않는 것은 사실입니다."

평도전도 일단 그 점을 시인하면서도, 그러면서도 곧 이어 해괴한 소리를 했다.

"그러나 일본 해적은 감쪽같이 숨어서 침공의 칼을 갈고 있다는 정보를 졸자 조금 전에 입수하였습니다."

"왜적이 숨어 있다구? 어느 고장, 어느 곳에 말인가."

방원은 놀라지 않을 수 없었다.

그 말이 사실이라면 촌각을 지체말고 수배를 해야 한다. 그것이 지금으로선 가장 큰 사명이며, 또 왜적을 색출하고 섬멸한다면 구태여 평도전의 말을 빌지 않더라도 새로운 정치적 활로를 개척하는 계기도 될 수 있다.

"좀 더 자세한 사연을 말하도록 하게."

방원이 재촉하자,

"그 점에 대해선 졸자보다도 훨씬 정통한 사람이 있습지요."

또 알 수 없는 소리를 한다.

"누구지?"

방원은 고개를 꼬았다.

"나리께선 모르시는 사람입니다만, 그 사람을 만나는 즉시로 나리를 뵙게 하려고 했습지요. 다만 나리가 계신 곳을 알아내는 동안만 한곳에 숨어 있도록 했습지요."

"그대와 같은 왜인가?"

문득 그런 생각이 들어서 떠보았다.

"졸자만 따라 오십시오. 그렇게 하시면 스스로 밝혀질 것입니다."

그가 앞장서서 안내한 곳은 전주 읍내에서 동쪽으로 십 리쯤 떨어져 있는 언덕 위 대지였다.

"나리께서 홀로 가실 곳이라면 이곳이 아닐까 했었지요."

평도전이 이런 말을 한 데엔 이유가 있었다.

그 대지는 오목대(梧木臺)였다.

지난날 부왕 이성계가 왜구 토벌차 이곳에 이르렀을 때, 종족(宗族)들을 불러 모아 한바탕 잔치를 치렀다는 얘기가 있다.

이성계로선 선조가 서럽게 쫓겨난 고향 사람들에게 그 후손인 자기자신의 영달을 과시하기 위한 것이었겠지만, 방원 역시 그러한 감정이 없을 수 없을 것이라고 평도전은 짐작했던 모양이다.

"여기 와봐도 왕자님은 계시지 않고, 그렇다고 그 사람을 데리고 거리를 쏘다닐 형편도 못되고 해서 잠시 숨어서 기다리라고 했습지요."

이렇게 자초지종을 얘기한 다음, 평도전은 조약돌 한 개를 줍더니 숲속을 향해 던졌다.

지난날 그가 방원의 앞에 처음으로 나타날 때, 원해가 하던 것과 똑같은 신호 방법이었다.

조약돌이 날아가고 잠시 후 숲속에서 한 장군이 나타났다.

급한대로 이 나라 한량의 차림을 하느라고 이것저것 주워 입은 모양이었지만, 사뭇 어색한 폼이 누구의 눈에도 이방인으로 밖에 비치지 않는 행색이었다. 더더구나 괴상하게 틀어올린 상투 하나만으로도, 그가 바다 건너 일본땅 출신임을 보여 주고 있었다.

그는 방원의 발 아래 꿇어엎드려 한 차례 이마를 비벼대고는 자기 소개부터 했다.

"졸자 성은 표(表)가이오며 이름은 시라(時羅)라고 하는 일본 무사이옵니다. 이렇게 지척에서 조선국 왕자님을 우러러 뵙게 되니 무한한 영광이올시다"

"그대가 왜적들의 동태를 소상히 안다면서?"

방원은 요점부터 캐고 들었다.

"예, 그 점에 대해선 누구보다도 잘 알고 있다고 자부하고 있사오이다. 졸자 자신이 이 나라를 엿보는 해적의 일원이니 말씀이오이다."

군소리 제쳐놓고 잘라 말했다.

"허어."

방원은 착잡한 그늘을 피우며 두 눈을 내리깔았다.

"이 사람은 원래 졸자가 본국에 있을 때부터 잘 아는 무변입니다만, 새로 세워진 조선국이 살기 좋다는 얘기를 듣고 해적선에 끼어들어 바다를 건너왔다는 것입지요."

그 말은 훗날 사실로 증명된다.

태조 4년 정월 삼일, 표시라는 무리 네 명을 거느리고 정식으로 이 나라에 투화(投化)하게 되는 것이다.

"그렇다면 지금 왜적들은 어느 곳에 숨어 있다는 건가."

방원이 가장 궁금한 점은 바로 그것이었다.

"수주(隨州 : 평북 정주)라고 하던가요. 이 나라 서북쪽 해변 고을을 털겠다고 그리로 가는 중이오이다."

표시라가 이렇게 밝히자, 평도전이 다시 그 말을 받아 말했다.

"원래 남해안 일대를 습격할 예정이었던 모양입니다만, 조정에서 남도에 절제사를 파견했다는 정보를 입수하고 계획을 바꾸어 북쪽으로 이동했다는 것입지요."

"그뿐이 아니오이다, 왕자님."

표시라가 다시 말을 이었다.

"그 해적선엔 명나라 상선을 습격했을 때 잡은 명나라 사람들이 감금되어 있사오이다."

"명나라 사람들이?"

방원의 뇌리에 정치적인 육감같은 것이 번뜩였다.

──아직 명나라와의 국교가 제대로 이루어졌다고 할 순 없다. 왜적이 납치한 그 나라 사람들을 우리가 구출해 준다면 여러 모로 유리하게 써먹을 수 있을 것이 아닌가.

그와 같은 방원의 심산을 평도전은 재빠르게 간파한 것일까.

"어떻습니까, 왕자님께서 공을 세우실 절호의 기회가 아니겠습니까."

부채질이라도 하는 것 같은 눈바람을 피웠다.

"어떻게 한다?"

방원은 조바심을 치고 있었다.

오목대를 떠나 병영으로 돌아오는 길에도 줄곧 그 문제를 곱씹고 있었지만, 좀처럼 묘안이 떠오르지 않는다.

왜적이 습격하려고 하는 지점, 그들의 병력, 그들의 장비, 그리고 침공 예정일까지 표시라가 상세히 전해 주었지만, 막상 손을 쓰자니 구체적인 방안이 서지 않는 것이다.

"나에게 맡겨진 임무는 이 고장을 방위하는 일이니 함부로 수하 장졸들을 거느리고 수주로 달려갈 수도 없는 일이구 말야."

"이제 그곳으로 떠나신다 하더라도 때는 이미 늦겠습지요. 해적선은 벌써 그리로 떠난 연후이니 뒤미처 쫓아간다고 그들을 따를 수 있겠습니까."

평도전도 드물게 난처한 기세를 보였다.

"이렇게 하시면 어떻겠습니까."

병영에서 기다리고 있다가 합석한 원해가 한마디 했다.

"어떻게?"

지금의 방원으로선 누구의 의견이라도 매달릴 수만 있다면 매달리고 싶은 심정이었다.

"여기서 장졸들을 동원해서 추적할 수 없는 형편이라면, 급사(急使)를 파견하여 조정에 보고하시는 것이 어떻겠습니까. 개경에서 수주까지의 거리는 여기서 가는 것에 비하여 반절밖에 못되니, 그만큼 신속히 손을 쓸 수 있지 않겠습니까."

많은 장병들을 거느리고 달려가자면 인원의 정비, 병기의 운반, 그밖에 거추장스런 절차를 밟아야 하므로 시일이 걸리겠지만, 급사를 파견한다면 시간적으로도 사뭇 단축이 되는 것은 사실이었다.

또 그렇게 하면 군명(君命)을 어기고 함부로 군사를 움직였다는 책망을 듣지 않아도 좋다.

"자네, 그말 잘했네."

말하면서 잔뜩 찌푸렸던 표정을 평도전은 활짝 폈다.

"자네 말을 들으니 돌덩이처럼 굳어있던 내 머리도 이제야 풀리는 것같구먼."

평도전이 그렇게 말하는 이상, 희대의 모사의 뇌리에는 어떤 묘책이라도 세워졌는지 모른다.

"더 좋은 방책이라도 있다는 건지."

방원은 반색을 하며 물었다.

"조정에 보고 하는 일도 급하기는 합니다만, 더 깊이 손을 쓸 곳이 있습지요. 서북면 도순문사(都巡問使)에게 우리가 입수한 정보를 알려주는 것이 어떻겠습니까?"

평안도 일대를 방위하고 있는 부대의 군사령관에게 왜적의 동태를 통보하자는 제안이었다.

"제아무리 사나운 해적들이라도 그들이 침공에 성공하는 까닭은, 그 고장을 지키는 관군이 그들의 동정을 모르고 있다가 번번이 기습을 당하는 때문이 아니겠습니까. 만일 사전에 소상한 정보를 입수하고 만전의 태세를 갖추게 된다면, 한 나라의 당당한 관군이 오합지졸과 다름없는 해적들을 어찌 무찌르지 못하겠습니까."

"옳거니."

방원은 무릎을 쳤다.

그는 즉시 붓을 잡았다. 조정에 올릴 급계(急啓) 한 통과 서북면 도순문사 조온(趙溫)에게 보내는 밀서 한 통을 적었다.

"계(啓)는 마땅한 군관을 뽑으시어 보내시도록 하시지요. 수주로 가는 밀서는 졸자 직접 가지고 가기로 하겠습니다."

평도전이 나섰다.

개경 수창궁에선 좌시중 조준(趙浚), 우시중 김사형(金士衡), 판중추원사 남은(南誾), 문하시랑 찬성사 정도전(鄭道傳), 그밖에 중신 내관들까지 합석하여 열띤 논의를 벌이고 있었다.

의제는 방원이 급송한 보고 내용의 처리 문제였다.

"긴 얘기가 어찌 필요하겠습니까. 군사 행동이란 무엇보다도 신속을 요한 터인즉, 정안군의 건의대로 수주 땅에 전령(傳令)을 급파하여 미연에 화를 방지해야 할 줄로 압니다."

좌시중 조준이 방원의 건의를 지지하고 나섰다.

그는 중신들 중에서도 특히 방원 편에 서서 행동해 온 사람이었다. 지난번 세자 책봉 문제가 논의되었을 때만 해도 그렇다. 개국에 공이 크고 여러 모로 유능한 방원을 책봉하여야 한다고 주장한 인물이었다. 하다가 그와 같은 주장이 묵살되고 방석이 봉해지자 사표까지 던지며 격분한 일도 있었다.

국왕 이성계의 간곡한 만류로 좌시중 자리에 앉기는 했지만, 음으로 양으로 방원을 두둔하여 온 터이었다.

좌시중이라면 정부의 최고 직위를 맡은 고관이다.

또 조준 그 사람으로 말할 것 같으면, 고려조 때부터 정부 요직을 역임하였고, 이성계의 혁명에도 크게 활약한 개국 공신이었다.

그의 발언은 마땅히 존중되어야 할 일이었지만, 강비를 중심으로 한 지금의 정치 세력에선 약간 소외되고 있는 때문일까 모두들 신통한 반응을 보이지 않는다.

그뿐이 아니었다.

"좌시중 말씀 그러하십니다만요, 아무리 서둘러야 할 일이라도 따질 것을 따지지 않는다면, 오히려 큰 낭패를 볼 수도 있지 않겠습니까요."

판내시부사 김사행이었다.

"그렇지 않습니까요, 정대감?"

빼대대한 눈길을 정도전에게로 돌렸다.

"그야 급히 먹는 밥이란 원래 체하기 쉬운 법이니까."

정도전은 혼자 소리처럼 가시 있는 말을 흘렸다.

"도대체 왜적들이 수주땅을 습격하려 한다는 얘기부터가 이상하지 않습니까."

남은이 좀더 노골적인 회의를 표시했다.

그로 말할 것 같으면 정도전과 더불어 방원을 적대시하는 세력의 거두였다.

"전 왕조 때의 사례로 미루어 생각하더라도, 왜적들이 흔히 침공하는 지역은 남해안 일대가 아니었습니까. 그 자들의 근거지에서도 가까울 뿐더러 풍요한 곡창지대이기도 한 그곳을 버려두고, 하필이면 멀고 메마른 서북땅을 넘볼 까닭이 무엇이겠습니까."

"이건 제 억측입니다만."

김사행이 다시 얄팍한 입술을 나불대며 야기죽거렸다.

"혹시 이번에 파견된 남도 절제사가 그런 인사 조치에 불만을 품고 꾸며댄 소리가 아닐는지요. 하루 속히 귀경하고자 하는 욕심에 어설픈 뜬 소문을 핑계삼아 수선을 떨 수도 있지 않겠습니까요."

"또 이렇게 생각해 볼 수도 있는 일입지요."

남은이 다시 받아 말했다.

"모처럼 나타난 왜적들을 놓쳐버리고, 그 실책을 은폐하느라고 그런 농간을 부릴 수도 있지 않겠습니까."

잠자코 듣고만 있던 이성계의 안광이 험악한 불을 뿜었다.

문하시랑 찬성사 정도전의 거실.

그 방 한가운데 버티고 서서 정도전은 허공을 응시하고 있다.

이따금 혼잣소리라도 하려는 것처럼 입을 빙긋거려보는 것이었지만, 그것이 말소리가 되어 입밖에까진 나오지 않는다.

그러한 정도전을 방 한구석에 도사리고 앉아서 빤히 지켜보고 있는 것은 김사행.

이윽고 정도전의 입을 비집고 무거운 한 마디가 흐른다.

"아무래도 우리가 잘못 짚었던 것 같으이."

"그렇습죠, 대감."

김사행은 즉각 맞장구를 친다.

"사나운 범이 이빨을 가는게 염려스럽다고 멀리 쫓아버린 셈입죠만, 되려 제멋대로 날뛰도록 고삐를 풀어준 꼴이 되고만 격입니다요, 대감."

그는 한 번 입을 열자 걷잡지를 못하고 계속 나불거린다.

"어디 저 혼자의 이빨 뿐입니까요. 굶주리고 극성스런 산짐승들까지 긁어모아 으르렁대고 있는 모양입니다요."

정도전은 한동안 듣고만 있다가 다시 입을 열었다.

"정안군이 알려온 그 사연말이요, 수주땅에 왜구가 침공할 것이라는 정보가 사실인지 어쩐지 알 수는 없소만, 사실이라도 그렇지 않소. 그와 같은 밀계(密計)를 정안군은 어떻게 탐지했을까."

"바로 그 점입니다요, 대감. 원래 왜구들의 행동이란 잔나비떼처럼 잽싸지 않습니까요. 금방 동에서 얼씬거리다가는 눈깜짝할 동안에 서쪽으로 도망쳐서 팔딱거리는 치들이 아닙니까요."

"아무리 생각해 봐두 정안군 자신이 왜적들과 어떤 밀접한 관계를 맺고 있지 않는한 그런 정보는 입수할 수 없을 것 같소. 자기가 지키고 있는 남해안도 아닌 천 리 밖 서북 변방에 나타난 도적들을, 그것도 날짜까지 꼭 짚어서 예언하다니 있을 수 있는 일이겠소."

"그 말씀 들으니 이제 생각이 납니다요."

김사행은 안차게 무릎으로 기어서 정도전의 곁으로 다가앉는다.

"언젠가 대감댁을 찾아 온 왜승이 있지 않습니까요."

잠깐 생각을 더듬는 얼굴을 하다가 정도전은 천천히 고개를 끄덕였다.

"그 후 소문을 듣자니까 그 왜승, 정안군에게 몸을 의탁하고 톡톡히 심복 노릇을 하고 있다는데요."

"나도 그런 풍문을 들은 적이 있는 것 같구면."

"그뿐이 아닙니다요. 짐작컨대 그 왜승이 다리를 놓은 것이겠죠만, 정안군 그 사람, 다른 왜무(倭武)들까지 긁어모아 은밀히 기르면서 무엇인가 획책하고 있다는 겁니다요."

"다른 왜무들까지?"

그 소식만은 정도전으로선 초문인 것일까, 두 눈에 심각한 불을 켠다.

"자기 집에 묵게 하고 부리는 왜인은 그 왜승과 정체 모를 왜종(倭

種) 한 명뿐이라고 합니다만요, 일이 있을 적마다 그 왜종을 통해서 십여 명 혹은 수십 명에 이르는 왜무를 동원한다는 소식입니다요."

김사행의 제보는 한층 더 정도전을 자극한 것일까, 질근질근 어금니를 깨물며 창밖 남쪽 하늘을 그는 응시했다.

"그것이 사실이라면."

쓰디 쓴 무엇을 씹는 얼굴로 정도전은 말했다.

"정안군 그 자가 적지 않은 왜구들을 기르고 있다면, 그 자가 올린 장계는 사실일 수도 있겠구료."

"사실이라니요?"

정도전의 말이 김사행에겐 쉽게 먹혀들지 않는 눈치였다.

"그 자가 무엇을 바라고 그런 장계를 올렸을까요."

"앉아서 공을 세우자는 것이게요. 천 리 밖 북쪽 땅에 출몰하는 왜구를 자기 힘으로는 어쩔 수 없을테니, 조정의 힘을 빌어 토벌하자는 것일게구. 그 말발이 먹혀들어 조정에서 보낸 증원군이 왜구들을 토벌하게 될 경우엔 어떻게 되겠소? 사전에 그와 같은 정보를 제공한 정안군의 공로를 으뜸으로 꼽을 것이 아니겠소."

"지당한 말씀이구먼요."

김사행은 빼대대한 두 눈을 깜박깜박하다가,

"하지만 정안군 그 사람의 계책도 형편없이 틀어지지 않았습니까요. 우리가 미연에 손을 썼으니까 말입니다요."

회심의 미소를 피운다.

지난번 어전회의 때 방원의 장계를 불신하는 소리를 그는 역설하였고, 그 주장이 먹혀들어 수주땅에 증원군을 파견하는 문제는 아직껏 보류되고 있는 터였다.

"그러니 일은 더욱 난감하게 된거요."

김사행과는 딴판으로 정도전은 침울하기만 했다.

"만일 정안군이 지적한 날짜에 지적한 지방을 왜구가 침공한다면 어찌 되겠소. 그와 같은 기밀을 사전에 보고한 정안군의 공을 모두들 높이 평가하는 반면, 그러한 제보를 불신한 우리들에게 호된 공격의 화살을 퍼부어 댈 것이 아니겠소. 정안군이야말로 국가를 염려하고 애쓴 충의지사이지만, 그 입을 막은 우리는 간교한 모함이나 농하는 소인들이라……"

김사행은 이내 새파랗게 질린다. 나불거리던 입술을 오돌오돌 떨면서 애를 태운다.

"일이 그렇게 돌아가면 어찌 해야지요, 대감. 들에 놓아준 범에게 꼼짝 없이 당하는 꼴이 아닙니까요."

"글쎄 말이요."

정도전도 심각한 한숨만 씹고 있었다.

"어쨌든 물은 엎질러진 물이니까. 이제 와서 주워 담을 수도 없는 일이니 그 물이 어떠한 농간을 부리는가 두고 볼 수밖에 없지 않겠소."

그와 같은 그들의 우려는 얼마 안가서 그들의 상상을 상회하는 사실로 나타났다.

그달(태조 2년 3월) 29일 서북면 도순문사 조온(趙溫)으로부터 급보가 날아든 것이다. 수주땅에 침공한 왜구를 섬멸, 격퇴하였다는 첩보였다. 침공 날짜나 침공 지점이나 방원이 미리 제보한 내용과 일치되는 보고였다.

그뿐이 아니었다.

왜구가 납치하였다는 명나라 사람 이당신(李唐信)이란 인물까지 보고서와 함께 보내온 것이다. 그리고 또 그와 같은 승전의 결정적인 요인은, 왜적의 침공을 사전에 알려준 방원의 통보 때문이었다고 조온은 덧붙여 보고하고 있었다.

방원의 주가(株價)는 급등하였다. 국왕 이성계는 그저 기뻐하기만 했다.

"역시 그 애는 내 아들이란 말이야."

좀처럼 그런 감정 표시를 하는 일이 드문 그가, 어리석은 어버이처럼 아들 자랑에 침이 마르는 줄 모른다.

특히 방원 편에 서서 그의 보고를 지지하다가 좌절된 좌시중 조준은 정부 대신들을 향하여 실랄한 논봉을 휘둘러댔다.

"정안군의 제보가 한마디도 틀림이 없다는 점이 이제 사실로 증명되었거니와, 전번에 대감들은 그것을 묵살하였소. 만일 정안군이 서북면 도순문사에게 따로 통보를 하지 않았더라면 지금쯤 사태는 어찌 되었겠소. 우리 관군은 왜적의 기습을 받고 전멸하였을는지도 모를 일이며, 그곳 백성들은 도마 위에 놓인 물고기나 다름없는 참변을 겪어야 했을 것이 아니겠소."

조준이 입을 열 적마다 코웃음으로 무시하거나 호된 반론을 펴서 봉쇄하곤 하던 정도전 일파도 완전히 기가 죽은 눈치였다.

이제 형세는 방원이 바라던 방향으로 유리하게 전개되는 듯싶었다.

"방원을 불러 올리도록 해야 하겠구면. 개선장군을 맞이하듯 융숭하게 영접하도록 해야지."

이성계는 좌우 근신들에게 이런 말까지 흘렸다.

달이 바뀌어 4월 5일, 그는 사수감승(司水監丞) 윤의(尹儀)를 전라도에 파견하였다.

공식적인 명목은 병마단련(兵馬團練)의 형지(形止)를 점고한다는 것이다. 즉, 군사 훈련의 실태를 조사하기 위해서라고 그 날짜 태조실록에도 기록되어 있지만, 이성계의 진의는 거기에 있지 않았을 것이다. 자신의 기쁨을 아들 방원에게 전달하기 위한 특사로 파견했을 것이다.

왜냐하면, 윤의가 전주 병영에 도착한 즉시로, 방원은 그곳을 떠나 그 달 14일에는 귀경하게 되니 말이다.

"우리는 이제 어떻게 되는 겁니까요, 대감."

그날도 정도전의 거실을 찾아간 김사행은 고양이 낙태한 상을 하며 오물거렸다.

"가뜩이나 모두들 우리를 공박하고 있는 참이 아닙니까요. 정안군이 입경해서 보복의 주먹이라도 휘두르게 된다면, 우리는 흡사 서리맞은 구렁이 꼴이 될게 아니겠습니까요."

"서리를 맞겠으면 맞지 않도록 대비를 해야지."

정도전은 의외로 만만치 않은 여유를 보였다.

"어떻게 말씀입니까요. 쥐구멍이라도 찾아 들어가서 숨을 죽이고 있자는 말씀입니까요."

"당치도 않은 소리."

정도전은 버럭 소리를 질렀다. 그러나 그의 눈만은 자신있는 미소를 피우며 느물거리는 것이 아닌가.

김사행은 그저 빼대대한 빈대눈만 깜빡거리고 있었다.

"내 말을 들어보란 말이요, 김판사."

정도전은 손을 뻗어 김사행의 얄팍한 귓볼을 끌어 당겼다.

그건 실례다. 비록 내시라고는 하지만 내시부의 판사라면 품계로 따져서 정 2 품, 정도전이 차지하고 있는 문하시랑 찬성사와 맞먹는 계급이었다.

그러나 김사행에겐 그와 같은 무례를 나무랄 여유도 없는 것일까, 귓방울을 까딱거리면서 정도전의 말만 기다리고 있었다.

"방원이 귀경하자면 언제쯤이 될까."

오늘도 이런 소리를 하며 이성계는 좌우를 돌아보았다.

"글쎄올습니다요, 상감마마. 오늘쯤 완산부를 출발할 것이온즉, 내일 모레 글피면 도달하지 않겠습니까요."

이성계의 말을 받아 메아리처럼 호응하는 것은, 언제나 그 곁을 떠나는 적이 없는 김사행이었다.

"아무리 생각해도 방원이 큰 공을 세워 주었지?"

이성계는 또 아들 칭찬이었다.

"방원이 아니었더라면 서북면 백성들의 피해는 극심하였을 게야."

"이를 말씀입니까요, 상감마마."

맞장구를 치는 체하면서도 김사행의 구기는 야릇하게 피어들었다.

"그러지 않아도 왜적들의 만행이 이루 말할 수 없게 잔학하였다고 들었사옵니다."

"이번에도 그 자들이 그런 만행을 저질렀다?"

이성계가 의아스럽다는 듯이 되물었다.

"아군에 의해서 그 자들은 모조리 섬멸 격퇴되지 않았는가."

"그야 그러하옵죠만, 그런만큼 왜적들의 발악은 한층 극악하였다고 들었사옵니다. 아군에게 몰려서 쫓겨가게 되자, 백성들의 재물을 닥치는 대로 약탈하였으며, 빈 집에는 남김없이 불을 질렀다고 합니다. 어디 그뿐이겠습니까요. 숲속에 피신하여 떨고 있는 아녀자들까지 일일이 색출하여 참살했다고 합니다."

그와 같은 만행은 새삼스러운 것이 아니다.

반평생을 왜구들과 싸워 온 이성계로서는 숱하게 듣기도 하고 보아 오기도 한 일들이었다.

그러나 그는 진노하였다. 어금니를 깨물고 주먹을 떨었다.

약하고 불쌍한 백성들이 억울하게 곤욕을 당하거나 살해되었다는 소리를 들을 적마다 이성계는 본능적으로 치를 떨었다. 자기 자신의 육신의 일부에 직접 상처를 입는거나 똑같은 아픔을 느꼈다.

그런 일에 관한 것이라면 몇 번을 듣거나 몇 번을 보거나 매한가지였다. 그리고 그것이 왜구 섬멸에 반 평생을 투신하게 한 원동력이기도 했다.

지금도 마찬가지다.

왜적이 침공한 고장에서라면 응당 있을 수 있는 참상이었지만, 그 말을 막상 듣게 되니 생리적인 격노를 참기 어려운 것이다. 그와같은 이성계의 반응을 은밀히 저울질하는 것 같은 눈알을 굴리다가 김사행은 혼잣소리처럼 슬쩍 한마디 던졌다.

"왜적들이라면 간을 내서 씹어먹어도 시원치 않은 터입니다만, 그
자들을 끌어들여 심복을 삼는 인사가 있다는 소문이니 어찌 한심한 일이
아니겠습니까요."

"뭣이?"

이성계는 두 눈을 부라린다.

"다시 말해 보라. 지금 뭐라고 했지."

"아니올시다, 마마."

김사행은 기겁을 하는 시늉을 한다.

"제가 잠깐 혼잣소리를 했을 뿐입니다요. 구태여 성청(聖聽)을 어지럽
히고자 한 말은 아니올시다."

굳이 꽁무니를 빼는 어투였지만, 그것이 오히려 이성계를 더욱 자극했
다.

"왜적들을 끌어들여 심복을 삼는 자가 있다고 했것다?"

노목(怒目)을 이글거리며 이성계는 캐고 들었다.

"누군고? 다름아닌 나의 치하에서 이 땅의 초목을 씹고 사는 백성치고
어느 누가 감히 그 따위 반역 행위를 하고 있단 말인고?"

"용서하십시오, 마마."

김사행은 머리를 조아리며 흉측을 떨었다.

"신이 본시 경망하여 입에 담지 말아야 할 말까지 경경히 지껄였나
보옵니다."

입을 사리려고 하면 할수록 더욱더 캐묻고 싶은 것이 인지상정이었
다.

"이것봐, 김판사."

이성계는 문득 언성을 낮추었다. 그러나 거기엔 오히려 듣는 사람을
무겁게 찍어누르는 위력이 있었다.

"나는 누구이고, 그대는 누구인고."

"그야 마마는 지존하시고 지엄하신 나라님이시며, 신은 마마께서 죽으라고 분부하시면 당장에 죽기라도 해야 할 버러지 같은 존재가 아닙니까요."

김사행은 엉너리를 쳤다.

"그런 소리를 듣자는 게 아니야. 내가 그대를 어떻게 대해 왔느냐 그걸 묻는 거야."

"예예, 그와 같은 물음이시라면 새삼 무슨 말씀을 사뢰겠습니까요. 버러지만도 못한 천한 이 자에게 극진하신 성총을 베풀어 주신 성은을 어찌 모르겠습니까요."

그것은 단순히 입에 발린 말에 그치는 소리는 아니었다.

이성계가 그에게 얼마나 파격적인 은혜를 베풀었는가, 김사행의 과거를 잠깐 들추어 보아도 짐작이 갈 것이다.

그의 초명은 광대(廣大), 그 이름처럼 광대를 연상케 하는 겉표정을 보이고 있었지만, 속셈은 정반대로 올차고 약삭빨랐다.

특히, 국왕의 환심을 사는 데엔 비상한 묘술을 터득하고 있었다.

고려 공민왕 때, 그는 벌써 모든 동료 환관들을 물리치고 판내시부사 자리를 점유하고 있었다. 그것을 기화로 공민왕을 부채질하여 정릉 영전(正陵影殿)의 대공사를 일으키게 하였다가 백성들의 원망의 적이 되기도 했다.

공민왕이 죽고 우왕이 즉위하자, 선왕을 미혹(迷惑)하여 국가 재력을 탕진한 죄에 몰려 가산이 몰수되고 익주(益州)로 유배되었으며 관노(官奴)의 신세에까지 몰락했었지만 그는 오래 되지 않아 재기하였다.

우왕이 죽고 공양왕이 등극하자, 다시 궁중으로 기어들어 판내시부사의 정좌(頂座)를 탈환하였으며, 국왕 공양왕의 행동까지 자기 뜻대로 좌우하였다.

어느 날 왕이 경연, 즉 강의를 받는 자리에 나가려고 했을 때였다. 김사행은 이런 말로 제지한 일까지 있다고 한다.

"세월이란 길고 긴 것이옵니다. 하루쯤 강을 받지 않으신다고 국가 정사에 어떤 해가 돌아가겠습니까."

요컨대, 역대 국왕의 인간적인 약점을 최대 한도로 이용한 간사한 인물이었다.

그러나 그의 비범한 유영술(遊泳術)은 전 왕조가 거꾸러지고 이씨 왕조가 들어서도, 결코 서리를 맞지 않았다. 어떠한 손을 썼던지 왕조의 창업주 이성계는 그의 과거를 나무라기는 고사하고, 전 왕조의 어느 국왕보다도 극진히 총애하였던 것이다.

한 가지 예만 들겠다. 궁궐을 드나들 적이면 그는 항상 승교에 높이 앉아 거드럭거리며 출입하였다는 것이다. 인신(人臣)치고는 어느 고관대작도 감히 흉내낼 수 없이 방자한 위세였다.

"성은이 그토록 망극하시온데, 어찌 소신 혼자 몸만 사리고 있겠습니까요."

김사행은 제법 대단한 결심이라도 한 것 같은 얼굴로 이성계를 우러러보다가 또 무슨 요사를 벌리려는 것일까, 고개를 푹 떨구었다. 그리고 울먹이는 소리로 호소했다.

"마마, 차라리 소신을 죽여 주십시오."

이성계는 어안이 벙벙해질 뿐이었다.

"무슨 소리를 하는고……. 왜적을 끌어들였다는 자가 누구인가를 묻고 있거늘 그대를 죽여 달라?"

그러나 김사행은 거듭 엉뚱한 소리만 뇌까리고 있었다.

"차라리 소신이 죽어야 합니다. 마마의 분부이시니 하문하시는 말씀, 사실대로 고하지 않는다면 불충이 될 것이옵고, 그렇다고 그 일을 입밖에 낸다면."

여기서 그는 문득 말을 끊고 어깨를 들먹였다. 한 손으로 눈물까지 닦는 시늉을 한다.

하다가 쥐어짜는 것 같은 소리로 겨우 말을 이었다.

"지존하신 마마의 부정에 금이 가게 할는지도 모르니, 어찌해야 좋겠습니까, 마마?"

들으면 들을수록 궁금증을 긁어주는 소리였지만, 그러면서도 문제의 핵심으로 교묘하게 유도하는 소리이기도 했다.

"부정에 금이 간다? 그렇다면 혹시 내 아들들과 어떤 관계가 있다는 건가."

이성계는 앞질러 물었고, 그것은 또 김사행이 은밀히 펼쳐놓고 기다리는 그물에 걸려드는 것이기도 했다.

그러니까 정도전이 그의 귀에 속삭인 말은 그와 같은 그물을 치라는 작전 지시였던 것일까.

"소신을 그저 죽여 주십시오, 마마."

김사행은 또 엄살을 피운다.

"내 아들이라면 누구냐. 왜적을 끌어들여 장난질을 한다는 녀석이 어느 녀석이냐."

김사행의 그물에 완전히 옭혀든 이성계는 성급하게 설치고만 있었다.

"방우냐?"

우선 맏아들의 이름을 꼽아본다.

김사행은 잠자코 있었다.

"아니면 방과냐?"

역시 김사행은 말이 없다.

"방의냐? 방간이냐?"

그래도 김사행은 수긍하는 눈치를 보이지 않았다. 이성계의 양미간에 불안한 그늘이 서리었다.

"그렇다고 설마 방원은 아니겠지?"

그러나 그 말이 떨어지기 바쁘게,

"그저 소신을 죽여 주십시오."

김사행은 통곡하듯 소리쳤다. 그리고 그것은 방원이 혐의자라는 것을 자백하는 소리이기도 했다.

"다른 누구도 아닌 방원이 왜적들을?"

앓는 소리처럼 아프게 한마디를 터뜨리고는 이성계는, 두 어깨를 푹 떨구었다.

그때껏 다 죽어가는 시늉만 하고 있던 김사행의 빈대눈이 표독한 불을 뿜었다.

"신이 잘못 들었는지 모릅니다만, 이번에 수주땅에 왜적들이 침공할 것을 미리 탐지하게 된 것도 왜적들과 오래 전부터 내통하여 온 때문이라고 합니다. 그러지 않고서는 신출귀몰하는 왜적들의 동태를 무슨 수로 사전에 파악할 수 있겠느냐는 것이 모든 사람들의 공론이옵니다."

김사행이 나풀거리는 소리를 이성계는 듣고 있는지 어쩐지 신음소리 같은 소리만 흘리고 있었다.

"그뿐이 아니옵니다. 이번에 침공한 왜적들 속엔 정안군이 항상 곁에 두고 부리는 수상한 왜무까지 섞여 있었다고 합니다."

조온에게 밀서를 전달한 인물이 평도전이라는 것을 용하게 탐지하고 이렇게 둘러댄 소리였겠지만, 그것은 결정적인 한마디였다.

"방원이가? 다른 사람도 아닌 내 아들이 왜적들과 내통을 한다?"

김사행이 물러간 뒤에도 이성계는 어금니를 씹고 있었다.

물론 새 왕조를 창업하고 나자, 이성계는 일본과의 관계 개선을 시도하려는 움직임을 보이기도 했다. 그러나 그것은 어디까지나 정책적인 배려였다. 적들을 일본 정부의 힘을 통해서 제압해 보려는 외교적 포석에 지나지 않았다.

또 그러한 움직임은 새 왕조의 자신과 도량을 과시해 보려는 일종의 연기이기도 했다.

그러나 그의 개인적인 감정은 일본인들을 용납할 수 없었다. 더구나 도둑괭이처럼 이 나라의 허점만 엿보는 왜구(倭寇)들에겐 예나 지금이나 치가 떨린다.

분노하고 있는 그의 뇌리에 지난날의 한 사연이 생생히 되살아난다.

고려 우왕 때였다.

일본의 해적선 5백여 척이 충청도 진포(鎭浦)에 몰려들어 경상, 충청, 전라 등 하삼도(下三道)에 출몰, 노략질이 극심하였다. 그때 도순찰사(道巡察使)의 임무를 띠게 된 이성계는 왜적 토벌차 출전하였다.

그의 부대가 장단(長湍)에 이르렀을 때였다. 흰 무지개가 태양을 꿰어 뚫는 형상을 보이고 있었다.

수하 장졸들은 수런거렸다. 그것이 길조인지 흉조인지 궁금히들 여겼다. 그러자 그 부대에 종군하고 있던 한 술사(術士)가 예언하였다.

"일본인들은 해를 표장(標章)으로 삼고 그것을 저희네들 깃발에까지 그리고 다니는 터이니, 해는 곧 왜적들을 뜻하는 것이외다. 또 우리 한인들은 예로부터 백색을 숭상하여 오는 터인즉, 흰 무지개는 곧 우리 고려군의 화상을 뜻함이라, 우리의 화살, 우리의 창검들이 왜적들의 가슴을 뚫어 토멸하리라는 길조인 걸로 아오."

그럴싸한 풀이로 들리는 소리이기도 했으며, 그것은 또 동요하는 장졸들을 고무하기 위한 말이기도 했지만, 이성계는 심골 깊이 불길한 예감이 새겨지는 것을 느꼈다.

예언자의 말과는 정반대로, 그는 자기자신을 태양에 비유하고 있었다. 따라서 흰 무지개는 왜적들의 표독한 칼날처럼 보였다.

그러나 그는 용약 싸움터를 향하여 말을 몰았다.

자신의 안위 따위는 문제가 아니었다. 싸움터가 가까워질수록 왜적이 할퀴어 놓은 상처는 차마 눈뜨고 볼 수 없을 정도로 처참했다. 민가란 민가는 거의 다 잿더미로 변해 버렸고, 산 아래에는 무고하게 죽어간 백성들의 시체가 무수히 널려 있었다.

그 참경을 목도하자 이성계는 비통 속에서 증오의 불길만 태우고 있었다. 거의 식음을 전폐하고 전진(戰塵) 속을 치달렸다.

그 당시의 그의 심곡(心曲)을 훗날 이씨왕조의 창업을 노래한 대서사시 《용비어천가》 제50장엔 이렇게 읊조리고 있다.

내 백성 여엿비 여기사 장단을 건느실제 흰 무지개 해에 꿰니이다.

불안한 예감은 적중하였다.

흰 무지개 아닌 왜적이 쏜 화살 한 대가 이성계의 무릎에 꽂힌 것이다. 그러나 그는 눈썹 하나 까딱 않고 분전하여 적들을 모조리 소탕하고 개선했다. 오직 백성들을 어여삐 여기는 충정에서, 자신의 몸은 돌보지도 않고 용전분투한 이성계의 행동은 모든 사람들을 감동시켰다.

특히 훗날 그의 가장 강력한 적수가 되는 최영(崔瑩) 그 사람까지도 백관을 거느리고 마중 나와서 이성계의 손을 잡고 눈물을 흘리며 치하했다는 것이다.

"공이 아니었던들 이 나라가 누구를 믿을 수 있었겠소."

이성계는 그때 상처를 입은 그 무릎을 어루만져 본다. 그 당시엔 오히려 모르던 혹독한 통증이 새삼 되살아나는 것 같다.

"그러하거늘."

그는 또 어금니를 씹었다.

"나의 이 무릎에 안겨서 잔뼈가 굵은 내 아들놈이 바로 그 왜적들과 어울려서 놀아난다?"

그는 주먹을 떨며 자리를 차고 일어나려 했다. 하다가 상을 찡그리며 그 자리에 주저앉아 버린다. 그 무릎의 아픔은 기분적인 것이 아니었다. 치미는 울화가 까마득히 잊어 온 상흔을 자극하여 생리적인 아픔을 재발시킨 것일까. 오금을 펼 수도 없을 정도로 쑤시는 것이다.

"고얀 것들."

그는 견딜 수 없는 아픔 속에서 통분의 신음만 흘리고 있었다.

한편 방원은 수하 장졸들을 거느리고 4월 14일 개경에 당도하였다. 그의 발걸음은 가볍고 흥겨웠다.

서북면에 침공한 왜적들의 토벌을 계기로 자신의 정치적 위치가 유리하게 전개되리라는 계산적인 감정에서가 아니었다. 그 일로 말미암아

부왕 이성계의 노여움이 말끔히 풀렸을 뿐만 아니라, 자신의 귀경을 고대
하고 있다는 소식을 받은 때문이었다.

물론, 김사행의 속삭질로 이성계의 감정이 전보다 몇갑절 악화되어
있다는 사실은 까맣게 모르고 있는 방원이었다.

촌각이라도 속히 부왕의 얼굴을 보고 싶다. 그 얼굴에 활짝 피어질
웃음, 그 입에서 흘러나올 따뜻한|말들|만이 방원은 목마르게 그립다.

개정 남쪽 어귀 보정문(保定門 혹은 長縣門)에 들어서자, 이번에 같은
전라도 절제사에 임명되었던 진을서에게 휘하 장졸들의 지휘를 위임했
다. 방원 자신은 단신 예궐하여 부왕 이성계를 만나려는 심산이었다.

그러나 그때 보정문까지 마중나온 처남 민무구가 뜻하지 않은 말을
전했다.

"지금 예궐하셔도 헛일일 것이외다. 주상께선 궐내에 계시지 않으시니
말씀이요."

"뭣이?"

방원은 자신의 맥이 탁 풀리는 것 같은 허탈감을 느끼며 되물었다.

"갑자기 옥체가 미령하시어 평주 온천(平州溫泉)으로 행행하셨소이
다."

그 말은 사실이었다.

방원이 왜인들을 가까이 한다는 소식을 듣고 격분을 터뜨린 그날, 그리
고 그와 같은 흥분 때문인지 왜적의 화살을 맞은 무릎의 통증이 도지게
되자, 그 아픔은 좀처럼 가시지 않았다. 해서 전의들의 권고도 있고 하여
가까운 평주 온천으로 이성계는 떠난 것이었다.

"언제쯤인가?"

"지난 열흘날이오이다."

이성계가 출발한 날짜를 이렇게 전한 다음,

"그보다도 나리께 알려드릴 희소식이 있소이다."

민무구는 수선을 떨었다.

"우리 누님에게 태기가 있다는 소식이외다. 그러니 어느 곳보다도 댁으로 속히 돌아가셔야 할게 아니겠소이까."

물론 희소식이었다.

삼십이 가까와서 갖게 되는 첫아이, 그것이 아들이건 딸이건 가슴 설레는 경사가 아닐 수 없다. 그러나 방원의 가슴엔 그런 들뜬 기분을 찍어 누르는 무거운 그늘이 서려 있었다.

"아버님의 병환이 얼마나 심하시던가."

그것만이 무엇보다도 궁금했다.

"뭐 무릎이 약간 편치 않으시다는 얘기를 들었으니, 대단할 것은 없을 것이외다."

민무구는 시답지않게 말하는 것이었지만, 방원은 애가 탔다.

"그런 소식을 들은 이상 더욱더 지체할 수는 없네. 내 즉시 평주로 달려가서 아버님을 뵙고 올 것이니, 집안 사람들에겐 그렇게 전해 주게."

방원은 급히 말을 잡아탔다.

평주 온천은 지금의 황해도 평산군 적암면에 있었다. 그러니 송도에선 백여 리 이정밖엔 안된다. 한달음에 달려간다면 오늘 해가 지기 전에 당도할 수도 있을 것이었다.

그는 애마 응상백에 채찍질을 가하려다 말고 원해를 불렀다.

"그대도 함께 가야 하겠네. 아버님의 환후 심상치 않으시다면 그대의 손을 빌려야 할는지 모르겠으니 말야."

그러나 원해는 어쩐지 망설이는 기색이었다.

"어서."

방원은 조급히 재촉했다. 그래도 원해는 고개를 꼬고 무엇인가 골똘히 생각하는 얼굴을 하다가 겨우 말 한 필을 잡아탔다.

방원은 앞장서서 치달렸다.

보정문에서 평주 온천이 있는 서북쪽으로 달려가자면 방원의 사제였던 훗날의 경덕궁(敬德宮) 앞을 지나치게 된다. 가군(家君)이 개선한다는 소식을 들은 때문일까, 문밖에는 비복들과 가인들이 몰려나와 서성거리고 있었다.

그들 중엔 부인 민씨의 모습도 보였지만, 방원은 모르는 체 그냥 지나쳤다.

개경 서쪽 오정문 즉, 선의문(宣義門)을 빠져 나갔을 때였다.

"왕자님."

부르면서 뒤따라 오던 원해가 말머리를 나란히 하더니,

"아무래도 저는 수행하지 않는 것이 좋을 것 같습니다."

또 망설인다.

"어째서 오늘따라 공연한 소리를 거듭하는건가."

방원은 짜증섞인 소리를 던졌다.

"제가 듣기에 대왕님께선 일본 사람들을 대단히 못마땅하게 여기신다고 합니다. 만일 제가 왕자님을 따라갔다가 대왕님의 노여움을 사지 않을까 염려스러워 그러는 겁니다."

그야 원해 역시 김사행의 속삭질로 일궈진 이성계의 심화를 알고 하는 소리는 아니었다. 상식적인 판단에서 내려본 추측이었으며, 그와 같은 원려(遠慮)를 만일 방원이 받아들였다면 훗날의 화근은 미연에 방지할 수도 있었을 것이다.

그러나 방원은 원해의 우려를 일축했다.

"아버님께서 왜인들을 역겨워 하시는만큼 그대는 나를 따라가야 하는 걸세. 그대의 그 신묘한 침구술로 아버님의 환후를 치유하여 보게. 이때껏 아버님께서 품어오신 그대들 일본인들에 대한 견해도 달라지실 것이고 따라서 그대들이 갈망하는 귀화도 쉽게 이루어질 것이며, 나아가서는 그대들에게 응분한 벼슬자리까지도 내려질 것이 아니겠나."

원해에겐 무엇보다도 바람직한 해석이었을 것이다. 그는 더 방원의 말을 반박하지 않았지만, 그래도 그의 표정에선 불안한 그늘이 가시지 않았다.

평주 온천에 당도하는 즉시로 방원은 원해를 거느리고 왕의 행재소(行在所)로 직행하였다.

이성계가 평주 온천으로 요양차 행차한 것은 이번이 처음은 아니었다. 그가 즉위한 지 1개월 남짓한 태조 원년 8월 21일에도 대간(臺諫), 중방(重房), 통례문(通禮門) 등의 관원 각 1명과 사관(史官) 한 사람 그리고 왕을 호위할 의흥친군위(議興親軍衛)의 장졸 몇몇만을 거느리고 와서, 그 다음달 8일까지 근 20일 동안이나 묵어 갔다는 기록이 있다.

등극 당초였으니 처결하여야 할 국사가 허다하였을 수도 개경을 떠나서 상당한 기간 외지에 머물러 있어야 할 이유가 무엇이었을까. 자세한 기록은 보이지 않지만, 어쨌든 국왕이 근 20일 동안이나 묵은 사실이 있었던 곳인 만큼, 그곳엔 그럴만한 시설이 갖추어져 있었을 것이다.

방원은 그 행재소 출입문을 성급히 열고 들어섰다.

문을 지키던 수문장이 황급히 제지하려고 했지만,

"나는 정안군, 아바마마의 환후가 위중하시다고 하니 급히 친알(親謁)하여야 하겠다."

이 한마디만 던지고는 곧장 내실로 발길을 옮겼다.

아무리 임시 거처라고는 하지만, 국왕이 머무르는 곳은 곧 지엄한 궁궐이나 다름이 없다. 그러기에 그곳을 행궁(行宮)이라고 부르지 않는가.

소정의 절차를 거친 연후에 출입하여야 마땅한 일이었지만, 촌각이라도 속히 부왕을 만나고 싶은 방원의 충정은 그런 예도조차 망각하고 있었다.

내실 계하(階下)에 이르렀을 때였다.

벌써 재빠르게 눈치를 챘던지 환관 김사행이 쪼르르 마주 나왔다.

국왕 이성계가 가는 곳엔 그림자처럼 따라 다니는 그가 아닌가. 여기라고 붙어다니는 것이 새삼 이상할 것은 없었지만, 그의 얼굴을 대하는 순간, 방원은 무슨 독충이라도 만난 것처럼 섬뜩했다.

"전하께서 미령하시다는 기별을 받고 귀경하는 즉시로 이렇듯 달려왔

거니와, 지금의 환후가 배알할 수 있을 정도인지 어떤지 여쭈어 오도록
하라."

한 걸음에 뛰어들고 싶은 마음을 누르며, 방원은 이렇게 공식적인 어투
로 말했다. 이 간교한 내시에게 어떤 책이라도 잡혀서는 아니된다는 경계
심이 고개를 든 때문이었다.

김사행은 그 빼대대한 빈대눈 속 저 밑에 보일락말락한 웃음을 피우더
니,

"어서 듭시지요, 정안군 나리."

의외로 선선히 청해 올리는 것이 아닌가.

김사행의 그런 태도는 수상했다.

다른 때 같으면 국왕의 총애를 코끝에 걸고 어느 누구건 알현(謁見)
을 청하기만 하면 꼬치꼬치 캐고 간작간작 트집을 잡는 그가, 오늘따라
이렇게 순순히 구는 것은 무슨 까닭일까.

물론 거기엔 이유가 있을 게다. 방원에 대한 이성계의 감정은 지금
극도로 악화되어 있었다. 그것도 모르고 덮어놓고 달려온 방원을 대면시
킨다면, 가뜩이나 병고에 시달린 이성계의 신경은 최악의 형태로 폭발할
수도 있다.

그 점을 계산하고 김사행은 은밀히 유인작전을 꾀하고 있는 것일 게
다.

그러나 그런 내막을 짐작도 못하는 방원은 손쉽게 부왕을 만나게 된
것만이 반가왔다.

"그렇다면 내 들어가 뵙겠거니와, 한가지 더 일러둘 말이 있느니라."
하고는 거기까지 데리고 들어온 원해에게 눈길을 돌리며 말을 이었다.

"저 사람은 침구술에 정통한 의원인즉, 전하의 환후 여하에 따라서는
불러들일 것이니 내몰거나 하는 일이 없도록 하라."

그 말에 김사행은 원해를 곁눈질하며 속깊은 눈웃음을 또 피워 올렸
다.

거실 안에선 이성계가 꼼짝도 않고 누워 있었다.

"아바마마의 옥체 미령하시다는 소식을 듣고 소자 이렇듯 달려왔습니다마는, 환후가 과연 어떠하십니까. 몹시 괴로우시지는 않으십니까."

부왕의 고통을 자기 자신의 아픔처럼 새기면서 방원은 물었다.

이성계는 한동안 물끄러미 바라보기만 하다가,

"네가 염려할 것까지는 없느니라."

차가운 한마디를 던졌다.

방원이 예상한 것과는 너무나 다른 태도였다. 그는 달려 오면서도 부푼 공상에 가슴이 들떠 있었다. 일부러 사람까지 보내어 급히 귀경하라고 종용한 부왕이 아닌가.

예정대로 입궐하여 귀경 인사만 올렸더라도 반색을 하며 그의 공훈을 치하할 것이다. 하물며 개경을 떠난 평주땅에까지 자기는 지체않고 달려 간다. 부왕의 기쁨, 부왕의 반가움은 얼마나 벅찰 것인가.

한데 지금 던진 한마디는 무엇인가. 마치 귀찮고 성가신 인간이라도 뛰어든 것같은 그런 어투가 아닌가.

그러나 그것도 혹독한 병고에 시달린 신경 때문일 것이라고 고쳐 생각 하며 방원은 다시 물었다.

"그동안 차도가 어떠하십니까. 더하지나 않으십니까."

이성계는 여전히 움직이지 않는 시선만 쏘아던지다가, 지그시 그것을 감아 버렸다.

방원이 묻는 말에는 대답조차 하지 않았다. 비로소 방원은 심상치 않은 것임을 알았다.

하지만 무엇이 부왕의 태도를 그토록 격화시켰는지 상상조차 미치지 않았다.

난처한 한숨만 쉬고 있는데, 김사행이 다가왔다.

"환후가 위중하신 때문입니다, 나리."

그는 귀엣말로 속삭였다.

"특히 오늘은 아침부터 미동도 못하시고 누워만 계십니다요. 이곳의
의원들로선 속수무책이라 한심스럽기만 합지요."

야릇한 꼬리를 끄는 김사행의 속삭임의 이면을, 다른 때 같으면 방원의
형안은 어렵지 않게 꿰뚫어 보았을는지 모른다. 하지만 그의 심곡은 부왕
의 증세가 위중하다는 그 한마디만으로 착잡하게 헝클어져 있었다.

"이곳 의원들의 힘으로 감당할 수 없을 정도의 환후라면, 급히 사람을
보내서 유능한 의원들을 불러모아야 할 것이 아닌가."

그는 꾸짖듯이 쏘아주었다.

"지당한 말씀입니다요, 나리."

김사행의 응수는 어디까지나 녹신녹신했다.

"그래서 조금 전에 서울로 사람을 보내긴 했습죠만요. 서울서 전의들
이 달려오자면 오늘밤으론 어려울 것이며, 일러야 내일 저녁 나절에야
도달할 것이니 한시가 조급합니다요, 나리."

김사행의 말은 방원의 발목을 교묘하게 옭아매는 그물이나 다름이
없었지만, 방원은 그것도 모르고 오히려 그 그물에 매달렸다.

"그렇다면 이렇게 하는 것이 어떨까. 내가 들어올 때 계하에 세워둔
그 의원 말일세. 널리 알려진 얼굴은 아니지만, 침구술에 있어선 천하에
비길 자가 없을만한 명수야. 그 사람을 불러들여다가 진치(診治)하도록
시켜보는 것이 어떨까."

"그 왜인 말씀이지요?"

김사행은 일부러 언성을 높이며 호들갑을 떨었다. 이성계의 귀청을
일부러 찔러대는 그런 소리였다.

아니나 다를까. 그때껏 지그시 내리깔고 있었던 두 눈을 이성계는 무섭
게 부릅떴다.

그러나 방원은 몰랐다. 급히 밖으로 나가서 원해를 불러들였다.

방문 밖에 부복하여 네 번 절한 다음 원해는 조심조심 방안으로 들어
섰다.

그때 이성계는 다시 눈을 내리깔고 미동을 하지 않고 있었다.

김사행이 이성계에게로 다가가서 고하였다.

"정안군 나리께서 용한 의원을 구해 오셨습니다요. 잠시 진치코자 합니다만, 윤허하시겠습니까요."

이성계는 역시 눈을 감은 채 아무 말도 하지 않았다.

그것을 승낙의 의사 표시로 간주한 것일까.

김사행은 의미있는 시선을 방원에게로 보내더니, 이성계의 한쪽 하의를 걷어 올렸다.

무릎이 드러났다.

물론 아득한 옛적에 화살을 맞은 자국이니 상처다운 상처도 보이지 않았다. 또 그렇듯 혹독한 통증이 도졌다면서도 겉으로 보기에는 별 이상이 없었다.

김사행이 이번엔 원해에게 눈짓을 했다.

원해가 침통에서 침 한 대를 꺼냈다. 마치 노인의 백발처럼 가느다란 은침(銀針)이었다.

그것을 고운 모시 헝겊으로 한동안 원해는 문질러댔다. 일종의 소독인 것일까. 하다가 그는 그 침을 이성계의 무릎 한 옆에 꽂으려고 했다.

그때였다.

"너는 누구지?"

돌연 이성계의 입에서 벽력 같은 고함이 터졌다. 동시에 꼼짝도 하지 않고 누워만 있던 그가 벌떡 상반신을 일으켰다.

"너는 누구지?"

원해를 쏘아보며 이성계는 또 호통을 쳤다.

한번 부릅뜨면 맹수들도 겁에 질려 설설 긴다는 그 안광이었다.

원해는 손에서 은침을 떨어뜨렸다. 방바닥에 코를 박고 부복한 채 미처 대답도 못하고 있었다.

"왜종이라면서?"

이성계는 다시 이렇게 묻는 것이었지만, 원해는 역시 입을 떼지 못하고 후들후들 떨고만 있었다.

다만 김사행이 원해를 대신해서,

"예, 예, 이 나라 백성은 아닙지요, 상감마마."

나불나불 주둥이를 들이밀었다.

"바다 건너 일본에서 건너왔다는 사람이온데, 이 나라 의원 누구도 모르는 오묘한 침구술을 터득하고 있다 하옵니다요. 원래 일본 의원들은 침구술에 능하단 얘기를 들었었습지요."

말의 액면은 원해를 두둔하는 것 같은 소리였지만, 그 속엔 야릇한 가시가 도사리고 있었다.

"닥치지 못할까."

이성계는 호되게 꾸짖었다.

"이 상처가 어느 놈에게서 받은 상처란 말이냐."

손바닥으로 그 무릎을 뚜드렸다.

"왜적의 화살을 맞은 바로 이 자리에, 이번엔 왜종의 독침을 찌르겠단 말이냐?"

꾸짖는 당면한 상대는 김사행이었지만, 방원에겐 그것이 곧 자기에게 떨어지는 질책으로만 느껴졌다.

방원은 하고 싶은 말이 많았다.

아무리 원수의 것이라도 그것이 필요하다면 너그러이 받아들여 이편에 유리하도록 활용하는 것이 제왕의 금도(禁度)가 아니냐고 반발하고 싶었다. 그러나 그가 미처 입을 열기도 전에 김사행이 또 해들해들 끼어들었다.

"아뢰옵기 죄송하옵니다만, 약석(藥石)이란 바치는 사람에 달린 것이 아닌 줄로 압니다. 오직 그 약석의 질에 따라 효험이 좌우되는 것이 아니겠습니까요. 적이 주는 약재라도 그것이 인삼, 녹용같은 양약(良藥)이라면 몸을 보할 수도 있는 것이오며, 비록 심복이나 혈육이 바치는 약물이라도 부자와 같은 독약이라면 당장에 죽음을 초래할 수도 있는 것이 아니겠습니까요."

방원이 하고 싶은 말을 대변해 주는 소리 같았지만, 그 속에도 역시 야릇하게 긴 때가 엿보인다.

아니나 다를까. 이성계는 그 말을 묘한 각도에서 받아들였다.

"혈육이 주는 약이라도 독약은 독약이라?"

혼자 소리처럼 뇌까리다가 이번엔 정면으로 방원을 쏘아보았다.

──너 방원은 아비를 위하는 체하면서 아비에게 독사발을 안기려 드는구나.

그 눈길은 이렇게 꾸짖고 있는 것 같았다.

방원은 억울했다.

──너무하십니다, 아버님. 저는 오직 아버님의 환후를 치유하여 드리고자 왜인까지 데리고 오지 않았습니까. 왜인들을 거두어 기른 것도 그렇습니다. 아버님께서 세우시고 아버님께서 다스리시는 이 나라를 위해 긴히 쓸 날이 있을 것이라는 충정에서가 아니겠습니까. 이번에 수주땅에 쳐들어온 왜구들을 무찌르게 된 것도 그네들의 내막에 정통한 왜구를 가까이 한 때문이 아니겠습니까.

그러나 그것은 방원의 입 속에서만 맴돌뿐|입밖에까지 나오지는 못했다.

방원은 또 이런 말도 하고 싶었다.

──우리 왕조가 세워진 지 얼마나 됩니까. 아직 한 해도 못되지 않습니까. 새로 옮겨 심은 나무처럼 뿌리가 약합니다.

바로 곁에 꿇어엎드린 원해 그 왜인이, 처음 만났을 때 피력하던 이씨 왕조의 취약점과 대비책을 방원은 다시 부왕에게 전하고 싶었다.

──새로 심는 나무, 그 나무의 뿌리가 제아무리 모진 바람에도 흔들리지 않게 정착시키자면, 애초부터 깊고 넓게 자리를 잡아야 하지 않겠습니까. 좁다란 화분같은 이 나라 이 땅 뿐만이 아니라 남녘 일본 땅이건

북녘 명나라 땅이건 팔 수 있다면 파서 뿌리를 뻗게 해야 합니다. 우리네들 테두리 속에만 도사리고 앉아 있기를 고집한다면, 지나날 전 왕조가 그러했듯이 남으로부터 시달리고 북으로부터 시달리다가 비실비실 시들어버릴 우려도 없지 않습니다.

그러나 그말 역시 방원의 가슴 속에서만 맴돌뿐 입밖에까지 내진 못했다. 그 입을 무겁게 찍어누르는 것이 있었던 것이다.

이성계의 눈이었다.

한 번 감으면 거대한 바위에 찍어눌리는 것 같아 누구도 감히 고개를 들지 못했다는 기록이 있지만, 지금 이성계는 그렇게 두 눈을 내리깔고 있는 것이다.

감겨진 그 눈은 또 마음의 성문이기도 했다.

외부로부터 가해지는 힘으로는 결코 열리는 법이 없다. 내부로부터 스스로 풀리는 날을 기다릴 수밖에 없다는 것을 방원은 체험을 통하여 잘 알고 있었다.

——기다리자.

슬프고 괴로운 일이었지만, 그렇게 마음을 정하는 수밖에 없었다.

아직도 자라처럼 오그라져 있는 원해를 종용하여 방원은 밖으로 나갔다. 그러나 차마 평주땅을 떠날 수는 없었다.

물론 부왕 이성계의 마음의 문은 한번 닫혀지면 좀처럼 열리지 않는다. 몇 달이 가는 수도 있고 혹은 몇 해가 가는 수도 있다.

그러나 방원은 요행을 바라는 마음을 버릴 수가 없다.

——내일이라도, 아니 오늘 당장이라도 아버님의 마음이 풀리신다면 즉시 달려가야 한다.

봄의 훈풍처럼 훈훈한 그 웃음을 촌각도 지체말고 전신으로 받아야 한다.

방원은 행재소 한모퉁이 방을 비워서 묵기로 하였다. 그러나 그날밤은 고사하고 그 이튿날도 부왕의 마음이 풀렸다는 소식은 없었다.

그리고 다시 하루가 지난 사월 열엿새 한나절부터는 행재소 구석구석
에 심상치 않은 공기가 소용돌이쳤다.

"무슨 일이라도 있었는가?"

마침 밖에서 돌아온 원해를 향하여 방원은 불안스럽게 물었다.

부왕의 곁을 물러나온 이후 방원은 방안에 틀어박혀 칩거하고 있었지
만, 그 대신 원해만은 자주 나돌아다니며 바깥 공기를 염탐해 오곤 했던
것이다.

"대왕님께서 진노하고 계신 모양입니다."

원해는 결론부터 보고했다.

방원은 더욱더 불안해졌다.

"명나라에 갔던 사신이 돌아와서 무엇인가 복명했더니, 대왕님께서는
격노하시어 식음을 물리치고 계시다는 겁니다."

원해는 다시 이렇게 전했다.

"사신이라니? 이름은 뭐지?"

"문하시랑 찬성사 벼슬을 지내고 있는 우인렬(禹仁烈)이란 사람이라
고 들었습니다."

"우인렬이라? 그렇다면 지난 겨울에 사은사로 갔던 사람이 아닌가."

지난해 섣달 열이래, 국왕 이성계는 우인렬을 명나라에 파견하였다.

그에 앞서 역시 사신을 명나라에 보내어 고려권지국사(高麗權知國事)
의 이름으로 새 왕조 창건을 보고한 일이 있다. 그리고 명나라에서 그것
을 승인하게 되자, 사례하는 뜻을 전하기 위해서 그 우인렬을 파견하는
한편 마필 30필을 헌납하게 하였던 것이다.

"그 사람이 돌아왔다면 응당 반가워하셔야 할 일이거늘, 어찌하여
그렇듯 진노하셨을까?"

방원은 궁금했다. 그는 한동안 궁리에 잠기다가 원해에게 넌지시 지시
했다.

"우인렬이란 사람, 어전을 물러나오거든 내 방으로 데리고 오도록

하게. 내가 보자면 마다고는 하지 않을 걸세."

우인렬로 말할 것 같으면 전 왕조 고려때부터 정부 요직을 역임하여 온 증인이었다. 특히 왜구 토벌에 있어서는 여러 차례 큰 공을 세운 용장이기도 했다. 그러면서도 유능한 외교관으로서의 일면을 지니고 있었다.

전 왕조 때 창왕이 즉위하자 그 사실을 명나라에 알리기 위하여 파견된 일이 있었으며, 이번 역시 중대한 사명을 띠고 그곳을 다녀온 것이다. 그는 또 정부 요인들 중에서 방원을 지지하는 소수파에 속했다. 그런만큼 그가 찾아줄 것을 방원은 자신하고 있었던 것이다.

얼마 후 과연 원해와 함께 우인렬이 들어왔다.

"원로에 얼마나 노고가 심하셨습니까."

방원은 우선 깍듯한 인사부터 차렸다. 비록 불우한 위치에 밀려 있긴 하지만, 자기는 어엿한 국왕의 친아들이며 상대편은 한낱 신료에 불과하였지만, 방원이 그렇게 공근히 구는 까닭은 무엇보다도 그가 엄청난 연장자였기 때문이었다. 그때 우인렬의 나이 67세, 부친 이성계와 거의 맞먹는, 말하자면 아버지 뻘이 되는 사람이었다.

"노고랄 거야 없겠습니다마는."

왕자 대군이 공대를 하는 이상 자기도 그렇게 할 수밖에 없다고 생각한 것일까. 우인렬도 마주 공대를 하며 말을 이었다.

"제대로 사명이나 완수했으면 또 모르겠습니다만, 일을 그릇치고 돌아왔으니 송구스러울 뿐입니다."

"무슨 일이 있었습니까?"

비로소 방원은 문제의 핵심으로 파고 들었다.

"이걸 보십시오, 나리."

하더니 그는 아까부터 손에 쥐고 있던 각궁(角弓) 두 자루를 내보였다.

두 자루가 다 궁신(弓身) 한중간이 동강 나 있었다.

"우리측에선 명나라 천자에게 준마 30필이나 바쳤습니다만, 고작 답례로 준다는 것이 각궁 두 자루 뿐이었으니 어찌 전하께서 진노하시지 않으시겠습니까. 이렇게 궁신을 꺾어 던지셨지요."

방원은 입술을 터지게 깨물었다.

부왕의 분노가 그대로 자기자신의 분노가 되어 가슴을 후비는 것만 같았다. 그 당시 사신을 통하여 나라와 나라 사이에 선물을 주고받는 일은 일종의 관무역(官貿易)이나 다름이 없었다.

그 편에서 필요로 하는 물자를 이 편에서 진상하는 형식으로 보내면, 이 편에서 필요로 하는 물자를 그 값에 상당하게 회사(回賜)의 형식으로 보내 오는 것이 상례였다.

이번에 이 편에서 준마 30필을 보냈으니 그 편에서도 그 값어치가 될만한 물건을 보내왔어야 온당한 일일터인데, 겨우 활 두 자루 뿐이란 다. 강대국의 위세를 내세우고 약소국을 멸시하는 수작치고도 너무나 지나친 모욕이 아닐 수 없었다.

──명나라 천자, 그 자가 언제쩍부터 천자 노릇을 했다구.

이런 말이 목구멍까지 치미른 것을 겨우 삼키며 방원은 어금니를 깨물 었다.

명나라 태조인 주원장(朱元璋)으로 말할 것 같으면 한낱 가난한 농부의 아들로 태어난 인물이었다. 그것도 제대로 된 농토라도 경작하며 살 처지도 못되었다고 한다. 정처없이 떠돌아다니는 유랑민에 불과했다. 한때는 이집 저집을 찾아다니며 문전 걸식을 하던 걸인의 신세에까지 떨어진 일이 있었다던가.

그러다가 어찌어찌 풍운을 타고 중원에 군림하는 천자가 됐지만, 출신 성분은 이씨조선의 창시자 이성계보다도 훨씬 떨어지는 편이었다.

그런 인물이 상국의 황제라 하여 거드럭거린다는 것이 방원으로선 아니꼽고 울화가 치미는 일이 아닐 수 없었다.

그러나 그는 그 울화를 누르고 겨우 이렇게 입을 열었다.

"우리측에선 개국 당초부터 예를 다하고 성의를 다하지 않았소."

그것도 사실이었다.

즉위한 해 8월 26일, 명나라 황태자가 별세하였다는 부고가 전하여지자, 국왕 이성계는 여러 신하들과 더불어 복상(服喪)하는 정성을 다하였던 것이다. 아직 상국(上國)과 속국이라는 관계가 맺어지지 않았을 뿐만 아니라, 정식 국교도 트이지 않은 시점인데도 말이다. 그 다음 날인 27일에는 판례빈시사(判禮賓寺事) 정자위(丁子緯)를 시켜서 진헌마(進獻馬) 1,000필을 요동으로 관송(官送)하도록 하였으며, 이틀 후인 29일에는 전 밀직사(密直司) 조임(趙琳)을 파견하여 이성계가 고려국의 임시 통치자가 되었다는 사실을 전하고 명나라 천자의 사신 유윤(兪允)을 청하기도 했다. 그리고 또 그 다음날인 9월1일 삼사좌사(三司左使) 이거인(李居仁)을 파견하여 황태자의 서거를 진위하도록 했다.

명나라를 향하는 사행(使行)은 그 후에도 끊임없이 꼬리를 이었다.

11월 8일에는 지중추원사 노숭(盧崇), 중추원부사 조인옥(趙仁沃)을 하정사(賀正使)로 파견하였으며, 29일에는 예문관 학사 한상질(韓尙質)을 국호 문제로 보내는 등 비루할 정도로 명나라의 환심을 사기에 급급하였던 것이다.

"그러나 그쪽에선 이렇듯 우리를 홀대하다니 그 까닭이 무엇입니까?"

방원은 묻지 않을 수 없었다.

"겉으로는 우리측의 성의가 부족하다는등, 예절을 차리지 않는다는등 생트집을 잡고 있습죠만, 속셈은 우리측의 군사력을 두려워하고 있는 것입지요. 그래서 애당초부터 기를 죽이려고 허세를 부리는 것입지요."

우인렬은 이렇게 풀이하였다.

강대국 명나라가 약소국 조선의 군사력을 두려워한다는 말은 혹 이상하게 들릴는지 모르지만, 전혀 근거 없는 소리는 아니었다.

극동의 한 귀퉁이 한반도의 군사력은 일찍부터 중국 대륙에 강력히 인상되어왔던 것이다.

고려 공민왕 3년 6월 13일, 그 당시 원나라 치하에 있던 중국 각처에 반란 세력이 대두되자, 원나라 정부에서는 특사를 파견하였다. 유탁(柳濯), 염제신(廉悌臣), 정세운(鄭世雲), 황상(黃裳), 최영(崔瑩), 이방실(李芳實), 안우(安祐) 등 고려측의 용장의 이름까지 지적하며 장사성(張士誠)의 반란 세력을 토벌하여 달라고 요청하였던 것이다.

그래서 그 다음날인 7월 4일, 유탁, 염제신 등 40여 장성은 정병 2천을 거느리고 원나라로 향하였으며, 다시 원나라에서 살고 있던 교포 2만 3천 명을 모집하여 장사성이 근거지로 삼고 있던 고우성(高郵城)을 공격하는데 눈부신 활약을 하였다는 기록이 고려사에 보인다.

아마 우리의 역사상 해외로 원정군을 파견하여 크게 국위를 떨친 두드러진 사례 중의 하나일 것이다.

다시 공민왕 10년 겨울, 10만 대군으로 침공해 온 홍건적을 포위, 섬멸하여 고려국의 위력을 과시한 사실은 너무나 유명하다.

그 후 새로 명나라를 세우고 황제가 된 주원장 역시 장사성 일파나 홍건적과 비슷한 반란 세력 출신이었던만큼, 고려군의 막강한 군력을 절실하게 피부로 느끼고 있었을 것이다.

그리고 또 있다.

고려 우왕 14년, 최영과 이성계가 거느리는 요동 정벌군의 출정은 정식으로 명나라와 대결하려던 거국적인 거사였다.

이성계의 위화도 회군으로 그와 같은 정면 충돌은 아슬아슬하게 회피되었지만, 명나라측이 고려측의 군사력을 얼마나 두려워하였는가는 그 후의 조치로도 명백하다.

즉 명나라 정부는 고려측의 주장을 그대로 받아들여 철령위(鐵嶺衛) 설치 계획을 포기하였으며, 고려의 동북, 서북 변경 일대를 고려의 판도로 인정하였던 것이다.

"그래서 전하께선 어떻게 대처하시겠다는 것입니까?"

방원은 물었다.

"명나라측에서 끝끝내 생트집을 거듭한다면, 일전을 불사하시겠다고 말씀하십니다."

통쾌하다.

모처럼 독립된 주권 국가를 이룩하였으면서도 인접한 강대국의 눈치를 살피느라고 갖은 굴욕을 참아온 터이니, 그 자들의 콧대를 꺾어줄 수 있다면 얼마나 시원할 것인가.

──그러나.

방원은 급히 고개를 가로저었다.

국사란 개인적인 감정만으로 좌우될 것은 아니다. 아무리 울화가 치밀더라도 그것을 기분대로 풀겠다고 덤빌 수는 없다. 결과를 면밀히 계산한 후에 움직여야 한다.

만일 섣부른 전단(戰端)을 터뜨렸다가 패배하는 날이면, 이 나라의 국기(國基)는 뿌리 채 엎어지고 만다.

"내 이러고 있을 수는 없습니다."

방원은 자리를 차고 뛰쳐나가려고 했다.

"어디로 가시려는 겁니까? 나리."

등 뒤에서 우인렬이 물었다.

"아무래도 전하를 뵈어야 하겠습니다. 나도 비록 전하의 노여움을 사고 있는 몸입니다마는, 국가의 안위를 어찌 방관할 수만 있겠습니까?"

그는 당장 이성계의 거실로 뛰어들어 감정적인 처결을 제지하려고 마음먹은 것이다.

"그야 나리의 심정 충분히 이해하고도 남겠습니다마는, 지금은 되도록 움직이지 않으시는 것이 좋을 듯합니다."

우인렬은 점잖게 말했다. 그리고 말을 이었다.

"내 김사행이란 환관으로부터 얘기를 들었습죠만, 그러지 않아도 나리께서 왜인들을 가까이 하신 탓으로 전하의 격분을 사고 계신 처지가 아니십니까. 명이나 왜나 다같이 우리의 자립을 위협하는 것으로 여기시는 전하께, 다른 사람도 아닌 나리께서 충고를 하신다면 오히려 역효과만 불러일으킬 것이 아니겠습니까?"

지극히 객관적이며 온당한 판단이었지만, 방원에겐|새삼 자기의 입지 조건이 얼마나 난처한 것인가를 깨닫게 하는 말이기도 했다.

"내 낫살이나 먹었다고 하는 소리는 아니오이다만, 사람이란 바람을 맞게 되면 그저 죽은 체 엎드려 있는 것이 상책입니다."

우인렬은 다시 이런 식으로 말머리를 돌렸다.

"나도 이 나이가 되도록 살아오는 동안에 호된 바람도 맞은 적이 있습죠만, 때가 이르면 바람은 저절로 자는 법이더군요."

그가 말하는 호된 바람 역시 해석하기에 따라선 이성계로부터 불어닥친 것이었다.

고려 공양왕 원년, 최영의 조카였던 김저(金佇)라는 인물이 그때 여흥(驪興)에 유배되어 있던 우왕의 밀령을 받아 예의판서(禮儀判書) 곽충보(郭忠輔)와 함께 이성계 암살을 음모한 적이 있었다.

그러나 곽충보가 이성계에게 밀고함으로써 김저는 순금옥에 갇히게 되었는데, 그때 우인렬도 연루되어 청풍군(淸風郡)으로 유배되었지만 2년 후인 공양왕 3년에는 혐의가 풀려 석방되었으며, 이씨왕조가 수립되자 문하시랑찬성사라는 요직에까지 오르게 된 사실을 말하는 것이다.

"전하에 대해선 어찌 나리만큼 소상이 알겠습니까마는, 그 어른은 한 번 진노하시면 벽력처럼 무서운 분입지요. 천지를 진동하는 벽력을 거역할 수는 없습니다. 때를 기다려야지요."

우인렬의 충고에는 인생의 숱한 파란을 헤치고 살아온 사람만이 지닐 수 있는 무거운 힘이 있었다. 방원의 젊은 홍분을 지그시 가라앉혀 주는 위력이 있었다.

"기다려 보십시오, 나리. 참고 기다리시느라면 반드시 전하께서 나리를 부르실 날이 도래할 것입니다. 더구나 내가 보고 들은 중원의 풍문은 장차 나리의 숨은 힘을 불러일으키고야 말 것입니다."

우인렬은 수수께끼 같은 소리로 말끝을 맺었지만, 그 말은 먼 앞날을 정확히 예견하는 예언이었다.

방원은 다시 참기로 마음을 굳혔다.

그달 25일, 이성계가 평주 온천으로부터 개경으로 환행(還幸)할 때까지, 그는 그 곳에 머물러 있으면서도 부왕 앞에 얼씬거리는 행동은 극력 자제하였다.

10. 地下水

한 통의 글발을 손에 잡고 방원은 착잡한 시선을 흘리고 있었다.

언제나 그림자처럼 그의 곁을 따라다니던 원해의 방안이었다.

평주 온천에서 돌아온 방원은 우인렬의 충고도 있었고 스스로 생각하는 바도 있고 해서 되도록 바깥 출입을 삼가며 몸을 사리고 있었다. 간혹 가까이 불러서 대화를 나누는 상대가 있다면 원해 정도였다.

그런데 오늘 따라 그 원해가 아무리 불러도 나타나지 않는 것이다.

이상한 예감이 들어 그의 방을 찾아봤더니, 원해는 없고 그 대신 그가 써놓고 나간 것으로 여겨지는 글발 한 통만이 눈에 띄었던 것이다.

"소인 원해 삼가 정안군 나리께 아뢰옵니다."

첫줄부터가 방원을 긴장시키는 글발이었다.

수시로 허물없이 무릎을 마주대고 흉금을 헤치고 할 얘기 못할 얘기 나누어 온 사이가 아닌가. 새삼스럽게 붓끝으로 옮겨서 자기에게 전할 얘기는 무슨 얘기이며, 또 새삼스럽게 어색한 예도를 차리느라고 늘어놓은 이 딱딱한 문귀엔 어떤 곡절이 숨어 있는 것일까.

"본시 하잘것 없는 섬나라 백성이 왕자대군 나리의 망극하신 은총을 입사와 밤낮을 가리지 않고 시종하여왔사오이다마는, 곰곰 성찰하여 보니 소인이 왕자님을 모신다는 것은 왕자님을 돕는 길이 아니오라, 오히려 왕자님께 화근이 될 뿐이라는 점을 때늦게나마 절감하였나이다. 대왕님의 진노를 사시어 불우한 궁지에 몰리신 것도 소인 때문이옵고, 또 뜻하지 않은 왜구들의 침공은 왕자님의 처지를 더욱더 불리한 곳으로만 몰고 있는 형편이오이다."

방원은 잠시 창밖 하늘에 착잡한 시선을 띄워 본다.

원해의 말과 같이 시국은 그에게 불리하게만 돌아가고 있었다.

부왕 이성계와 대소 신료들, 그리고 숱한 백성들의 대일 감정을 악화시키고 경화시키는 사건이 속출하였던 것이다.

왕이 평주 온천을 떠나 환궁길에 오르기 닷새 전인 4월 20일에는 양광도 안렴사(安廉使) 조박(趙璞)으로부터 왜구 30여 척이 연해를 향하여 몰려오고 있다는 보고가 있었으며, 5월 7일에는 고만량(高湾梁 : 충남 보령군 주포면 고만리)에 상륙하였다는 급보가 날아들었다. 그리고 그 전투에서 만호(萬戶) 최용유(崔用儒)는 역전분투하다가 마침내 두 아들과 함께 전사하였다는 비보까지 곁들여 전해졌다.

다시 하루가 지난 8일에는 전라도 아용포(阿容浦)를 침공하였다는 것이며, 그달 21일에는 개경에서 엎드리면 코닿을 지점인 강화도 교동(喬桐)에까지 몰려들어 노략질을 자행하였다는 것이다.

어디 그뿐인가. 달이 바뀌어 6월 6일에는 황해도 문화(文化 : 신천군), 영녕(永寧 : 송화군) 두 고을을 짓밟았으니, 불과 한 달 남짓한 동안에 왜구들의 손톱은 이 나라 서남 해안 거의 전역을 꼬집고 할퀸 셈이었다.

상하 관민들의 대일감정이 극에 달한 것은 오히려 당연한 현상이었으며, 그 여파는 왜종들을 두둔하고 가까이하는 방원에게 밀어닥치지 않을 수 없었던 것이다.

"그러하온즉 소인은 얼마 동안 왕자님 곁을 떠날 것이오며, 평도전 역시 같은 의향이옵니다. 하오나 소인 등은 어느 곳에 있건 왕자님을 지켜보고 있을 것이옵니다. 어느 때이고 소인들을 필요로 하실 때에는 지체 않고 득달할 것을 굳게 언약하겠사옵나이다."

원해의 글발은 이렇게 끝을 맺고 있었다.

물론 그와 그리고 평도전이 자취를 감추어 버린 데엔 그들 나름의 계산이 있었을 것이다.

일본인에 대한 감정이 극도로 악화된 이 판국에, 그 문제로 지탄을 받고 있는 방원의 주변에서 얼씬거리다가는 언제 어떠한 횡액을 당할는지 알 수 없는 일이었다.

그러나 원해의 글발 저류에 흐르고 있는 것은 그런 계산만이 아니었다. 정이 담겨 있었다. 인간의 정곡(情曲)과 정곡을 마주 흔드는 무엇이 있었다.

──어째서 아버님은 이 점을 외면하시는 걸까.

일본인들 중에는 물론 이 나라에 해를 끼쳐온 자들이 많다. 하지만 이 나라를 위해서 이바지하려는 일본인도 없지는 않다는 것을 헤아리고 활용할 줄 아는 탄력 있는 눈이 아쉬웠다.

그 사람의 출신 지연만을 보고 도매금으로 평가해 버리려는 고루한 고정관념이 방원은 답답했다.

──지난번에 찾아온 명나라 사신이란 자들은 어떤가.

그러니까 5월 23일, 명나라 황제의 조서를 휴대하고 황영기(黃永奇), 최연(崔淵)이라는 두 사신이 내도하였다.

그 사신은 고려 출신의 교포라고 한다. 어떠한 사정이 있어서 명나라로 흘러갔는지 확실한 기록은 없지만, 어쨌든 그 나라 사신이 되어 모국을 찾아온 셈이었다.

그러한 그들이 휴대하고 온 명나라 황제의 조서는 어떠하였던가.

"너는 사람을 요동(遼東)에 파견하여 행례(行禮)라는 이름을 빌어 황금과 비단으로 변방의 장수들을 꾀었으니, 상국과의 틈을 벌리자는 소행이 아니고 무엇이겠느냐.

근자 은밀히 사람을 보내어 여진족들을 충동하고 압록강을 건너게 하여 불러들였으니 이것은 또 무슨 수작이냐.

입으로는 신(臣)이라 칭하고 조공을 합네 하면서 보내온 마필이라는 것은 모두 쓸모없는 조랑말들 뿐이었으니, 이것은 짐을 업수이여기는 짓이 아니겠느냐?"

원조말(元朝末) 군웅이 할거하여 중원(中原)을 요동하고 백성들이 병재(兵災)에 시달린 지 무릇 2기(二紀 : 一紀는 12년) 유여, 짐은 훈장 연병(訓將練兵)하여 군웅을 소제하고 사방을 정벌하여 만이(蠻夷)를 거의 다 복속한지라, 앞으로는 봉인(鋒刃)을 화하여 농기(農器)를 삼고 장사(壯士)를 위무하여 태평을 향유케 하고자 하거늘, 어찌 너희네 고려 는 병앙(兵殃)을 꾀하고자 서두르는고. 짐, 상제(上帝)에 소고(昭告)하 고 장졸들에게 명하여 동정(東征)함으로써 모혼(侮混)을 씻고자 하노 라. 다만 여진족들을 송환하고 그 자들을 꾄 죄인을 잡아 바친다면, 너희 땅을 정벌하는 일은 보류할 수도 있느니라."

생트집이 아니면 상국의 위세를 휘두른 공갈이었다.

그뿐이 아니었다. 그와 같은 조서를 전달한 고려 출신 두 사신의 거만 한 태도는 차마 볼 수 없을 정도로 방약무인하였다는 것이다.

약소국의 군주는 슬프다. 이 나라에선 대소 신료들과 모든 백성 위에 군림하는 최고의 통치자지만, 강대국 황제에 대해서는, 아니 그가 보내는 사신 따위 앞에서도 절절 매야 한다.

황영기, 최연 두 명사(明使)가 내도하자 국왕 이성계는 백관을 거느리 고 선의문(宣議門) 밖까지 몸소 영접을 나갔다. 선의문이라면 개경 서쪽 끝에 있는 성문이었다.

두 사신을 전도(前導)하여 수창궁에 이르렀으며, 명제의 말을 전하는 청소행례(聽訴行禮)가 끝나자, 이번엔 그들 두 사신을 전상에까지 모셔 올려 질탕한 잔치를 베풀어 주었다.

황영기나 최연이나 모국에 있을 적엔 변변한 벼슬 한자리 못했던 인간 들이었을 것이다.

그들이 그대로 이 땅에 머물러 있었다면 국왕 앞에선 감히 고개도 들지 못할 형편이었을 것이다.

그러나 그들은 마치 저희들 자신이 명나라 천자라도 되는 것처럼 온갖 거드름을 피웠으며 숱한 금품을 강요하였다는 것이다. 말하자면 외세를 빌어 동족의 가슴을 흙발로 짓밟은 것이나 다름이 없었다.

——동족이라도 그런 자들이 있는가 하면, 이방인이라도 평도전이나 원해 같은 사람이 있다는 걸 어째서 아버님은 모르신단 말인가.

방원은 외치고 싶었지만 그런 말 한마디 입밖에 낼 수 없는 궁지에 몰린 그였다. 답답하고 허전하고 외롭기만 하다.

평주 온천에서 돌아온 이후 그러지 않아도 소외된 나날을 보내온 방원이었다. 절대적인 권력자 국왕의 역겨움을 사고 있는 방원은, 몹쓸 역귀(逆鬼)라도 들린 사람처럼 지겹게만 보이는 것일까.

전에는 자주 드나들던 정우(政友)들의 발걸음까지 사뭇 뜨악해졌다. 어쩌다 찾아드는 사람이 있다면 민무구 형제들 정도였다.

그러나 그들은 결코 방원의 외로움을 덜어 주는 반가운 손님들은 아니었다. 한다는 말이 방원의 비위만 건드리는 소리뿐이다.

"이제 누님이 포태까지 하셨으니 나리께서도 한층 힘을 얻으셨겠습니다."

언사는 평범하고 무던한 것 같았지만, 거기엔 변함없는 처남들의 야망이 이글거리고 있었다. 자식까지 갖게 되었으니 더욱더 분발하라는 부채질이기도 했다.

그러나 방원의 귀엔 쓰겁기만 했다.

——자식이란 무엇인가.

그는 곱씹어본다.

——득의에 찬 사람이라면 자신의 위세, 자신의 영화를 대대로 물려주어 오래오래 간직하기 위해서라도 바람직한 것일는지 모르지만, 지금의 나에겐 무슨 뜻이 있겠는가?

소외당한 신세, 큰소리도 못하고 숨을 죽이고 지내는 자기에겐 자식이란 오히려 서글픈 짐에 불과했다.

제멋대로 지껄이다가 처남들마저 돌아가고 나면, 방원은 더욱더 고독해진다. 그야 바람을 피하고자 엎드려 사는 그에겐 그런 고독이 어쩌면 바람직한 일일는지 모르지만, 그 속에 완전히 자기를 매몰시키기엔 방원의 피는 아직도 젊었다.

뭔가 자극이 아쉬웠다. 화려한 권력의 무대에서 그것을 취할 수 없다면, 후미진 구석에서라도 모색하고 싶었다.

그런데 야망의 대로에서만 살다가 실의의 뒤안길로 쫓겨든 사나이가 취할 수 있는 자극이란 무엇일까.

우선 여자였다.

여자치고 가장 가까운 위치에 있는 것은 민씨부인, 평생의 숙망이 이루어지게 된 기쁨 때문일까. 방원에 대한 태도가 전과는 판이하게 달라져 있었다. 전처럼 냉랭한 거드름을 피우지도 않았고 음성적인 신경질도 보이지 않았다.

제법 부드럽고 다정하고 살뜰하게 굴어주었다. 그러나 그런 부인에게 조차 방원은 여성을 느낄 수 없었다.

문득 김씨의 모습이 떠오른다.

──지금 어디서 어떻게 지내고 있을까. 솜털도 가시지 않은 풋살구였지만 이제는 제법 물이 올랐을 게야.

헤어지던 당시에 가졌던 감정은 사뭇 누그러졌다. 강비 일파에게 매수되어 자기를 해치려고 한 것처럼 여겨지던 그 사건에 대한 견해도 많이 달라졌다. 어쩔 수 없는 사연이 숨어 있어서 그런 결과를 빚어냈을 것이라고 이해하여 보기도 하는 방원이었다.

하지만 새삼스럽게 찾아보겠다는 의욕까진 일지 않았다. 그것은 이미 흐르는 물에 띄워버린 옛날의 꽃송이처럼 아득한 존재였다.

그리고 강비, 아직도 그리운 젊은 모후였다. 하지만 그 여인을 둘러싸고 헝클어진 가시들은 너무나 독하고 험하다.

가장 손쉽게 낙착되는 지점은 설매였다. 찬란한 주류(主流)에서 쫓겨난 물고기가 몸을 잠글 수 있는 물이 있다면, 세상 사람들 눈엔 썩은 웅덩이로밖에 보이지 않을 그 기녀의 기방뿐일 것이라고 방원은 서글프게 다짐하지 않을 수 없었다.

그는 훌쩍 집을 나섰다. 오랜만에 설매의 집을 찾아들었다.

"요즈음은 두문불출, 도무지 문밖 출입도 없으시다기에, 모처럼 포태하셨다는 옹주마마 콧김이나 맡으시면서 오뉴월 뭐처럼 축 늘어져 계신 줄 알았더니, 무슨 바람이 부셨지요?"

설매는 일부러 천한 어휘만 골라가며 비양거리는 것이었지만, 방원을 바라보는 눈에는 반가움이 넘치게 담겨져 있었다.

"그렇다고 새삼스럽게 네가 보고 싶어서 찾아온 건 아니야."

방원도 절로 가벼워지는 혀끝으로 응수했다.

"오뉴월 삼복중에 철늦은 매화 따위를 찾을 등신이 있겠는가. 찔레꽃이라도 좋고, 산나리꽃이라도 좋고, 패랭이꽃이라도 좋아. 방금 피어난 성싱한 꽃들을 주물러 볼까 해서 이렇게 어려운 걸음을 옮겨본 거지."

"그러시다면 길을 잘못 드셨네요. 시들어버린 매화 가지에 새삼 꽃망울이 맺힌 것도 아닌데 말씀이어요."

"다른 꽃나무들을 캐오면 될 것이 아니냐. 장삼이사(張三李四), 어느 놈이고 발길 내키는대로 드나들 수 있듯이, 무슨 꽃이건 꽃이라면 꽂아 볼 수 있는 것이 기방이라는 게 아니겠느냐."

"진정이시어요, 나리?"

약간의 서운한 정을 피워보이는 듯하다가, 설매는 이내 간드러지게 웃어 젖힌다.

"좋아요. 나리께서 원하신다면 재주껏 긁어모아 보지요. 논두렁이건 거름덩이건 가시덤불 속이건 닥치는대로 쏘다니며 모아올테니 잠시만 기다려 주시어요."

그리고는 총총히 뛰쳐나갔다.

얼마 후 설매는 주렁주렁 창녀들을 달고 돌아왔다.

그야말로 거름구덩이나 쓰레기더미를 뒤적여서 주워온 것들일까, 창녀 치고도 더할 수 없이 너절한 몰골들이었다.

"쇤네, 소매향(小梅香)이라고 불러주시어요."

소매향이라면 전 왕조 우왕이 총애하던 명기이자 후궁이기도 했던 가인과 똑같은 기명(妓名)이었지만, 이름과는 너무나 거리가 먼 추물이었다.

툭 불그러진 이마에 종발 같은 두 눈깔, 푸르뎅뎅한 입술 사이로 누런 뻐드렁니가 구린내를 내뿜는다.

"쇤네는 자동선(紫洞仙)이어요. 많이 사랑해 주시어요."

이건 또 무슨 괴물인가.

눈은 빈대눈, 콧마루라고는 밥풀 한 알 붙여놓은 것 같은 화상에 푹 파인 하관, 얼굴빛까지 찌들대로 찌들어 마치 말라배틀어진 꼴뚜기를 연상케 한다.

"쇤네는 일지연(一枝蓮)이라고 하옵니다. 연꽃보다 더 탐스럽다고들 하더이다."

그야 탐스러운 데가 없지는 않다. 안반만한 엉덩판, 그러나 한번 상판을 들여다보면 제아무리 계집에 주린 떠꺼머리 노총각이라도 보자기나 씌우지 않고는 군침도 삼키지 못할 찰곰보였다.

그밖에 또 몇몇이 자기 소개를 하며 히죽대는 것이었지만, 모두 다 그렇고 그런 우거지 같은 것들이었다.

"어지간히 잘도 긁어모았구면."

방원은 실소를 터뜨렸다.

"왜 못마땅하시다는 말씀이어요? 이왕에 녹이 슬도록 내버려두실 칼날이 아니어요? 섣불리 비단주머니에 싸두느니보다는, 차라리 이런 걸레 속에 파묻어 두시는 게 속편하시겠지요."

설매의 날카로운 안광은 벌써 그늘을 찾는 방원의 서글픈 진의를 간파한 것일까. 가시 아닌 가시 있는 말을 한마디 던졌다.

"칼날이 뭐지유, 나리."

일지연이라고 자칭한 찰곰보가 허리를 비비 꼬며 안반만한 엉덩이를 비벼댄다.

"이왕 꽂아주시겠다면 쇤네는 굵직한 엿방망이가 좋사와요."

하나하나 뜯어본다면 구역질이라도 치밀 것 같은 추녀들이었지만, 그들이 한데 어울려 노닥거리는 분위기엔 지친 신경을 푸근히 어루만져 주는 구석이 있었다.

"오냐, 좋다."

한 팔은 찰곰보의 푸짐한 엉덩이를, 한 팔은 뻐드렁니의 구릿한 목덜미를 끌어안으며 방원은 소리쳤다.

"너희들 재주껏 놀아나 봐라. 돼지 목따는 소리를 해도 좋을 것이고, 구더기 꿈틀거리듯 지랄을 쳐도 좋을 것이니 우리 한번 실컷 빠져 보자꾸나."

그 말이 떨어지자 말라배틀어진 꼴뚜기 같은 자동선이 한 곡 뽑는다.

"쌍화점에 쌍화 사러 가고신댄 회회(回回)아비 내 손목을 쥐어이다. 이 말씀이 이 점(店) 밖에 나명들명……"

고려가요 중에서도 음탕하기로 둘째가라면 서러워 할 쌍화점(雙花店). 그러나 말라붙은 목구멍 어디서 그런 소리가 나는 것일까, 절로 귀가 번쩍 띄는 절창이었다.

"다로러 거디러, 조고맛간 새끼광대 네마리라 호리라."

다른 계집들도 절로 흥이 나는 것일까.

"다로러 거디러, 위위 다로로 거디러."

화창하며 덩싱덩실 춤을 추고 돌아간다.

"위위 다로로 거디러."

어느새 방원도 입내를 내며 찰곰보의 엉덩판을 두드려댔다.

계절도 폭서가 계속되는 삼복중이었다. 구정물 같은 술을 퍼부어대며 구더기 같은 계집들 속에서 뒹구는 나날을 보내고 보니, 방원은 자기 자신이 오뉴월 쇠파리처럼 천하게만 여겨졌다.

그러나 그와 같은 자기 오욕과 자학의 생활 속엔 이때껏 맛보지 못한 마음 편한 유열이 있었다.

그 여름도 다 가고 가을이 지나 섣달 열사흘날, 썩어문드러진 동태 대가리처럼 기방 한구석에 뒹굴고 있던 방원의 귀를 놀라게 하는 소식이 날아들었다.

그의 맏형 진안군 방우(鎭安君 芳雨)가 갑자기 사망하였다는 부고였다.

그 날짜 태조실록에 의하면, 원래 술을 좋아하던 방우는 근자에 이르러 매일같이 통음을 일삼더니, 소주(燒酒)를 폭음하다가 갑자기 발병하여 죽고 말았다는 것이다.

말하자면 방원이 그러한 세월을 보내고 있는 것처럼, 방우 역시 자학의 나날을 보내다가 스스로 천명을 재촉한 모양이었다.

그와 같은 망형(亡兄)의 심정을 방원은 충분히 이해할 수 있었다.

서열로 따지자면 누구보다도 마땅히 세자 자리에 앉았어야 할 방우였다. 그 자리를 빼앗긴 사실만으로도 울분이 터지고 남을 터인데, 지난번 유씨(柳氏)를 선동하여 방원을 모함하려고 했다가 오히려 부왕 이성계의 노여움을 산 이후로는 헤어날 수 없는 절망에 빠지게 되었을 것이다.

좋아하던 술독에 코를 박고 죽을 법도 한 일이었다.

작취가 아직도 깨지 않은 몸에 겨우 의관을 갖추고 상가로 향하면서 방원은 스스로 물어본다.

유덕(遺德 : 방원 자신의 자)아, 그때는 언제쯤이지? 네가 죽을 날 말이다.

장례식은 예상 외로 호화로웠다.

한때는 격노하여 내댄 아들이었지만, 국왕 이성계의 가슴엔 역시 무엇과도 바꿀 수 없는 장남이었던 것일까.

전국에 사흘 동안 철시령을 내렸다. 상가에선 백관들이 줄을 짓고 조문하고 있었으며, 장삿날인 15일에는 대소 신료들이 서문 밖까지 장송하였다.

이런 일화도 있다. 방우의 시체를 담을 관이 협소하였다 해서, 그 일을 맡고 있던 선공감(繕工監)의 관리들을 순군옥(巡軍獄)에 투옥하였다는 것이다. 이성계의 숨은 부정(父情)을 여실히 말하여 주는 사실이라 할 것이다.

──아버님은 역시 아버님이시로구나.

장지에서 돌아오며 훈훈한 감회를 씹고 있는데,

"여보게, 유덕."

하고 부르면서 방원의 어깨를 넌지시 잡는 노승이 있었다. 왕사 자초 (王師自超), 무학대사(無學大師)란 칭호로 널리 알려진 고승이었다.

왕사(王師)란 물론 국왕이 스승으로 받들며 존중하는 몸이므로 격을 따지자면 어느 대신보다도 높은 위치에 있다.

그러나 그가 왕자대군의 자(字)를 함부로 부르는 것은 자신의 지위만을 믿고 부리는 거드름이 아니었다. 그만큼 그는 방원을 가까이 여겨왔으며, 방원 역시 어버이처럼 그를 따랐던 것이다.

"자네 얼굴 좀 똑똑히 보여주게."

자초는 마치 어린아이에게 그렇게 하는 것처럼 방원의 얼굴을 두 손바닥으로 감싸쥐고는 지그시 들여다보았다.

방원의 두 볼을 감싸쥐고 있는 자초의 손은 크고 따뜻했다. 무엇보다도 방원의 얼굴을 들여다보고 있는 그의 눈은 맑고 깊었다.

──이 분은 내 얼굴에서 무엇을 읽으려는 것일까.

야릇한 불안이 등골을 누비는 것을 느끼며 방원은 그 입술을 마주보았다.

아득한 옛적 어린 동자 때에도 이런 일을 당한 기억이 있다. 언젠가 부친 이성계를 찾아왔다가 문앞에서 놀고 있는 방원을 발견하자 자초는 이렇게 두 볼을 감싸쥐고 한동안 들여다보았던 것이다.

그때도 방원은 까닭모를 전율을 느끼며 자초의 입에서 나올 말을 기다리고 있었던 것인데, 그러나 결국 그가 흘린 말은 싱거운 한마디였다.

"네 얼굴이 왜 이렇게 더러우냐."

어린 방원은 무안해서 그 손을 뿌리치고 도망쳤다.

아침부터 심술이 나서 울고불고 한 탓으로 얼굴에 암쾡이를 그리고 있다가 망신을 당한 셈이었다.

"네 얼굴이 왜 이리 탁하냐."

용어는 약간 달랐지만, 어릴 적에 들려주던 소리와 똑같은 내용의 말을 던지고는 방원의 얼굴에서 자초는 손을 떼었다.

그 손바닥이 닿았던 자리가 화끈하게 달아오르는 것을 느꼈지만, 어린 선머슴애처럼 도망을 칠 수도 없었다.

"이것봐, 유덕이."

방원과 어깨를 나란히 하고 잠시 걷다가 자초는 다시 입을 떼었다.

"술사(術士)들은 흔히 사람의 상을 보고 그 사람의 운수를 점친다고 하지만, 나는 그 사람의 얼굴을 보고 그 사람이 어떻게 살아왔는가, 살고 있는가, 그 점만은 짐작이 갈 것 같아. 말하자면 얼굴이란 그 사람이 걸어 온 발자취를 비춰주는 거울과도 같은 거지."

"그러니까 제 얼굴에 추한 때라도 묻어 있단 말씀입니까."

방원은 자조어린 소리로 앞질러 물었다.

"글쎄, 때라고 말한다면 조금 지나친 것 같군. 어쨌든 너는 지금 너의 몸과 마음을 일부러 구박하고 있는 모양인데, 무엇 때문에 반반한 마음에 구김살을 가하는 거지?"

그 물음은 방원의 가슴엔 예리한 칼끝과도 같았다. 그러나 아프지는 않았다. 오히려 시원하였다.

설매의 집에서 구정물 같은 치태(痴態)에 잠겨 있으면서도, 방원의 마음 한구석은 이런 칼끝을 기다리고 있었다. 곪길대로 곪긴 종기를 터뜨려줄 손을 기대하고 있었다.

"때로는 구겨진 옷이 편할 때도 있지 않습니까. 빳빳하게 풀을 먹여 대린 옷보다도 아무렇게나 구겨둔 옷을 걸치고 아무데서나 뒹굴고 싶을 때도 있지 않겠습니까."

자신을 내팽개치듯이 방원은 항언했다.

아니 어쩌면 그것은 일종의 어리광이었는지도 모른다.

"구겨진 옷이 편하다?"

곱씹어보다가 자초는 입을 다물었다.

그는 앞장서서 걷기만 하였다. 방원은 그저 그 뒤를 따를 수밖에 없었다.

자초가 거처하는 광명사(廣明寺), 그곳 거실에 자리를 잡고 앉자, 그는 다시 입을 떼었다.

"구겨진 옷을 입고 뒹굴겠다? 비단옷을 못입을 바에야 누더기를 걸치는 편이 속시원하다는 거냐. 왕세자의 보좌를 차지하지 못할 바에야 쓰레기더미 속에 묻혀 살겠다는 거냐?"

자초의 추궁은 이제 사뭇 노골적이었다.

그런만큼 방원도 정면으로 받아들이지 않을 수 없었다. 어리광스런 소리만 늘어놓을 수는 없었다.

"그건 지나치신 말씀입니다."

정색을 하며 부인했다.

"그 말이 지나치다면 세상이 알아주지 않는 것이 못마땅해서 투정을 부리는 것이라고 바꾸어 말해도 좋지. 아니, 요즘 상감께서 서운하게 대하시니 살맛이 없어서 그러노라고 너는 둘러대고 싶을 게다."

방원의 마음의 갈피를 잔인할 정도로 구석구석 파헤치더니,

"두루치나 메치나 그게 그거야."

자초는 날카롭게 찔러댔다.

"너는 결국 네가 소망한만큼 보답을 받지 못했다 해서 부정을 버리고 있는 것에 지나지 않는 거야."

그는 문득 두 손을 마주모아 합장을 하고 두 눈을 무겁게 내려깔았

다.

"팔만보살행(八萬菩薩行), 그 중에서도 갓난아이의 행(行)이 으뜸이니라."

진언이라도 외듯이 뇌까렸다.

그리고는,

"어린아이의 마음으로 돌아가보라. 지금 너의 형편이 그토록 못마땅하게 보이진 않을 게다. 언제부터 너에게 왕세자 자리가 약속되었었느냐. 네가 어린아이 적에도 한 나라의 왕자가 되리라는 꿈을 꾸었더냐. 동북면 시골에서 촌아이들과 어울려 놀 적에도 말이다."

"대사님의 훈계 충분히 알아듣겠습니다. 물론 제 마음 속에도 야욕은 도사리고 있을 겁니다. 그 야욕이 뜻대로 채워지지 못한 데 대한 실망도 없다고는 하지 못할 겁니다. 그러나 그뿐이 아닙니다."

자기 가슴 속에 맺혀 있는 응어리를 이제야 풀어볼 기회가 왔다고 다짐하면서 방원은 입을 열었다.

"그뿐이 아니라, 또 무엇이 있다는 거지?"

"이 나라가 돌아가는 형편이 답답하단 말씀입니다."

"그래?"

자초는 실눈을 하고 방원이 하고자 하는 말을 귀담아 듣겠다는 자세를 취했다.

"대사님께서도 익히 통찰하고 계시겠습니다마는, 아직 뿌리도 제대로 내리지 못한 우리 왕조에 불어닥치는 외풍(外風)이 얼마나 거셉니까. 북에서는 명나라가 생트집만 잡으려고 이를 갈고 있습니다. 남에서는 왜적들이 요즘들어 갑자기 극성을 피우고 있습니다. 그와 같은 외세의 바람을 여간 잘 막지 않고는 뿌리가 약한 이 나라의 사직은 위태롭기 이를데없을 겁니다마는, 저의 아버님이나 정부 대신들이 다 그 바람에 어떠한 대책을 강구하고 있습니까?"

방원의 어세는 바야흐로 열을 올리고 있었다.

"모두들 허둥대고만 있습니다. 미봉책뿐입니다. 눈을 찌르려고 들면 눈만 가리고, 귀를 찌르려고 하면 귀청만 감싸쥐고, 그저 그 자리에서 맴돌고만 있습니다. 명나라가 생트집을 잡으면 고지식하게 울분을 터뜨리거나 아니면 그저 살려주십사 빌기만 하는 형편입니다. 왜적들이 서해안을 쩝적거리면 허둥지둥 그리로 몰려가고 남해안을 쩝적거리면 또 허둥지둥 그리로 몰려갈 뿐입니다."

누구에게도 털어보지 못하던 분통이었다. 한번 터뜨리기 시작하니 방원 스스로도 걷잡을 수가 없다.

"명나라에서 생트집을 잡으면 그 생트집의 뿌리가 어디 박혀 있는가 깊이 살펴보고 도려내야 할 것이 아니겠습니까. 왜적들이 극성을 피우면 그 자들의 내막을 파악하고 근본적인 해결책을 강구해야 할 것이 아닙니까."

"허허어."

자초가 떫은 웃음을 흘리면서 방원의 말허리를 꺾었다.

"무슨 신기한 얘기를 하려는가 했더니 겨우 그런 소리냐. 상감이나 정부 대신들이나 그런 생각을 누가 못 갖겠느냐. 다만 그 근본 방책이라는 것이 세우기도 어렵고, 손을 쓰기도 어려워서 애를 태우고 있는 것이 아니겠느냐."

"방책은 세울 수도 있고 실천에 옮길 수도 있습니다."

방원은 자신있게 잘라 말하다가 이내 풀죽은 소리로 꼬리를 달았다.

"모처럼 그와 같은 대책을 강구하고 은밀히 손을 뻗어 실효를 거두려고 애를 써 보아도, 그 진의를 알아주지 못하고 엉뚱한 곡해의 눈총만 쏘아보내니 저로서도 어쩔 수가 없지 않겠습니까."

그리고는 평도전과 같은 왜무를 이용해서 수주땅에 쳐들어온 왜구들을 무찌르는데 주효했지만, 오히려 부왕의 노여움만 산 예를 들어 설명했다.

"그런 곡절이 있었는가?"

방원의 심정을 비로소 이해하고 동정하는 말을 흘리다가, 자초는 불쑥 한쪽 손을 내밀었다.

"이 손목을 짚어 보라."

방원의 손을 끌어다가 자기 손목에 얹었다.

"맥이 뛰지? 겉으로는 보이지 않더라도 나의 육신 어느 구석에서나 생동하는 핏줄이 흐르고 있기 때문이야. 땅 속을 흐르는 복류(伏流)처럼 말이다. 만일 그 핏줄이 막히거나 말라버리면 어찌 되겠느냐. 육신은 한낱 썩은 나무등걸이 되고 말게다."

누구나 알 수 있는 진부한 비유였다. 그러나 그의 논리는 그 비유를 발판삼아 엉뚱하게 비약했다.

"그 핏줄이 말이다. 보이지 않는 살 속을 흐르는 것이 못마땅하다고 해서 좀더 남의 눈에 띄게 생색있게 흐르고 싶다 해서 살갗을 뚫고 분출한다면 어찌 되겠느냐."

방원은 침음했다.

"어쩔 수 없이 살 속을 흐르는 피는 말할 것도 없다. 어쩔 수 없이 땅 속을 흐르는 물은 말할 것도 없다. 어쩌다가 남의 손에 의해 파내서 솟아난 샘물이라도 될 수만 있다면 다시 땅 속으로 숨어들어야 하느니라."

하더니 그는 자기 가슴을 치면서 언성을 높였다.

"나를 보라."

"……?"

"내가 원하는 바는 아니지만, 나는 상감의 손으로 발굴된 떳떳한 샘이야. 그렇게 하고자만 한다면 당당히 지표를 흐르면서 대하(大河)를 이룰 수도 있는 처지란 말이다."

이성계가 새 왕조를 세우고 등극한 지 3개월도 못되는 10월 9일, 그는 자초를 봉하여 왕사(王師)로 삼고 대조계종사선교도총섭전불심인변지무애부종수교홍리보제도대선사묘엄존자(大曹溪宗師禪教都摠攝傳佛心印辯

智無碍扶宗樹教洪利普濟都大禪師妙嚴尊者)라는 어마어마하게 긴 호까지 내렸다.

그리고 이틀 후인 11일, 즉 이성계의 탄일에는 승려 2백 명이 집합한 자리에서 설법을 시키기도 하였다.

그것은 곧 자초의 수맥(水脈)을 발굴하여 찬란하게 분출시킨 경사이기도 했지만, 이성계와 자초가 그 물줄기를 마주댄 인연은 훨씬 오래 전으로 소급한다.

연대는 명확하지 않지만, 자초가 설봉산(雪峰山) 기슭에 토굴을 파고 수도를 하고 있을 때였다고 한다.

아직 세상에 알려지지 않고 있던 청년 무사 이성계가 찾아가서 해몽을 청했다. 만 마리나 되는 붉은 닭이 일제히 울고 천여 호나 되는 여러 집에서 방아공이를 찧는 소리가 일시에 들리는 꿈을 꾸었다는 것이다. 그런 다음에 다 허물어져가는 집엘 들어갔는데, 그 집에서 서까래 셋을 걸머지고 나온 꿈을 꾸었으며, 또 꽃이 떨어지고 거울이 떨어져 깨지는 꿈을 꾸었다는 것이다.

그 세 가지 꿈을 자초는 이렇게 해몽해 주었다.

"수많은 닭 우는 소리와 공이 소리는 귀공이 높고 귀하게 된 것을 축하하는 뜻으로 풀이할 수 있으며, 서까래 셋을 지고 나온 것은 곧 임금왕(王)자를 방불케 하는 형상입니다. 꽃이 날아 떨어지면 열매를 맺는 법이며, 거울이 땅에 떨어졌으니 어찌 소리가 없겠습니까. 이 세 가지 꿈은 곧 군왕이 될 조짐이니 누구에게도 발설하지 말고 때를 기다리십시오."

황당무계하다면 그렇게도 흘려들을 수 있는 해몽이었지만, 자초로서는 깊이 생각한 바가 있어서 그런 풀이를 했을 것이다.

《석왕사기(釋王寺記)》등 기록이 전하는 일화는 그뿐이었지만, 짐작컨대 그 후부터 이승 자초와 패기만만한 젊은 장골 이성계 사이에는 많은 대화가 오고갔을 것이다.

부패한 고려 정국, 어지러운 해외 정세, 도탄에 빠진 민심, 그런 시국담

을 논하면서 구국의 경륜을 피력하였을 것이다. 그리고 거기서 회심의
야망을 피우고 있는 이성계의 속마음을 자초는 알았을 것이며, 그의 사람
됨, 그의 포부로 미루어 왕업을 성취할 수 있는 인재임을 예견하였을는지
도 모른다.

또 자초로 말할 것 같으면, 한때 고려 국왕의 왕사가 되라는 요청을
물리친 적이 있었다.

그만큼 고려 왕실에는 절망하고 있던 그였다. 따라서 젊은 영웅 이성계
에게 큰 기대를 걸고 있었을 것이며, 자신의 기대를 실천에 옮겨 줄 이성
계에게 뿌리 깊은 자신감을 심어주기 위해서 그와 같은 해몽을 했을는지
도 모른다.

자초는 다시 이렇게 권했다.

그 자리에 절을 지어 이름을 석왕사(釋王寺)라 하고 오백성재(五百聖
齋)를 올려 천일간 불공을 드리면 성승(聖僧)이 반드시 왕업을 도울
것이라고 했다. 부처를 받드는 승려로서는 있을 수 있는 권유였겠지만,
그 의도를 다시 풀이하여 본다면 다른 각도로 해석할 수도 있지 않을까.

왕업을 이룩하려는 이성계의 소망이 얼마나 강하고 끈질긴가를 실천을
통하여 시험해 보자는 것이 아니었을까.

이성계의 집념은 과연 대단했다. 자초의 요청대로 절을 짓고 3년 동안
꾸준히 불공을 드렸다는 것이다.

마침내 회천의 대망은 이루어져 이성계는 새 왕조를 세우고 군왕에
등극했다.

젊은날의 자기에게 힘과 의욕을 불어넣어 왕업의 원천 구실을 한 수맥
을 잊을 리 없었다. 찬연한 물줄기를 뿜어 올리게 한 것도 당연한 보답이
었다.

"그러나 나는 지표를 흐르려고만 하지는 않았다. 전 왕조 때의 신돈
(辛旽)의 전철을 밟고 싶지 않았던 거야."

공민왕의 왕사였던 신돈, 그는 왕사라는 지위를 이용하여 국정을 장악

하고 그나름대로 과감한 개혁을 시도한 풍운아였지만, 결국은 집권한 지 3년을 못넘기고 실각의 쓴잔을 마셨으며, 결국은 고려 정국을 더욱더 혼란 속에 몰아넣고 말았던 것이다.

"지표를 흐르는 물은 쉽게 마르지만, 지하를 흐르는 물은 오래 갈 수 있느니라."

자초는 말을 이었으며, 그와 같은 견해를 그는 행동으로 실천해 왔다.

왕사에 추대된 후에도 그는 개경에 머물러 있지 않았다. 개경에서 떨어진 회암사(檜巖寺 : 경기도 양주군 회천면)에 파묻혀 지냈다.

물론 국가의 중대사를 당했을 적에는 지표로 나와 참여하기도 했다.

그해 정월 21일, 국왕이 계룡산의 형세를 살피기 위해서 떠날 때엔 왕을 수행하여 기탄없는 의견을 개진하기도 하였다.

지금은 개경에 자리잡은 광명사에 몸을 담고 있지만, 그렇게 된 것도 그의 자의는 아니었다.

지난 3월 29일 회암사에 역질(疫疾)이 유행하자, 그것을 핑계삼아 좀더 멀리 떨어진 황해도 곡주(谷州 : 곡산)에 있던 불국장(佛國莊)으로 도피하여 버렸던 것이다. 그러다가 국왕의 끈덕진 부름에 못이겨 몇달 전(7월19일) 광명사로 옮겨 오긴 했지만, 언제 또 어디로 훌쩍 떠나버릴 는지 누구도 예측할 수 없었다.

"내 얘기만 내세워 안됐다마는 귀찮을 정도로 지표에 나서기를 종용받은 나도 숨어 살려 하거늘, 어쩔 수 없이 지하에서 살아야 할 네가 그렇듯 기어나오려고 발버둥을 친다는 것은 순리에 역행하는 소행이야."

자초는 맵게 끝을 맺었다.

방원은 고개를 숙이고 잠잠히 듣고만 있다가, 그 고개를 들고 한마디 했다.

"그러니까 저도 이렇게 파묻혀 사는 것이 아닙니까."

설매의 집에서 보내온 세월에 대한 변명이었다.

"무슨 소리."

자초는 엄하게 꾸짓었다.

"숨어서 흐르되 제곬을 찾아서 흘러야 하느니라. 구태여 거름더미 속에까지 파고들 것은 무엇이냐. 맑고 정결한 줄기를 찾아 흘러야 언젠가는 옥같은 샘이 되어 분출할 수 있는 게야."

방원은 그 길로 오래 비워두었던 자기 집으로 돌아갔다. 지하를 흐르되 제곬을 찾아 흐르라는 자초의 충고를 그렇게 풀이한 것이었다.

바람을 피하겠다고 기방에 파묻혀 주색에 탐닉한다는 것은 자기 스스로를 더럽히는 설익은 자학일 뿐만 아니라, 오히려 남의 의혹을 자극시키는 어리석은 행동이었다고 뒤늦게나마 반성하게 된 것이었다.

그렇게 해가 바뀌고 달이 바뀌었다.

답답하고 지루한 나날이었지만, 제곬을 흐르는 지하의 흐름은 겉으로는 평온한 듯했다.

가정적으로 경사라고 할만한 일도 생겼다. 부인 민씨가 득남을 한 것이다. 훗날의 양녕대군이었다.

그러나 지상을 회오리치고 돌아가는 바람은 날로 사나워지기만 하더니, 드디어 지각(地殼)을 깨고 방원의 수맥을 흔들어댔다.

태조 3년 4월 25일, 연전에 내조한 일이 있던 명사 황영기가 다시 파견되어 해악산천(海岳山川) 등 여러 신령에게 제사를 지내더라고 하더니, 예기치도 못했던 놀라운 소식이 날아들었다.

그 소식의 전달자는 언제나 그러하듯이 민무구 형제들이었다.

"나리, 조심하셔야 하겠습니다."

밑도 끝도 없이 민무구가 수선부터 피웠다.

"자칫 잘못 걸려드셨다간 만리이역의 고혼이 되실는지도 모를테니까요."

자세히 캐고 보니 명사 황영기 등이 제사를 지낼 때 읽었다는 축문에 그 곡절은 담겨져 있었다.

"전날의 고려 배신(陪臣) 이인임(李仁任)의 아들 성계(成桂), 지금의 이름은 단(旦), 그는 사람을 파견하여 우리의 형세를 .염탐하기도 하고, 혹은 우리 변방의 장졸들을 유혹하기도 하고, 혹은 연해(沿海) 거민을 살육하기도 하였은즉, 마땅히 군사를 일으켜 문죄코자 하나, 대병이 출정하면 무고한 백성들을 무수히 살상하게 될 터이니 정기를 삼가고 먼저 신에게 고하노라."

이런 엄포를 놓은 다음, 그와 같은 죄과를 해명하겠거든 국왕의 장자(長子)나 차자를 명나라로 파견하라고 을러댔다는 것이다.

"말이 해명의 사신이지, 이건 틀림없이 볼모를 바치라는 소리가 아니고 무엇이겠습니까."

민무구는 이렇게 풀이하였고,

"전 왕조 고려때, 원나라가 취하던 것과 똑같은 수작을 하자는 것이지요. 고려조의 왕자들을 불러다가 잡아두고 고려왕의 행동을 저희네들 맘대로 견제한 것처럼, 우리 국정을 지배해보겠다는 속셈이 아니고 무엇이겠습니까."

민무질도 제법 그럴싸한 소리를 했다.

"그야 상감의 맏아드님이나 둘째 아드님을 보내라고 했으니, 차례로 따진다면 영안군(永安君 : 훗날의 定宗)이나 익안군(益安君 : 이성계의 세째 아들 芳毅)을 보내는 것이 순서이겠죠만, 어디 세상 일이 그렇게 순서를 따져서 차근차근 처리된답니까. 어엿한 적자들을 버려두고 소실의 배에서 낳은 병신같은 아이를 세자에 책봉하는 판국인데 말입니다."

민무회도 한마디하고 일그러진 웃음을 씹었다.

"원래 볼모라는 것은 잡아두려고 하는 측에선 가장 값나가는 인사를 요청하는 법입니다만, 보내는 측에선 영영 돌아오지 않아도 아깝지 않은 사람을 거기 충당하려고 바둥거리는 것이 인정이 아니겠습니까."

민무휼도 제법 아는 체를 하면서 끼여들었다.

"그렇다면 상감께선, 아니 상감의 의향까지 함부로 촌탁한다는 것은 불경스런 일이니 접어두기로 합시다. 강씨 일파는 누구를 보내고자 책동하겠습니까. 눈에 가시처럼 미워하고 두려워하고 역겨워하는 나리께 그런 재양을 뒤집어 씌우려고 설칠 것은 너무나 당연한 노릇이 아니겠습니까. 그럴 수만 있다면 앓던 이를 빼버린거나 다름없이 시원할테니 말입니다."

"그렇다고 맏아드님이나 둘째 아드님을 보내라고 못을 박은 명 천자가 순순히 받아들일까."

민무휼이 앙칼진 소리로 쏘아댔다.

"명조(明朝)에서 상감의 맏아드님이나 둘째 아드님을 보내라고 요청한 것은 그분들이 상감의 뒤를 계승할 가장 요긴한 왕자로 간주한 때문이 아니겠소. 우리 정안군 나리를 보내는 한편 따로 사람을 시켜 새 왕조 창업에 가장 공이 큰 왕자님이라고 훤전(喧傳)한다면 어쩌겠소. 여러 왕자들 중에서 가장 줄충한 인재라고 쏙닥거린다면, 오히려 누구보다도 값나가는 볼모로 알고 대견스러워할 것이 아니겠소."

"그러니 나리께서도 자중자애하셔야 한단 말씀입니다."

맏처남 민무구가 결론을 내리듯 다그쳤다.

"누가 아무리 꾀고 어르더라도 응하시지 말아야 합니다. 무슨 핑계를 둘러대서라도 볼모 인선에선 빠지셔야 합니다."

물론 처남들은 자기네들의 영달의 유일한 발판이 허무하게 아스러질 것을 우려해서 애를 태우고 있을 것이며, 그것은 또 방원측으로도 똑같이 염려하고 경계해야 할 사태로 받아들여야 상식일 것이다.

자기 한몸의 안전만 도모하자면 극력 회피해야 할 파멸의 구렁으로 보아야 마땅할 것이다. 그러나 그와 같은 흉보를 접한 방원의 안색은 근자에 없이 밝게 피어오르고 있었다.

——나의 머리를 찍어누르고 있던 무거운 지각(地殼)이 이제야 뚫리려는 것일까. 지하에 숨어서 숨을 죽이고 흐르기만 하던 나의 물줄기가 지표 높이 치솟을 때가 온게 아닐까.

오히려 그는 이와 같은 감회를 씹으며 가슴을 들먹이고 있었던 것이다.

──만일 나를 명나라로 보내준다면 차라리 절호의 기회라고 할 수 있다. 거창하게 한번 뛰어보는 거다.

엉뚱한 의욕을 태우고 있었던 것이다. 명나라측의 생트집이나 협갈에 방원도 누구 못지않은 불쾌감과 반발을 느끼고 있었다. 하지만 그런 소박한 기분에만 날뛸 수는 없었다. 국가의 이해와 득실을 냉철히 저울질하는 이성을 외면할 수는 없었다.

그러기에 지난번 부왕 이성계가 명조의 처사에 격분하였다는 기별을 듣자, 경솔한 결단을 내리지 못하게 하기 위해서 즉각 달려가려고까지 했던 그가 아닌가.

그 당시의 명 제국은 중원 천지에 충분히 뿌리를 내린 거목이라고 방원은 보고 있었던 것이다.

중국 대륙에서 명 천자 주원장과 맞설 세력은 하나도 없다. 내부적인 권력구조도 철통처럼·다져져 있었다.

한때 고개를 드는 듯싶던 상권(相權), 즉 휘하 대신들의 세력까지 무자비한 숙청을 거듭한 끝에 완전히 뭉개버렸다.

명나라 천지는 주원장 한 사람의 권력만으로 좌우되는 황제독재권(皇帝獨裁權)을 견고히 확립하고 있었다. 오히려 넘치는 힘을 중국대륙 외곽에까지 뻗쳐보려고 기회만 노리고 있는 판국이었다.

이와 같은 시점에서 명 천자의 미움을 계속 받게 된다면 이씨왕조의 운명은 거대한 수레바퀴 속으로 기어드는 한 마리 메뚜기의 신세를 면치 못할 것이다.

──그런만큼 내가 명나라에 가서 명 천자의 악감점을 풀고 그의 환심을 살 수만 있다면?

그것은 멸망 직전에 놓인 이 나라를 구출하는 것이나 다름이 없다.

또 그런만큼 그 일에 성공을 거둔다는 것은 짓밟힐대로 짓밟힌 방원 자신을 단숨에 소생시키는 구급책이기도 하다. 동시에 부왕 이성계의 노여움은 흔적도 없이 흩날려버릴 것이다. 또 그를 힐뜯고 억누르던 정적들도 오히려 그의 발아래 깔려 오돌오돌 떨게 될 것이다.

"상감께서 분부하신다면 내 어디라고 못가겠나."

호들갑을 떨고 있는 처남들에게 방원은 비로소 이런 말로 응수했다. 부푸는 가슴 같아선 좀더 강렬한 말을 하고 싶었지만, 이 정도로 참았다.

그러자 처남들은 기급을 했다.

"가시다니 어디를 가신단 말씀입니까."

"상감이나 조정에서 나리께 어떤 대접을 해드렸다고 죽음의 함정 속에 스스로 뛰어든단 말씀입니까."

"닥치지 못할까."

방원은 일갈했다.

"내 신하된 몸으로 상감의 분부를 받들겠다고 하거늘, 자식된 몸으로 어버이의 뜻에 순종하겠다고 하거늘, 무슨 소리가 있을 수 있단 말인가."

그리고는 벌떡 일어서서 방문을 열어젖혔다. 꼴도 보기 싫으니 썩 꺼져버리라는 호통이나 다름이 없었다.

처남 형제들은 어쩔 수 없이 비실비실 물러나갔다. 그러나 그들은 돌아가질 않고 내실로 발길을 돌렸다.

언제나 그러하듯이 자기네들의 힘만으로는 해결할 수 없게 된 이상, 누이 민씨부인에게라도 매달려 쏙닥거려보자는 속셈인 모양이었다.

아니나 다를까. 얼마 후 민씨부인이 방원의 거실을 찾아들었다.

부인은 품에 아직 돌도 되지 않은 어린것을 안고 있었는데, 거실 한쪽 구석에 다소곳이 앉더니 고개를 떨구고 한동안 말이 없다.

어린것을 낳은 후로는 늘 그러했다. 그 이전에 보이던 설익은 거드름, 신경질적인 반발 같은 것은 흔적도 찾아볼 수 없게 되었다.

이 집안의 후계자를 생산했다는 자신이 오히려 그런 차분한 태도를 빚어내는 것일까.

"처남들에게 또 무슨 소리 들은 모양이구료."

부인이 입을 열지 않는 것이 오히려 답답하여 방원이 앞질러 물었다.

"예, 친정 동생들이 얘기를 하더군요."

남편의 말을 민씨는 순순히 시인했다. 그것도 전에는 있기 어려운 유순한 반응이었다.

"그렇다면 부인도 내가 명나라로 쫓겨갈까 해서 겁을 먹고 있겠구료."

방원은 또 앞질러 캐고들었다.

"겁이 나다 뿐이겠어요. 생각하면 몸서리가 쳐질 지경인 걸요."

말하면서 처음으로 민씨는 고개를 든다. 에누리없이 두려움에 떠는 얼굴이었다.

"몸서리가 쳐진다? 명나라에 가면 누가 잡아먹기라도 한단 말이오?"

방원은 일부러 능청을 떨어본다. 그러자 민씨는 정색을 하며 말을 이었다.

"고려조 때 숱한 왕자들이 볼모로 잡혀갔던 옛일은 그만 두더라도 말씀이어요. 연전에 사은사로 갔다가 크게 봉변을 당한 이염(李恬)이란 사람의 전례만 생각하더라도 어찌 몸서리가 쳐지지 않겠어요."

태조 2년 3월9일이었다. 조정에서는 정당문학(政堂文學) 이염을 명나라에 파견하여 고려조 때 공민왕에게 하사되었던 금인(金印) 일과(一顆)를 환납케 하고 아울러 국왕 이성계의 이름을 단(旦)으로 개칭하겠다는 뜻을 알리게 한 일이 있었다.

그로부터 5개월 후인 8월 15일, 그러니까 중추가절에 상하가 들떠 있는 그날 이염은 귀국하였는데, 그의 몰골은 실로 처참하였다.

그 날짜 태조실록을 보면, 명나라에서 이염이 겪은 곤욕이 얼마나 지독했는가를 짐작할 수 있다.

황성에 들어가서 천자 주원장을 만나게 되었을 때, 이염의 태도가 옳지 못하다는 트집을 잡고 주원장은 노발대발하였다는 것이다. 이염의 목을 찍어누르고 몽둥이로 무수히 구타하여 여러 차례나 실신케 하였다는 것이다.

그야 나중에는 약을 먹여 소생시키기는 했지만, 그가 귀국길에 오른 후에도 주원장의 노여움은 집요하게 꼬리를 끌었다.

즉 요동땅에 이르자, 역마(驛馬)를 지급하지 못하게 했기 때문에 그는 말 한 필 얻어타지 못하고 도보로 만주 벌판을 걸어서 돌아올 수밖에 없었다는 것이다.

그뿐만이 아니었다. 주원장은 다시 요동방면 경비군에게 명령하여 앞으로는 조선의 사신이 명나라로 들어가는 길을 봉쇄하게 했다는 것이다.

물론 그 사건엔 이염 개인의 태도에도 어느 정도의 책임은 있었을 것이며, 그 때문에 그는 한때 관직에서 쫓겨나기까지 했던 것이지만, 어쨌든 그와 같은 사건은 명나라 천자가 조선에 대해서 얼마나 심한 적의를 품고 있었으며, 그의 성격이 얼마나 잔인했던가를 짐작케 하는 충분한 예가 아닐 수 없다.

"저에게 다른 생각은 없어요. 이 어린것의 어미로서 오직 나리의 신변만을 염려할 뿐이어요. 이 아이의 아버님이 되시는 나리께서 그와 같은 곤욕을 당하실는지도 모르는 재앙 속에 말려드실까 애가 탈 뿐이어요."

이렇게 말을 맺는 민씨의 두 눈꼬리엔 눈물까지 맺혀 있었다.

흔히 여자의 눈물이란 요사한 연기가 빚어낸 교활한 연막이라고 보는 측이 있다.

민씨부인의 눈물 역시 그렇게 색칠을 하고 보자면 못볼 것은 아니었다. 지난날의 언동이 대개 그러했고, 오늘 처남들과 만나서 수군거린 경위로 미루어 짐작해도 그렇다.

남편을 아끼는 체하면서 자기자신의 앞날을 불안스러워하는 야박한 계산의 결과로 보자면 못볼 것은 없다.

그러나 방원은 민씨의 눈물을 그렇게 비꼬아 해석할 수만은 없었다. 그 눈물엔 있는 그대로를 받아들이지 않을 수 없는 순수한 호소력이 맺혀 있었다.

"언제 내가 꼭 간다고 합디까. 또 나를 꼭 파견하기로 결정한 터도 아니니 앞질러 염려하지 않아도 좋을거요."

본심과는 사뭇 다른 말이었지만, 굳이 그런 말로 둘러대는 데에는 새삼 민씨의 눈물을 값있게 받아들이는 방원의 정이 깃들여 있었다.

그때까지 민씨 품에 안겨서 방실거리고만 있던 어린아기가 갑자기 칭얼대기 시작했다. 그러자 민씨는 이내 소박한 어머니가 된다.

"네가 젖을 달라고 보채는 모양이로구나."

잠깐 남편에게 수줍은 눈길을 보내다가 모로 앉아서 가슴을 헤친다.

물론 궁가(宮家)나 권문(權門)의 부인네들은 자녀들에게 젖은 물리지 않는 것이 통례이긴 했다. 따로 유모를 두고 유모의 젖을 먹여 기르게 하기 마련이었지만, 민씨부인은 직접 자기 젖꼭지를 아기에게 물렸다.

지금 이 자리에서만 그렇게 하는 것이 아니다. 아기를 낳은 후 줄곧 자기 젖으로만 키워왔다.

목이 마르게 고대하다가 나이 삼십이 되어서야 겨우 얻게 된 첫아들이 아닌가. 살을 저미고 뼈를 갉아 먹여도 아깝지 않을 터인데, 다른 여자의 젖을 물려 키울 수는 없다는 것이 민씨의 충정이었을 게다.

방원은 지그시 아내의 옆모습을 바라본다. 여인의 자태 중에서도 젖을 먹이는 어머니의 모습이 가장 어여쁘다던가.

민씨 역시 어느 때보다도 아름답게 보였다. 아니 자극적이기도 했다. 옷자락 사이로 반쯤 내민 허연 유방은 여인의 어느 속살보다도 고혹적이었다.

어린것은 앙징스런 손가락으로 매달리듯 유방을 움켜잡고 탐욕스럽게 빨아대고 있었다.

"그놈 뻔뻔스럽기도 하이."

떨떠름한 웃음 섞인 소리를 방원은 던졌다.

"나도 아직까지 빨아보지 못한 젖꼭지를 제놈이 감히 독차지를 한다?"

그것은 물론 실없이 던져본 농이었지만, 막상 그런 말을 입 밖에 내고
보니 철없은 어린것에 은근히 시새움 같은 것이 느껴지기도 한다.

"제기랄, 나도 갓난애나 돼볼까."

역시 농처럼 던져본 말이었지만, 민씨부인은 귀밑까지 붉히며 부끄러
워한다. 저고리 자락을 내려당겨 노출된 유방을 감추려고 애쓴다. 그것이
오히려 자극의 도를 더 가하였다.

"아니, 부인은 그 녀석만 아는 거요?"

방원은 벌떡 몸을 일으켰다. 그때,

"애오, 애오"

응석맞은 소리를 연발하면서 수코양이 한 마리가 기어들었다.

그놈은 코끝을 벌름벌름하더니 구수한 젖냄새에 회가 동한 것일까.
꼬르륵꼬르륵 목줄기를 떨면서 민씨의 품으로 기어들려고 했다.

"아따, 이번엔 네놈까지 한몫 끼일 판이냐."

방원은 고양이의 덜미를 잡아젖혔다.

그러자니 자연 아주 가까운 거리에서 민씨의 살냄새를 맡게 되었고,
그 살냄새가 코를 찌르자 돌풍 같은 욕정이 치밀었다.

설매의 기방에 발을 끊고 집에 파묻혀 있게 되자, 방원은 금욕적인
나날을 보내왔다. 접할 수 있는 여성이란 민씨부인뿐이었지만, 민씨에겐
석연치 않은 감정의 응어리가 꼬리를 끌고 있어서 소탈하게 접근할 계제
를 잡지 못했다.

아직 충분한 젊음이 남아 있는 방원이었다.

오랜만에 여인의 살내음을 맡게 되고 보니, 그것만으로도 갈증이 든
정골엔 충분히 불이 붙었다.

"나도 한 모금."

어린애 응석 같은 콧소리를 흘리며 부인의 젖가슴에 얼굴을 파묻은
것은 그래도 한 가닥이나마 도사리고 있던 어설픈 체면이 피워보인 쑥스
러움 때문이었는지도 모른다.

"에그머니."

당황한 소리를 치면서 민씨는 몸을 피하려다가 그것이 오히려 남편의 체중에 눌려 벌렁 나자빠지는 결과를 빚고 말았다.

그 서슬에 어린것은 방바닥에 나동그라졌다.

"우애애."

소리까지 터뜨렸다. 그 울음이 오히려 방원의 정화(情火)를 자극했다.

"울겠거든 마음대로 울려무나, 이놈아. 이번엔 내 차례야."

선머슴아이 같은 유치한 시기심까지 피워본다. 민씨에 대한 애정이 새삼 살뜰해져서 씹어보는 질투는 아니었다.

어쩌면 그것은 훗날 그 아이(양녕대군)와의 처절한 갈등을 예시하여 주는 숙명적인 감정의 쌌일는지도 모른다.

처음에는 거부하는 자세를 취하던 민씨부인도, 어느새 적극적으로 남편을 맞아들이고 있었다.

오랫동안 외면 당하여온 여체였다.

당돌하고 난잡한 감이 없지는 않지만, 어쨌든 그것은 목마른 밭에 쏟아지는 소나기처럼 반갑고 달가울 뿐이었다. 구차한 체통 따위를 고집할 여유는 없었다.

그리고 난 얼마 후, 방원은 별당 밖 후원을 서성대고 있었다.

정사의 뒷맛이란 대개 씁쓸한 경우가 많다. 지금의 방원도 그렇다. 굶주린 수캐처럼 걸떡거린 자신의 자세가 역겹기도 하다.

——굶어 죽기는 정승 하기보다도 어렵다더니, 내가 어느새 그토록 치사해졌을까.

비단 육욕뿐만이 아니라 여러 가지 면에서 욕구불만에 허덕이는 자기 자신을 재확인한 것만 같다.

그런 자기 혐오를 신선한 바깥바람이라도 쐬며 식히려고 하고 있는데, 하인 하나가 힐레벌떡 달려온다.

"나리께서 여기 계신 줄은 몰랐습니다요. 아까부터 손님이 기다리고 계십니다."

손님이란 참찬문하부사(參贊門下府事) 남재(南在)였다.

"대감이 어쩐 일이십니까."

방원은 반색을 하며 조금 전엔 점잖지 못한 정열을 피우고 놀던 그 별당으로 객을 맞아들였다.

민씨부인과 어린것은 물론 그 자리를 뜨고 없었다.

"이리로 앉으시지오, 대감."

방원은 윗자리를 권했다.

참찬문하부사라면 정2품 문하시랑 찬성사보다도 한 계급 하위에 속하는 관직이었다. 왕자대군이 윗자리를 권해야 할 만한 고위 고관은 못되었지만, 방원이 그를 공대하는 것은 그런 계급과는 상관없이 자연인 남재를 존중하는 때문이었다.

그의 초명은 겸(謙), 일찍이 석학 이색(李穡)의 문인으로 고려조 때엔 진사시(進士試)를 거쳐 좌부대언(左副代言)까지 지냈으며, 이씨왕조 창업 과정에선 아우 남은과 더불어 이성계를 옹립하고 활약한 개국의 공신이었다. 그러나 새 왕조가 수립되자 지난날의 혁명 동지들이 벼슬자리를 탐내고 암투하는 엽관배로 전락한 꼴이 못마땅했던지, 그는 오히려 포상을 회피하고 숨어 살았었다.

나중에야 국왕 이성계에게 은신처가 탄로되어 재(在)라는 새 이름까지 하사 받고 정부 요직에 임명되긴 했지만, 그의 고고한 인품은 추호도 변하지 않았다.

특히 그의 아우 남은이 정도전과 한패가 되어 방원을 배척하는 세력의 선봉 노릇을 하고 있는 것과는 반대로, 남재는 음으로 양으로 방원을 두둔하여 오던 터였다.

그때 그의 나이 사십오세였으니 연배로도 방원보다 훨씬 웃사람이었다. 윗자리를 권할만도 하지 않은가.

그러나 남재는 극력 사양하고 한구석으로 물러앉았더니,

"오늘 내가 이렇게 찾아온 것은 나리를 싸고 도는 공기가 심상치 않은 때문이외다."

우려에 찬 안색으로 이런 말을 꺼냈다.

"나를 명나라에 볼모로 쫓아보내겠다고들 떠들어댑디까?"

방원은 태연한 웃음을 피우며 넘겨짚어 보았다.

"그렇소이다. 명 천자가 지목한 바도 있고 하니 익안군이나 회안군을 파견하는 것이 순서이거늘, 정도전이랑 그리고 내 아우랑 나리를 눈에 가시처럼 역겨워하는 패들은 누구보다도 정안군 그분을 보내야 한다고 역설하고 있질 않겠습니까."

"어떠한 이유, 어떠한 명분을 내세워 그런 소리를 한답디까."

방원은 우선 그 점이 궁금했다.

"겉으로 내세우는 이유야 번들합지요. 여러 왕자대군 중에서도 명 천자의 곡해를 풀 수 있을 만한 인재는 정안군 나리 한 분뿐이니, 그 분을 젖혀놓고 다른 누구를 보낼 수 있겠느냐고 수선을 떨고 있읍죠만, 어디 그자들의 속셈이야 말과 같은가요. 이 기회에 나리를 허울좋게 나라 밖으로 몰아내자는 것이겠습지요."

"그래요?"

방원은 잠시 동안을 두었다가,

"내가 만일 명나라에 가서 명 천자의 마음을 풀고 부과된 사명을 완수한다면 그 자들은 어쩔 셈인가요?"

은근한 자신을 번득여 보이며 미소지었다.

그러나 남재는 펄쩍 뛰었다.

"아예 그런 말씀일랑 입밖에도 내지 마십시오. 명 천자 그분이 얼마나 지독한 분이라구요."

"나는 명 천자가 어떠한 분이라는 것을 잘 알고 있습니다."

남재는 심각하게 말을 이었다.

"연전에 명나라에 갔을 때 직접 내 눈으로 보고 내 귀로 들으니, 국내에서 생각하던 것과는 모든 실정이 엄청나게 다른 데 놀라지 않을 수 없었습지요."

태조 2년 6월 1일, 그 당시 중추원학사(中樞院學士)로 있었던 남재는, 명 천자의 생트집을 해명 무마하기 위한 사명을 띠고 명나라로 향한 적이 있었다. 그리고 명 천자에게 구타당한 이염보다 보름쯤 늦은 9월 2일에 귀국하였는데, 그의 탁월한 외교적 활동 때문이었던지 이염과는 판이하게 주원장은 그를 후대하였던 것이다.

그뿐이 아니었다.

"너희 나라 사신이 왕래하자면 길은 멀고 비용도 막대하게 들 것인즉, 앞으로는 3년에 한 번씩 내조하도록 하라."

이와 같은 관대한 배려까지 베풀어 주었던 것이다.

그런 대우를 받은 남재였던만큼 명나라 천자나 명나라 국정을 호의적으로 받아들이고 호의적으로 소개할 터인데, 그는 이렇게 말하는 것이 아닌가.

"명 황제 그분은 누구보다도 의심이 많고 잔인한 분입니다. 그분이 천하를 평정하는 데 수족처럼 진력했던 공신들의 말로가 어떠하였습니까. 특히 호유용(胡惟庸)의 옥사에 대해선 나리께서도 들으신 바가 있으실 겁니다."

한때 주원장의 절대적인 신임을 받고 승상(丞相) 자리에까지 올랐던 호유용, 그를 숙청한 공식적인 이유는 역적모의를 하였다는 것이지만, 그 사건에 연류되어 처형된 사람이 무려 만오천 명에 달하였다고 한다.

그리고 그들의 죄상을 객관적으로 적발한 기록은 없다. 다만 그들 죄인이 그렇게 자백하였다고만 전해지고 있기 때문에, 후세의 사가들 중에는 이른바, 호유용의 옥사는 주원장의 시의심(猜疑心)이 빚어낸 피비린내나는 암귀(暗鬼)의 소행에 불과하다고 풀이하는 측도 있을 정도이다.

"또 태사공 송학사(太史公宋學士)의 말로는 어떻습니까."

송·학사 즉 송염(宋濂)은 명나라 창업 초의 최고 두뇌였다. 원조 말엔 한림편수(翰林編修)에 천거된 일도 있었지만, 굳게 사양하다가 주원장이 득세하게 되자 그의 고문으로 초빙되었다.

비록 관직은 높지 않았지만 명조 초의 예악제도(禮樂制度)는 거의 그의 손으로 재정(裁定)되었으며, 칙령(勅令)을 위시한 중요 문서는 대부분 그가 기초한 것이라고 한다.

때문에 그 당시 사람들은 그의 성씨를 직접 부르지 않고 태사공이라고 경칭하였다는 것이다.

주원장 자신도 그를 깊이 신뢰하여 정신(廷臣)들이 연좌한 자리에서 이렇게 절찬한 일까지 있었다.

"송염은 짐을 보필하기 19년, 아직 한 마디도 식언을 한 적이 없었으며, 남의 결점을 말한 적도 없다. 시종일관 실로 군자 중의 군자라 할 만한 인물이다."

그러나 훗날 주원장은 그와 같은 늙은 인격자의 신변에까지 밀정을 잠입시켜 낱낱이 그의 동정을 염탐케 하였다.

어느날 송염이 친구를 불러 회식을 한 일이 있었다.

그때 찾아온 친구의 신분은 말할 것도 없고 술과 안주의 품목까지 밀정은 일일이 주원장에게 보고하였다는 것이며, 그 이튿날 주원장은 넌지시 송염을 불러 캐보기까지 했다는 것이다.

송염의 대답이 자기가 보고 받은 내용과 추호도 틀림이 없었기 때문에,

"경은 짐을 속이지 않았구료."

이렇게 말하면서 기뻐하였다는 것이지만, 그와 같은 병적인 시의심은 듣는 사람으로 하여금 전율을 느끼지 않을 수 없게 하였다.

호유용이 처형된 홍무(洪武) 13년(서기 1380년) 가을, 송염의 손자 신(愼)이 호유용 일당과 관련이 있다고 고발하는 자가 있어서 신은 처형되고 말았다.

주원장은 즉시 송염도 체포케 하였고 사형을 선고하였다.

그 사실을 알게 된 주원장의 부인 마황후(馬皇后)가 '단식을 하면서까지 충고하였기 때문에, 송염의 처형은 일단 보류되어 사천(四川)땅 무주로 유배당했다.

그러나 유배지로 가는 도중에 송염은 까닭없이 죽고 말았다. 그때 그의 나이 72세였는데, 그의 석연치 않은 사인(死因)에 대해서도 집요하고 냉혹한 주원장의 검은 마수가 작용하지 않았을까 의심하는 측이 없지 않았다.

그 후에도 남옥(藍玉)의 옥사 등 처절한 숙청극은 계속되었으며, 그 숙청의 방법이 어느것이나 대제국의 창업주답게 당당하질 못하고 교활하고 음산한 데에 주원장의 어두운 측면을 엿볼 수 있다.

"그야 명 천자 그분은 원래 미천한 출신으로 갖은 고초를 겪고 천하의 대권을 장악한 분이며, 그분을 보필한 공신들 역시 비슷한 길을 밟아 온 사람들이니만큼 그 사람들에 대해서 명 천자는 묘한 경쟁심을 품고 있었는지도 모를 일입지요. 게다가 남달리 심한 시의심까지 겹쳐서 숱한 고굉지신(股肱之臣)들을 그토록 잔인하게 처단하여 버렸는지도 모르겠습지요."

남재는 주원장의 성격을 이렇게 풀이한 다음,

"그러니 우리 조선 나라에 대해서도, 우리 상감과 왕실에 대해서도 경쟁심과 시의심을 어찌 갖지 않겠습니까. 나리께서 명나라로 가실 경우, 이염 그 사람처럼 내놓고 푸대접은 안 할는지 모릅니다. 어쩌면 나 남재를 대한 이상의 후대를 나리께 베풀는지도 모릅니다. 하지만 나리께서 돌아오시는 뒷덜미를 향하여 태사공 송 학사에게 그렇게 하였듯이 음흉한 마수를 휘둘러대지 않을 아무런 보장도 없지 않습니까."

우려에 찬 결론을 내렸다.

들으면 들을수록 겁만 주는 소리였다. 하지만 이상한 일이었다. 방원의 가슴엔 새로운 호기심과 의욕만이 세차게 피어오르는 것이었다.

강한 용장일수록 막강한 적수를 대하게 될때 두려움보다도 벅찬 투지가 치미는 것과 흡사한 심사라고나 할까.

남재는 거듭 신중을 기하라는 말을 남겨놓고 자리를 떴다. 방원은 그를 대문밖까지 전송하고 나서 발길을 돌리려고 하다가 문득 숨을 들이켰다.

저편 담모퉁이에 뜻하지 않은 사람이 서성거리고 있는 것을 발견한 때문이었다.

젊은 여인이었다.

전 왕조 고려의 지체 높은 여인들이 즐겨 사용하였다는 너울을 대신해서 쓰개치마를 내려 쓰고 있었고, 게다가 머리를 깊이 숙이고 있어서 얼굴 생김은 판별하기 어려웠지만, 그 몸매 하나만으로도 방원은 즉각 그 여인의 정체를 간파할 수 있었다.

——바로 그 풋살구가 아닌가.

풋살구라고 하기엔 이젠 사뭇 농익은 자태였지만, 방원의 가슴에 남아 있는 그 여인 김씨의 기억은 아직도 풋살구였다.

우선 반가웠다. 하지만 동시에 그 반가움을 찍어누르는 감정 역시 치미는 것을 어쩔 수 없었다.

그 동안에 많이 삭아지기는 했지만, 자신을 배반하였다고 생각하며 품어온 괘씸한 점은 꼬리를 끌고 있었다.

——제년이 무슨 낯짝으로 새삼스레 내 집 앞을 서성거린담?

방원은 속으로 뇌까려본다. 그러면서도 그것이 자기의 감정 전부가 아니라는 것을 어쩔 수 없이 곱씹으면서 방원은 지그시 김씨의 아래위를 뜯어보았다.

그 동안에 어떠한 나날을 보냈는지 알턱이 없었지만, 옷차림은 제법 말쑥했다.

——중궁 친척 식구들에게 달라붙었다고 했으니 살기야 어렵지 않았겠지.

김씨의 옷차림을 통해서 이런 추측을 내리자니까, 그 패씸한 심정이 반가움을 뭉개버리며 불끈 솟아오른다.

"어허험."

질책의 호통 대신 헛기침을 한번 던지고 방원은 발길을 돌리려고 했다. 그러자 담모퉁이에 붙어서서 움직이지도 않던 김씨가 이 편을 향해 달려왔다. 그리고는 방원의 발밑에 고꾸라지듯 쓰러지더니 울부짖었다.

"한 말씀만 드리겠어요, 나리."

방원은 발길을 멈추고 돌아보긴 했지만 한 마디 말도 건네진 않았다.

"나리 신변이 위태하십니다. 명나라에 볼모로 보내려는 책동이 한창이어요."

방원에겐 전혀 새삼스런 정보가 못되었지만, 김씨로선 무엇보다도 절박한 사연인 것 같은 어투였으며 몸가짐이었다.

"또 무슨 흉책을 농하자는 거지?"

겨우 입을 연 방원은 비꼬았다.

새삼스럽지 못한 제보가 시답지 않아서 그런 것은 아니었다. 김씨에 대한 불쾌감에서만 하는 소리도 아니었다. 오히려 김씨의 그 절박한 언동을 통해서 뜨겁게 가슴을 흔드는 무엇을 느꼈던 것이며, 그것이 또 멋적어서 꼬아본 소리에 불과했다.

"아무리 저를 책망하셔도 좋사와요. 달게 받겠사와요. 하지만 지금 올린 말만은 믿어주시어요. 꼭 믿어주시어요."

단숨에 말하고는 김씨는 몸을 일으켰다. 도망치듯 방원의 곁을 떠나 달려가기 시작했다.

오히려 당황한 것은 방원이었다.

자기도 모르게 몇발짝 뒤쫓아가다가 그는 그 걸음을 멈추었다. 김씨가 달려가는 방향으로부터 마주 오는 사나이와 눈길이 마주친 것이다.

민무구였다. 그는 놀란 시선을 방원과 김씨에게 번갈아 던지며 고개를 꼬고 있었다.

"웬일인가, 처남?"

방원은 그를 불렀다.

그것은 자신의 어색한 장면을 얼버무리려는 것이기도 했지만, 김씨에게 보내는 민무구의 시선에서 심상치 않은 그늘을 느낀 때문이기도 했다.

"예, 저 나리 거기 계셨군요."

민무구는 허둥거리며 방원에게로 다가왔지만, 그의 표독한 시선만은 멀어져가는 김씨의 뒷모습을 쫓고 있었다. 그 시선에서 더욱더 수상한 기색을 느끼며 방원은 짓궂은 소리를 던졌다.

"처남, 나를 찾아온 줄 알았더니, 그런 것도 아니었나?"

"무슨 말씀을 그렇게 하십니까?"

민무구는 겨우 시선을 돌려 방원을 건너다보며 어색한 수선을 피웠다.

"나리께 긴히 여쭐 말씀이 있어서 이렇게 득달한 것이 아니겠습니까."

"그래? 그렇다면 왜 꾸물거리나, 어서 들어감세."

거듭거듭 꼬아대며 방원은 앞장서서 거실로 향했다.

그가 전하겠다는 말이 물론 궁금한 때문만은 아니었다. 민무구와 김씨 사이에 엉켜 있는 것처럼 느껴지는 야릇한 안개 같은 것을 끊어야 한다는 생각이 막연하나마 고개를 든 때문이었다.

"이거 울화가 터져서 죽을 노릇이 아니겠습니까, 나리."

방원의 거실에 따라 들어선 민무구는 야단스럽게 핏대를 올렸다.

"이번에 명나라 사신으로 왔다는 진한룡(陳漢龍)인가 하는 그자 말씀입니다. 그 자의 행패가 말이 아니라지 뭡니까."

지난 4월 4일, 그러니까 왕자들을 볼모로 보내라는 명제의 요청을 전한 황영기 등보다 보름쯤 앞서서 명나라에서 보낸 사신이 따로 있었다.

최연(崔淵), 진한룡, 김희유(金希裕), 김화(金禾) 등이었으며, 그들 역시 명제의 무리한 요구를 전하여 왔다.

말 1만 필을 상납하라는 것이었다.

그러나 조선왕조를 괴롭힌 것은 명제 주원장의 요구뿐이 아니었다. 그 심부름을 온 사신들의 등쌀과 횡포가 한층 더 혹심하였던 것이다.

그들 역시 고려 출신의 재명교포들이었는데, 그 중에서도 진한룡이란 자는 범의 위세를 빌린 이리보다도 더 설치고 날뛰었다.

자기 고향인 임주(林州 : 충남 부여군)를 부(府)로 승격하여 달라고 졸라댔다. 한 고을을 승격시킨다는 것은 행정적인 절실한 이유가 있거나 국왕과 밀접한 관계를 가진 고장, 예를 들면 왕비 강씨의 고향 정도에나 베푸는 특혜였다.

그러나 조정에선 울며 겨자먹는 식으로 4월 9일, 임주를 부(府)로 승격시켰던 것이다.

"조정의 후대가 그토록 극진하니 진한룡이란 그놈, 감읍하여 마지않아야 할 일이거늘, 이젠 사뭇 미치광이처럼 날뛰더라는 것이 아닙니까."

바로 엊그제, 국왕의 분부를 받은 도평의사사(都評議使司)에서는 서보통루(西譜通樓)에 푸짐한 주연을 베풀고 명나라 사신들을 대접하였다.

그때 술에 취한 진한룡은 이렇게 고래고래 소리를 지르더라는 것이다.

"전번에 온 사신들에겐 후한 대접을 하였다면서, 우리만 유독 이렇게 박대하는 까닭이 무엇인가?"

터무니없는 생트집이었지만, 그의 횡포는 그와 같은 폭언에만 그치지 않았다. 자기가 입고 있던 옷을 찢어발기고 짓밟으면서 억지를 썼다.

"이렇게 누더기 같이 된 옷, 이것을 입고 돌아가서 어찌 우리 성상 폐하를 뵐 수 있겠는가. 차라리 죽느니만 못하다."

그리고는 칼을 뽑아 자기 가슴을 찌르려고까지 했다.

여러 대신들은 겁이 나서 자리를 피하였고, 접반사(接伴使) 김입견(金立堅)이 겨우 그의 팔에 매달려 무마하였다는 것이다.

"한낱 사신 나부랑이의 횡포도 그러하거늘, 그 나라 천자는 오죽하겠습니까."

결국 그 말을 하고 싶어서 민무구는 그런 소식을 전한 모양이었다. 명나라로 가는 일을 별로 역겨워하지 않는 방원에게 거듭거듭 겁을 주려는 술책이겠지만, 방원은 귓전에도 담으려 하지 않았다.

"상감도 상감이십니다. 그따위 사신 나부랑이쯤 따끔하게 혼을 내주시기는 고사하고 중추원사 진충귀(陳忠貴)를 시켜서 값비싼 비단옷을 주셨다고 하니 말씀입니다."

민무구가 계속 핏대를 올리려고 하는데, 안내도 없이 방문을 열어젖히는 사람이 있었다. 무학대사 자초였다.

"마침 집에 있었구먼."

자초는 중얼거리면서 성큼 방안에 들어와 앉는다.

그 기회를 타서 민무구는 자리에서 일어났다. 하직 인사도 하는둥 마는둥 그는 밖으로 나갔다.

무엇인가 찾는 것 같은 눈길로 주위를 두리번거리다가,

"그러지 않아도 총총히 사라진 그 계집, 아직껏 꾸물거리고 있을 턱이 없지."

쓴웃음을 새기며 혼잣소리를 흘리고 있는데, 조금 전에 김씨가 사라진 방향으로부터 어슬렁어슬렁 민무휼이 다가왔다.

"너 오는 길에 그 여자를 못보았느냐."

민무구가 묻자,

"그 여자라니요?"

민무휼은 그 초점 없는 안정을 헤벌리면서 되물었다.

"아니야, 물으나마나한 소리지. 그 동안에 갔으면 십리도 더 갔을테구, 설사 길에서 마주치더라도 청맹과니 같은 네 눈에 띌 턱도 없구."

민무구는 혼자 부르고 쓰다가,

"도대체 그 계집이 어떻게 여길 찾아왔을까. 강가네 집에서 한발짝도 바깥 출입을 하는 것을 아무도 못보았다고 하던데."

움푹 패인 두 눈만 부라리고 있었다.

그때 그 강가네집, 즉 강비의 친정아버지 강윤성의 집 한구석방에서 김씨는 오열하고 있었다.

김씨의 품에는 생후 서너달쯤 되어보이는 어린아기가 안겨져 있었다. "아가야, 너는 이 에미가 밉지? 어엿한 아버님이 살아계시면서도 한번 그 품에 안겨드리지도 못하는 이 에미가 야속하지?"

그리고는 무심하게 방글거리고만 있는 어린것의 얼굴에 더운 눈물만 떨구었다.

그 어린아기는 지난 정초에 김씨가 낳은 아기였다. 어엿한 고추가 달린 사내놈이었다.

민무구의 농간으로 방원의 곁을 떠날 때만 해도 김씨는 자기 몸에 태기가 있다는 것을 모르고 있었다. 그러기에 민씨부인이 포태하였다는 민무구의 말이 그토록 아프게 가슴을 후벼댔던 것이다.

만일 자기 자신도 임신한 몸이라는 걸 자각하였더라면, 김씨의 행동은 사뭇 달라졌을지도 모른다. 자신의 결백성을 극력 주장하고 방원의 곁에서 떠나지 않으려고 버텼을는지도 모른다. 장차 태어날 어린 것의 앞날을 위해서 민씨와 끝끝내 맞서보려고 안간힘을 썼을는지도 모른다.

태기가 있다는 것을 자각하게 된 것은, 강윤성의 집에 머물러 있게 된 후 한 달 남짓해서였다.

김씨가 강윤성의 집에 머물러 있게 된 경위는 그저 그렇고 그런 것이었다.

민무구 일당의 손에 잡혀 강윤성의 집에 들여뜨려진 김씨는 한참만에 자기 정신을 찾았다. 눈을 뜨니 몇몇 하녀들과 한 노부인이 지켜보고 있었다. 노부인은 강비의 친정어머니이며 강윤성의 부인인 강(姜)씨였다. 노부인이 묻는 말에 김씨는 되는대로 자기의 신분을 둘러댔다.

성씨는 밝힐 수 없지만 어느 행세하는 집안의 딸이라는 것, 외출을 했다가 도적을 만나 난행을 당하다가 기절을 했다는 것, 그 후에는 어디로 어떻게 끌려다녔는지 기억이 나지 않는다고 말했다. 그리고는 이젠 집에 돌아갈 수도 없는 몸이니 차라리 죽어버릴 수밖에 없다고 했다.

강윤성의 부인 강씨는 남달리 인정이 많은 여인이었다. 도적이 네 몸을 처치하기 곤란해서 우리집 안으로 던져버린 것일 거라고 풀이하면서, 이것도 무슨 인연이니 딴 생각 말고 내 집에 머물러 살라고 간곡히 권했다.

물론 그때 노부인 강씨가 김씨의 정체를 알아챘더라면, 전혀 다른 태도를 취하였을 것이다. 그러나 강윤성의 가인들과 방원의 집식구들 사이엔 별다른 교섭이 없었으므로, 노부인은 말할 것도 없고 다른 누구도 김씨의 신분을 간파하진 못했다.

그럭저럭 한 달이 지나자 김씨는 자기가 임신한 몸이라는 걸 깨닫게 되었으며 노부인 역시 눈치 챘지만, 김씨의 말을 곧이듣고 있던 노부인은 난행을 한 도적의 씨이거니 생각하고 긍휼히 여길 뿐이었다.

달이 차서 김씨는 사내아이를 분만했고, 노부인은 더욱더 김씨를 아껴 주게 되었다. 자기 신변 가까이 있게 하면서 친딸처럼 위해 주었다.

그렇게 되니 그 집안 내막을 굳이 캐려고 하지 않아도 김씨는 자연히 파악하게 되었다.

방원을 명나라로 보내자는 논의는 그 집을 찾아오는 권속들 사이에서도 여러 차례 논의되었으며, 바로 엊그제 국왕 이성계까지 방원을 파견하기로 마음을 정했다는 정보를 김씨는 엿들을 수 있었던 것이다.

노부인 강씨의 은혜도 은혜였지만, 아직도 김씨에겐 방원은 하나밖에 없는 마음의 낭군이었다. 또 어린것의 친아버지이기도 했다.

그냥 있을 수는 없었다.

한마디 귀띔이라도 해서 미연에 화를 모면하게 하려는 충정에서 찾아 갔던 것이지만, 막상 그를 만나고 돌아오니 심골 깊이 감추어 두었던 설움이 새삼 북받친 것이다.

"아가야."

다시 부르면서 김씨는 어린것의 두 손을 마주 모아 쥔다.

"너도 비는 거야. 너의 아버님께 재화가 미치지 않도록 빌고 또 비는 거야."

이제 매달릴 수 있는 한 가닥 기대는 세월뿐이었다.

세월이 흐르고 또 흐르고 나면, 이 가련한 어린것도 부친의 품에 안길 날이 있을지도 모를 일이었다. 그리고 그러한 세월을 확보하자면 우선 방원의 신변이 무사해야만 했다.

명나라로 끌려가는 일따위는 없어야만 했다.

그러나 그때 바로 방원 당사자는 무학대사를 상대로 엉뚱한 기염을 토하고 있었다.

"저도 이제 지상으로 뛰쳐나가야 할 때가 온 것 같습니다."

열띤 소리로 방원은 말하고 있었다.

"그래?"

자초는 무겁게 고개를 끄덕이더니,

"나 역시 그럴 때가 온듯 싶어 이렇게 찾아왔다만, 땅 위로 솟아나는 것만이 능사는 아니니라. 어디로 어떻게 흐르느냐 그 점이 중요한 게야."

의미 있는 꼬리를 달았다.

"이왕 흐를 바에야 답답한 산골짝만 찾아 헤매지는 않겠습니다. 망망한 대해를 향해서 곧장 달음질을 쳐볼까 합니다."

방원도 의미 있게 받아 말했다.

"대해라?"

되묻더니 자초는 두 눈을 내리깔았다. 속깊은 무엇을 곰곰 들여다보는 것 같은 그런 눈길이었다.

"뭍에 사는 미물이라고 바다를 외면해서야 되겠습니까. 좁다란 우물 속에 도사리고 앉았거나 고작해야 못이나 늪을 찾아들어 안주한다면, 그 물은 결국 썩고 말 것이 아닙니까."

방원은 더욱더 열을 올리는 것이었지만, 처음부터 대화가 비유로 시작된 때문인지 화제의 핵심에는 흐릿한 연막을 씌우고 있었다.

"물 없는 바다도 바다는 바다지."

자초는 혼잣소리처럼 중얼거리다가 활짝 눈을 떴다.

"그러니까 네가 자청해서 명나라로 가겠다는 거냐."

활짝 눈을 뜨는 동시에 방원의 연막도 활짝 걷혀버렸다.

"그렇습니다. 우리 형제들 중에서 누군가가 가야 한다면 제가 꼭 가고 싶습니다."

방원도 솔직하게 털어놓았다.

"명나라에선 첫째 왕자나 둘째 왕자를 보내라고 했다면서? 공교롭게도 첫째 왕자 진안군은 세상을 떴지만, 그래도 차례를 따지자면 영안군이나 익안군이 가야 할 것이 아닌가."

"형님들이 굳이 가시겠다고 나선다면 제가 어찌 주제넘게 설치겠습니까마는, 형님들이 원치 않으실 경우에는 어떻게 하겠습니까. 저라도 대신 가겠다는 겁니다."

"허허어, 내 미처 몰랐는걸. 유독 그대가 그토록 형들을 아끼고 감쌀 줄이야. 그러니까 형들을 대신해서 볼모가 되러 가겠단 말이겠다?"

약간 비꼬는 소리를 자초는 던졌다.

"대사님도 그렇게 보십니까. 명나라엘 가면 반드시 볼모가 될 것이라고 겁을 먹는 측들과 꼭같은 풀이를 대사님께서도 하신단 말씀입니까."

불손한 어투로 방원은 반박했다.

"그렇다면 볼모가 되지 않을 자신이라도 있다는 건가?"

자초는 여전히 비꼬아 물었다.

"있습니다."

잘라 말한 다음, 방원은 말을 이었다.

"명 천자의 성품이 비록 괴팍하다고는 들었습니다마는, 미천한 농군의 아들로 태어나서 중원을 평정한 영걸이 아닙니까. 따질 것은 따지고 밝힐 것은 분명히 밝힌다면 어찌 부질없는 의심암귀(疑心暗鬼)에만 사로잡혀

이웃 나라 왕자를 함부로 잡아 가두겠습니까."

"따질 것은 따지고 밝힐 것은 밝힌다? 어떻게?"

이때까지의 비꼬던 어투를 버리고 자초는 진지하게 물었다.

"우선 명 천자의 곡해에서 빚어진 생트집을 해명하는 겁니다."

만만한 자신을 보이며 방원은 말을 이었다.

"명 천자는 우리가 자기네 나라를 엿보고 염탐하며, 변방의 군졸들을 꾀어들이고는 연해의 주민들을 살육하였다고 힐난했습니다만, 사실은 어떻습니까. 그와 같은 행패는 오히려 명나라 측에서 저지른 짓이 아닙니까. 논란을 해야 할 입장은 그들이 아니라, 오히려 우리 측입니다. 어찌할 말이 없겠습니까."

자초는 잠자코 듣고만 있다가 다시 물었다.

"따지겠다는 것은?"

"두 가지가 있습니다."

방원은 즉각 받아 말했다.

"한 가지는 우리 아버님, 이 나라의 나라님을 다른 사람도 아닌 이인임 (李仁任)의 아들이라고 간주하고 있는 점을 따지고 바로잡아야 하겠습니다."

지난 4월 25일, 명사 황영기가 내도하여 해악산천 등의 여러 신령 등에게 고사할 때 읽은 축문 속에

"고려 배신(陪臣) 이인임의 사(嗣) 성계……"

라고 지칭한 대목을 두고 하는 말이었다.

"이인임은 어떠한 자입니까. 바로 우리 아버님의 정적이 아니었습니까."

이인임 그는 전 왕조 고려때 공민왕이 살해되고 후사 문제가 일어나자 우왕을 추대하였고, 그 우왕의 신임을 배경으로 정권을 잡아 친원정책 (親元政策)을 고수하던 권신이었다. 친명책(親明策)을 주장하던 정객들을 추방하는 한편, 자기의 심복을 국가 요직에 앉히고 국정을 한손에

주름잡아 흔들었다.

그뿐이 아니었다. 그와 같은 전횡을 막으려고 애쓰던 경복흥(慶復興)을 무고하여 유배지에서 죽이기까지 하였다.

이에 분격한 이성계는 최영 등과 더불어 이인임을 경산부(京山府 : 성주)로 쫓아냈고, 마침내는 그 일당과 함께 처형하였던 것이다.

"우리 아버님과는 더불어 같은 하늘 아래 살 수 없었던 원수를 우리 아버님의 부친으로 만들어 놓다니, 이건 터무니없는 곡해라기보다도 악랄한 장난입니다. 우리 아버님의 체통을 깎아내리려고 꾸며낸 흉계가 아니고 무엇이겠습니까. 아버님의 아들된 도리로서 마땅히 따지고 밝혀야 할 일인 줄로 압니다."

방원은 흥분하고 있었지만, 자초는 조용히 듣고만 있었다.

"다음에는 명나라 사신들의 행패입니다. 그 자들이 명나라 본고장 태생이라면 또 모르겠습니다마는, 바로 우리 조선땅에서 태어난 동족들이 아닙니까. 모국에 도움될 언동은 고사하고 해독만 끼치는 방자한 짓들만 하고 돌아가니, 어찌 그냥 둘 수 있겠습니까."

"그렇다면?"

자초는 한참만에 입을 떼었다.

"그렇게 캐고 따진다면 명 천자의 비위를 더 상하게 하지 않을까. 설설 기며 쥐구멍을 찾는 자들에게까지 매질을 가하였다는 명 천자가 빳빳이 맞서서 대드는 그대를 그냥 둘 것 같은가."

"한 나라를 대표하는 사신이란 곧 그 나라의 군주를 대신하는 당당한 몸입니다. 항상 의젓해야 합니다. 비굴하면 되려 멸시를 받고 욕을 당하기 마련입니다. 그와 반대로 의연히 주장할 것은 주장하고 버텨야 할 일엔 꿋꿋이 버틴다면, 저편에서도 깔보진 못할 겁니다. 그들도 응분한 대접을 하지 않을 수 없을 겁니다."

방원은 양언했다.

"그만하면 네 뜻은 대강 짐작하겠다마는, 결국 이불 속에서 활개를 치는 꼴이 아닐까. 이 방 속에 이렇게 앉아서 뭉개고만. 있으니 말이다."

자초는 다시 비꼬는 투로 말하며 방원의 진의를 깊이 캐보겠다는 그런 날카로운 시선을 던졌다.

"망설이고 있는 것이 아닙니다, 대사님. 기다리고 있는 겁니다."

방원은 볼멘 소리로 항언했다.

"기다리다니 무엇을 기다리겠단 말이냐. 물은 이미 샘 구멍을 뚫고 땅밖으로 솟아나지 않았느냐. 이젠 네 힘으로 흘러가야지 누가 도랑이라도 파주기를 기다릴 셈이냐."

"저도 흐르고 싶습니다. 하지만 저의 물줄기를 방해하는 거대한 방죽이 가로놓여 있다면 어쩌겠습니까."

부왕 이성계를 에워싸고 있는 감정의 장벽을 두고 한 말이었다.

"방죽이라⋯⋯"

자초는 한참 생각에 잠기더니,

"그런 것이 있다면 뚫어야 하지."

그는 자리를 차고 일어섰다.

"네가 뚫을 수 없는 방죽이라면 내가 도와주도록 하마."

그 한마디를 남겨놓고 무학대사 자초는 훌쩍 나가버렸다.

그리고 6월 초하루.

수창궁 정전(正殿)엔 이른 아침부터 국왕 이성계의 임석하에 문무재상들과 여러 왕자들이 배석하고 있었다.

지난 4월 22일부터였다. 정도전의 건의도 있고 해서 아침마다 국왕은, 그곳에 장상(將相)들을 모아놓고 군국의 중요사를 논의하여 왔던 것이다.

이 날도 국왕 이성계는 몇가지 국사를 처결하였다.

사라(紗羅), 능기(綾綺), 각색진채(各色眞彩) 등 외래품과 금은주옥 등 귀금속의 사용을 제한하는 안건을 처결하였다.

또 전 왕조 고려때의 왕비, 궁주(宮主), 옹주(翁主), 국대부인(國大夫人) 등에게 지급하는 월봉(月俸)에 관한 문제도 재가했다.

그리고 또 왕족이자 상장군 벼슬까지 지내는 이조(李朝)라는 자가 전 한양판관 박모의 딸을 집간(執奸)하고 도망친 데 대한 치죄 방법에 대해서도 논의가 있었다.

그러나 그런 것은 통례적인 결재 사항이었고, 이 날의 중요 안건은 따로 있었다.

"오늘 여러 왕자들과 대신들을 모이게 한 것은 다름이 아니라 명나라로 파견할 왕자를 인선하고자 함이니라."

이성계는 마침내 그 안건을 제시했다.

그 문제는 지난 한 달 동안, 무엇보다도 그의 가슴을 태우게 한 난제였다.

명나라에서 요구하는대로 장자나 차자, 즉 영안군 방과나 익안군 방의를 보낸다면 문제는 간단하겠지만, 정부 대신들이나 왕족들의 여론은 그렇게 단순하진 않았다.

순서대로 방과나 방의를 보내야 한다고 주장하는 측이 있는가 하면, 명 천자의 곡해를 풀만한 인재는 정안군 방원을 제쳐놓고는 달리 적임자가 없을 것이라고 우겨대는 패들도 적지 않았던 것이다.

특히 왕비 강씨의 측근들과 정도전 일파에선 방원을 어떻게 해서든지 파견케 하려고 여러 모로 획책하고 있었다.

열 손가락 깨물어 아프지 않은 손가락은 없다는 속담은 바로 이성계의 심정이었다. 어쩌면 영영 돌아올 수 없는 사지가 될지도 모르는 이역만리가 아닌가. 어느 아들을 꼭 짚어서 네가 가야 한다고 결단을 내리기는 어려웠던 것이다.

차일피일 미루고 있는데, 왕사 자초가 은밀히 입궐하여 권유하였다.

왕자들을 한자리에 모아놓고 각각 당사자들의 의향을 물어보는 한편, 정부 대신들의 의견도 참작하여 결정한다면 가장 공정한 처결이 되지 않겠느냐는 것이었다.

말하자면 방원이 염려하던 그 방죽을 자초는 그런 식으로 뚫어놓았던 것이며, 이성계도 그 권유를 받아들여 오늘 이렇게 네 아들을 불러들인 것이다.

그 자리에 참석한 왕자는 영안군 방과, 익안군 방의, 회안군 방간, 그리고 방원이었다.

강비 소생의 방번, 방석 형제는 나이가 너무 어리다는 이유로 대상에서 제외되었다.

"누구를 보내야 합당할 것인지 기탄없는 의견을 말하도록 하라."

이성계는 다시 말을 이었다.

대신들은 입을 다물고 왕자들의 눈치만 살피고 있었다.

뒷자리에선 팻대를 올리며 각각 자기네 주장을 고집하던 그들이었지만, 막상 여러 왕자들과 자리를 같이 하고 보니 어느 누구를 지목하고 말하기가 몹시 거북했던 모양이다.

결국 이성계는 왕자들 한사람 한사람의 의견을 직접 타진할 수밖에 없었다.

"너는 어떻게 생각하고 있느냐."

맏아들 진안군 방우가 사망한 지금으로선 맏아들을 대신할 위치에 있는 영안군 방과, 즉 훗날의 정종을 향하여 물었다.

서열로 따지자면 첫번째로 꼽아야 할 후보자이기도 하였다.

"아바마마의 분부이시라면 어디라고 못가겠습니까마는, 다만 미거한 신이 그와 같은 대임을 완수할 수 있을지 적이 저어됩니다."

방과는 점잖게 그러나 초점이 모호한 흐릿한 소리로 받아넘겼다. 굳이 명령한다면 순종하겠다는 소리 같기도 하고, 자기에겐 그런 자격이 없으니 다른 형제를 지목하는 것이 좋겠다고 꽁무니를 빼는 말 같기도 했다.

"너는 어떠냐?"

두번째 후보자격인 익안군 방의에게 질문의 화살을 던졌다.

방의는 잠깐 방원을 향하여 착잡한 시선을 보내다가 다 기어드는 소리로 말했다.

"저 역시 형님과 똑같은 말씀을 올릴 수밖에 없습니다."

"그렇다면 너는?"

이성계는 다시 방원의 바로 윗형 회안군 방간을 향하여 물었다. 그는 방원에게 의미있는 눈총을 쏘아 보내다가 통명스럽게 투덜거렸다.

"가라고 하신다면 갈 수도 있겠습니다마는, 여러 사람들이 정안군이 아니면 그런 큰일을 감당하지 못할 것이라고들 말하고 있는 터이니, 어찌 제가 중뿔나게 나서겠습니까."

"그래?"

이성계는 두 눈을 무겁게 내려깔았다.

한번 그렇게 하면 동석한 모든 사람들이 거대한 바위에 찍어눌리는 것 같은 압박감을 느끼게 된다는 엄숙한 그 표정이었다.

하다가 그 눈을 활짝 뜨더니 방원을 내려다보며 침통한 소리를 건넸다.

"남은 것은 너 하나뿐이로구나."

방원으로선 목마르게 기다리던 순간이었다. 부왕의 입에서 미처 구체적인 질문이 나오기도 전에 앞질러 말했다.

"아바마마께서 윤허만 내리신다면 신은 당장에라도 달려가겠습니다."

이성계로선 뜻하지 않은 말인 때문일까, 그의 두 눈이 크게 벌어졌다. 크게 벌어진 이성계의 두 눈이 순간 젖어드는 듯싶었다. 하더니 그는 고개를 가로저으며 말했다.

"어려울 걸. 명 천자 그분이 어떤 생트집을 잡을는지 모르겠거늘, 네가 능히 응대할 수 있겠느냐."

얼핏 듣기에는 방원의 능력이 못미더워서 염려하는 소리같기도 했지만, 당사자 방원은 그렇게 듣지 않았다.

거기서 그는 오랜만에 부왕의 변함없는 부정을 느끼고 있었다. 아들의 용력(勇力)은 충분히 신뢰하면서도, 그러면서도 적진 속에서 시달려야 할 아들의 신변을 안스러워하는 어버이의 정을 심골 깊이 새기고 있었다.

방원은 절로 메어지는 목소리로 답변했다.

"종사(宗社)의 대계를 위해서라면 어찌 무슨 일인들 못하겠습니까. 비록 생명의 위협을 받는 한이 있더라도 할 말은 다할 생각입니다."

이성계의 두 눈을 적시고 있던 것이 마침내 맺혀서 두 볼을 타고 흘렀다.

"나에게도 아들은 있었구나."

그는 용상에서 몸을 일으켜 방원의 곁으로 다가왔다.

두 손을 양 어깨에 얹고 이윽히 그 얼굴을 들여다보더니, 새삼스럽게 놀라는 소리를 흘렸다.

"너 몹시 수척했구나."

그 말에 여러 왕자들은 민망한 얼굴로 고개를 떨구었다. 문무대신들 중에는 무거운 한숨을 몰아쉬는 사람들이 많았다.

방원 자신은 별로 의식하지 못하고 있었지만, 그의 얼굴엔 짙은 병색이 완연하였다. 설매의 기방에서 환음의 나날을 보낸 때문일까, 혹은 실의의 은둔 생활이 그에게서 발랄한 정기를 앗아간 것일까.

"상감의 말씀을 듣고보니 정안군의 건강이 염려스럽습니다. 만리 먼길을 무사히 다녀오실 수 있을는지요."

정도전이 능청을 떨었고,

"만에 하나라도 도중에서 병고에 시달리시는 일이 있다간 큰일입지요."

정도전과 마찬가지로 방원을 반대하는 파당에 속해 있던 남은도 한마디 했다.

고양이가 쥐를 위하는 체하는 것보다도 더 속이 들여다보이는 소리였다. 이제 와서 방원의 건강을 염려할 그들은 아닐게다. 그런 소리를 함으

로써 젊은 방원의 비위를 건드려 반발을 일으켜 보자는 능글맞은 수작일
게다.

아니나 다를까, 방원은 발끈했다.

"내 나라의 중책을 두 어깨에 질머진 이상, 제아무리 혹독한 병마에
휘말리는 한이 있더라도, 엉금엉금 기어서라도 기어이 다녀오리다."

"허허어."

"역시 정안군은 국가의 주석지신이셔."

정도전 일파는 혀끝에 침도 바르지 않고 찬사를 보냈다. 오히려 쓰거운
침묵에 잠겨 있는 것은 방원을 지지하는 측들이었다.

그러나 어쨌든 방원이 자진해서 그렇게 주장하는 이상, 누구도 그의
사행(使行)길을 막을 만한 명분도 이유도 갖고 있질 못했다.

다만 방원을 아끼는 남재만이 분연히 일어서서 일침을 쏘아댔다.

"정안군 나리께서 병든 몸을 무릅쓰고 만리이역을 떠나신다면 우리라
고 어찌 편안히 베개를 베고 피둥거리겠소. 상감의 윤허만 계시다면 나도
따라가리다."

남재의 발언은 방원을 아끼는 뜻에서 한 것이었지만, 오히려 그 한
마디로 명나라로 파견될 인선 문제는 굳어버린 셈이 되고 말았다.

"궁한 사람들의 모사(謀事)란 날계란을 마셔도 가시가 걸린다고 하더
니, 우리 일은 어째서 이렇게 걸리는 데가 많지?"

뿔빠진 소와 같은 얼굴을 하며 민무구는 칭얼거렸다.

방원이 자청해서 명나라로 가겠다고 했고, 그것이 조정에서 정식으로
결정되었다는 소식을 듣자, 민씨네 형제들은 또 허겁지겁 누이의 내실로
몰려든 것이다.

"고집도 유분수지 맷돌을 걸머지고 물 속에 뛰어들건 없지 뭡니까."

민무질도 투덜거렸다.

"상감께서 매부의 건강을 염려하시자 정도전, 남은 같은 자들까지
이면치레건 비꼬기 위해서건 만류하는 말을 했다는데 매부는 도리어

고집을 부리다니."

"발뺌을 하자면 오죽이나 좋은 기회가 아니겠소, 글쎄."

민무회도 지지 않겠다고 떠들어댔다.

"상감께서 건강을 염려해 주셨으니 그와 같은 온정에 매달려 어물어물 망설이기만 했더라도 일은 무사하게 얼버무려질 수 있었을 게 아니냐 말이오."

"나는 도무지 알아듣지 못하겠는걸."

민무휼이 겨우 입을 열며 또 헤식은 소리를 흘렸다.

"매부가 무슨 병이라도 얻었던가."

아우 민무회를 돌아보며 싱겁게 물었다.

"형님은 어째서 늘 그렇게 답답하기만 하시오."

짜증섞인 핀잔을 쏘아주고 나서 민무회는 혼잣소리처럼 중얼거렸다.

"차라리 호된 병이라도 걸려서 꼼짝을 못한다면 일은 제대로 돌아가게 요. 기생년 집에 틀어박혀 창녀들을 끼고 뒹굴다가 몸이 좀 허약해진 걸 보시고 상감께서 염려하셨을 뿐이지요."

"그렇다면 지금이라도 정말 병을 얻으면 일이 풀릴 게 아닌가."

민무휼로선 별다른 계책이 있어서 꺼낸 말은 아니었겠지만, 그 말에 형제들은 귀청을 돋우었다.

"병을 만든다?"

민무구는 심상치 않게 뇌까렸고,

"약을 주기보다는 병을 주기가 쉬운 노릇이지."

민무질도 곱씹었다.

방안에는 야릇한 귀기 같은 것이 감돌았다.

"병은 사람을 죽이는 것이지만, 어쩌면 우리를 살리는 일인지도 모르 지요."

민무회가 노래하듯 흥얼거리자,

"무슨 소리들을 하는 거냐."

그때까지 잠자코 듣고만 있던 민씨부인이 소리를 질렀다.

"너희들, 설마 어떤 끔찍한 흉계라도 꾸미자는 것은 아니겠지."

따지고 드는 민씨의 표정은 지난날과는 판이하였다.

지난날이라면 그와 같은 친정 동생들의 음산한 공기 속에 민씨부인 자신도 끼여들어 톡톡히 한몫 보았을 것이지만 지금은 달랐다.

"내 똑똑히 일러두겠다만, 어떠한 곡절이 있건 나리 신변에 해를 끼치는 일은 결단코 용서하지 않겠다."

호되게 못을 박았지만 친정 동생들에겐 소귀에 경읽기였다.

"누님은 굿이나 보고 떡이나 잡수세요."

"그야말로 누이 좋고 매부 좋은 일을 하겠다는 데 공연한 역정을 내시는구려."

흐물거리고는 서로들 수근수근 귀엣말을 나누며 밖으로 몰려나갔다.

11. 杜門洞 뒷소문

따지고 보면 새삼스런 문제도 아니었지만, 방원으로선 새삼 해결해야할 난관에 부닥친 셈이었다.

이때까지는 소외된 마루 밑에 던져져 있다가 밝은 무대 위로 뛰어오르게 된 것 같은 흥분에 들떠 있었지만, 막상 명나라에 파견될 사절로 확정이 되자 녹녹지 않은 현실적인 여건들이 고개를 들고 밀어닥친다.

곰곰 따지고 보면 명 천자 주원장의 조선에 대한 악감정은 아직도 누그러진 것 같지 않았다.

관계 악화의 불씨를 질러놓은 이염이 욕을 보고 돌아온 뒤를 이어 파견되었던 남재에겐, 사신들이 자주 왕래하는 일로 빚어지는 폐단을 염려하고 3년에 한 번씩 입조하라는 너그러운 배려까지 베푸는 듯했었다.

그러나 그것도 다시 생각해 보면 단순한 호의는 아닌 것 같다.

남재의 능란한 외교술에 말려들어 마지못해 부드러운 표현을 했던 것에 불과할 것이며, 실질적으로는 3년이란 오랜 기간 동안 사절단의 내왕을 금지한 것으로 뒤집어 해석할 수도 있다. 일종의 기한부 국교단절을 선언한 것으로 간주할 수도 있을 것이다.

전 왕조때의 전례를 보더라도 상국에 보내는 사절은 일년에도 몇차례씩 있기 마련이었으니 말이다.

그와 같은 해석은 그 후 사실로 나타났다.

태조 2년 7월 7일 참지문하부사 김입견(金立堅)을 하성절사(賀聖節

使)로, 삼사우복야 윤사덕(尹思德)을 사은사로 파견하였지만, 그들은 요동땅에 들어가지도 못하고 되돌아왔다. 국경을 경비하는 명나라측 수비병이 황제의 명령이라고 완강히 입국을 거절했다는 것이다.

8월 2일에는 중추원부사 이지(李至)를 파견하여 사신의 통로를 열어줄 것을 간청하는 한편, 명나라측에서 문제삼아 오던 여진인(女眞人) 4백여 명을 관송(官送)케 했지만, 역시 요동에서 되돌아오고 말았다.

그 후에 계속 파견된 동지중추원사 박영충(朴永忠), 중추원학사 이직(李稷), 참찬문하부사 경의(慶儀), 상의중추원사 정남진(鄭南晉), 판문하부사 안종원(安宗源) 등도 모두 헛걸음만 하고 말았다.

──그토록 굳어진 명 천자의 마음을 내가 무슨 수로 푼단 말인가.

방원은 심각하게 곱씹지 않을 수 없었다.

그야 무학대사 자초가 주원장을 설득하는 대책을 물었을 때엔 제법 자신있는 장담을 늘어놓긴 했었다. 그러나 그것은 어디까지나 의욕과 기분이 선행하는 전망에 불과했었다. 구체적이며 실질적인 방안이라고는 할 수 없었다.

──명 천자를 설득하자면 좀더 많은 것을 알아야겠다. 그 사람의 헛점이 무엇인가, 그 사람의 급소가 무엇인가, 어디를 어루만져야 쾌한 웃음을 터뜨리고, 어디를 찔러야 괴로운 비명을 지를는지 그 점부터 파악해야 할게다.

단순하고 빡빡한 이론만 휘둘러 가지고는 소기의 목적을 달성하기 어려울 것이라고 깨닫게 된 것이다.

그는 한동안 궁리에 잠기다가 훌훌 밖으로 나갔다.

우선 지문하부사 조임(趙琳)의 집을 찾아갔다. 이씨왕조 개국 이후 최초의 사신이 되어 명나라를 다녀온 그 방면의 선배였다.

물론 명 천자 주원장과 그 나라 지배층의 내정을 보다 더 자세히 알아보기 위해서였다.

기대는 어이없이 무너졌다. 방원이 알고 싶어하는 어떠한 정보도 조임은 제공해 주지 못했다.

다음엔 삼사좌사 이거인(李居仁)을, 지중추원사 노숭(盧崇)을, 중추원부사 조인옥(趙仁沃)을, 예문관학사 한상질(韓尙質)을 차례로 역방하였다.

그들은 모두 명나라와의 국교가 악화하기 이전에 사신으로 가서 명천자를 직접 만나고 온 인사들이었다.

그러나 그들에게서도 역시 신통한 정보는 얻어듣지 못했다.

방원은 답답하기만 했다.

망망한 대해를 아무런 지침도 없이 무턱대고 떠나는 조각배의 사공과도 같은 심정이었다.

그러한 그에게 그 항로를 밝혀준 것은 예기치도 않던 인물이었다.

마지막으로 한상질의 집을 찾아갔다가 허탕을 치고 돌아와보니, 황희(黃喜)와 그리고 좌산기상시(左散騎常侍) 유경(劉敬)이란 인물이 찾아와서 기다리고 있었다.

"나리께서 명나라로 가시기로 자청하셨다면서요?"

간단한 인사를 나누고 나자 유경은 이렇게 말을 꺼냈다.

"예, 그렇게 됐소이다."

그들이 찾아온 의도를 짐작할 수 없어서 방원은 무난한 말을 골라 대답했다.

"한번 떠나시면 다시는 돌아오지 못하실는지도 알 수 없는 그 길이 아닙니까. 나리께서 자진해서 가시기로 했다는 소문을 듣고, 나는 나자신이 부끄러워졌소이다."

역시 무슨 말을 하려는 것인지 얼핏 이해하기 어려운 소리였다. 방원은 잠자코 듣고만 있었다.

"요 얼마 전까지도 나는 기회만 있으면 나라일에서 손을 떼고 깊은 산골에 파묻혀 조용히 살려고 벼르고 있었으니까요."

그것은 사실이었다.

지난해 11월 5일이었다. 그는 국왕 이성계에게 불쑥 이런 말로 사의를
표명했다.

"신이 성은을 입어 분수에 넘는 벼슬자리에 앉아 있습니다만, 국가에
보답하는 일이라고는 없이 국록만 먹고 있는 형편이오니 스스로 비루한
마음 금할 길이 없습니다. 이제 관직에서 물러나 선술(仙術)이라도 배울
까 합니다."

그러자 이성계는 그의 손을 잡고 간곡히 만류했다.

"그대와 나와 사귄 지 하루 이틀인가. 그대가 비록 신열(臣列)에 처해
있지만, 나는 그대를 신하라기보다도 한 동지로 극진히 후대하여 왔다고
자부하느니라. 그러하거늘 이제 그대가 홀연히 둔거한다면 남들이 뭐라
고 말하겠는가. 그리고 또 선술을 배운 자들은 반드시 임금과 어버이를
잊어버리게 된다고 하니, 그대가 나를 버린다면 그것은 곧 불충한 신하가
될 것이며 어버이를 버린다면 불효한 자식이 될 것이 아니겠는가."

결국 유경의 사의는 일단 철회된 셈이었지만, 그 후에도 그는 벼슬을
버릴 뜻을 계속 품고 있었다는 것이다.

"좌산기상시라면 어떠한 벼슬입니까. 품계로는 정3품, 남부럽지 않은
고관입니다. 게다가 맡은 직책이 나라님을 충고하는 간관(諫官)이 아닙
니까. 어느 벼슬보다도 보람 있는 자리 같습죠만, 내가 그것을 헌신짝처
럼 버리려고 한 데엔 까닭이 있습니다. 정3품이 아니라 정1품 최고 관직
을 떠맡긴다 하더라도, 이 나라 이 왕조의 관리 노릇을 하는 것이 싫고
서글퍼진 것입니다."

유경의 말은 갈수록 엉뚱했다.

"싫어진 까닭은?"

방원은 묻지 않을 수 없었다.

"아무리 피리를 불어도 누구 하나 춤을 추지 않는 어릿광대와 같은
허전함이라고나 할까요. 일전에 나라에서 과거를 보이게 한 일이 있지
않았습니까."

유경은 아픈 상처를 더듬는 것 같은 그런 얼굴을 하며 말을 이었다.

태조 2년 5월 3일, 개국 후 최초의 국가고시인 감시(監試)를 실시한 일이 있었다.

그때 성균대사성(成均大司成) 자리에 있던 유경은 그 고시를 관장하는 총책임자에 임명되었다.

그날 과거에 합격한 자는 박안신(朴安信)을 위시해서 99명이었으며, 게다가 국왕 이성계는 3명을 더 증취(增取)하였고, 그로부터 그와 같은 특별급제를 삼전시복(三殿施福)이라고 일컫게 되었다는 기록이 태조실록에는 보인다.

얼핏 생각하기에 그 고시는 대성황을 이룬 것처럼 여겨지기 쉽지만, 사실은 그와 정반대였다.

과시(科試)가 실시되는 날 아침이었다.

시험장엔 수창궁(일설에는 방원의 사제였던 경덕궁에서 실시되었다고 하지만, 여러 가지 경우로 미루어 이가 맞지 않는다.) 문전에는 숱한 선비들이 모여들었다. 그러나 그들은 문밖을 오가며 적의에 찬 눈총을 궁중으로 쏘아보내더니, 발길을 돌려버렸다는 것이다. 말하자면 새 왕조에는 결코 협력할 수 없다는 뜻을 시위하는 무언의 항의였는지도 모른다.

선비들은 수창궁 남쪽에 위치하여 있던 경덕궁 앞쪽 고개를 넘어 어디론지 종적을 감추어버렸다고 하는데, 그때부터 그 고개를 불조현(不朝峴)이라고 부르게 되었다던가.

결국 99명과 3명의 특별합격자는 응모자 전원을 남김없이 합격시킨 것이며, 그들은 거의 전부가 전혀 실력이 부치는 시골 선비들이었다는 것이다.

"참으로 벼슬을 할 맛이 나지를 않더군요."

유경은 쓰거운 고소를 씹었다.

"그래도 근 반년 동안은 이 궁리 저 궁리 하며 스스로 괴로운 가슴을 달래보려고 애써 보았죠만, 결국은 더 참을 수 없어서 상감께 사의를 말씀드렸던 거지요."

"그래요?"

착잡한 시선을 창밖 불조현 고개마루로 띄워보내며, 방원은 다음 말을
기다렸다.

"하지만 지금은 내 마음도 사뭇 달라졌습니다."

어세까지 일변한 소리로 유경은 이렇게 말했다.

"오로지 정안군 나리 덕분입지요. 새 나라 창업에 있어선 누구보다도
막중한 공훈을 세우신 나리가 아닙니까. 그러면서도 국가로부터는 제대
로 보답도 받지 못하셨을 뿐더러 갖은 모함과 중상에 시달려온 나리가
아닙니까. 나라를 등지고 종적을 감추고 싶은 심정은 누구보다도 나리가
더하실 것이라고 여겨왔는데, 이제 국가의 위기를 당하여 신명을 돌보지
않고 사지로 향하시기를 자청하셨다고 하니 어찌 감분하지 않겠습니까.
어찌 우리네들인들 개인적인 감정만을 고집할 수 있겠습니까. 피리를
불어도 춤추는 자가 없으면 춤추는 자가 나타날 때까지 가락을 가다듬고
재주를 연마하겠다고 마음을 굳혔던 것입지요."

"어디 유 대감만이 그런 감명을 받았겠소."

그때껏 잠자코 듣고 있던 황희도 입을 열었다.

"오늘의 백이숙제를 자처하고 있는 두문동 젊은이들에게도 그 바람은
회오리치고 있소이다."

항상 유순하게 처져 있는 눈꼬리를 바로 세우며 황희는 말을 이었다.

"그야 옹고집에 뭉쳐 있는 노인네들은 논외로 하더라도, 그곳 젊은이
들 사이에 바깥바람이 감돌게 된 것은 그 이전부터였소. 새 왕조에 협력
은 하고 싶지는 않지만 백성들을 위해선 무슨 일인가 하고 싶다는 그런
의욕 말이오."

"그 의욕이 정안군 나리께서 시범하여 주신 이번 일로 인해서 방향을
잡게 됐다는 겁니다."

유경이 거들어 말했다.

"말은 쉽지만 백성들만을 위해서 일한다는 것은, 막상 부딪쳐보니 수월한 노릇은 아닙디다. 국가나 정부를 외면하고는 말입니다."

황희가 다시 이어 말꼬리를 받았다.

"무슨 일을 할 수 있겠소. 반평생 책장만 들추던 골샌님들이 땅을 파겠소, 어떤 무슨 노동을 하겠소. 그리고 설혹 그런 일을 한다손치더라도 백성들에게 얼마만한 도움이 되겠소. 자칫하다간 그들의 발길에 가로걸리는 장애물이나 되는 것이 고작이 아니겠소."

"결국은 국가라는 울타리를 외면하고 그 울타리 밖에서 아무리 바둥거려 보았자 아무 일도 할 수 없다는 것을 깨닫게 되었다는 얘기지요."

유경이 또 황희의 말을 보충해서 설명했다.

"그들 젊은 선비들을 대표해서, 이 사람 방촌이 앞장을 서기로 했다는 겁니다."

"내 솔직이 말하겠소. 나는 이번 기회에 새 왕조에 사관(仕官)하기로 마음을 굳혔소이다."

오랫동안 가슴 속에 뭉쳐 있던 무엇을 단숨에 토하기라도 하는 것처럼 황희는 말했다.

이때까지의 어투로 미루어 막연히 짐작은 갔지만, 막상 구체적인 결의를 듣고보니 어쨌든 그것은 놀라운 얘기가 아닐 수 없었다.

──두문동 반항아가 정부에 취직을 한다?

황희 개인의 처신에 그치는 문제가 아니었다. 거기서 파급되는 정신적 파문은 엄청나게 높고 넓고 깊을 것이다.

반정부적 입장에 선 인사들 중에서도 으뜸 가는 강경파로 알려진 두문동 선비들이 아닌가. 또 두문동 선비들 중에서도 식견으로나 인품으로나 가장 높이 평가되는 황희였다. 말하자면 반정부 세력의 수령격인 황희가 정부에 가담하기로 마음을 굳힌 것이다

그의 뒤를 이어 많은 재야 인사들이 새 왕조, 새 정부에 참여하리라는 예측은 충분히 있을 수 있는 전망이었다.

"고맙소, 방촌."

방원은 황희의 손을 뜨겁게 잡았다.

국가의 앞날을 위해서도 반가운 일이었지만, 그보다도 황희라는 이 준재(俊才)의 피나는 결단력이 방원의 가슴을 벅차게 잡아 흔들었던 것이다.

입장을 달리해서 반정부적인 태도를 고수하고 있는 측의 눈으로 본다면 어떻겠는가.

황희는 영락없는 변절자였다.

얼마나 혹심한 지탄의 독설이, 비난의 눈총이 그를 쏘아댈 것인가. 지금 현재도 그러할 것이며, 앞으로도 두고두고 그러할 것이다.

──어쩌면 이 사람은 두문동 산골에서 고사리를 캐고 숨어 사는 것보다도 몇갑절 더 험난한 가시덤불 길인 줄 환히 알면서도 스스로 몸을 던지려고 하는지도 모른다.

그것은 지금의 방원의 심정과 깊이 통하는 것이기도 했다.

"방촌과 같은 인걸이 사관을 하겠다고 뜻을 굳혔으니, 충분히 보람있는 자리를 마련해 드려야 하겠구려."

방원은 진심으로 말했다. 그것만이 그의 가시관을 위로해 주는 최소한도의 보답이라고 여겨졌던 것이다.

"어떠한 관직이 방촌에게 합당할까."

방원은 혼잣소리처럼 물었다.

"이 사람, 묘한 자리를 원하더군요."

유경이 떨떠름한 어투로 말했다.

"하고 많은 벼슬자리를 제쳐놓고 세자 정자(世子正字) 노릇이나 하고 싶다는 겁니다."

세자 정자란 곧 세자의 교육을 맡아보는 벼슬이었다. 품계도 고작 정9품, 관직치고도 최말단에 속하는 자리였다.

"나의 능력, 나의 경력으로 미루어 합당한 자리를 찾자면 그 자리뿐이

아닐까 생각될 뿐만 아니라, 나는 나대로 그 자리를 택하겠다는 데엔
이유가 있는 것이외다."

이렇게 말하는 황희의 말뜻을 방원은 얼핏 파악해지질 않았다.

"장차 이 나라의 대들보가 될 분은 세자 그분이 아니겠소이까. 그분이
왕도를 닦고 대위를 계승할만한 훌륭한 군왕감으로 성장하여야만 이
나라의 앞날이 안태하여질 것인데, 듣자니 그분의 수학 문제가 소홀히
다루어지고 있는 모양입디다."

이유 있는 우려였다.

방석을 세자에 책봉하자 나이어린 그의 교육을 위해서 공신(功臣)의
자제들을 시학(侍學)시킨 일이 있었다. 그러나 세자는 글은 읽지 않고
그들 연소배들과 어울려 유희에만 골몰했기 때문에 소년 학우들을 쫓아
낸 일까지 있었던 것이다.

그러니 왕세자의 교육 문제를 염려한다는 것은 충분히 타당한 얘기였
지만, 그렇다고 방원의 귀엔 듣기 좋은 소리는 아니었다.

방석 그가 방원에게 돌아올는지도 알 수 없었던 세자 자리를 가로챘다
고 해서만 그런 것은 아니다. 세자의 신변에는 정도전을 위시한 방원의
정적들이 우글거리고 있지 않는가.

황희가 그 속에 뛰어든다면 장차 그들 정적과 한패가 될 공산도 배제
할 수는 없다.

"그렇다고 나리께서 과히 염려하시지 않아도 좋을 겁니다."

방원의 심중을 재빠르게 간과하였던지 유경이 앞질러 말했다.

"방촌 이 사람은 결코 어느 파당에 말려들 위인은 아니올시다. 비록
까마귀 노는 곳에 섞여들더라도 백로의 결백성은 지키고도 남을 겁니
다. 오늘 이렇게 나리를 찾아뵙는 것만 보아도 알 수 있는 일이 아닙니
까."

"내가 이렇게 유덕을 찾아온 것은, 아니 정안군 나리를 뵙고자 한 것은
다른 것이 아니외다."

이씨왕조에 투신하려고 마음을 굳힌 때문일까, 황희의 말씨까지 차차 달라진다.

장차 세자 정자 자리에 취직하게 되면 자기는 정9품의 말단 공무원, 상대편은 재상들까지도 한격 위로 받들어야 하는 왕자대군, 지난날처럼 허물 없는 언사를 농할 수는 없다고 생각한 모양이었다.

"이번 사행길에 혹 도움이 되지 않을까 싶은 얘기를 들은 때문입지요."

하고 황희는 말을 이었고,

"그것이 또 방촌의 공정한 심사를 증좌하는 것이기도 합지요."

유경이 주를 달았다.

"얼마 전에 명나라에서 사신으로 왔던 진한룡이란 자가 두문동을 찾아온 일이 있습니다."

황희는 화제를 돌렸다. 아니 그것이 바로 그가 하고자 하는 말의 핵심일는지도 모른다.

"진한룡이가? 명나라 사신들 중에서도 가장 방자하고 광패(狂悖)한 행동만 하던 그 자가 두문동엔 무슨 일로?"

방원은 긴장하며 물었다.

"이씨왕조가 얼마나 민심을 잃고 있는가, 그 산 증거를 제눈으로 똑똑히 보고 명 천자에게 보고하겠다던가요."

"저런 죽일놈이 있나."

방원은 새삼 치가 떨렸다.

"하지만 내가 말씀드리려는 것은 그 자가 찾아왔다는 사실보다도, 두문동의 실태를 염탐하겠다던 속셈보다도 다른 점에 있소이다."

"다른 점이라?"

방원은 되물으며 고개를 꼬았다. 그러나 곧 이어 황희가 하는 말에 그의 귀는 번쩍 띄었다.

"진한룡이 그 자가 자랑삼아 늘어놓은 얘기가 있었습지요. 명 황실의 내정 말씀입니다."

그것이야말로 방원이 요즈음 무엇보다도 초심하여 온 문제점이 아닌 가.

"무슨 소리를 지껄입디까. 그런 얘기라면 어떠한 하찮은 소리라도 빼놓지 않고 듣고 싶소."

방원은 다그쳤다.

"명나라 천자에겐 고려 출신의 후궁이 있다는 겁니다."

그것은 실로 충격적인 정보가 아닐 수 없었다. 그는 숨을 죽이고 다음 말을 기다렸다.

"그 후궁을 일반적으로 공비(碩妃)라고 부른다고 합니다. 성 씨가 공(碩)씨인지 혹은 고려에서 공녀로 간 여성이라 해서 그저 그렇게 부르는 건지 그 점은 확실치 않습니다만, 어쨌든 공비의 세력은 대단한 모양입니다. 명 천자의 정실 부인이었던 마황후가 세상을 떠난 후로는 실질적으로는 황후나 다름없는 실권을 행사하고 있다는 겁니다."

마황후가 사망한 것은 명태조 15년, 그러니까 공비는 십여년 동안이나 명 황실의 안살림을 좌우하여온 셈이 된다.

"그뿐이 아닙니다. 마황후 소생이라고 하는 연왕 태(燕王 棣)의 생모가 실은 그 공비라는 것은 공공연한 비밀로 알려져 있다는 겁니다."

연왕 태, 훗날 명나라 제3대 황제가 되는 영락제 성조(永樂帝 成祖) 그 사람은, 공식적인 기록에 의하면 주원장의 적서자(嫡庶子) 26명 중 마황후 소생인 다섯 적자 중의 네째 아들로 태어난 것으로 되어 있다.

──상(上)께서 탄생하실 때 오색 서광이 산실에 가득하였으며, 성문에도 서운이 드리워 며칠이 지나도록 스러지지 않았다. 태조 고황제(太祖 高皇帝 : 주원장), 효자 고황후(孝慈高皇后 : 마황후)께서는 신기하게 여기시어 아기를 한층 사랑하시었다.

이것은 영락제가 탄생하던 광경을 기록한 명조실록(明朝實錄)의 일절이다.

그러나 공식 기록이 아닌 민간의 기록은 사뭇 다르며, 후세의 많은 학자들은 공식적인 기록보다도 민간의 기록을 월등하게 중요시하고 그 진실성을 고증하는 논문도 허다하다.

그 중에서 대표적인 학설을 요약해 본다.

——마황후는 원래 소생이 없어서 후궁들이 낳은 왕자들 중에서 마음에 드는 아이를 자기 아이로 삼았다. 영락제도 그 중의 하나다. 영락제의 생모는 공비로 간주된다.

"공비라는 여성이 고려 출신이며 명 황실에서 황후 행세를 하고 있다면, 고려의 유민들이 그 여성 주변으로 모여드는 것은 당연한 귀결이 아니겠습니까. 그리고 또 그 여성을 움직여서 모국으로 파견되는 사절이 되려고 설치는 것도 충분히 있을 수 있는 일이 아니겠습니까."

황회의 제보와 해설은 방원을 놀라게 했고 또 흥분하게 했다.

"그러니까 명 천자가 우리 조선을 대하는 감정에도 공비라는 여성의 영향이 크게 작용했을 것이라고 보아야 하겠구료."

방원이 이렇게 풀이하자,

"바로 그 점입니다."

유경이 한참만에 한마디했다.

"나리께서 명나라로 가신다면 그 점을 충분히 참작하시어 손을 쓰셔야 할 것이라고 생각하고 우리가 이렇게 찾아온 것입지요."

"흐르는 물줄기가 어디로 어떻게 뻗든지 그 물이 샘솟는 근원은 끊어지지 않는다 합니다. 사람 역시 어디서 어떻게 살고 있건 핏줄이 당기는 고향땅을 잊지는 못할 겁니다. 지금은 고약한 유랑민들의 말에 현혹되어 본의 아닌 실수를 거듭하고 있기는 합니다마는, 만일 나리께서 공비나 연왕을 만나시어 간곡히 사실을 밝히신다면, 어찌 그분들이라고 부모의 나라에 혹은 어머니의 나라에 불리한 처사를 하겠습니까."

요긴한 얘기를 다 하고 나자, 황희는 유경을 종용하여 방원의 집에서 물러갔다.

"핏줄은 끊을 수 없는 거라."

방원은 심골 깊이 되새기고 있었다.

"나와 그 사람들 사이에도 아득히 먼날을 더듬어보면 같은 핏줄이 흐르고 있다."

오랜 세월을 두고 잠자코 있던 어떤 힘이 새삼스럽게 고개를 드는 것 같다.

"그렇다. 피에 호소해 보는 거다. 그 길밖에 없다."

그러나 바로 그때 그와 똑같은 절규를 소리없이 외치고 있는 또 다른 사람이 있는 것을 방원은 모르고 있었다.

김씨였다.

"이 세상 어느 누구도 핏줄을 끊을 수는 없다."

아직 이름도 없는 어린것을 부둥켜안고 김씨는 흐느껴 울고 있었다.

며칠 전 방원을 찾아가서 그렇듯 경고하고 호소해 보았던 것이지만, 방원은 결국 명나라로 갈 것을 자청하였으며, 그것이 공식적으로 결정되었다는 소식을 듣자 김씨의 가슴은 메어지는 것 같았다.

무엇보다도 이 불쌍한 어린것이 생전엔 아버지의 얼굴조차 보지 못하게 되는 것이 아닐까.

누가 생각하더라도 다시는 돌아올 날을 기약하기 어려운 아득한 여로였다.

"이러고 있을 수는 없다."

김씨는 어린것을 안고 일어섰다.

"단 한 번만이라도 너의 얼굴을 아버님께 보여드려야 한다. 너도 아버님의 얼굴을 보아두어야 한다."

김씨는 그집 안주인 강씨 부인의 내실로 들어갔다. 피치 못할 사정이 있어서 어린것을 데리고 며칠 동안 다녀올 곳이 있으니 허락해 달라고 간청했다.

언제나 김씨에겐 살뜰하고 너그러운 강씨부인이었다. 이유도 캐지 않고 선선히 허락해 주었을 뿐만 아니라, 넉넉한 노비까지 내주었다.

그날로 김씨는 집을 떠났지만, 어디로 무엇을 하러 가는지 아무도 알지 못했다.

12. 鵬程萬里

방원 일행이 명나라를 향하여 출발한 것은 태조 3년 6월 7일이었다. 참찬문하부사 남재,지중추원사 조반(趙胖)을 위시하여 통사(通事 : 통역관), 의원(醫員), 사자관(寫字官), 화원(畵員), 호공관(護貢官), 그밖에 호송 군졸, 노자(奴子), 구인(救人) 등 숱한 인원이 그를 따랐다.

웬만한 사행(使行)일 경우에도 총인원이 삼백 명 내지 육백 명에 이르렀다고 하므로, 국운을 걸머진 방원 일행의 규모는 엄청나게 거창하였을 것으로 짐작된다.

국왕을 비롯한 정부 요인들의 관심은 물론 지대하였을 것이며, 일반 백성들의 반응 또한 대단했을 것이다.

방원 일행이 개경을 떠나게 되던 날의 광경을 비교적 자세히 전해주는 기록이 있다.

다름아닌 그의 정적 정도전의 문집인 《삼봉집(三峰集)》, 권지3에 수록된 〈송 정안군 부경사 시서(送靖安君赴京師詩序)〉가 그것이다.

방원의 정적이 써놓은 글인만큼 오히려 신빙성과 실감은 한층 더할 것으로 여겨지는데, 어쨌든 그 글을 바탕으로 그날의 광경을 재생하여 보기로 하겠다.

그날 국왕 이성계는 여러 신료들을 거느리고 수창궁에서 의식을 거행한 다음, 의장대(儀仗隊)와 악부(樂部)의 인도를 받으며 선의문(宣議門) 밖까지 방원 일행을 전송하였다.

그때 개경 시민들도 거리가 메어지게 몰려나와 환송하였는데, 그들은 모두들 이렇게 말하였다는 것이다.

"우리 나라님께선 귀하신 아드님을 보내시어 섭섭하시겠지만, 이제 우리 백성들은 마음놓고 편히 살게 됐구나."

다시 말하면 방원 한 사람을 희생시킴으로써 나라와 백성들이 구원을 받게 되었다는 감격을 표현한 일이었다.

그뿐이 아니었다. 그 감격이 절로 맺히고 분출하여 한 수의 즉흥시를 이루었다.

　　천자의 밝으심이여
　　우리 임금의 지성이시여
　　그 아드님이 떠나심이여
　　이 백성을 위하여 태평성세 열어주시도다.

민중들의 즉흥시에 자극되어 여러 신료들도 서로 다투어 환송의 시를 읊조렸는데, 그 편수가 무릇 이십팔 편이나 되었다는 것이다.

그날은 또 날씨도 고르지 못하여 숨이 막히는 삼복 더위에 폭우까지 쏟아져 방원 일행의 여정의 어려움을 한층 더 느끼게 하였다고 정도전은 그 글에서 언급하고 있다.

그 당시의 명나라 수도는 금릉(金陵), 즉 남경(南京)이었다. 북경(北京)으로 천도하게 되는 것은 훨씬 훗날인 세종 3년이다. 따라서 명나라로 가는 사신은 해로(海路)를 취하였다고 문헌비고(文獻備考)는 전하고 있지만, 그것은 약간 사실과 다르다.

고려조 때라면 몰라도 이조 초기에는 육로를 택하였을 것이 분명하다. 명 천자 주원장의 노여움을 산 이후 여러 사신들이 요동땅, 즉 만주 지방까지 갔다가 되돌아왔다는 기록만 보더라도 알 수 있다.

육로로 가자면 엄청나게 먼 노정이었다.

서북면 국경 지대가 되는 의주까지 가는 국내 노선만 해도 830리, 그러나 그것은 전 여정의 초입에 불과한 것이다. 의주에서 압록강을 건너면 만주 벌판을 서북으로 횡단하여 가야 한다. 봉황성(鳳凰城), 연산관(連山

關), 요동을 거쳐 광녕(廣寧)에 이르는 거리만 해도 국내 노선은 근 천리
길과 맞먹는다.

그러나 거기서 다시 서남쪽으로 꺾어서 내려와야 한다. 산해관(山海
關), 영평부(永平府), 통주(通州)를 지나서야 겨우 북경(北京)땅에 당도
할 수 있었다.

훗날 명나라 수도가 그곳으로 옮겨진 후에는 사행의 여정도 여기가
종착역이 되는 것이지만, 이조 초기에는 다시 아득한 금릉까지 남하하여
야 했던 것이다.

말하자면 황해 바다를 중심으로 아시아 대륙에 크게 반원형을 그리며
돌아가는 대여행을 해야 하는 것이다.

그러기에 전송하는 관민들은 방원의 장도(壯途)를 가슴 벅차게 고마워
했던 것이며, 그러기에 방원의 앞날은 더욱더 험난하고 불안하지 않을
수 없었던 것이다.

국왕을 위시한 대소신료들의 전송 행렬은 개경의 서문이기도 한 선의
문에서 걸음을 멈춘다. 거기서 북쪽으로 꺾어지면서부터는 방원 일행만
이 가야 하는 정식 여로가 된다.

그렇게 북쪽으로 시오리쯤 올라간 지점에 한 고개가 있다.

어느 시대 어느 왕의 분묘인지 분명치는 않았지만, 왕릉이라고 전해지
는 고분을 끼고 도는 한 옆에는 해묵은 수목이 울창하게 우거져서 대낮에
도 어둠침침할 정도였다.

그 으슥한 나무 그늘에 자리잡고 김씨는 고갯길을 지켜보고 있었다.
김씨의 가슴엔 무심한 어린것이 안겨져서 잠이 들어 있었다. 물론 방원을
만나기 위해서 여기까지 앞질러 와 기다리고 있는 것이다.

문득 노송 사이로부터 인기척이 가까워온다. 김씨는 급히 한 바위 뒤로
몸을 숨겼다. 방원을 만나기 전에는 누구의 눈에도 띄고 싶지 않았다.

노송 사이로부터 나타난 것은 사냥꾼 차림을 한 두 사나이였다. 그들은
유달리 빠르고 혀짧은 소리를 주고 받는 것이었는데, 김씨의 귀에는 어느

고장 사투리인지 알아들을 수가 없었다.

　김씨가 숨은 바위 앞을 돌아간 두 사나이의 모습은 이내 울창한 숲속으로 잠겨버렸다. 김씨는 다시 바위 뒤로부터 나와서 고갯길이 내려다보이는 위치로 다가가려다가 또 멈칫했다.

　저편에서 다른 한 패의 사나이들이 나타난 것이다.

　──아니 저 자들은?

　숨이 막히게 김씨는 놀란다. 그들은 민무구 형제들이었던 것이다.

　김씨는 도로 바위 뒤로 몸을 숨겼다.

　"이쯤 자리를 잡고 기다리기로 할까."

　민무구가 말하더니 조금 전에 김씨가 서 있던 그 지점에 쭈그리고 앉는다.

　──저 자들이 또 무슨 흉계를 꾸미려는 것일까.

　지난날 민무구에게 당한 곤욕이 불에 덴 상처처럼 쑤시기 시작했다.

　"이 술이 그토록 희한한 술입니까, 형님."

　형제들 중에서 언제나 병신 취급만 받는 민무휼이 게슴츠레한 눈을 껌벅거리며 물었다.

　민무구가 무슨 귀중한 보물단지처럼 얼싸안고 있는 술병을 가리키며 하는 말이었다.

　"틀림없을 게야. 이 술만 먹이면 당장에 중독이 돼서 주둥이는 비뚤어질테고, 얼굴엔 온통 밤톨만한 두드러기가 돋아날 게다."

　그는 자신있게 뇌까렸다.

　"그렇게만 된다면 일은 우리들 뜻대로 맞아떨어지는 거죠. 그런 문둥이 같은 상판을 들고 명 천자를 만나러 갈 수는 없을테니까요."

　맞장구를 치는 것은 민무질이다.

　"어쨌든 매부의 발만 묶어두게 된다면 이번엔 더 꾸물대지 말고 손을 써야지요. 감이 익기만 기다리다가 까치떼 좋은 노릇 시킬 수는 없으니까요."

민무회는 민무회대로 검은 저의가 번뜩이는 소리를 이죽댔다.

"그렇지만 과연 어떨까요. 상감까지 전송나간 선의문 밖엔 얼씬도 하지 않고, 이런 데서 기다리고 있다가 불쑥 술을 권한다면 눈치 빠른 매부가 어떤 낌새라도 채지 않을까요."

민무휼은 아무래도 겁이 나는 모양이었다.

"거, 얼빠진 주둥이 닥치지 못할까."

짜증에 찬 소리를 민무구는 버럭 질렀다.

"구더기 무서워서 장도 담그지 말란 말이냐."

"범의 굴에 들어가야 범을 잡는 법이야."

민무질도 덩달아 허세를 부린다.

"핑계야 얼마라도 댈 수 있는 거죠. 선의문 거기선 하도 사람들이 들끓어서 제대로 석별의 잔을 나눌 수 없었으니, 오붓하게 한 잔 권하고 싶어서 여기 와서 기다리고 있었다고 둘러댄다면 고마워하기나 했지 의심을 할 턱이 있을라구요."

민무회도 자기들의 행동을 합리화하려고 애썼다.

"정 이상한 눈치를 보이면 이렇게 꾀는 거야. 이 술은 명나라 천자도 구하기 어려운 호랑이 태로 담근 진귀한 술이라, 한 잔만 마셔도 힘이 하늘을 찌르게 되는 보약이니 먼 길을 가는 사람에겐 다시 없는 보신이 될게라고 말야. 그러니."

하다가 민무구는 입을 다물었다.

"구쾡쾡 튀때때."

야단스러운 취타(吹打) 소리가 들려온 것이다. 사신들의 행차를 알리는 군악소리에 틀림이 없었다. 민무구 형제들은 긴장된 눈으로 고갯길을 쏘아보았다.

그러나 그들보다 더욱 가슴을 죄는 것은 김씨였다.

한 잔만 마셔도 입이 비뚤어지고 두드러기가 돋아난다는 독주를 그들은 방원에게 마시게 하겠다고 벼르고 있다.

마음 같아선 당장에 뛰쳐나가서 그들의 흉계를 분쇄하고 싶었지만 참았다. 언젠가처럼 능글맞은 민무구가 또 어떤 술책을 농하는지 모를 일이었다. 자칫 잘못하다간 엉뚱하게 되잡히고 말 함정 속에 뛰어들게 될는지도 모른다.

행동을 취하되 결정적인 순간을 포착해서 움직여야 한다고 김씨는 뛰는 가슴을 누르고 있었다.

드디어 민씨 형제들이 고갯길로 달려 내려갔다.

김씨도 발소리를 죽이고 뒤따랐다. 여차하면 뛰쳐나갈 수 있는 위치에 몸을 숨기고 동정을 지켜보았다.

행렬이 멈추고 말에서 내린 방원이 처남 형제들과 무슨 말인가 주고받고 있었다. 그리고 민씨네 형제들의 계책대로 방원은 그들의 속임수에 넘어가고 말 것일까.

민무구가 권하는 술잔을 방원이 받아들었다.

그 술병을 기울여 술을 따르는 민무구, 이젠 더 보고만 있을 수는 없다.

"아니되어요, 나리."

외치면서 김씨는 달려갔다. 모든 사람의 시선이 김씨에게로 집중되었다.

도대체 이런 산길에서 김씨가 나타났다는 사실 하나만도 충분히 해괴한 일인데, 그 술을 들지 말라는 소리까지 떠들어대니 어안이 벙벙할 수밖에 없었다.

민씨네 형제들도 놀라고 있었다. 그러나 그들의 놀라움은 다른 사람과는 전혀 다른 성질의 것이었다.

조금 전에 민무회가 지껄인 속담 그대로 다 익은 감을 따먹으려다가 예상도 못했던 까치 주둥이에 손등을 쪼인 격이었다.

"이 행차가 어느 어르신네의 행차라고 함부로 뛰어드는고."

민무구가 우선 악을 쓰고,

"네년은 바로 요 얼마 전에 나리를 해치려고 했다는 발칙한 종년이 아니냐. 또 무슨 요사를 떨려고 이러는지는 모르겠다만, 이번만은 그렇게 는 아니될 거다."

민무질도 욕설을 퍼부으며 김씨의 덜미를 휘어잡았다. 한 손바닥으론 김씨의 입을 틀어막고 길 옆 숲속으로 끌고 들어갔다.

그 광경을 방원은 보는지 마는지 착잡한 눈길을 허공에 띄우고만 있었 다.

"죄송합니다, 나리."

민무구가 두 손을 마주 비벼대며 얼레발을 친다.

"미친 여우가 잠시 소란을 피웠습니다마는 어서 드시지요."

잔이 넘치게 술을 채웠다.

허공을 응시하고 있던 방원의 시선이 날카롭게 민무구를 쏘아보았다. 민무구는 그 시선을 정면으로 받으며 버티었다. 추호라도 약한 표정을 보여 방원의 의심을 사서는 아니 되겠다는 마지막 능청이었으며 안간힘 이었을 것이다.

거기 넘어간 것일까.

방원은 마침내 술잔에 입을 가져갔다. 그러나 다음 순간 그 술잔은 산산조각이 나서 흩어졌다. 난데없이 날아든 돌팔매 하나가 그렇게 한 것이다.

수행원과 호송 군졸들은 또다시 경악했다.

"어느 발칙한 놈이!"

소리치면서 몇몇 군졸들이 돌팔매가 날아온 숲속을 향하여 달려갔다. 그러나 그에 앞서 숲속에서 나타나는 두 괴한이 있었다.

조금전 민씨네 형제들보다 앞서 나타났던 사냥꾼 차림을 한 두 사나이 였다.

그들 두 사람 중 특히 체구가 건장한 한 사나이는 김씨를 끌고 숲속으 로 들어갔던 민무질의 멱살을 쥐고 있었으며, 그 뒤를 김씨가 따르고 있었다.

군졸들은 장창을 꼬나잡고 두 사나이를 향하여 육박하려 했지만,

"물러들 가라."

방원이 무겁게 제지하였다. 그리고는 괴한들에게로 다가가더니 그들의 손목을 뜨겁게 잡았다.

"내 이젠 그대들을 영영 만나지 못할 것으로만 알고 있었거늘……"

감개무량한 소리까지 건넸다.

"소인이 나리 곁을 떠날 때 올린 글발이 있지 않습니까. 어디를 가나 나리의 신변을 호위하겠다고 하지 않았습니까."

한 사나이가 말했다.

원해였다. 그리고 또 한 사나이는 평도전.

"술잔을 깬 것은 자네들인가?"

잠시 동안을 두었다가 방원이 물었다.

의미있는 눈웃음으로 평도전은 대답을 대신했다.

"그렇다면 자네들은 그 술이 독주라고 생각하는 모양이구먼."

평도전에게 멱살을 잡힌 민무질에게 강한 시선을 쏘아댄 다음, 방원은 이렇게 캐물었다.

"생각하다 뿐이겠습니까."

원해도 민무질을 쏘아보며 받아 말했다.

"그 자들 자신의 입으로 지껄인 소리를 직접 들었으니까요. 그 술 한 잔만 마시면 당장에 입이 비뚤어질 뿐더러 얼굴에 온통 밤송이만한 두드러기가 돋아난다던가요."

"그리고 또 이런 소리도 지껄였습죠. 왕자님의 얼굴이 그렇게 되는 판이면 명나라 천자를 만나보시지 못하게 되실거라구요."

평도전도 이렇게 주를 달았다.

방원은 민무구에게로 다가갔다.

"여보게, 처남."

착 가라앉은 소리였지만, 어떠한 호통보다도 듣는 사람의 귀청 깊이 파고드는 그런 음성이었다.

"이렇게 된 판국에도 둘러댈 말이 있는가? 있다면 들어봄세."

민무구는 고개를 숙이고 있었다. 그러나 입은 열었다.

"모두 다 나리를 위하는 마음에서였습죠. 명나라에 가셨다가 볼모로 잡히시어 영영 고국땅을 밟지 못하게 되시는 것보다는 나을 듯싶어서 취한 괴로운 계책이었습지요."

"볼모가 되느니보다는 문둥이가 되라, 그 말이겠다?"

방원은 떫은 웃음을 터뜨렸다.

"고마우이, 처남. 그토록 나를 아껴주니 말일세."

하고 비꼬려다 방원은 한 종자를 불렀다. 잔 하나를 새로 가져오도록 했다. 그리고는 아직도 술병을 들고 있는 민무구의 코밑에 그 잔을 들이 댔다.

"그 술을 따르게나. 자네가 진정으로 볼모가 되느니보다 문둥이 같은 낯짝이 되는 것이 낫다고 생각한다면 말일세."

술병을 잡고 있는 민무구의 손이 후들후들 떨렸다. 그러나 그는 앙칼지게 깨물더니 술을 따랐다.

그 술잔에 방원은 입을 가까이하였다.

"나리."

절규하며 김씨가 달려들려 했다. 그러나 그보다 빨리 술잔을 잡은 방원의 손이 번개처럼 움직였다.

그러나 방원은 그 술잔을 자기 입에 기울인 것이 아니었다. 민무구의 턱밑에 들이댄 것이다.

"자네가 한 잔 먼저 들게나. 이 술을 마시면 과연 주둥이가 비뚤어질 것인가, 낯가죽에 더덕더덕 두드러기가 돋아날 것인가 내 눈으로 우선 구경하고 싶으이."

민무구는 우거지상이 되며 비실비실 뒷걸음질을 친다.

"못마시겠다는 건가? 내 얼굴은 문둥이처럼 추하게 되더라도 자네 상판만은 번들번들 남겨두고 싶다는 건가?"

독하게 빈정거리다가,

"고이얀 사람."

호통을 치며 술잔의 술을 민무구의 얼굴에 냅다 끼얹었다. 더할 수 없는 모욕이었다.

그러나 그 모욕에 대항해 볼 힘도 이젠 없는 것일까, 민무구는 고개를 외로 꼬고 계속 뒷걸음질만 치고 있었다.

"이번엔 자네."

민무질에게로 술잔을 돌렸다.

금방 형이 당한 욕을 목도한 민무질이었다. 아예 술병을 잡으려고도 하지 않았다.

"내게 송별주를 따르겠다고 예까지 따라왔다는 자네들이 아닌가. 이제 와서 새삼 술이 아까워진 건가?"

민무질은 어느 때보다도 더욱 찡그린 얼굴을 떨구고 움직이질 못했다.

"아깝다면 좋아."

이번엔 술잔이 방원의 손에서 날아갔다. 숨이 막히게 좁다란 민무질의 이마를 때리고 술잔은 떨어져 산산조각이 났다.

다음엔 세째 처남 민무휼과 막내 처남 민무회가 당할 판이었다.

그러나 약삭빠른 민무회는 그런 봉욕(逢辱)을 그냥 기다리고 있지는 않았다. 형들의 옆구리를 쿡쿡 찌르더니 조금 전에 숨어 있던 그 숲속을 향해 도망쳐 들어갔다.

민무구도, 민무질도, 민무휼도 뒤를 따랐다.

그 뒷모습을 쏘아보며 방원은 분노의 여진을 삭이려고 애쓰고 있는데, 문득 그의 발목에 감기는 것이 있었다.

귀찮다는 몸짓으로 그것을 걷어차려다가 멈칫한다.

어느새 김씨의 품에서 빠져나온 것일까, 그 어린것이 앙금앙금 기어와서 매달린 것이다.

방원은 일부러 무서운 눈을 하고 어린것을 노려본다. 그러나 아이는 천진하게 방실거리고만 있었다.

"이노옴, 네놈이 뉘놈인데 감히 내 발목을 잡는 거냐."

방원은 소리 높여 호통을 치는 것이었지만, 그러나 그 어세엔 이미 노기(怒氣) 같은 것은 없었다. 쑥스러움을 위장해 보려는 어색한 허세뿐이었다.

"뉘놈이지?"

다시 호통을 쳤지만, 아이는 역시 방실거리기만 한다.

"어째서 대답을 못할까. 하늘에서 떨어졌거나 땅에서 솟아나지 않았다면 에미 애비가 있을 것이 아니냐."

"제가 낳은 아이어요, 나리."

김씨가 흐느낌을 삼키며 대변했다.

"애비는?"

그 물음에 대답을 하지 않고 김씨는 원망스런 시선만 던졌다.

말없는 그 시선이 섣부른 답변보다도 방원에겐 아프게 느껴진 것일까.

"설마 날더러 애비라고 덮어씌우자는 수작은 아니겠지."

제풀에 발이 저려 넘겨짚다가,

"허어, 참."

어색한 실소를 씹어 뱉는다.

"너는 바로 세자의 후궁으로 들어앉은 것이 아니었더냐. 아니 지난번 현빈(賢嬪)이 쫓겨났으니 세자빈 자리라도 노릴 수 있었을 게 아니냐."

일부러 비꼬인 소리만 던진다. 그러나 그 말에도 근거는 있었다.

나이 어린 세자 방석에겐 유씨(柳氏)라는 부인이 있었으며, 그가 세자에 책봉되자 유씨는 현빈에 봉해졌던 것이다. 그러다가 태조 2년 6월 19일, 유씨는 그 자리에서 쫓겨났다. 이유는 밝혀지지 않았다.

세자가 다시 이조전서(吏曹典書) 심효생(沈孝生)의 딸을 빈으로 맞아들이게 되는 것은 이 소설의 시점으로부터 4개월 후인 10월 16일이다.

그러니 지금 세자빈 자리는 공석인 것이다.

"그것은 곡해올시다."

김씨를 대신해서 평도전이 한마디 했다.

"곡해라구? 나를 모살하는 일에 실패하고 말았으니, 세자의 후궁으로 들어가는 일도 수포로 돌아갔단 말인가?"

"그것도 곡해였습니다. 졸자의 정탐이 부족해서 왕자님께 잘못 보고를 드린 것입지요."

평도전이 덧붙여 설명하자, 방원은 고개를 꼬았다.

"무슨 소린지 도무지 갈피를 잡을 수 없구먼."

"전번에 왕자님의 밀서를 휴대하고 졸자 수주(隨州)땅엘 간 일이 있지 않습니까. 거기서 돌아오는 길로 은밀히 염탐해 보았지요. 그때 그 괴한들이 이 여인을 왕비님 친정집에 떨어뜨린 수작이 아무래도 수상해서 말씀입니다."

"그래서?"

"그집 하인들을 통해서 다시 수소문하여 본 결과, 이 여인과 왕비님 친정 식구들과는 아무런 관련이 없었다는 사실을 알아냈습지요."

"그렇다면 저 여자가 나를 모해하고자 꾸민 흉계는 어떻게 된 일이지? 저 여자 옷자락에서 나온 중궁의 밀서는 어떻게 생각해야 하지?"

"모두 다 왕자님 처남들의 농간이었습지요. 그 밀서라는 것도 민씨네 형제들이 교묘하게 위조한 글발이란 것을 나중에야 탐지해 냈습지요."

방원의 안색이 착잡하게 수런거렸다.

"그래서 우리는 줄곧 민씨네 형제들 신변을 감시해 왔던 것입니다."

그때껏 말이 없던 원해도 한마디 참견했다.

"왕자님께서 개경을 출발하실 적엔 나라님을 위시해서 문무백관들이 선의문 밖까지 환송하였습니다만, 민씨네 형제들은 그 일행에 끼이지 않고 여기로 앞질러 오는 것이 아니겠습니까. 더욱더. 수상해서 미행해 보았더니 왕자님께 그런 독주를 권하겠다는 밀담을 하고 있질 않겠습니까."

이제 그 일련의 사건의 수수께끼는 밝혀진 셈이었다.

그 동안 김씨는 아무런 죄도 없이 억울한 함정에 빠져 허덕이고 있었다는 점도 충분히 이해하게 되었다.

그런만큼 김씨를 오해하고 미워하기까지 했던 자기 자신의 불찰이 방원은 아프게 뉘우쳐졌다.

그는 새삼 달라진 눈으로 김씨를 바라보았다. 그 동안에 시달려온 고난 때문일까, 풋살구처럼 포동포동하던 두 볼이 해쓱하게 여위어진 것 같다.

괴롭다. 방원은 눈길을 돌렸다. 아직도 발목에 감겨 있는 어린것을 내려다보았다.

오해가 풀리고 난 눈으로 보는 때문일까, 그 어린것이 자기를 많이 닮은 것 같았다.

"그건 그렇고 말이다, 이놈아."

김씨에게 하고 싶은 말을 어린것에게 빗대며 물어본다.

"네놈이 무슨 일로 여기까지 쫓아왔지?"

"그 애의 소원은 하나뿐이어요, 나리."

기쁨에 목이 멘 소리로 김씨가 대신 말했다.

"아버님 되시는 분의 품에 바로 그렇게 안겨보고 싶었던 거예요."

"사내놈이냐, 계집애냐."

이젠 충분히 살뜰한 옛정을 되찾은 얼굴을 김씨에게 보내며 방원은 물었다.

김씨는 두 볼을 불그레 물들이며 얼핏 대답을 못한다.

방원은 손수 어린것의 아랫도리에 손을 넣어 본다.

"고추라!"

너털웃음을 치자 그 웃음 소리에 놀라기라도 한 것일까.

"옹애애!"

어린것은 울음소리를 터뜨렸다.

"이놈아, 울긴 왜 울어? 다른 사람도 아닌 애비 품에 안기지 않았느냐!"

어린것을 달래보려고 흘린 말이었지만, 그러나 동시에 그 아이를 자기의 아들로 인지(認知)하는 언명이기도 했다.

"나리!"

김씨는 몸을 던지더니 방원의 발아래 부복하였다. 이때까지 참아오던 눈물을 한꺼번에 쏟아놓기라도 하는 듯이 오래오래 흐느끼고 있었다.

그 모습을 측은한 눈으로 내려보다가 방원은 문득 난처한 그늘을 새겼다.

"너를 장차 어떻게 한다. 내 이제 만리 이역땅으로 가는 몸이니 너를 데리고 갈 수도 없고, 그렇다고 내 아들을 남의 집에 맡겨둘 수도 없지 않으냐."

그것은 누구도 쉽게 해결할 수 없는 문제였다.

그 당시의 생활 풍습을 따르자면, 김씨 모자는 방원의 집으로 다시 들어가는 것이 상식이긴 하다. 거기서 방원이 귀국할 날을 기다리는 것이 어느 모로나 합당한 처사일 것이다. 그러나 그 집은 김씨 모자에겐 따갑고 괴로운 가시덤불이기도 하다. 자기 몸에서 아들 제(褆)를 낳은 이후에는 누구에게나 사뭇 부드럽고 너그러워진 민씨부인이었지만, 부처님도 돌아앉는다는 시앗이 뛰어들어간다면 시새움의 불길이 재연되지 말란 법은 없다. 민씨만이 문제는 아니었다. 민무구 형제들은 얼마나 극성을 떨 것인가?

오늘 방원에게 당한 굴욕의 분풀이를 김씨 모자에게 가차없이 쏟아부을 것이다. 이때까지 몸을 담아온 강비의 친정으로 돌아가는 방도도 생각해 볼 수는 있지만, 김씨의 정체가 언제까지나 감추어지리라고 기대하기는 어렵다. 정체가 탄로되는 날이면 사태는 복잡하게 헝크러질 것이다. 예기치 않은 분란이 야기될 우려도 없지 않다. 이럴 수도 없고 저럴 수도 없는 그 난관을 뜻하지 않게 뚫어주는 손이 그때 나타났다.

한 기녀가 말을 몰고 달려왔다. 설매였다.

방원의 얼굴엔 반가움에 찬 희색이 활짝 피었지만, 행차가 행차인만큼 그리고 장소가 장소인만큼 그런 감정을 솔직히 털어놓을 수 없었던 것일까.

"희한한 일이로고."

거리가 먼 농지거리부터 던진다.

"남해 바다 외딴섬 제주도 태생의 기생이 아니면, 서북면 접경 지역 의주(義州) 기생이거나, 그렇지 않으면 동북 변방 북청 기생이라야 기마에 능하다는 소리를 들었거니와, 너에게도 그런 재주가 있을 줄은 미처 몰랐구나."

설매도 마주받아 해들거린다. 그러나 그 말 속엔 사모친 정이 서려 있었다.

농담 속에 묻어두고 밝히지는 않고 있지만, 설매로서는 이러한 방법으로 전송하는 이외엔 길이 없었을 것이다.

한낱 천한 기생의 몸으로 왕후장상(王侯將相)들이 판을 치는 환송객들 속에 끼여들 수도 없었을 것이다. 끼여든다고 하더라도 말 한마디 건네지 못하고 먼 발치에서 눈물이나 짜야 했을 것이다. 그래서 겨우 궁여지책으로 이런 호젓한 산길까지 쫓아왔을 것이다.

"대단하신 어르신네들의 송별주도 많이 받으셨겠지만요, 제 술 한잔 드시어요, 나리."

설매는 말 안장에 달고 온 술병에서 술을 따라 바쳤다. 그러면서 비로소 의미 있는 눈총을 김씨에게 던졌다.

그 술잔을 받아서 단숨에 들이킨 방원, 잔을 돌리려다가 멈추고 농반진반 이런 말을 건넸다.

"이 술잔보다 너에게 주고 싶은 것이 있는데 받겠느냐."

설매는 다시 김씨 모자를 돌아다보았다.

그 눈길을 쫓으면서,

"어떠냐. 맡아 두겠느냐."

넘겨짚은 다음, 방원은 몇마디 귀엣말을 첨가했다. 김씨 모자를 설매에게 맡겨보자는 것이었다.

비록 천한 기방이긴 하지만 설매의 의기와 수완이라면 충분히 김씨 모자를 보호해 줄 수 있을 것이라고 방원은 판단했던 것이다.

"예로부터 기생을 무슨 꽃이라고 했지요?"

설매는 엉뚱한 방향으로 말머리를 돌리며 물었다.

"그야 해어화(解語花)라고 하지 않았느냐. 어느 꽃보다도 말귀를 잘 알아 듣는 꽃이란 뜻이겠지."

"나리께선 하나만 아셨지 둘은 모르시네요."

설매는 잠깐 서운한 빛을 보이다가 문득 목청을 돋우어 한가락 노래를 뽑았다.

　　모란꽃은 화중왕(花中王)이요
　　향일화(向日花)는 충신이라
　　연꽃은 군자요
　　살구꽃은 소인이며
　　국화는 은일사(隱逸士)
　　매화는 한사(寒士)
　　박꽃은 노인이고
　　석죽화(石竹花)는 소년이라
　　규화(葵花)는 무당이요
　　해당화는 창녀(娼女)이니

여기까지 부르다가 장난스런 눈총을 쏘아 던졌다.

"해당화란 꽃이 어떤 꽃인지 아시어요, 나리?"

수다스런 꽃노래를 중단하고 설매는 이렇게 물었다. 그러나 이제 그 눈은 웃고 있지 않았다.

시새움의 바늘 같은 것조차 번득여보이며 말을 이었다.

"흔히 아무나 스치고 지나가는 울타리에 심는 꽃이어서 벌레도 많이 꽤지만요, 그에 못지 않게 따끔한 가시도 많다는 걸 잊으시면 아니되어 요."

남들은 비록 천하게 보는 꽃이라도 여자의 마음엔 다름이 없다는 뜻일까. 시새움의 독기가 오르면 표독한 가시를 휘둘러 찔러댈 수도 있다는 소리일까.

"그 가시가 믿음직스럽단 말이다."

방원은 흐물흐물 딴청을 하며 받아넘겼다.

"어느 부랑배가 울타리 너머로 기웃거리거든 그 가시로 찔러서 쫓아달 란 말이다."

설매가 내세운 시새움의 가시를 방원은 되잡아 김씨 모자를 보호하는 무기로 둘러쳐버린 것이다.

"또 제가 지고 말았네요."

설매는 쓴 웃음을 씹었다. 그러면서도 두 팔을 벌려 어린것을 안아들었 다.

"이번엔 자네들인데."

하면서 평도전과 원해에게로 방원은 눈길을 돌렸다.

"자네, 평도전은 아무래도 국내에 남아주어야 하겠어. 내가 없는 동안 에 나의 눈이 되고 귀가 돼 주어야 하겠단 말이야."

"졸자도 그렇게 생각하고 있습니다만, 원해 이 사람만은 데리고 가시 는 편이 좋을 듯싶습니다. 무엇 하시면 수행하는 의원(醫貝)이란 명목이 라도 붙여서 말씀입니다."

평도전은 이렇게 권했다.

"그야 그럴 수만 있다면 나도 마음 든든하이. 내 원래 몸이 튼튼치 못할 뿐더러, 내 병은 누구보다도 이 사람이 가장 잘 알고 있으니 말일세."

그리고는 부사격인 조반과 남재를 돌아보며,

"어떻소, 공들의 의향은?"

동의를 촉구했다.

"저희들이야 나리의 그림자나 다름이 없지 않습니까."

조반이 미처 입을 떼기 전에 남재가 가로막아 말했다.

"나리께서 하시는 일엔 하나에서 열까지 그저 추종할 뿐이지요."

결국 김씨 모자는 설매에게 맡기고 평도전에겐 뒷일을 부탁한 다음, 방원 일행은 다시 길을 떠났다.

무더운 삼복 더위를 무릅쓰고 걸음을 재촉하였다. 이왕 떠나는 바에는 하루 속히 소기의 성과를 거두고 싶었던 것이다.

김천(金川), 평산(平山), 검수(劍水), 봉산(鳳山), 황주(黃州), 평양(平壤), 안주(安州), 가산(嘉山), 정주(定州), 선천(宣川)을 거쳐 의주(義州)에 당도한 것은 개경을 떠난 지 사흘째 되는 날 저녁이었다.

사신들은 대개 그곳 사관(使舘)인 용만관(龍灣舘)에 여장을 풀고 하루 이틀 쉬면서 국경을 넘을 준비를 해야 했다.

국경은 곧 압록강, 그 강변에 세워진 구룡정(九龍亭)이 곧 도강하는 배를 타는 곳이지만 도강하기에 앞서 무엇보다 신경을 써야 할 일이 있었다. 사신들 일행에 끼여 밀수출을 하는 자들을 적발하는 사무였다.

금수품(禁輸品)의 품목은 시대에 따라서 다소 다르긴 했지만, 황금·진주(眞珠)·인삼·초피(貂皮) 등 수십종에 달하였다.

금수품의 검색은 의주 부윤과 사신 일행의 사무적 책임자격이었던 서장관(書狀官)의 입회하에 시행되었다.

수행원 각 개인의 본적, 성명, 주소, 연령 등은 말할 것도 없고, 수염을 기른 모양, 얼굴 어디에 흉터가 있는가, 신장은 얼마만한가 등등 인상 착의를 일일이 조사 기록한다.

도강하는 마필에 대해서는 그 털빛까지 일일이 적어 둔다.

부두 못미쳐 모래사장에 깃대를 삼중으로 세워서 문을 만드는데, 그것이 곧 금수 물자를 검색하는 관문이다.

하인이나 군졸들의 경우에는 일일이 옷울 풀어헤치고 바지를 훑어내려 만지기까지 한다. 비장(裨將)이나 역관(譯官)의 경우라면, 이불, 옷보퉁이 같은 짐을 끌러보는데 그친다.

첫번째 깃발 앞에서 금수 물자를 가진 것이 발견된 자에겐 곤장을 때리고 장물을 압수한다.

두번째 관문에서 발견되는 자는 유배형(流配刑)에 처해지며, 제1, 제2 관문을 교묘히 속여 통과하였다가 마지막 관문에서 걸린 자는 목을 베어 여러 사람들에게 전시하는 효수형(梟首刑)에 처한다.

그런데 이 관문 통과 절차에서 자그마한 사건이 발생했다.

방원의 수석보좌관 격으로 수행하는 조반의 이불 보따리 속에서 적지 않은 황금 패물이 발견된 것이다.

조반으로 말할 것 같으면 지난날 명나라에 바친 마필의 대금을 받으러 요동에 갔을 때, 사사로이 밀무역을 했다는 혐의로 사헌부의 탄핵을 받은 전적이 있는 위인이었다.

그런만큼 그의 짐 보따리에서 금수품이 색출되었다는 사실은 간단한 문제가 아니었다. 법대로 다스리자면 일은 쉽다. 조반의 이불짐을 관리하던 하인에게 소정의 형벌을 가하면 그만이다. 그렇지만 그렇게 할 경우, 조반의 체면은 말이 아닐 뿐만 아니라 사행(使行) 전체의 위신에도 관계되는 문제였다.

그렇다고 그대로 방치해 둘 수도 없다. 기강이 서지 않는다.

이번 검색에서 하찮은 마부 이삼 명이 바짓가랑이 속에 인삼 한두 뿌리씩을 감추어 가지고 있었다고 해서 호되게 매질을 가한 사실도 있다.

법은 누구에게나 평등하다는 것은 어느 시대에 있어서나 움직일 수 없는 대의였다.

방원은 새삼 장(長) 노릇을 한다는 것이 얼마나 어려운 것인가를 절감하지 않을 수 없었다.

이때까지 그는 혁명 사업에 앞장을 서서 행동하여 왔지만, 조직된 기관의 지휘자로 있어본 일은 별로 없었다. 그런만큼 법을 어긴 자는 응분한 처벌을 받아야 할 것이라고 단순하게만 생각해 왔다.

──이만한 일행의 장 노릇을 하기도 힘들거늘, 한 나라를 다스리시는 아버님께는 얼마나 많은 고충이 계셨을까.

그런 생각까지 곱씹으며 망망한 압록강물에 시선을 띄워보았다.

구룡정에서 서북쪽에 위치한 곳에 위화도(威化島)가 있었다. 부왕 이성계가 회천의 꿈을 걸고 운명의 주사위를 던지던 뜻깊은 섬이었다.

──그 일을 결정하실 때 아버님은 얼마나 번민하셨을까. 그러나 아버님은 끝내 그와 같은 엄청난 결단을 내리시었다.

모래사장 한편에 서서 쓰디쓴 입맛만 다시고 있는 조반에게로 방원은 결연히 발길을 옮겼다.

모든 수행원들이 방원의 태도를 주시하고 있었다.

호공관들도, 통사들도, 의원들도, 사자관(寫字官)들도, 화원들도, 그리고 비장(裨將)들도, 군뢰(軍牢 : 지금의 헌병)들도 모두들 서로 수군거리며 지켜보고 있었다.

일행의 총지휘자로서의 방원의 통솔력을 저울질하고 있는 그런 압력을 방원은 무겁게 느낀다.

──여기서 제대로 기강을 세우지 못한다면 앞으로 이역땅엘 들어갔을 때 어떠한 불상사가 일어날는지도 모른다.

밀무역의 폐단은 밀수출에서만 야기되는 것이 아니었다. 밀수입의 경우도 마찬가지였다.

──명경(明京)엘 가면 국내에서 보지 못하던 진귀한 물건들이 많을 것이다. 수행원들이 제멋대로 그 물건을 구입해 가지고 돌아오겠다면

어쩔 것인가.

명나라측의 밀수출 억제책은 조선왕조의 그것보다 몇갑절 더 엄격하다고 들었다.

돌아올 때 국경 관문에서 그것들이 색출된다면 무슨 꼴인가?

──그 개인의 봉욕은 말할 것도 없고 국가적인 수치도 이만저만이 아니다.

방원은 새삼 조반의 아래 위를 뜯어보았다.

빈발에 희끗희끗한 것이 적당히 섞인 조반은 우선 외모만으로도 당당한 거물이었다.

그때 그의 나이 54세, 방원에 비해선 26세가 맏이며 같은 부사격인 남재보다도 열 살이나 위다.

이 일행 중에서는 가장 연장자에 속하는·것이다.

벼슬도 정2품 지중추원사, 현대적으로 바꾸어 따진다면 당당한 장관급에 속한다.

──어느모로 보거나 모든 수행원의 본보기가 돼야 할 인물이 치사하게 밀수출을 꾀한다?

후들후들 떨리는 방원의 입술 속에서 가지가지 욕설이 소용돌이친다.

그것이 하나로 엉켜 쏟아지려 할 찰나였다.

"나리, 저좀 보시지요."

남재가 다가 와서 소매를 끌었다.

그는 조반과 여러 수행원들이 모여 있는 자리에서 상당히 떨어진 모래사장으로 방원을 끌고갔다.

그러더니 소리를 죽이며 말했다.

"나리, 제가 어떤 무엄한 말씀을 드리더라도 역정은 내지 않으시겠지요?"

다른 사람 같으면 그렇게 뒤를 두고 하는 어투를 방원은 좋아하지 않는다. 그러나 남재는 다르다. 그가 하는 말이라면 무슨 말이나 방원에겐 구수하게 들린다.

남재의 인덕일까, 아니면 어느 경우나 자기를 위하는 충정을 저버리지 않을 것이라고 깊이 신뢰하는 때문일까.

"무슨 말이요."

되물으면서도 노기에 굳어 있는 표정이 절로 풀어진다.

남재는 이윽히 방원의 두 눈을 지켜보다가,

"나리, 그 눈을 반쯤만 감아보십시오. 세상이 아마 다르게 보이실 겁니다."

엉뚱한 소리를 하는 것이었지만, 그말 속에서 어떤 간곡한 것을 느끼며 방원은 순순히 실눈을 해보였다.

"어떻습니까. 어떻게 보입니까."

묻는 말에,

"모든 것이 흐릿하기만 하구먼."

방원은 무심코 대답했다.

"바로 그겁니다."

남재는 힘주어 말했다.

"많은 사람을 거느리는 웃어른이란 수하들의 정황(情況)을 구석구석 살필 수 있는 밝은 눈도 지녀야 하겠습니다마는, 때로는 그 눈을 반쯤은 감을 필요도 있는 겁니다."

만일 방원이 산전수전 다 겪고 쓰고 단맛 다 맛본 노숙한 연배라면 진부할 정도로 당연한 말로 들렸을는지도 모른다. 하지만 방원은 아직 20대 젊은이였다. 그런 미적지근한 소리엔 오히려 반발이 앞선다.

그래도 남재는 그 논리를 계속 펴나갔다.

"저 햇빛을 보십시오. 얼핏 보기엔 천하 만물 구석구석을 남김없이 비쳐주는 것 같습니다만, 실은 그렇지도 않은 것이 사실입니다. 저기 저 나무그늘, 저 바위틈 그리고 숱한 산골짜기나 굴이나 그런 것들은 모르는 체하고 버려두질 않습니까. 만일 그 햇빛이 그 구석까지 잔망궂게

찾아다니며 밝혀보십시오. 두더지나 박쥐나 그밖에 그늘에만 살아야
할 생물들은 숨도 못쉬고 말라죽고 말겁니다."

그와 같은 비유도 솔깃할 성질의 것은 못된다.

"이런 말도 있지 않습니까. 지나치게 맑은 물엔 고기도 놀지 않는다고
하지 않습니까."

그것은 더더구나 데데한 속설이다. 어쩌면 부정과 부패를 은폐하려는
썩은 무리들이 자기 합리화를 하기 위해서 써 먹는 둔사(遁辭)일 수도
있다.

방원의 젊은 결백성은 남재의 충고를 그렇게 흘려버리려고 반발하는
것이었지만, 그러면서도 남재의 충고는 격앙된 방원의 감정을 가라앉히
는 작용을 했다.

격분이 가라앉자 현실적인 계산이 고개를 든다.

조반의 내력, 조반의 능력을 다시 곱씹게 된 것이다.

조반, 그는 여느 관료와는 다른 길을 걸어온 인물이었다.

나이 열두살 난 어린 소년시절 부친 조세경(趙世卿)을 따라 원나라
연경(燕京), 즉 북경땅엘 가서 매부 단평장(段平章)의 집에 묵으면서
한문 공부를 했다. 말하자면 소년시절부터 외국 유학을 한 셈이었다.

그러니 자연 몽고말도 자유자재로 구사하게 되었으며 원나라 승상
탈탈(脫脫)은 그의 재능을 높이 평가하고 중서성 역사(中書省譯史)에
임명했던 것이다. 상국 원나라의 중요한 관리로 특채된 준재였다.

그 후 공민왕 17년에 모국으로 돌아오긴 했지만, 그와같은 그의 체험은
그들 전문적인 외교가로 기르는데 크게 작용했다.

우왕 8년에는 정조겸 주청사(正祖兼奏請使)로, 우왕 11년에는 사은사
(謝恩使)로, 공양왕 원년에는 왕의 즉위를 알리러 명나라에 갔다가 윤
이, 이초(李初) 등이 본국의 실정을 왜곡 선전한데 대해서 명쾌한 해명을
하고 명 천자 주원장의 의심을 푸는 공을 세우기도 했다.

말하자면 누구보다도 중국 실정에 정통한 인물이었다.

이번 사행에 그가 수행하게 된 것도 그런 경험, 그런 관록을 십분 활용하자는 뜻에서였다.

——만일 그 사람의 자그마한 허물을 들추어 망신을 준다면?

앞으로 치루어야 할 사명에 적지 않은 차질을 초래할 것이다.

"좋소이다. 남부사 말씀대로 나도 눈을 감아보기로 하죠."

방원은 이렇게 말하고 조반에게로 다시 다가갔다.

감정적으로는 쾌하지 않았지만, 조반의 그런 능력까지 뭉개버릴 수는 없다고 방원은 마음을 고쳐먹은 것이다.

남경에 당도하기 전에 먼저 들러야 할 곳은 북경이었다.

황희가 제보한 것과 같이 명 황실의 안살림을 도맡고 있는 고려 출신의 후궁 공비의 소생인 연왕을 만나서 그의 힘을 빌려야만 했다.

주원장의 네째 아들 연왕은 북경에 주재하면서 아직도 몽고지방 일대에 준동하고 있는 원나라 유민들의 반격을 봉쇄하는 중대한 임무를 띠고 있었던 것이다.

북경에 가서 연왕을 만나고 교섭을 하자면 역시 소년 시절을 그 곳에서 보내며 수학한 조반의 지식과 경험이 여러 모로 필요한 것이다.

조반은 아직도 긴장한 표정으로 방원을 지켜보고 있었다.

"조지사의 짐 속에서 패물이 나왔다구요?"

방원은 우선 딱 깨놓고 물었다.

"부끄럽습니다, 나리."

평소의 그 사람답지 않게 다 기어드는 소리를 조반은 흘린다.

"부끄럽다니 무슨 말씀을 하시는 거요? 나는 오히려 다행이라고 여기고 있는데요."

이번엔 이렇게 돌려 말하자 고개를 외로 꼬고 있던 조반은 양미간에 불쾌한 주름을 새겼다.

책할 일이라면 정면으로 책할 것이지 그렇게 배를 쓸어주는 체하면서 덜미를 칠 것까진 없지 않느냐는 표정이었다.

"내 말뜻을 못 알아들으시는 모양이구려."

그의 기색을 재빠르게 간파한 방원은 거푸 말했다.

"그 패물을 요긴하게 사용할 데가 있어서 하는 말이요. 우리가 금융
응천부(金隆應天府)엘 가는 도중에 연경(燕京)엘 들러서 연왕을 만나기
로 하지 않았소. 그러하거늘 내 깜빡 잊었지 뭐요. 연왕에게 보낼 선물말
이요. 그래서 조지사가 가지고 오신 그 패물을 연왕에게 보내는 선물로
대신한다면 얼마나 다행일까 그렇게 생각한 거요."

그제서야 조반은 방원의 진의를 깨달은 것일까, 그의 표정에 깊은 감동
이 새겨졌다.

"내 조금 전까지도 조지사의 처사를 불쾌하게 여긴 것은 사실이외다.
일국의 사절이 하찮은 만상(灣商 : 중국인과 교역하던 상인)배들의 흉내
를 내는가 곡해를 했던 거요. 그러나 다시 생각해보니 중국 물정에 밝은
분은 다르다고 깨닫게 된거죠. 연왕에게 어려운 일을 부탁하려고 하면서
도 변변한 선물도 준비하지 못한 내 실책을 환히 간파하고 나를 대신해서
만전을 기하신 뜻을 뒤늦게나마 알게 된거죠."

어색한 궤변이라고 꼬집자면 꼬집힐 수도 있는 말이었지만, 어쨌든
그 자리의 공기를 무마하는 데엔 일단 성공한 셈이었다.

사태를 주시하고 있던 여러 수행원들은 고개를 끄덕이며 그런대로
이해가 간다는 얼굴을 했다.

다만 조반 당사자만은 깊이 머리를 숙이고 무엇인가 사무치게 다짐하
는 기색이었다.

압록강을 건너서면 형식상으로는 명나라 영토에 속했다. 그러나 사실
상으로는 임자없는 광야였을 것이다. 그 당시 실질적인 국경의 관문 구실
을 한 곳은 압록강에서 서북쪽으로 훨씬 올라간 연산관(連山關)이나
요양쯤이 아니었을까.

방원의 전임(前任)사절들이 명나라엘 들어가려다가 뜻을 이루지 못한
저지선만 참고해 보아도 알 수 있다.

　하성절사(賀聖節使)가 되어 명나라로 가다가 태조 2년 7월 28일에 되돌아온 김임견의 보고에 의하면 요양성(遼陽城) 밖 백탑(白塔)에서 입국 거절를 당했다는 것이며, 역시 명나라로 가려다가 태조 3년 3월 7일에 귀국한 안종원은 연산참(連山站)에서 저지를 당했다고 복명하고 있으니 말이다.

　방원 일행이 진강성(鎭江城 : 九連城) 근처에 이르렀을 때엔 오뉴월 긴긴 해도 뉘엿뉘엿 기울기 시작할 무렵이었다. 그 일대엔 하룻밤 묵고갈 객사는 고사하고 변변한 인가도 눈에 띄지 않았다.

　그래서 사신들은 이곳에 당도하면 부득불 노숙을 하는 것이 상례였다.

　방원도 그곳에 노차(露次)하기로 정하고 휘하 종자들에게 그 준비를 지시했다.

　무엇보다도 두려운 것이 맹수, 특히 맹호의 기습이었다.

　밤만되면 번개처럼 나타나는 굶주린 대호들이 사절 일행을 물고 도망하는 사례가 적지 않았던 것이다.

　그래서 땔나무를 베어다가 밤새도록 수십처에 횃불을 놔야만 했다.

　그뿐이 아니었다.

　정사나 부사를 제외한 하급 수행원들은 꼬박 밤을 새워야 했다.

　군뢰가 부는 나팔소리를 따라 수백명 수행원들은 일제히 소리를 지른다. 밤새도록 그렇게 한다.

　물론 야수들을 쫓기 위한 수단이었다.

　그러나 그런 맹수들의 습격보다도 더 가공할 적이 자기들을 노리고 있다는 사실을 그때까지는 아무도 모르고 있었다.

　여러 종자들이 야영할 준비를 하느라고 부산히 움직이는 틈을 누비고 방원과 조반과 남재는 한 언덕 위로 올라가 보았다.

　조선 본토 어디에서도 찾아볼 수 없는 광활한 원야(原野)였다.

　그렇다고 메마른 황무지는 아니었다.

수목이 있는 곳은 하늘을 찌를 듯이 무성한 원시림이었다.

빈터가 있으면 씨앗만 던져두어도 그대로 기름지게 키워 줄 옥토였다.

"우리 강토에 이만한 터전이 있다면 신도(新都) 자리를 구하느라고 그토록 고생을 하지 않아도 좋을 것이 아니겠소."

조반이 부러운 군침을 삼키며 말했다.

지난번 조정에선 계룡산을 도읍지로 책정했었지만 후에 여러가지 결점이 노출되어 보류하기로 하고 아직도 새 도읍지를 백방으로 물색하고 있는 중인 것이다.

"그야 옛적엔 이 곳도 우리의 어엿한 강토였지요."

남재도 감개무량한 소리로 말했다.

"사람에 따라서는 고구려가 초기에 도읍한 국내성(國內城)이 이 일대가 아닌가 추정할 정도이니까요."

"만일 우리가 이런 곳에 도읍을 정할 수만 있다면……"

방원도 가슴을 흔드는 감회를 씹으며 먼 지평선을 응시하다가 돌연그 눈길이 굳어진다.

"저게 무엇일까?"

광야를 누비며 일단의 기마가 돌풍처럼 몰려오고 있었던 것이다.

"우리 일행을 영접하고자 달려오는 명병(明兵)은 아닌 듯싶은데."

혼잣소리를 흘리며 그 방면의 선배인 조반과 남재를 방원은 돌아본다.

"어떠한 자들일까요. 내가 왕래할 적만 해도 저런 패들을 만난 적은 없었습니다."

남재 역시 고개를 꼰다.

"좀더 가까이 와 봐야 판별할 수 있겠습니다마는 아무래도 우리에겐 반가운 손님이 아닌가 싶습니다."

그런 말을 주고 받는 동안에 괴이한 기마대는 더욱 더 가까와지고 있었고 따라서 그들의 윤곽도 차차 뚜렷해졌다.

"타타르!"

경악에 떨리는 소리를 조반이 터뜨렸다.

"타타르라니?"

방원으로선 얼핏 이해가 가지 않는 어휘였다.

"요즘 북원(北元) 사람들을 명나라 측에선 그렇게 부릅지요."

남재가 조반을 대신해서 설명했다.

북원이란 신흥 명제국에 쫓기어 몽고지방으로 밀려간 원조(元朝)의 잔존 세력을 말하는 것이다. 비록 명제국이 중국 대륙의 거의 전역을 점유하고 있는 판국이긴 하지만, 그렇다고 원나라의 세력이 일소된 것은 아니었다.

북경에서 쫓겨난 원조 최후의 황제 순제(順帝)는 상도(上都 : 開平)를 거쳐서 다시 응창(應昌)으로 패주하였지만, 그래도 명(明)에 대한 항전을 포기하지 않았다.

그가 죽고나자 그 뒤를 이은 아들 아유르슈리다라는 다시 외몽고로 몽진하게 되었으나, 그래도 선광(宣光)이라 개원(改元)하고 국가의 명맥은 유지하고 있었던 것이다.

아유르슈리다라 또한 사망하고 그의 뒤를 이은 것은 토쿠스 티무르, 그러나 그도 1388년엔 명제국의 북벌군의 공격을 받아 왕자, 왕후, 공주 이하 수만명이 포로를 당하는 혼란 속에서 가신 쿠이리치에게 살해 당하여 원조의 황통(皇統)은 거기서 끊어지고만 것이었다.

이성계가 위화도에서 회군하고 우왕이 왕위에서 쫓겨나 고려 왕조가 실질적으로 붕괴되던 바로 그 해였다.

그 후부터는 쿠이리치가 원조의 잔당을 거느리게 되었지만, 그들을 명나라에서는 타타르라고 낮추어 부르고 있는 것이다. 그리고 그들 몽고족은 아직도 만주 일대에 출몰하면서 대원 제국의 옛꿈을 되찾을 날만 노리고 있는 것이다.

"북원의 잔당들이 새삼 우리에게 무슨 볼일이라도 있다는 걸까. 만일 우리들을 해치려 든다면 당장에 호송군들을 동원해서 선멸하는 수밖에 없겠구먼."

방원이 젊은 패기를 보이자 조반이 무겁게 도리질을 했다.

"원래 저 족속들은 자기네들을 이리떼에 비유하고 있습지요. 한 마리를 죽이면 백 마리 천 마리로 불어나는 이리떼의 근성이 바로 저들의 본성이라고 자부하고 있으니까요."

과연 몽고통다운 조예를 피력하더니, 무슨 생각이 든 것일까 조반은 언덕 위에서 뛰어내려갔다.

"어쩌자는 심산일까."

조반의 뒷모습을 바라보며 방원이 의아스러워 하는 말을 흘리자,

"나리의 은덕에 보답하겠다는 것이겠습지요."

남재는 이렇게 풀이했다.

"응당 책망을 들어야 할 실수를 저질렀는데도 나리께선 오히려 관후하신 처사로 조지사의 낯을 세워주시지 않았습니까. 아마 그 은혜가 골수에 사무치도록 고마웠을 겝니다."

남재의 해석은 당장 사실로 나타났다. 조반은 곧장 타타르의 무리들을 향하여 달려가는 것이 아닌가.

여간한 결의가 없고는 취할 수 없는 행동이었다.

만일 타타르들이 그를 해칠 의향만 가지고 있다면 조반은 꼼짝없이 사로잡히거나 살해되고 말 것이다.

그래도 그는 맹수보다도 사납다는 무리들을 향하여 계속 달려가고 있었다.

무모할만큼 대담한 조반의 행동에 타타르들도 기가 질린 것일까, 노도처럼 질주하여 오던 걸음을 멈추었다.

조반은 두 손을 높이 흔들며 무슨 말인지 외친다.

타타르의 무리들 중에서 괴수로 여겨지는 자가 말을 몰고 조반에게로

다가온다.

그들 두 사람 사이에 한동안 어떤 교섭이 오고가는 듯하더니, 조반이 발길을 돌려 이 편으로 되돌아 온다.

그 뒤를 괴수와 그의 수하들이 따랐다.

괴수는 그런대로 몽고인 특유의 소매와 기장이 긴 웃옷을 걸치고 머리에는 좁다란 챙이 달린 둥근 모자를 얹고 있었지만 수하들의 복장은 엉망이었다.

한 여름인데도 짐승의 가죽을 거추장스럽게 두른 자, 하반신만 가리고 상체를 노출한 자, 옷감인지 누더기인지 분간하기 어려운 것으로 몸을 가린 자, 그들이 내세우고 주장하는 명분이 어떠하건 현실적으로는 굶주린 야도(野盜)들로 밖에 보이지 않는다.

그들의 행색에서 취할만한 것이 있다면 괴수는 말할 것도 없고 수하들 전원에 이르기까지 날래고 기름진 몽고 말을 타고 있다는 점이라고나 할까.

그리고 눈이 부시게 번득이는 장창들.

괴수는 방원이 서 있는 위치에서 이삼십 보 거리를 두고 걸음을 멈추었다.

조반은 그 중간쯤에 자리를 잡더니 우선 방원을 향해 보고했다.

"이 사람들은 북원의 유민을 자처하는 무리들입니다만, 우리 일행의 우두머리 되시는 어른을 뵙고 싶다고 합니다."

그리고는 방원에게로 다가 와서 소리를 죽이고 속삭였다.

"저 자가 무슨 말을 묻든지 분명한 답변은 피하도록 하십시오. 제가 중간에서 적당히 대변하겠으니까요."

방원은 그들 쪽으로 나서며 조용히 그러나 상대편에서 얕보이지 않을 정도의 위엄을 과시하면서 말했다.

"내가 일행을 지휘하는 사람인데 그대들의 용무가 무엇인고."

괴수는 잠간 방원을 노려보더니 알아듣기 어려운 몽고 방언으로 지철

됐다.

"어디로 무엇하러 가는 길이냐고 묻고 있습니다."

조반이 통역했다.

"너희들이 무엇이기에 지나가는 행인을 함부로 검문하려 드느냐."

방원이 되쏘아 주자 그 말을 조반이 다시 통역했다.

괴수가 문득 허리에 찬 만도(蠻刀)를 뽑아들더니 그것을 휘두르며 다시 떠들어댔다.

"주원장, 그 자에게 아부하러 가는 소위 사신의 일행이냐고 묻고 있습니다."

괴수의 말을 조반은 이렇게 통역했다. 주제넘고 모욕적인 폭언이 아닐 수 없었다.

그리고 또 그것은 방원의 심골 한 구석에 도사리고 있는 역겨운 환부를 찌르는 소리이기도 했다.

——그렇다면 어쩌겠다는 거냐.

절로 터지려는 호통을 조반의 눈짓이 급히 제지했다.

"저에게 맡겨주십시오. 제가 대신 답변하겠습니다. 명나라 군사들이 압록강 연변의 우리 백성들을 괴롭히는 사례가 많으므로 그 일에 대해서 항의하고 따지고자 요동도지휘사사(遼東都指揮使司)를 찾아가는 길이라고 둘러댈 생각입니다."

요동도지휘사사—요동지방에 설치된 명제국의 군정기관이었다.

원나라를 누르고 대두한 주원장의 세력이 요동으로 진출하여 만주일대를 지배하게 되자 일정한 점령 지역에 위(衛)를 두어 현지 주둔군의 지휘관으로 하여금 그곳을 지배토록 하였는데, 그 위는 20여개 처에 달하였다.

그리고 뒤이어 이들 여러 위의 통할(統轄)을 위해서 요동에 정요도위(定遼都衛), 즉 요동도지휘사사를 두게 된 것이다.

그 요동도지휘사사의 장을 만나서 항의하러 가는 길이라고 둘러대겠다는 조반의 말은 물론 사실과는 다르지만, 그렇게 할 수 있는 기회만 있다면 단단히 본때를 보여주고 싶다는 것이 조선 왕조 요인들의 감정이었다.

지난 2월초 7일, 기병 10여명이 압록강변 마산(馬山) 기슭에 도래한 일이 있었다.

강건너로 그들을 바라본 의주만호 여칭(呂稱)은 명나라 사신이 도래한 것으로 잘못 알고 김백안(金伯顏) 등 고을 사람 세 명을 도강시켜 영접하도록 했더니 오히려 그 기병들은 그들 세 사람을 납치해 갔다.

3월 21일에는 명나라 사신 4명이 요동백호 군인(遼東百戶軍人) 30여 명을 거느리고 구련성 강변에 도래하였다.

여칭은 직접 수하들을 거느리고 강을 건너가 영접하였는데, 요동백호 군인들은 통사(通事) 김용(金龍), 진무(鎭撫) 김보정(金寶鼎), 천호 이견실(李堅實) 등 3명을 납치해 간 일도 있었다.

이와같은 요동 점령군의 행패에 대해서 품고 있는 분노를 이 자리에서 조반은 털어놓겠다는 것이다.

물론 서대문에서 뺨을 맞고 동대문에 가서 하소하는 핵심이 맞지 않는 소리이기도 하겠지만, 어쨌든 심정적으로는 거짓이 없는 울분의 토로였다.

또 타타르들의 감정을 무마하자면 그보다 더 적절한 말발도 없을 것이다.

방원은 고개를 끄덕여 찬동하는 뜻을 표시했다.

조반이 한참동안 몽고말로 역설했다.

그러나 괴수의 반응은 오히려 강경했다.

"그 말을 어떻게 믿느냐. 전번에도 그렇게 둘러댄 자들이 있었는데 나중에 알고보니 응천부(應天府)로 가려는 조선의 사신들이었다."

이런 뜻의 말을 괴수는 핏대를 올리며 몽고말로 떠들어댔고, 조반은 그 말을 통역하더니 방원에게로 다가왔다.

"저 자가 지금 한 말, 속마음과는 다른 소릴겁니다."

소리를 죽이며 속삭였다.

괴수는 또 떠들어댔다.

"명나라 황제를 만나러 가는 길이 아니라 요동도지휘사사를 찾아가는 것이 사실이라면 그 증거를 보이라는 겁니다."

그 말을 조반은 이렇게 옮겼다.

방원은 고개를 꼬았다.

"증거라니? 무슨 증거를?"

"아직도 명나라 보다는 원조에 충성심을 품고 있다는 성의를 보이라는 뜻이겠습니다만, 그것도 한낱 둔사에 지나지 않을 겁니다."

괴수의 말을 조반은 다른 각도에서 풀이했다.

"저 자들이 겉으로는 그렇게 큰소리를 치고 있습니다만, 실제로는 한낱 도적의 무리에 지나지 않습니다. 성의를 표시하라는 말은 곧 금품을 요구하는 뜻으로 보아야 하겠습지요."

"금품을 쥐어주고 무마해서 돌려보낸다?"

"과히 쾌한 노릇은 아닙니다만, 그렇게 하는 것이 가장 무난한 처결 방법일 겁니다."

방원은 한동안 생각에 잠기다가,

"좋소. 그렇다면 그 패물을 주기로 합시다."

"그 패물이라니요?"

"조지사가 가지고 온 금붙이 말이요. 내 그것을 연왕에게 선사할까 했지만, 발등에 떨어진 불부터 꺼야 할테니 저 자들에게 주기로 합시다."

조반은 한순간 의아스런 얼굴을 하다가 그 안색이 차차 깊은 감동으로 물든다.

타타르들에게 쥐워줄 금품이라면 다른 물건으로도 충분히 충당할 수 있을 것이다. 구태여 그 금붙이를 주자는 데에 방원의 따뜻한 배려가 있었다. 조반의 허물을 가장 효과적으로 씻어 주자는 것이었다.

그 금붙이를 내준다면 그것은 곧 야도(野盜)의 창검에서 일행의 위기를 구출하는 구실을 하게 된다. 아직도 조반에게 석연치 않은 감정을 품고 있을 수행원들도 그의 활약과 그의 금품으로 위기를 모면하게 된다면 그를 고마와하는 정이 훨씬 절실하여질 것이 아닌가.

"고맙습니다, 나리."

자기의 아들뻘밖에 되지 않는 방원에게 조반은 진심으로 허리를 굽혔다.

방원은 즉시 한 군뢰를 불렀다.

"조지사의 짐에서 나온 그 패물들을 가져오도록 하라."

군뢰가 달려가서 그것을 가져 왔다.

패물을 받아든 방원은 괴수에게로 직접 다가갔다. 금붙이를 손수 건네주었다.

금붙이는 큼직한 비단주머니 속에 들어 있었다. 주머니끈을 풀고 들여다본 괴수는 당장에 입이·헤벌어진다.

그러나 최소 한도의 거드름이라도 피워보자는 수작일까, 어색하게 가슴을 펴며 몇마디 지껄여 댔다.

"자기네들 몽고 사람에게 그와 같은 성의를 표시하는 것을 보니 원조의 은혜를 잊지 않는 증거라고 좋아합니다그려. 그리고 요동도지휘사사를 만나러 간다는 우리의 말을 믿어주겠다는 겁니다."

조반이 통역을 하고나자 괴수는 싱글벙글하면서 말머리를 돌렸다.

그러다가 그는 또 무슨 변덕이 난 것일까, 다시 말을 세우더니 이 편을 돌아보며 한참동안 지껄여댔다.

──주원장의 무리들을 대단하게 여길 것은 없다.

──멀지 않아 그 자들은 거꾸러질 것이다. 그 자들이 중국 천지를 장악하고 있는 듯이 보이는 까닭은 원조의 수도였던 북경을 점거한 때문이다. 그리고 그 북경을 아직까지 지탱하고 있는 것은 주원장의 아들 태라는 자가 제법 용력이 있어서 완강하게 지키고 있기 때문이다.

―― 하지만 연왕 태도 오래지 않아 죽게 될 것이다.

태는 원래 계집을 좋아하는 인간이어서 닥치는대로 소실을 삼고 있다. 용모만 번드르 하면 계집의 신분 같은 것은 가리지 않는다.

――그와같은 허점을 이용해서 원조의 후예인 한 여간첩을 연왕의 신변에 잠입시켜 두었다. 최근에 입수한 정보에 의하면 그 여간첩은 주태에게 신묘한 비약을 복용시켰는데, 그것은 여느 독약과는 달라서 시름시름 앓다가 말라죽게 하는 묘약이다. 요즘 들어 그 약효가 나타나기 시작했다. 주태는 한 달을 넘기지 못하고 숨이 끊어질 것이다.

――그렇게 되는 날 우리네 원조의 후예들은 북경성에 총반격을 가할 것이며, 그곳을 공략하는 즉시로 남진을 거듭하여 주원장의 본거지인 금릉응천부(金陵應天府)까지 짓밟게 될 것이다.

괴수가 지껄인 말의 내용은 이러했다.

그 말을 남겨놓고 그와 그의 수하들이 사라지자, 조반과 남재를 돌아보며 방원은 혼잣소리처럼 물었다.

"그 자가 한 말은 하찮은 허세로 흘려버릴 수도 있겠소만, 어쩐지 마음 한구석에 걸리는 것 같구먼."

"그렇습지요. 되는대로 지껄인 허풍치고는 그 자들의 계교의 내용이 지나치게 소상하지 않습니까."

남재도 착잡한 표정으로 받아 말했다.

"자세한 내막의 전부는 아직 가리기 어렵습니다마는 타타르의 괴수 그 자가 지껄인 말 중엔 제법 근거 있는 소리도 간간이 섞여 있었으니까요."

조반은 좀더 구체적으로 파고 들었다.

"근거 있는 소리라면?"

"우선 몽고족들이 두려워하는 연왕의 장략(將略) 말씀입니다. 연왕 그분 한 분 때문에 명나라 영역을 침공하지 못하고 있다는 말엔 다소의 과장이 있기는 합니다만, 터무니 없는 양언(揚言)은 아닙지요."

　주원장이 명조를 창건하고 수도를 금릉, 즉 남경에 정한 이유는 예로부
터 경제적 중심지였던 그 지역을 정치적 중심지로 삼으려는 경륜에서였
다고 전하여진다.

　지난날 원조 때에는 북경을 수도로 삼았기 때문에 경제의 중심지인
금릉과 정치의 중심지인 북경이 분리되어 경제 발전에 많은 지장이 있었
던 것이다. 그러나 막상 그와 같은 조치를 취하고보니 국방상의 모순이
노출되었다.

　북쪽 몽고 고원에는 아직도 원조의 잔존 세력이 준동하며 반격의 기회
를 노리고 있다.

　그들을 소탕하려고 금릉에서 출정하게 될 경우 거리 관계상 갖가지
애로가 야기된다. 그래서 안출해낸 방략(方略)이 주원장의 여러 아들들
을 만리장성을 따라 배치하는 이른바 황자(皇子)들의 분봉(分封)이었
다.

　물론 다른 장군을 그 지역에 배치할 수도 있는 일이었지만, 남달리
시기심이 강한 주원장은 그들 장수의 세력이 강화될 경우 자기에게 반기
를 들지 않을까 하고 겁을 먹었던 것이다. 남이 아닌 자신의 혈육들이라
면 절대로 그럴 염려는 없으리라고 계산한 때문이었다.

　그들 왕자들은 주둔지에 각각 왕부(王府)를 개설하고 많은 관료까지
거느리고 있었다. 비록 토지나 백성들에 대한 지배권은 부여되지 않았지
만, 행사권만은 전적으로 맡겨졌다. 각 왕부를 호위하는 군대의 병력만
해도 3천 명에서 2만 명에 달하였다고 하니, 그들의 병권이 얼마나 강대
하였는가를 짐작할 수 있다.

　홍무 3년(1370년) 연왕 주태도 형제들과 함께 북경 지역에 분봉되었
다. 그때 그의 나이 겨우 열한 살, 따라서 그 당시는 면목상의 왕이었다.
그 자신은 아직 궁중에 남아 있었다.

　그가 실질적인 왕 노릇을 하기 위해서 북경으로 향한 것은 스물한
살 되던 홍무 13년 3월이었다.

북경은 원조의 고도(故都)였다.

사막 북쪽으로 쫓겨난 원조의 잔당들이 어느 지역보다도 향수를 품고 탈환 기회를 노리는 것은 바로 옛 수도 북경이었다. 따라서 그 지구의 사령관격인 연왕은 여러 왕자들 중에서도 빼어난 인재라야 했을 것이다.

주원장이 주태를 봉한 이유도 그의 자질을 어려서부터 크게 평가한 때문이 아닐까.

북경에 도착하여 실질적인 왕 노릇을 하게 된 주태의 실력은 부친 주원장의 기대 이상의 것이었다.

── 강군(強軍)이란 무엇보다도 강력한 인재들로 구성된다.

주태는 이와 같은 신조를 품고 즉각 실천에 옮겼다. 무예나 용력, 전력에 뛰어난 인재가 있으면 신분에 관계치 않고 과거지사에 구애하지 않고 특채하여 심복을 삼았다.

실질적이며 조직적인 맹훈련을 시켰다.

── 장졸들을 거느리자면 휘하 장령들에게만 맡길 수 없다. 나 자신이 누구보다도 병법(兵法) 작전에 정통해야 한다.

스스로 이렇게 다짐하면서 용병작전에 대한 연구와 학습에 정진하였다. 오래지 않아 그는 백전노장들도 미치지 못할만한 군략가가 되었다.

주태는 다른 형제들과 달리 국경 수비에만 소극적인 방어책에 만족하지 않았다.

홍무 23년과 그리고 이성계가 조선 왕조를 세우던 홍무 25년에는 직접 휘하 장졸들을 이끌고 멀리 만리장성을 넘어 북진을 감행했다. 몽고 지방의 원조의 잔당을 벽지로 몰아넣어 실전으로도 막강한 실력을 과시했다.

그 칙서를 접하자 황제 주원장은 소리치며 기뻐했다는 것이다.

"짐에게 이제 북고(北顧)의 우려는 없다."

연왕 주태의 존재는 몽고측에겐 일대 위협이었다.

그 후부터 북경 근처엔 얼씬도 못하게 되었다는 것이다.

"다음은 연왕이 여색에 만만치 않았다는 얘기입니다."

조반은 말을 이었다.

"그분에게는 서씨(徐氏)라는 현숙한 정실부인이 있기는 했지요. 개국의 명장 서달(徐達)의 맏따님이라던가요. 어릴 적부터 독서를 즐기고 마음씨도 어진 분이라 돌아가신 마황후도 친따님처럼 사랑하셨다는 얘기를 들었습니다만, 천생이 호색한 때문인지 연왕은 숱한 후실을 거느리고 있다는 소문입니다. 그러나 그 후실들 중에 몽고족이 끼어들지 말라는 법은 없을 것이며, 따라서 몽고족에겐 눈에 가시처럼 여겨지는 연왕을 제거하려는 책동도 있음직한 일이 아니겠습니까."

"그렇다면 그와 같은 정보는 연왕에게 보내는 어떤 선물보다도 귀중한 것이 될 수도 있겠구료."

방원은 말하면서 회심의 미소를 씹었다.

그 밤이 밝는 즉시로 방원 일행은 출발을 서둘렀다. 방원의 가슴은 기대에 부풀면서도 불안에 술렁이고 있었다.

──타타르의 제보가 사실이라면 하루라도 속히 북경땅에 당도해야 한다.

만일 그 이전에 연왕 주태가 변사라도 당한다면 어쩔 것인가. 앞으로의 모든 외교적 교섭에 결정적인 차질이 야기될 것이다.

평상시의 사신들의 행로는 절박한 사명감보다도 유람 기분이 오히려 농후한 경향이 많았다.

훗날 《용재총화(傭齋叢話)》가 전하는 대목이지만, 최한량(崔漢良)이라는 사람이 말했다는 이른바 봉사지락(奉仕之樂) 운운한 얘기가 그 기분을 여실히 표현하고 있다.

──춘풍가절에 준마를 비껴 타고 이름 있는 고을에 뛰어들면 길가 좌우엔 해묵은 장송(長松)이 십여 리나 그늘을 드리우고 있는데, 반소매를 드러낸 청의(靑衣)를 걸친 나장(羅將)이 쌍쌍이 전도(前導)한다.

갈잎피리 뿔피리 소리가 어울려 울려퍼지는 속을 누비고 그 고을 객사 대문 밖에 이르면, 머리를 틀어올린 수십 명 기녀들이 길 왼편가에 꿇어 엎드려 은근히 고개를 들고 추파를 보낸다. 그때는 일부러 눈길도 주지 않고 말에서 내려 안으로 들어가는 것이지만, 상방(上房)에 자리를 잡게 되면 혼자 생각한다. 오늘밤엔 어느 기녀가 동침하게 될까.

한 기녀가 다과를 쟁반에 받쳐들고 들어온다. 나는 또 생각한다. 바로 저 애가 그런가. 다른 애를 들여보낼까. 이윽고 주관(主管)이 내방하여 동헌(東軒)에 자리를 옮기고 술상을 받아 권커니 잣거니 하게 되는데, 또 다른 기녀가 들어온다.

이건 국가의 중대 사명을 띤 사절이 아니라 숫제 유야랑(遊冶郞)의 엽색 행각을 방불케하는 정경이었지만, 어쨌든 방원에겐 애당초 그런 흥취도 여유도 없었다.

더더구나 연왕의 안위가 우려되는 지금으로서는 조바심만이 그를 재촉하였다.

수행원들이 미처 뒤따르지 못할 정도로 말을 몰아 치달렸다.

다른 사신들이 거기서 번번이 쫓겨왔다는 요양(遼陽) 관문도 무사히 통과했다. 물론 명나라측에서 원하는 왕자가 볼모를 각오하고 가는 길이니 제지할 까닭이 없었다.

광령(廣寧), 연산역(連山驛), 산해관(山海關), 영평부(永平府) 그리고 통주(通州)를 지나니, 이제 목적지 북경문 앞에까지 당도한 셈이었다.

거기서 북경까지 이르는 동안엔 거창한 운하(運河)가 계속된다.

그 운하를 끼고 마침내 북경성 동편 문에 당도하자, 방원은 새삼 대국의 방대한 국력에 숨을 들이쉬지 않을 수 없었다.

홍무 원년, 주원장 휘하의 명장 서달(徐達)이 원나라 군사를 몰아내고 이곳에 입성하자 북경부(北京府)라고 개칭하고, 그 다음 해엔 도역(都域)의 북반부를 깎아버렸던 것이다.

그리고 홍무 13년, 연왕 주태가 도입하여 실질적인 왕 노릇을 하게 되자 남쪽 성벽을 허물어 도역(都城)을 남쪽으로 확장하고 새로 궁전을 조영하였다. 훗날의 자금성(紫禁城)이 바로 그것이다.

어쨌든 조선 땅에서는 볼 수 없는 장관이었다.

그것은 곧 명나라 전체의 국력이라기보다도 연왕 한 사람의 위력을 과시한 것이었지만, 그 위력에 대한 놀라움보다도 더 벅찬 놀라움이 방원을 기다리고 있었다.

"연왕은 지금 아무도 만나볼 수 없는 중태에 빠져 있다고 합니다."

일행의 내방을 알리려고 성문 안에 들어갔던 남재가 창백한 얼굴로 이렇게 복명하는 것이었다.

"타타르의 괴수의 양언(揚言)이 허위가 아니었구먼."

방원은 묘한 궁지에 빠지지 않을 수 없었다.

연왕이 앓고 있다는 사실은 타타르의 괴수에게서 입수한 정보를 유효적절하게 활용할 소지가 마련된 것이라고 볼 수는 있다. 하지만 그것도 연왕을 만나고 보아야 이루어질 일이 아닌가?

처음부터 대면조차 불가능하다면 문제는 달라진다.

"무슨 줄이 없겠소? 연왕과 만나는 길을 터줄 만한 인사가 있어야 할 것이 아니겠소?"

방원은 매달리듯 조반을 향해 말했다.

이제 믿고 의지할 사람은 소년 시절을 이곳에서 보냈고 따라서 이곳 사정에 정통한 조반 뿐이었다.

"글쎄 올시다. 제가 이곳에 있던 시절은 원조의 황성이던 때이니 어떨는지 모르겠습니다. 세상이 바뀌면 사람들도 바뀌지 않습니까. 저와 친분이 두텁고 또 연왕과도 가까운 사람이 과연 있겠는지요."

조반 역시 대책을 세우지 못하고 망설이고 있을 때였다.

동편 문으로부터 한 승려가 나오더니 표표히 사라진다.

"저 사람은 바로!"

조반은 놀라는 얼굴을 한다.

그는 성문지기에게 그 승려가 누구냐고 물었다. 연왕의 사부(師傅)이자 모신(謀臣)이기도 한 도연(道衍)이란 고승이라고 성문지기는 대답한다.

"세상은 넓고도 좁은 것이구면."

감개무량한 혼잣소리를 조반은 흘렸다.

"그 사람이 바로 연왕의 사부가 되다니……"

"그 승려를 조지사는 알고 있소?"

어쩐지 방원은 문제 해결의 실마리라도 잡힌 것 같은 예감을 느끼며 물었다.

"알다 뿐이겠습니까. 제가 이곳에서 공부를 할때 같은 스승 밑에서 면학(勉學)을 하던 학우입지요. 강소장 주현(江蘇長 州縣) 출신이라던가요. 성은 요(姚)가이며, 아명은 천희(天禧)라고 했습지요. 저보다는 대여섯 살 어린 소년이었지만, 어찌나 총명하던지 아직도 기억에 생생합니다그려."

"그렇다면 그 사람에게 주선해 달라고 부탁해 보는게 어떻겠소? 연왕의 사부라면 연왕도 그 사람의 말은 쉽게 받아들일 것이 아니겠소."

그야 그렇다. 도연이라면 연왕에게 접근하기 위한 둘도 없는 선이 될 것이다.

도연이 연왕과 처음 만난 것은 홍무 15년 8월, 창업의 내조자 마황후의 명복을 빌기 위해서 불공을 드리던 자리에서였다고 한다. 그러나 그와 연왕을 직접적으로 접근시킨 것은 야릇한 운명의 장난이었다.

지난날 주원장이 여러 황자들을 분봉하여 국경선에 배치하였을 때, 유능한 승려 한 사람씩을 아들들에게 붙여보냈다.

표면상의 명목은 아들들이 모후의 명복을 자주 빌게 하기 위한 조치라고 했지만, 사실은 아들들의 동정을 정탐하는 밀정으로 파견하였다는 설도 있다.

도연도 그러한 계기로 연왕의 측근에 있게 되었지만, 날이 지남에 따라 연왕의 비범한 자질과 인품에 경도하였고, 연왕 또한 도연의 지모에 심취하여 그들은 마침내 떨어질 수 없는 지기가 되었다는 것이다.

13. 北京城

경운사(慶雲寺)로 찾아간 방원 일행을 괴승 도연은 쾌히 맞아주었다.

후세에 전하여진 도연의 초상화를 보면, 희대의 모사(謀士)라는 세평과는 거리가 먼 인상이다. 해맑고 자상하고 다정스런 사람이란 느낌을 받게 된다. 꼬리가 약간 처진 가느다란 눈썹과 자그마한 눈, 입은 마치 여자의 그것처럼 곱살하기만 하다.

그는 훗날 연왕을 조종하여 제위 쟁탈전(帝位爭奪戰)의 골육상잔극을 연출하는 흑막으로 암약하게 되지만, 그의 용모에선 그런 엉뚱한 야망이라고는 한 가닥도 포착하기 어렵다.

그러나 그것들은 움직이지 않는 초상화가 주는 평면적인 인상에 지나지 않는지 모른다.

조반을 상대로 상냥한 미소를 피우며 소년시절의 회고담을 나누고 있던 도연의 두 눈이 돌연 날카롭게 움직였다. 동시에 해맑고 자상하고 다정스럽기만 하던 얼굴에 또다른 생체가 번득인다.

"정안군 나리의 소식은 조선을 다녀오는 사신들의 입을 통해서 익히 듣고 있습니다만, 그 어른이 이렇게 나를 찾아주실 줄은 미처 몰랐습니다 그려."

지나가는 인사처럼 던지는 말 같았지만, 그렇게 흘려들을 수 없는 강한 뼈대 같은 것이 그 속엔 맺혀 있었다.

방원도 조반도 그리고 남재도 긴장하였다.

아니나다를까, 그의 말머리가 엉뚱하게 비약한다.

"어쩌면 두 분의 처지가 그토록 흡사하십니까. 태산이라도 뽑아 던질 힘을 간직하고 계시면서도, 자그마한 바위에 눌린 복룡(伏龍)과 같은 설움을 감수하셔야 하다니요."

무슨 소리를 하는 것일까.

지모와 책략으로는 넓은 명나라 천지에서도 대적할만한 자가 없을 거라는 중평을 듣고 있는 괴승이긴 하지만, 도대체 무슨 얘기를 어떻게 펴나가려는 속셈일까. 방원도 조반도 남재도 섣불리 입을 떼지 못했다.

"정룡(正龍)은 무엇이고 방룡(傍龍)은 무엇입니까? 형제들 중에서 먼저 태어났다는 이유만으로 정룡이니 뭐니 떠받들게 되고, 나중에 태어났다는 허물 아닌 허물 하나만으로 뒷전에 밀려야 하는 이 누습을 댁들은 어떻게 생각하십니까?"

곱살한 입술을 비집고 나오는 도연의 음성은 가냘프고 잔잔했다.

그러나 그가 던지는 한마디 한마디엔 천년 잠이 든 와룡(臥龍)이라도 흔들어 깨우는 것 같은 묘한 선동력이 약동하고 있었다.

"우리 명나라나 당신네들 조선 나라나 새로 세워진 나이어린 나라가 아닙니까. 말하자면 새로 옮겨심은 나무나 다름이 없습니다. 뿌리가 깊이 뻗어 어떠한 비바람에도 흔들리지 않게 될 때까지는 실속 있게 키워야 합니다. 겉모양만 따질 것이 아니란 말입니다. 그 나무의 원가지가 여리고 부실해서 제대로 꽃을 피우지 못할 듯싶으면, 왕성한 곁가지로 원가지를 삼을 수도 있는 일 아닙니까."

비록 비유라는 엷은 장막을 씌우고는 있지만, 적적상승(嫡嫡相承), 즉 적파(嫡派)의 맏아들이 제위나 왕위를 계승해야 한다는 전통에 대한 노골적인 반발이었다.

"구태여 많은 사례를 찾을 것도 없습니다. 한 가지 예만 들어봅시다. 당나라 태종(太宗)이 방룡이란 이유만으로 제위에 오르지 못하였더라면 정관(貞觀)의 지척을 남기지는 못했을 겁니다."

당 태종 이세민(李世民)은 고조 이연(李淵)의 둘째 아들이었다.

새 제국을 건설하는 노정에서 부친 이연과 더불어 주도적인 역할을 했고 따라서 중망(衆望)을 한몸에 모으고 있었다. 그의 형 건성(建成)과 아우 원길(元吉)은 그것을 시기한 나머지 그를 모살하려고 했지만, 막하의 명신들의 권고로 이세민은 반격을 가하여 형제들을 제거하고 제위를 계승하였던 것이다.

그 후로는 국력의 신장과 내치(內治)에 힘써 중국 역사상 유례가 없는 태평무비(太平無比)의 성대를 이룩하였으며, 그것을 후세 사람들은 정관(貞觀)의 치(治)라고 부르며 찬양하고 있는 것이다.

"시생이 듣고 배운 것은 부족하오이다만, 연왕 전하야말로 당 태종 못지 않은 영걸이란 중평을 자주 들었습지요."

남재가 조심조심 입을 열었다.

"그러기에 황상 폐하께서도 한때는 연왕 전하를 태자에 책립하고자 하신 일이 있으셨다고 들었소이다."

그것은 사실이었다.

원래부터 주원장은 어느 아들보다도 네째 아들 태의 자질을 높이 평가하고 있었다. 그래서 맏아들 표를 제쳐놓고 태를 제위 계승자로 삼고 싶어하는 눈치를 가끔 보였었다. 그러나 마황후의 강경한 반대로 그런 생각을 표면화하진 못했다.

그러다가 홍무 25년 4월, 황태자 표가 뜻하지 않은 신병으로 세상을 떠났다.

표를 대신하여 누구를 황태자로 삼느냐는 문제가 다시 대두되었다. 표가 살아있을 당시부터 태에게 은근히 점을 찍고 있던 주원장이었다. 이번엔 내놓고 연왕 태를 황태자에 책립하려는 의향을 밝혔다.

"하지만 유삼오(劉三吾)란 사람을 위시한 몇몇 중신들이 강경히 반대한 때문에, 그 일이 좌절되고 말았다는 얘기를 들었습니다."

남재는 말을 이었고, 그 말 역시 사실이었다.

그때 한림학사 유삼오는 주장하였다.

──동궁께서 세상을 떠나셨으면 마땅히 황손께서 그 뒤를 이으시는 것이 고금의 예(禮)가 아닙니까. 국가 사직의 안태는 무엇보다도 법통을 존중하는데 있는 것이오니, 즉시 황손으로 황태손을 삼으심이 가한 줄로 압니다.

즉 죽은 황태자의 아들을 황태손으로 삼아 제위 계승의 서열과 기강을 확립해야 한다는 주장이었다.

결국 유삼오의 주장이 관철되어 그해 9월 주원장은 하는 수 없이 황손 주윤문을 황태손에 책립하였다.

황태손의 나이 겨우 열 살이었다.

"그 유삼오란 자, 내세운 말발은 번드레하지만, 결국은 나라의 앞날을 크게 그르쳐 놓은 셈이지요."

도연은 쓰겁게 내뱉더니,

"마치 귀국 조선의 정도전과 비슷한 인간이라고나 할까요."

말머리를 다시 조선 왕실의 내정에 끌어붙였다.

"개국의 공로를 따지거나 군왕이 될 자질을 보거나 조선왕조의 세자 자리는 누구에게 돌아가야 옳았겠습니까."

여기서 잠깐 말을 끊고, 도연은 이윽고 방원을 지켜보았다.

방원은 등골이 오싹해졌다.

처음에 도연을 찾아올 때엔 희대의 책사라는 예비 지식만으로 방원은 그를 경계했었다. 그러다가 막상 만나보니 대수롭지 않은 평범한 인간이란 인상을 받았고, 그가 묻지도 않은 말을 수다스럽게 지껄이기 시작하자 경망한 재사쯤으로 얕잡아보는 생각까지 고개를 들었다.

그러나 차차 교묘하게 펼쳐지는 그의 말은 마치 명황실의 내분과 조선 왕실의 그것을 은근히 결부시키고 방원 자기를 슬쩍슬쩍 추켜세우는 어투에서 깊이를 알 수 없는 함정 같은 것을 느끼지 않을 수 없었던 것이다.

"그것은 마땅히 여기 계신 정안군 나리께로 돌아갔어야 할 일이 아니었습니까."

칼날같이 차가운 눈길을 방원의 양미간에 쏘아붙인 채 도연은 말을 이었다.

"그러하거늘 적자도 아닌 서자일뿐더러 사람됨도 용렬하기 짝이 없다는 젖비린내나는 어린아이를 그 자리에 앉히다니, 조선 왕실의 처사는 우리 명실의 그것보다도 더욱더 어처구니없는 노릇이라고 뜻있는 사람들은 입맛을 다시고 있습지요."

함정은 바야흐로 검은 입을 벌리기 시작했다고 방원은 마음의 허리띠를 졸라맸다.

"어느 모로 따지거나 우리 전하와 정안군 나리는 비슷한 설음을 겪고 계시는 셈이지요. 동병상린이라고 할까요, 초록은 동색이라고나 할까요. 억울한 방룡의 설음은 같은 방룡이라야만 알아줄 수 있는 법이니, 남남처럼 여기지 마시고 두 분이 손을 잡으셔야 합니다."

무엇보다도 반가운 말이었다. 목이 타게 기다리기도 했던 소리였다.

이렇게 도연을 찾아온 까닭도 다름아닌 연왕과 손을 잡고 그의 도움을 받기 위해서가 아닌가.

그러나 그러면서도 방원은 도연의 논조에 얼핏 동조할 수 없는 두려움을 씹고 있었다. 경솔히 맞장구를 친다면 어떠한 결과가 초래될 것인가.

그 말이 돌고 돌아 본국에까지 전해진다. 그것은 현 시점에선 부왕 이성계의 처사에 불평을 품는 불충한 언동으로 지탄을 받을 수도 있을 것이다.

모처럼 세워진 왕실의 질서를 뒤엎으려는 의도, 그렇게 몰릴 위험성까지 느끼며 방원은 경계하는 것이었다.

그뿐이 아니었다.

장단을 맞추었다는 정보가 명황실로 새어 들어간다면, 지금의 명황실에 대해서도 반기를 드는 거나 다름이 없다.

먼 훗날이라면 모른다. 하지만 지금은 안 된다. 단단히 다짐하면서 방원은 비로소 입을 떼었다.

"대사의 말씀, 나의 생각과는 거리가 먼 듯싶소이다그려. 나는 어디까지나 군부(君父)께 충성을 바치는 길만 지켜왔으며, 앞으로도 그럴 의향일뿐 다른 생각 따위는 가져본 일조차 없소이다."

모처럼 심금을 풀어헤치고 감히 입밖에 내기도 어려운 끔찍한 말을 털어놓은 상태에서, 그것은 찬물을 끼얹는 것이나 다름이 없는 섭섭한 말이었다.

자칫 잘못하다간 상대방의 반감과 미움까지 자초하는 어리석은 소리일 수도 있다.

그 점은 방원도 충분히 인식하고 있었지만, 구태여 그렇게 말했다. 무서운 함정에 끌려가지 않으려면 그 정도의 부작용은 각오하고 있었다.

도연은 지그시 두 눈을 내려깔더니 한동안 입을 다물었다.

질식할 것만 같은 침묵이었다. 폭풍 직전의 정적과 같은 것이기도 했다.

굳게 다문 도연의 눈과 입이 활짝 열리는 순간, 거기서 어떠한 돌풍이 회오리쳐 나올 것인가 예상조차 하기 어려웠다.

모처럼 털어놓은 진정을 그렇게 무시할 수 있느냐고 격노할는지도 모른다. 혹은 얼음장처럼 냉랭한 마음의 문을 닫아버리고 다시는 상대도 하지 않으려 들는지도 모른다.

그러나 잠시 후 도연이 보인 반응은 전혀 의표를 찌르는 성질의 것이었다.

"죄송합니다, 정안군 나리."

이런 말을 던지면서 두 손 모아 합장을 하고 머리를 조아리는 것이 아닌가.

"빈도가 불민하여 나리의 충정을 알아차리지 못하고 주제넘게도 나리를 시험하고자 했으니, 어떠한 꾸지람이라도 달게 받겠습니다."

그리고는 그럴싸한 변명을 늘어놓았다.

방원이 금릉으로 직행하질 않고 이곳에 머무르면서 굳이 연왕을 만나려고 하는 태도에 의아심을 품었다는 것.

세자 자리를 놓친 방원의 처지가 연왕의 처지와 흡사하므로 혹시 세자 자리를 되찾으려는 흑심을 품고 연왕을 그 와중에 끌어들이려는 것이 아닌가 경계하는 나머지 선수를 써서 넘겨짚었다는 것.

그러나 방원의 충성심이 그렇듯 견고하다는 것을 알게 된 이상, 겨우 마음이 놓였다는 것.

연왕 역시 황제나 황태자에게 충성을 다하려는 마음 이외엔 다른 어떠한 야망도 갖고 있지 않다는 말을 누누이 늘어놓았다.

속이 빤히 들여다보이는 둔사이긴 했다.

그리고 도연 자신도 자기 말에 상대편이 넘어갈 것이라고 얕잡아보면서 한 소리는 아닐 게다.

공기가 이렇게 묘하게 돌아가게 된 이상, 눈감고 아웅하는 술책이라도 써서 그 공기를 갈아볼 수밖에 없을 것이라는 심산에서였을 게다.

——그렇다면 구태여 꼬치꼬치 캐고들 것은 없다. 그 얘기는 못들은 것으로 흘려버리자.

방원도 탄력있는 판단을 내리며 말했다.

"오히려 내가 부끄럽소이다. 잠시라도 대사께 그런 의구심을 품으시도록 했으니 말이외다."

그 말꼬리를 받아 조반이 한마디 거들었다.

"불찰이 있다면 저에게 있습지요. 우리가 어째서 연왕 전하를 뵙고자 하는가 그 까닭을 먼저 밝혔더라면 그와 같은 오해는 갖지 않으셨을 터인데, 옛정만 생각하고 지난 일만 얘기하다가 그만 말을 꺼낼 기회를 잡지 못했습니다그려."

방원이나 조반의 말 역시 눈감고 아웅하는 식에 지나지 않았지만, 그런 대로 적어도 표면상으로는 팽팽하게 굳어 있던 공기를 풀고 바꾸는 구실만은 했다.

"내가 전하를 뵙고자 하는 이유는 간단하외다."

때를 놓치지 않고 방원은 본론으로 들어갔다. 그것이 목적이기도 했지만, 일종의 변명 역할도 할 것이기 때문이었다.

"말하자면 피는 물보다 진하다는 친근감에서 그분을 기리게 된 것이며, 그분을 가까이 뵙고 싶어하는 것이외다."

"피는 물보다 진하다?"

되받아 씹으면서 도연은 미소했다. 대하는 사람의 심곡 구석구석까지 파고드는 훈풍과도 같은 웃음이었다.

"용하게도 알아내셨습니다그려. 우리 전하의 모후 되시는 분의 고향이 조선이라는 것은 틀림없는 사실이지요."

도연은 쾌히 시인했다.

"그러니 어찌 전하를 찾아뵙고 싶지 않겠소이까."

남재도 슬며시 끼여들었다.

"고국을 떠나 만리 이역땅에 있으면 비록 하찮은 인간일지라도 고국과 인연 있는 사람만 만나면 눈물이 나도록 고마운 것이 인지상정이 아니겠소이까. 하물며 북경성의 성주이신 연왕 전하가 우리와 같은 조선 사람의 피를 나누어 가지고 계시다는 사실을 알고 어찌 그냥 지나칠 수 있겠소이까."

"그렇다뿐이겠습니까. 빈도도 일찍이 타관땅을 많이 돌아다닌 경험이 있는 터라, 그 심정 충분히 이해하고도 남음이 있습니다. 하지만……"

여기서 도인은 문득 말꼬리를 흐렸다.

"전하의 환후가 위중하신 때문에 역시 만나뵙기는 어려울 거라는 그 말씀이군요."

조반이 앞질러 풀이하고 들었다.

"그렇습지요. 밖에서 찾아오는 객은 고사하고 가까운 신료들조차 좀처럼 접견하시지 않는 형편이니까요."

"여쭙기 황송하오이다만, 어떠한 병환이신지요."

남재가 물었다.

"글쎄올시다. 우리네 측근들 역시 정확한 병인을 파악하질 못해서 애를 태우고 있습지요."

"증세는 어떠하십니까?"

"본시 누구보다도 강건하신 분이었는데, 약 달포 전부터 미령하신 기색을 보이시더니 요즘엔 아주 몸져 누우시어 기동도 제대로 못하십니다그려."

이렇게 말하면서 도연은 괴로운 얼굴을 했다. 그것은 자기가 섬기는 군왕의 건강을 염려하는 표정이라기보다도 자기 자신의 몸을 아파하는 절실한 얼굴이었다.

조반이 방원에게 은근한 눈짓을 보냈다. 방원은 무엇인가 승낙하는 투로 고개를 끄덕였다.

"하찮은 소문입니다마는 전하의 환후에 대해서 바람결에 들은 바가 있습지요. 말씀드려도 무방하겠습니까."

이런 식으로 조반은 운을 뗐다.

"전하에 관한 소문이라면 어떠한 풍문이라도 듣다뿐이겠습니까."

도연은 이내 그 말에 관심을 보였다.

조반은 타타르의 괴수에게서 들은 정보를 되도록 상세히 전달했다.

연왕의 후궁에 몽고 출신의 여성이 있다는 것. 그 여성은 원조의 잔당들이 비밀리에 잠입시킨 밀정이라는 것. 연왕만 제지하면 북경성을 탈환하고 나아가서는 금릉까지 석권할 수 있으리라고 자부하는 그들은, 그 후궁의 손을 통해서 연왕에게 독약을 복용케 하고 있다는 것. 오래지 않아 연왕이 모살되면 그 자들은 일거에 거사할 수 있는 만반의 태세를 갖추고 있다는 것.

"이건 어디까지나 하찮은 야도(野盜)의 입에서 나온 얘기이니 믿을 만한 정보는 못됩니다만, 그래도 만일을 위해서 말씀드리는 것입지요."

　조반은 뒤를 두며 말끝을 맺었지만 도연은 사뭇 심각한 눈치였다.

　북경성 내정(內廷)에 위치한 곤령궁(坤寧宮), 지난날 원조 때엔 황후의 정침(正寢)으로 사용되던 건물이었고, 따라서 얼마 전까지도 연왕의 정실부인 서씨가 거처하던 곳이지만, 지금은 임자가 바뀐 감이 있다.

　연왕이 여러 후궁들 중에서도 가장 총애하는 심팔랄(心八剌)이란 몽고 출신의 여성이 독차지하고 있는 것이다.

　연왕의 병석도 바로 그곳에 마련되어 있었다.

　연왕의 용모는 원래 한마디로 표현하여 지성과 패기가 넘치는 호남아형이라고 볼 수 있다.

　과부족없이 잘 배치된 이목구비, 적당히 살이 오른 얼굴의 윤곽과 몸매, 특히 흐르는 구름처럼 우아하고 탐스러운 수염은 누구의 눈에도 황홀할 정도였다.

　그러나 지금 병석에 누워 있는 연왕의 몰골은 말이 아니었다. 창백하게 바랜 안색에 두 볼은 더할 수 없이 깊이 패어 있었다.

　그의 나이 겨우 만 34세, 사나이로서 한창 왕성할 연치였지만, 병골이 마디마디 박힌 그의 얼굴은 다 늙어 시들어진 노옹을 방불케 했다. 전과 다름없이 칠칠한 자태를 남기고 있는 것은 그 수염뿐이었다.

　연왕의 곁에는 총희 심팔랄 혼자만 앉아 있었다.

　연왕 자신이 그것을 원했고 심팔랄 역시 되도록이면 다른 사람의 접근을 제어하였다.

　"역시 네 손은 약손이란 말야."

　연왕은 게슴츠레한 눈꼬리를 흐물거리면서 콧소리를 흘린다. 심팔랄의 손이 그의 속살을 교묘하게 더듬고 있는 것이다.

　명목은 환자의 다리나 허리를 주무른다는 것이지만, 실상은 그런 것만도 아니었다. 허벅다리를 더듬는 체하면서, 잔허리를 누르는 체하면서 간간이 엉뚱한 지대를 넘나든다.

"이상한 일이야. 네 손에 어떤 신묘한 힘이 숨어 있기에 몇번 더듬기만
하면 이렇듯 생기를 되찾게 되는걸까."

연왕은 노닥거리면서 한손을 들이밀어 심팔랑의 손등을 어루만진다.

"그게 아니어요, 전하. 전하께서 다소라도 근력을 회복하셨다면 소첩의
손길보다도 요즈음 복용하시는 그 약의 효험이 나타난 때문이겠지요."

말하는 투나 내용은 차라리 현숙한 편에 속했지만, 그러면서도 듣는
사람의 관능을 묘하게 자극하는 음성으로 심팔랑은 말했다.

"그 약이라?"

몽롱하게 풀렸던 연왕의 안정에 야릇한 불이 켜진다.

"남만(南蠻)에서 나는 진귀한 약초로 정제한 것이라고 했것다?"

"우리 명나라 천지에선 전하 한 분만이 처음으로 복용하신 신약이어
요."

"과연 신약이야. 그 약을 마시기만 하면 맥없이 사그러졌던 내 젊음이
당장에 되살아난단 말야."

하더니, 연왕은 상반신을 일으켰다.

"어떠냐. 아직 복용할 시간이 못됐느냐."

"시간이야 다 됐지만요."

말꼬리를 흐리면서도 심팔랑의 두 눈은 도발적인 불을 피우고 있었
다.

"시간이 다 됐다면 어째서 주지 않는거냐."

연왕은 재촉했다.

"그 약이 오히려 전하의 육체를 해치지 않을까 염려가 드는 때문이어
요."

심팔랑은 해괴한 소리를 흘렸다.

"그 약이 되려 내 몸을 해칠 우려가 있다구?"

연왕은 반문했다.

"요즈음은 자꾸 그런 걱정이 듭니다, 전하. 그 약을 복용하실 적마다

그 약이 전하의 육체를 보하는 이상으로 전하께선 체력을 소모하시는 듯싶사와요."

말하자면 그 비약이 주는 자극 때문에 연왕의 욕정이 필요 이상으로 도발이 되고, 그 때문에 오히려 쇠약을 재촉하지 않나 염려가 된다는 말이었다.

"그래?"

연왕은 쓸쓸하게 웃었다.

"내 몸이 다소 쇠약해진들 어떻겠느냐."

"무슨 말씀이시어요."

심팔랄의 두 눈이 야릇한 빛을 뿜었다.

"사람이란 도대체 무엇 때문에 사는 거냐. 구차한 목숨을 하루라도 오래오래 끌기 위해서 사는 것은 아닐게다. 그렇다면 초야에 파묻혀서 숨을 죽이고 지내는 편이 오히려 편하기도 할게고, 오래 살 수 있는 방도이기도 하겠으니 말이다. 하지만 사람들은 서로 물고 뜯으면서 바둥거린다. 때로는 몸과 마음에 해로운 줄 알면서도 안달을 한다. 무엇 때문이겠느냐."

하다가 그는 문득 말을 끊고 날카로운 눈총을 방문쪽으로 쏘아 보낸다.

무슨 인기척이라도 느낀 표정이었지만, 방문 밖에선 아무런 소리도 들리지 않았다.

연왕은 다시 말을 이었다.

"결국은 남보다 잘 살아 보려고 애를 태우는 것이 아니겠느냐. 더 쉽게 말한다면 남들이 우러러보는 높은 자리에 올라서서 우쭐대고 싶은 게지. 하지만 그러자면 한이 없는 거야. 태산이 제아무리 높다 하더라도 그 꼭대기에 올라서 보라. 그보다 아득히 높은 하늘엔 해도 있고 달도 있고 별도 있느니라. 따지고 보면 남보다 높아지려고 바둥거리는 인간처럼 어리석은 인간도 없을 게다."

심팔랄의 양미간에 착찹한 그늘이 드리워졌다.

연왕의 저의가 어디에 있는 것일까. 그것을 정확히 파악하지 못하는
초조감 때문일는지 모른다.

"결국은 그날 그날을 즐기며 보내는 것이 가장 실속 있는 삶이 아니겠
느냐. 바로 이렇게 말이다."

그는 팔을 뻗어 심팔랄의 잔허리를 끌어안으려 했다.

그 손길을 교묘하게 피하며 심팔랄은 말했다.

"그래도 옥체를 아끼셔야지요. 오래오래 옥체를 보중하시어야 그런
낙도 오래오래 맛보실 수 있을 것이 아니겠어요?"

"허허허."

연왕은 힘없이 웃었다.

"오래 간다고 얼마나 가겠느냐. 백 년을 가겠느냐, 천 년을 가겠느냐.
지나가보면 천 년도 하루 같고, 즐거움이 극에 달하면 촌각도 영겁인
양 느낄 수 있는 거야."

노닥거리더니,

"어서 그 약이나 가져오란 말이다."

언성을 높였다. 거기엔 거역할 수 없는 무서운 위력이 숨어 있었다.

심팔랄은 반사적으로 몸을 일으켜 옆방으로 갔다. 미리 다 준비해 둔
것일까, 약그릇을 들고 다시 들어왔다.

바로 그때 방문이 요란스레 열렸다.

도연이 뛰어들었다. 그는 심팔랄에게로 달려들더니 약그릇을 빼앗아
멀리 던져 버렸다.

"이 무슨 무엄한 짓이오."

앙칼지게 악을 쓰며 심팔랄은 쏘아보았다.

"요망한 계집, 물러가 있지 못할까."

도연은 마주 소리치며 언제나 상냥스럽기만 하던 얼굴에 보기 드문
노기를 가득 띄우고 있었다.

심팔랄은 입술을 떨며 새근거리다가 연왕을 돌아본다.

이런 자리에 다른 사람이 뛰어들어 그런 행패를 부렸다면, 아니 함부로 뛰어들기만 했더라도 연왕의 입에선 불호령이 터졌을 것이다. 그런 자는 아마 죽음을 면치 못할 것이다.

그러나 그는 입가에 야릇한 미소를 새기고 보고만 있다가 툭 내뱉듯 말했다.

"물러가 있거라."

"절더러 하신 말씀이어요?"

쥐어짜는 것 같은 소리로 심팔랄은 반문했다.

"절더러 이 방을 나가란 말씀이어요?"

연왕의 총애를 받은 이후 처음 당하는 냉대였던지 심팔랄은 믿어지지 않는다는 얼굴이었다.

"다시 부를 때까지 나가 있도록 해라. 아무래도 대사가 깊이 의논할 일이 있는 것 같구나."

그렇게까지 말하는데 더 이상 버틸 수도 없는 일이었다. 도연에게 적의에 찬 눈총을 쏘아던지고는 심팔랄은 밖으로 나갔다.

"어쩐 일이요, 대사? 오늘은 대사답지도 않게 노여움이 대단하시구료."

의미있는 눈길을 도연의 양미간에 깊이 꽂으며 연왕은 물었다.

"예. 빈도 또한 오늘 진심으로 화가 치미는군요."

도연의 어투엔 아직도 노기가 맺혀 있었다.

"누구에게? 나에게 말이요? 혹은 심팔랄에게 말이요?"

"그 계집, 찢어발겨도 시원치 않습니다만, 전하께도 빈도의 노여운 말씀을 드리지 않을 수 없습니다."

"내가 언제 대사께 무슨 섭섭한 일이라도 했던가?"

물으면서도 연왕은 야릇한 여유를 보이고 있었다.

"전하, 요즈음 거울을 보신 일이 있으십니까?"

"왜? 내 얼굴이 어때서?"

"여쭙기 심히 황송합니다마는 빈도의 눈엔 사색(死色)이 보이는 듯합니다."

"내 얼굴에 죽을 상이 나타나 있다구?"

"무엇 때문인지 아십니까?"

"그 약 때문인가? 그래서 그 약을 뺏어 던졌나? 혹은 심팔랄 때문인가. 그래서 그 애를 내쫓았는가?"

"잘 아시면서 어찌하여 이와 같은 세월을 보내십니까?"

도연의 어투가 차차 열을 띤다.

"빈도가 황상의 분부를 거역하면서까지 전하께 충성을 바치기로 다짐한 것은 무엇 때문입니까. 전하께서 품고 계시는 크나큰 뜻에 감명한 때문이 아닙니까. 아직도 제대로 틀이 잡히지 않은 중원(中原)을 장악하시고 정관(貞觀)의 치(治) 못지 않은 태평성세를 이룩하시겠다던 말씀은 어찌되셨습니까. 멀리 서역을 공략하고 남만을 정벌하시어 온 천하를 한덩어리로 묶어 다스리시겠다던 대경륜은 어찌하셨습니까?"

그리고는 다시,

"사람이란 즐길 수 있을 때 즐겨야 하신다구요?"

여전히 열띤 소리로 도연은 말을 이었다.

"전하께서 하신 말씀 빈도도 밖에서 다 엿들었습니다."

그러니까 조금 전에 연왕이 느낀 듯한 인기척은 도연 때문이었을까.

"태산 위에 더 높이 해와 달과 별이 있다는 것은 사실입니다. 그렇다고 태산을 오르려고 애를 쓰는 노력을 헛되게 볼 수는 없습니다. 적어도 주색 따위에서 찾는 향락과는 비교할 바가 아닙니다."

도연은 어디까지나 정면으로 역설하고 있었지만, 그때 연왕은 갑자기 웃었다.

"좋아, 대사도 내 말을 그렇게 해석했다면 그보다 더 다행한 일은 없는걸."

알 수 없는 소리였다. 도연은 한순간 의아스러워하는 표정을 보였다.

"대사가 그렇게 해석한다면 다른 사람들도 나를 그렇게 보고 있을 것이 아니오? 주색에 빠져서 헤어나질 못하는 쓸개빠진 인간이라고 말이요. 세상 사람들이 그렇게 본다면 우리 아버님은 어떠하시겠소."

그제서야 도연의 얼굴에 서리어 있던 의혹의 그늘이 풀리기 시작했다.

"내가 어느 날 어떤 여자와 손목을 몇번을 만졌는가, 그런 사소한 일까지 밀정들의 보고로 낱낱이 알고 계실 우리 아버님이 말이요."

"무슨 말씀을 하시는지요?"

의혹의 그늘이 풀리기 시작은 했지만, 아직도 연왕의 저의를 도연은 완전히 파악하지 못한 눈치였다.

"내가 욕심이 있다면 술과 계집뿐일 것이라고 아버님께서 믿게 되신다면, 따라서 어린 조카의 권좌를 넘보는 야심 따위는 없을 것이라고 나를 보시게 된다면, 나는 좀더 살아남을 수 있을 것이 아니겠소?"

"그렇다면 전하께선 일부러?"

도연이 묻는 말에 직접 대답을 하지 않고 연왕은 되물었다.

"내가 언제부터 주색에 빠진 척했는지 대사는 기억하오?"

도연은 긴장하면서 다음 말만 기다렸다.

"이른바 제비의 노래라는 것이 항간에 떠들던 무렵부터였소. 나는 그 노래를 듣고 몸서리를 쳤던거요."

하더니, 연왕은 민요 한 가락을 흥얼흥얼 입에 담아 보였다.

"제비를 쫓지 말라 / 제비를 쫓지 말라 / 쫓긴 제비는 / 더욱더 높이 날아 / 높이 날아서 / 제기(帝畿)에 오르리라"

어조는 담담했지만, 그 노래를 흥얼거리는 연왕의 두 눈빛은 아득한 꿈을 더듬고 있는 듯했다.

곧 그는 그 눈빛을 지워버리며 말했다.

"처음에 이 노래를 들은 순간, 나는 철없이 우쭐스러웠소."

그 노래의 제비란 말할 것도 없이 연왕(燕王)을 가리키는 말이었으며, 지금은 비록 변방에 쫓겨 있는 몸이기는 하지만 날고 날다 보면 제왕의 보좌(寶座)에까지도 올라앉을 것이라는 일종의 예언이었다.

연왕으로선 우쭐스럽게도 들을 수 있는 노래였다.

"하지만 다음 순간, 나는 심골이 얼어붙는 걸 느꼈소. 만일 아버님께서 그 노래를 들으신다면, 황태손과 그의 측근들의 귀에까지 들어간다면, 나를 어떻게 생각하고 어떻게 대할 것인가 겁이 나지 않을 수 없었소."

"……"

"나는 스스로 날개를 꺾어버려야 하겠다고 다짐을 했소."

연왕은 이렇게 결론을 내렸다.

"백성들의 눈에까지 엉뚱한 야욕의 불씨처럼 보이는 그 날개를 접고, 술과 계집 속에 은신하여 보려고 한 거요."

"부끄럽습니다, 전하."

도연은 머리를 조아렸다.

"빈도는 전하의 한쪽 팔임을 자처해 왔습니다만, 그와 같이 깊으신 뜻이 계신 줄은 미처 모르고 있었습니다그려. 하지만 전하."

그는 조아렸던 머리를 다시 들었다.

"주색에라도 은신하셔야 할 심정은 충분히 이해할 수 있습니다만, 제가 보기엔 너무 지나치신 것 같습니다. 전하의 옥체 그렇듯 상하시도록 빠져드시다가, 하늘 높이 날으시는 날이 오기도 전에 그 구렁 속에 영영 잠겨버리시면 어쩌시겠습니까. 날개만은 아끼셔야지요."

"나도 날개만은 아직 아끼고 있소."

연왕은 힘주어 말했다.

"아닙니다. 빈도가 보기엔 구정물에 빠진 체하시는 동안에, 그 구정물의 병균이 전하의 날개를 무섭게 좀먹고 있는 듯싶습니다."

"내 날개까지 병들었다구?"

연왕은 두 팔을 벌리고 펄럭이는 시늉을 했다.

"안됩니다. 그렇게 허약한 날개로는 태산보다 더 높은 제기(帝畿)는 고사하고 이 궁전 지붕 위에도 오르지 못하실 것 같습니다."

하다가 도연은 연왕의 곁으로 다가앉았다.

소리를 죽이며 속삭였다.

원조의 잔당들이 그의 목숨을 노리고 있다는 것, 그 앞잡이가 바로 심팔랄이라는 것, 심팔랄이 바치는 그 비약이라는 것은 연왕을 시납으로 말려 죽이려는 극약이라는 것, 만일 연왕이 사망하는 날이면 원조의 잔당들은 단숨에 북경성을 공략할 태세를 갖추고 있다는 것——그런 정보를 소상히 얘기했다.

도연이 어떠한 말을 해도 태연히 듣고만 있던 연왕도, 그 정보에는 상당한 충격을 받은 모양이었다.

"누가 그런 소리를 하던고?"

굳은 어투로 물었다.

"조선국의 왕자 정안군이 사행(使行)차 오는 길에 몽고족의 한 괴수로부터 들었다고 합니다."

"그럴 리가 있을까? 심팔랄이란 계집, 비록 녹녹치 않은 데는 있지만, 나를 그토록 배반할 수가 있을까."

연왕은 아직도 믿어지지 않는 눈치였다.

"정 못미더우시면 저걸 보십시오."

도연은 방문을 열어젖혔다. 방문 밖에는 한 여자가 묶여 있었다.

"저 여자는 패물 장수를 가장하고 심팔랄의 거처에 드나들던 계집입니다. 전부터 다소 수상히 여겨왔습니다마는, 이번에 그 얘기를 듣고 족쳐 보았습죠. 그랬더니……"

"그랬더니?"

"원조의 잔당들의 밀정이라는 사실을 자백하였습죠. 그 자들의 지시를 심팔랄에게 전하고, 심팔랄이 제공하는 전하의 동정을 그 자들에게 알리는 그런 짓을 거듭해 왔다고 하지 않습니까."

이제 심팔랄의 흉계는 여지없이 탄로난 셈이었다.

연왕은 한동안 침음하다가 말했다.

"내 그 조선국의 왕자가 아니었다면 대사의 말과 같이 구정물 속에서 헤어나지 못하다가 죽어갈 뻔했구료."

그리고는 덧붙여 지시했다.

"그 왕자 일행을 만나보도록 합시다."

자금성(紫禁城).

주원장이 명제국을 창건하자 금릉(金陵) 땅에 주위 9백 60리의 대도성을 건설하고, 그 도성 중앙으로부터 약간 동편에 위치한 곳에 궁성을 조영하였는데, 그것을 자금성이라고 불렀다.

그러나 훗날 연왕이 제위에 오르게 되자 이곳 북경으로 천도하고, 원조의 황성이었던 이 궁성을 역시 자금성이라고 부르게 되는 것이다.

그 궁성 정남향에 위치한 오문(午門)을 방원 일행은 들어가고 있었다.

그 다음 문은 황극문(皇極門). 그 문을 들어서니 빈틈없이 석재를 깐 광정(廣庭) 저편에 황극전(皇極殿)이 솟아 있다. 이 궁성의 정전(正殿)이다.

그러나 방원 일행을 안내하는 도연은 그 궁전을 피하여 중좌문(中左門)으로 인도한다. 그 안은 중극전(中極殿). 하지만 도연은 그 전당도 좌로 돌아 북으로 북으로 누비고 갔다.

건극전(建極殿)도 지나치고 건청궁(乾淸宮) 교태전, 그 후면에 세워진 곤령궁(坤寧宮)에 들어가서야 겨우 걸음을 멈추었다.

그곳은 여간한 신료들도 불러들이지 않는 치밀한 내전이었다. 더더구나 외국의 사신을 사사로운 침전에까지 끌어들이다니 방원으로선 이해하기 어려웠다.

"내 미리 말씀드린 바와 같이 전하는 옥체가 미령하시어 내전에 누워 계십니다. 요즈음은 누구도 접견하시지 않으십니다만, 특히 정안군만은 만나고 싶다고 하시어 이렇게 모시는 것이지요."

방원의 의아심을 눈치챘던지 도연은 해명했다.

침실 앞에 이르자 조반과 남재 등 수행원은 다른 처소에서 대기하도록 하고 방원 혼자만을 안으로 불러들였다.

그래도 최소한도의 예도를 차리느라고 그랬던지, 연왕은 늘 누워 있던 침상에서 내려와 영접해 주었다.

"이건 도시 예가 아니오만, 내 몸이 편치 않을뿐더러 정안군에 대해선 전부터 흉허물 없는 사이처럼 여겨져서 이렇게 대하는 것이니 과히 언짢 게 여기지 마시오."

꼭 외교 사령만이 아닌 친근감을 보이며 연왕은 말했다.

"과분하신 말씀입니다."

방원은 방바닥에 끓어앉아 머리를 조아렸다.

물론 저편이 명제국의 황자라면 방원 자기도 어엿한 조선왕국의 왕자 이다. 대등한 신분처럼 여겨질는지 모르지만, 실은 그것이 아니었다. 명나 라측의 눈으로 본다면, 연왕은 황제의 아들인 동시에 독립된 지역의 왕으 로 봉하여진 몸이었다.

말하자면 연왕의 지위는 조선국의 국왕 이성계와 동렬에 속하는 것으 로 간주하고 있을 것이다.

방원은 그 이성계의 아들인 동시에 신열(臣列)에 속해 있는 몸이다. 아랫사람으로서의 응분한 예를 갖추지 않을 수 없었던 것이다.

그러나 연왕은 방원에게로 다가오더니 그의 두 손을 잡았다.

"이러지 마시오, 정안군. 내가 명 천자의 아들이라면 댁은 바로 내 어머니의 모국의 왕자가 아니시오."

손수 의자를 끌어당겨 올려앉혔다. 그 말에도 단순한 외교사령은 아닌 듯싶은 살뜰한 정이 어려 있었다.

방원은 고마운 마음보다도 어떤 숙명적인 유대감을 느끼며 사양 않고 의자에 자리를 잡았다.

"듣자하니 우리 아버님께선 조선국의 왕자를 파견하도록 요청하신 모양인데, 그래서 바로 정안군이 금릉으로 향하시는 길이요?"

이런 방향으로 연왕은 응답의 허두를 떼었다.

"예. 우리측 사신들이 불민한 일이 많아서 성상폐하의 노여움을 산 때문에 한동안 국교가 단절 상태에 빠져 있었습지요."

방원도 사무적으로 그 동안에 말썽 많던 국교 문제를 간추려 설명했다.

"우리 아버님이 다른 점은 다 훌륭하시오만, 너무 의심이 많으시단 말야."

연왕은 문득 쓴웃음을 흘리더니,

"정안군의 어르신네는 어떻소. 조선국의 국왕 전하 말씀이외다."

화제의 방향을 엉뚱한 데로 비약시킨다.

"원래 신자(臣子)된 몸으로 군부(君父)를 비판한다는 것은 그것 자체가 무엄한 일입니다마는, 우리 아버님, 어느 누구보다도 영명하신 분이라고 저는 믿고 있습니다."

방원은 조심조심 응수했다.

"이거 내가 한 대 맞은 셈이구료."

연왕은 뒤통수를 긁는 시늉을 하다가 곧 정색을 한다.

"우리 부질없는 이면치레는 걷어치우고 탁 터놓고 얘기합시다. 내가 이 자리에 정안군을 맞아들인 까닭도 다 그 때문이니까요."

무슨 소리를 하려는 것일까. 방원은 저으기 긴장하지 않을 수 없었다.

"정안군으로선 나라님이 되시는 동시에 아버님이 되시는 분이니 그렇게 말할 수도 있겠소만, 내가 보기엔 조선 국왕 그분께도 지탄을 받을 만한 큰 허물이 있는 듯싶습니다. 정안군과 같이 출중한 아드님을 제쳐놓고 용렬하고 나이어린 서자를 세자로 세웠다는 그 일에 대해선 어떻게 생각하시오."

이건 숫제 방원의 목줄띠에 비수를 들이대는 것이나 다름이 없는 소리였다.

"성상 폐하나 저의 아버님이나 만백성을 다스리는 분에게는 하찮은 신자(臣子)들이 헤아릴 수 없는 고충이 많을 줄로 압니다. 지난날 성상 폐하께서도 연왕 전하를 태자로 삼으실 뜻을 밝히신 적이 있다고 들었습니다마는, 결국은 황손 되시는 분을 세우시지 않으셨습니까. 전하의 형님 되시는 분들에 대한 처우를 위시하여 가지가지 난감한 문제가 많았던 때문일 것이라고 짐작이 갑니다. 저의 아버님의 경우도 마찬가집니다. 저에게는 네 분의 형님이 계셨습니다. 맏형은 연전에 작고하였습니다만, 아직도 형님이 세 분이나 생존하여 있습니다. 그분들을 제쳐놓고 저를 세자에 책봉하셨더라면 어떠한 문제가 제기되겠습니까. 서열로 따지더라도 적적상승(嫡嫡相承)의 원칙에 위배됩니다. 그러니 차라리 훨씬 거리가 먼 이복동생을 택하신 것이었지요."

"가까운 가지들은 서로 비비고 다툴 수도 있는 일이지만, 먼 가지에 대해서는 차라리 손이 미치지 못할 것이라는 그런 뜻이겠구료. 하지만……"

말하다가 연왕은 문득 입을 다물더니 두어번 헛기침을 한다.

곧이어 방문 밖에서 조심조심 멀어져가는 발소리가 있었다.

"저게 누군줄 아시오?"

연왕은 떨떠름한 웃음과 함께 묻더니 소리를 죽이며 속삭였다.

"우리 아버님이 파견하신 밀정일 거요. 누구보다도 믿어야 할 아들에게까지 저런 염탐꾼을 파견하시는 그런 분이시오, 우리 아버님이란 분은 말이요."

그 말에 방원은 등골이 얼어붙는 듯했다.

"조금 전에 내가 섣부른 소리를 했더라면, 우리 아버님을 비난하는 말을 꺼냈더라면, 그 밀정은 당장에 아버님께 고해 바칠 것이며, 내 신변은 아마 무사하진 못할 거요."

그 말에 방원은 더욱 섬뜩해진다. 그것은 곧 방원 자신의 두려움이었다.

연왕이 펼쳐보인 말 올가미에 걸려들어 부왕 이성계의 처사를 비난하는 소리를 지껄였더라면, 자기 자신 역시 어떠한 앙화를 입을는지 모를 일이었다.

"그렇다고 나는 우리 아버님의 처사를 섭섭히 여기지는 않소."

연왕은 문득 말머리를 돌린다.

"아버님 심정을 충분히 이해할 수 있으니 말이요. 모든 사람을 의혹의 눈으로 보시는 까닭이 무엇인줄 알겠소? 지금 아버님이 차지하고 계신 것이 너무나 소중한 때문이요. 그것은 선조로부터 물려받은 것도 아니고, 어느 누가 안겨준 것도 아니외다. 오직 당신의 피와 땀을 뿌려서 쟁취한 대명제국이 아니겠소. 온갖 고초를 겪어가며 캐고, 갈고, 닦아서 겨우 빛을 내게 한 보옥(寶玉)이 아니겠소. 그렇듯 귀한 것을 넘보는 자가 있다면 어찌 그냥둔단 말이요. 옛적 한고조(漢高祖)도 천하를 통일하자 창업에 견마지로를 다했던 초왕 한신(楚王 韓信)을, 양왕 팽월(梁王 澎越)을, 회남왕 영포(淮南王 英布)를 가차없이 제거하지 않았소. 한고조나 우리 아버님이나 포외(布衣)로 입신하여 창건한 국가가 생사고락을 같이한 고굉지신(股肱之臣)보다도 더욱더 소중했던 때문인 거요."

연왕의 논리는 묘한 방향으로 돌고 있었지만, 방원은 귀청을 돋우었다. 이때까지 누구의 입에서도 들어보지 못한 전혀 새로운 말을 듣는 느낌이었다.

"예나 이제나 천하를 평정하는 위업을 성취한 영웅들은 인간적으로 잔인하다는 비방을 듣는 수가 많습니다. 그것은 그분들이 피도 눈물도 없는 냉혈한인 때문에 그런 것이 아닐게요. 큰 것을 위해서 작은 병근(病根)을 과감히 수술할 줄 아는 용단이 있기 때문이라고 나는 생각하오. 국가나 천하를 위해서 해로운 존재라면 비록 개인적으로는 아무리 살뜰한 혈육이라도 눈물을 머금고 처단하여 버리는 과단성, 내가 그분들의 입장이 되더라도 그렇게 하지 않을 수 없을 게요. 어떻소, 정안군은?"

연왕의 논봉은 다시 방원을 겨누었다. 그러나 방원은 침묵을 고수했다.

공감은 간다. 이때껏 자기 의식 속에 묻혀 있던 무엇을 시원히 집어내어 제시하는 것 같은 통쾌감도 느껴진다. 하지만 그 말에 맞장구를 치기에는 아직 시기가 이를 것이라고 재빠르게 계산하고 있었다. 그 표정을 연왕은 무겁게 주시하다가 말을 이었다.

"만일 나 자신이 우리 명제국을 좀먹는 해충이라는 것을 깨닫게 된다면, 그리고 우리 아버님이 나를 제거하시고자 하신다면, 나는 그 처분을 달게 받을 거요. 하지만……"

무겁기만 하던 연왕의 어세가 돌연 날카로운 불을 뿜었다.

"그와 반대로 나의 힘이 필요하다면, 국가에 해독을 끼치는 병균을 내 손으로 도려내야 할 날이 온다면, 그것이 누구이건 나는 서슴지 않고 냉혹한 이검(利劍) 노릇을 할거요."

무서운 소리였다. 필요하다면 피비린내나는 병란(兵亂)도 불사하겠다는 뜻으로 들을 수도 있는 말이었다.

그리고 연왕은 그 무서운 말 못지않게 무서운 눈초리로 방원을 쏘아보았다.

──저 눈길을 그냥 받을 것인가.

받을 힘은 있다. 아무리 강한 눈길이라도 굽히지 않고 받아낼 심력(心力)은 지니고 있다고 자부하면서도 방원은 황급히 고개를 떨구었다.

연왕의 눈길을 마주 받는다는 것은 곧 그의 논리를 정면으로 수긍하는 것이나 다름이 없으며, 그러기엔 아직도 시기가 이르다고 판단한 것이다.

그 목덜미를 내려다보며 연왕은 잠시 착찹한 웃음을 새기더니 다시 말을 이었다.

"한 나라를 창건하는 과정에선 무수한 적과 싸우게 되오만, 그 적들은 눈에 보이는 해충과도 같은 것이니 쉽게 제거할 수는 있소. 하지만 나라

의 기틀이 잡히고나면 눈에 보이지 않는 병균이 심골을 파먹기 마련이외
다. 사자의 심충의 독충이라고나 할까, 거추장스러운 허례허식, 공허한
명분들이 바로 그것이요. 그 올가미에 묶이게 되는 날, 나라 꼴은 어찌
되겠소. 겉으로는 위풍이 당당한 것 같으면서도 속으로는 골병이 든 사자
가 무기력하게 늘어져서 버둥거리다가 마침내는 하찮은 좀짐승들에게까
지 뜯기고 먹히는 비운을 면치 못할 거요."

간단하고 진부한 비유였지만, 역대 왕조의 흥망성쇠의 요인을 예리하
게 간파하고 한마디로 집약한 지언(至言)이라고 방원은 들었다.

그러면서도 그는 머리를 조아리고만 있었다. 그것이 연왕에겐 답답하
기만 한 것일까.

"도대체 내 얘길 듣고 있는 거요, 어쩌는 거요."

언성을 높여 힐문했다.

"듣다뿐이겠습니까. 이렇게 경청하고 있습지요."

되도록 공근히 방원은 대답했다.

"듣고 있다면 한두 마디쯤 말이 있어야 할 것이 아니겠소. 나 혼자만
지껄이게 내버려두고 있으니, 내 말은 전혀 귓전에도 담지 않는 것만
같구료."

"그럴 리가 있습니까. 전하의 말씀은 골수 깊이 새겨놓고 있습지요."

그것은 진정이었지만, 방원의 어투엔 마지못해 이면치레로 하는 것
같은 연막이 씌어져 있었다. 그것은 물론 후환을 염려하는 계산에서 빚은
연기였다.

"그래?"

연왕은 또 착잡한 웃음을 새기다가,

"어쨌든 얘기하겠소만, 우리 아버님은 젖비린내 나는 내 조카를 황태
손으로 삼으셨소. 물론 아버님의 본의는 아니외다. 아버님 측근의 고루한
책상물림들이 고리타분한 허례허식과 판에 박은 명분이란 것으로 엮어대
는 그물에 아버님도 걸려드셨을 뿐이오. 연로하신 우리 아버님, 언제

세상을 떠나실는지 모를 일이며, 그렇게 되는 날 어린 내 조카가 무슨 일을 하겠소. 겉치레만 일삼는 썩은 선비들에게 시달리다가 모처럼 아버님께서 이룩하신 종묘사직을 꽃도 피우기 전에 말려버릴 것이 아니겠소."

연왕은 여기서 잠깐 말을 끊었다가 잘라 말했다.

"그 점은 명나라뿐만 아니라 당신네 조선국의 실정도 똑같을 거요."

그리고는,

"정안군은 끝끝내 방관만 할 수 있겠소? 용렬한 서제(庶弟)가 나라를 망치는 꼴을 보고만 앉아 있겠소?"

연왕은 다그쳤지만, 그래도 방원은 마음의 문고리를 잡고 늘어졌다.

"우리 주가네나 당신네 이가네나 언제 명분을 따져가며 나라를 세웠답디까? 맨주먹으로, 우리네들 힘만으로 싸워서 쟁취한 권좌가 아니오. 힘으로 세운 나라는 힘으로만 지킬 수 있는 것이외다. 다른 무엇으로도 보전할 수는 없단 말이오."

그래도 방원이 끝끝내 자기 의사를 노출하지 않자, 연왕은 마침내 떫은 웃음을 터뜨렸다.

"지독하시오, 정안군. 나도 어지간히 참을성이 강하다고 자처하는 터이요만, 그래서 아직은 꼬리를 잡히지 않고 살아있소만, 정안군은 한술 더 뜨시는구료."

"무슨 말씀을 하시는지, 저는 그저 소국의 용렬한 배신(陪臣)에 지나지 않으니 전하의 교훈을 명심하면 그뿐, 주제넘은 군소리가 어찌 있을 수 있겠습니까."

그것만이 지금으로선 유일한 보신책일 것이라고 다짐하면서 방원은 죽는 시늉만 했다.

"공연한 소리."

연왕은 도리질을 했다.

"정안군이 아무리 딴청을 해도 내 눈엔 훤히 내다보이는 것 같소. 정안군이 정사(定社)의 칼날을 휘두를 날은 나보다 한걸음 이를 것이며, 정안 군이 조선국왕의 권좌를 쟁취하게 되는 날도 나보다 몇걸음 앞당겨 올거 요."

그 예언은 훗날 사실로 증명된다. 연왕이 이른바 정난(靖難)의 사(師)라고 자칭하는 군사를 일으켜, 그때 제위를 계승하고 있던 조카 윤문(允炆 : 惠帝)과 정면으로 무력 충돌을 하게 되는 컷은 서기 1399년 7월의 일이지만, 방원이 제1차 왕자의 난을 일으켜 세자 방석을 제거하게 되는 것은 그보다 만 1년 전인 서기 1398년 8월이었다.

또 연왕이 금릉을 공략하고 자립하여 명나라 황제를 칭하게 되는 것은 서기 1402년 6월이지만, 방원이 제2차 왕자의 난을 치르고 정종(定宗)으로부터 왕위를 물려받게 되는 것은 연왕보다 1년 반이나 앞지른 서기 1400년 11월이니 말이다.

두 사람의 앞날을 예언하는 것 같은 연왕의 말을 고비로 야망의 날개를 갈고 있는 두 방룡(傍龍)의 회담은 막을 내렸다.

이번 사행(使行)의 중요 목적은 물론 명 천자 주원장을 만나서 국교 정상화를 도모하는 일이었다.

그러나 그 문제는 의외로 쉽게 해결됐다.

그때 연왕의 생모 공비는 심한 신경통을 앓고 있었다. 그러지 않아도 주원장의 감정을 호전시키자면 공비의 진력이 절대로 필요하던 참이었다.

방원은 백방으로 손을 써서 그를 수행하여 온 왜의(倭醫) 원해가 조제한 약을 공비에게 바치는 데 성공했다.

약의 효험은 신묘했다. 공비의 신경통은 씻은 듯이 가시었다. 그것은 어떠한 뇌물보다도 공작보다도 공비의 마음을 사는 데엔 효과적이었다.

따라서 공비는 자신이 구사할 수 있는 영향력을 최대한 발휘하여 주원장을 설득하였던지, 방원을 접견한 명 천자의 태도는 예상 외로 너그럽고 부드러웠다.

14. 新都의 아침

방원 일행이 귀환한 것은 새해를 며칠 앞둔 태조 3년 음력 12월 19일이었다.

이번 사행의 목적은 예상 이상으로 충분히 달성된 셈이었다.

이성계가 이인임의 아들이라고 오전(誤傳)되었던 가계에 관한 문제도 쉽게 시정되었다. 또 국교 단절의 직접적인 요인이 되었던 국경지대의 분규에 관한 건도 어렵지 않게 풀렸다.

조선측에서 명나라 변장(邊將)들을 유혹하였다느니, 여진인을 시켜서 압록강 건너 명나라 변강(邊疆)을 침범케 하였다느니 하는 생트집도 하나 하나 사실을 들어 해명하자, 주원장은 선선히 이해하여 주었다.

뿐만 아니라 요동도지휘사에게 지시하여 조선의 사신들의 통로를 즉각 재개하도록 하겠다는 언약까지 받았다.

이씨왕조 수립 이후 가장 중대하였던 현안 문제, 어쩌면 뿌리도 제대로 내리지 못한 새 왕조의 국기를 송두리째 엎어버렸을지도 모를 불씨를 방원은 깨끗이 제거하고 돌아온 셈이었다.

그들 일행은 마치 개선장군과도 같은 환영을 받았다.

이렇게 되니 방원에 대한 부왕 이성계의 감정은 최고로 호전될 수밖에 없었다.

한때 방원을 오해하고 역겨워하던 중요한 이유가 왜인을 감싸주고 두둔하였다는 그 점이었다. 그러나 이번 사행의 외교적 성공의 이면에는 왜국의 원해의 공로가 크게 작용하였다는 사실이 밝혀지자, 일본인에 대한 이성계의 감정은 사뭇 누그러졌다.

해가 바뀌어 태조 4년 정월 3일, 왜인 표시라(表時羅)가 수하 4명을 거느리고 와서 조선국에 귀화할 것을 간청하자, 일본인이라면 이를 갈던 이성계도 마침내 그 청을 허락하고 경상도 지방에 거주지까지 마련하여 주는 파격적인 특혜를 베풀어 주었던 것이다.

표시라는 지난날 방원이 전라도 지방의 절제사로 가 있을 때, 왜인들의 동정을 제보하였던 바로 그 왜무였다.

이제 방원은 어느 때보다도 높고 든든한 정치적 고지(高地)를 확보하게 되었지만, 그래도 그는 되도록 몸을 사렸다.

그 동안에 국내 정세에도 많은 변화가 있었다.

대내적인 문제로선 가장 말썽이 많았던 천도에 관한 건도 최종적인 결정을 보게 된 것이다.

방원이 명나라에 가 있는 동안 새 서울의 위치를 한양으로 결정하였다.

역시 방원이 명나라에 체재하고 있던 10월 25일에는 정부기관을 송도에서 한양으로 옮겼으며, 28일에는 국왕 이성계 자신도 한양으로 이주하여 구한양부(舊漢陽府) 객사를 이궁(離宮)으로 삼았던 것이다.

새해에 접어들자 신도(新都) 건설 사업은 활기차게 추진되었다.

우선 묘사(廟社), 궁궐(宮闕), 조시(朝市), 도로 등의 기지가 작성되었으며, 대묘(大廟), 사직(社稷), 궁정(宮廷) 등의 조영이 착공되었다.

신도의 규모도 대단하였다.

도성의 주위만도 9,775보(약 17km), 성내를 5부(五部) 52방(坊)으로 구획할 계획이라고 했다.

그러나 방원은 이궁 근처에 임시로 마련한 거처에 들어앉아 움직이질 않았다. 그러면서도 그의 가슴 속에선 어느 때보다도 벅찬 의욕의 칼을 갈고 있었다.

북경성에서 연왕이 들려주던 말들은 그 한마디 한마디가 예리한 칼끝이 되어 방원의 가슴 속에 도사리고 있는 것이다.

──큰 것을 위해서 작은 병근을 과감히 수술할 줄 알라.

공명할 수 있는 말이었다.

──힘으로 싸워서 쟁취한 권좌는 힘으로만 지킬 수 있다.

그 말에도 틀림은 없을 게다.

──용렬한 서제가 나라를 망치는 꼴을 앉아서 보고만 있겠느냐.

연왕의 면전에선 답변을 회피한 문제였지만, 방원 자신의 마음 속에선 언젠가는 답을 내야 할 숙제였다.

──모처럼 아버님과 내가 엄청난 희생을 무릅쓰고 세워놓은 이 나라를 어린 세자 방석이 허물게 되는 날이 온다면?

그냥 있을 수는 없을 것이다.

연왕의 말과 같이 냉혹한 이검이 되어, 자기는 그것을 수호해야 한다고 다짐하고 있었다. 그것은 무엇보다도 부왕 이성계에 대한 충성과 효성에도 직결되는 행위라고 강변하여 보기도 한다.

그러나 연왕이 한 말 중의 한 대목, 동조할 수 없는 점이 있었다.

──우리 주가네나 당신네 이가네나 언제 명분을 따져가며 나라를 세웠답디까?

그러니 필요하다면 명분이나 서열 따위는 무시할 수도 있고 짓밟을 수도 있다는 것이 연왕의 논리였다.

──나는 다르다.

명 황실의 제위 계승 문제는 그런대로 명분과 서열을 따라서 낙착이 된 셈이다. 적적상승의 원칙에 위배되지는 않는다. 오히려 거기 반기를 드는 측이 순역(順逆)의 질서를 교란한다는 비방을 들을 수도 있을 것이다.

──하지만 우리 왕실은 어떠한가.

지금의 현실 그 자체가 명분을 어기고 순리(順理)를 뒤엎은 상태가 아닌가.

어엿한 적통(嫡統) 출신의 네 왕자가 눈이 시퍼렇게 살아있는데도 당치도 않은 서얼(庶孽)이 세자 자리를 차고 앉아 있는 판국이 아닌가.

그 현실에 반발하고 반기를 든다고 결코 역륜(逆倫)은 아니다. 일그러진 것을 바로잡는 정당한 수술일 뿐이다.

어느날엔가 방석이 세자 자리에서 밀려난다면 그 자리에 누가 앉을 것인가.

──나는 아니다.

방원은 강하게 마음의 도리질을 했다.

맏형 진안군은 이미 사망하였지만, 아직도 방원에겐 세 형이 있다. 둘째형 방과, 마땅히 그를 세자 자리에 올려앉힐 것이라고 굳게 다짐한다.

그리고 그것은 그가 제1차 왕자의 난을 일으켜 방석을 몰아낸 후에도 변함없이 실천에 옮기게 되는 지표였다.

나 자신의 욕심을 위해서가 아니라 이 나라 사직을 두고두고 바로잡자는 충정이라는 자부를 갖게 되자, 그 야망의 칼날은 한층 떳떳하여진다.

그럴수록 그 칼날은 깊이 감추어 두어야 한다고 방원은 명심한다. 전가(傳家)의 보도(寶刀)란 어쩔 수 없는 마지막 고비에만 뽑아야 한다.

그날이 오기까지 연왕은 주색에 빠지는 체하는 것이라지만, 그런 도피술은 방원으로선 이미 시험을 하고도 남은 방법이었다.

──가장 평범한 처신이야말로 가장 안전한 보신책이다.

방원은 이렇게 방침을 굳혔다.

그러나 그러한 도피의 늪이라고 언제까지나 평온할 수만은 없었다. 뜻하지 않은 바람이 격랑을 몰고 밀어닥친 것이다.

방원은 귀국하여 은둔생활을 하게 된 지 1년 반쯤된 태조 5년 6월 14일 아침, 그는 오랜만에 입궐할 채비를 하고 있었다. 그날은 바로 강비의 생일날이었다.

그가 의관을 갖추고 거실을 나서려는데 처남 민가네 형제들이 들이닥쳤다.

방원이 명나라로 떠날 때 저지른 죄과 때문에 발이 저렸던지 넉살좋은 그들도 한 동안은 얼씬도 하지 않았던 것이다.

언제 보아도 반가운 얼굴들은 아니었다.

그러나 매사에 누구에게나 모나는 언동을 극력 삼가하기로 마음을 굳히고 있는 방원은 역겨움을 누르고 그들을 맞아들였다.

"우리 형제들, 나리를 뵈올 낯은 없습니다만, 그래도 오늘만은 긴히 여쭈어야 할 일이 있어서 이렇듯 염체불구하고 득달하였습지요."

형제들을 대표해서 민무구가 어색한 변명을 늘어놓았다.

"무슨 일이요."

방원은 간단히 내의(來意)만 물었다.

"양위 전하께서 구궁으로 피거(避居)하실 의향이시라는 소식입니다."

민무구도 군소리 제쳐놓고 요점만 말했다.

"강씨의 증세가 아무래도 심상치 않아서 그와 같은 결단을 내리셨다는 겁니다."

강비의 건강이 좋지 못하다는 소식은 방원도 듣고 있었다.

전부터 일종의 심장병이라고나 할까, 심한 충격을 받으면 게거품을 흘리며 실신하는 일이 종종 있었다. 그러나 지난해 여름부터는 별다른 충격을 받지 않아도 그런 증세가 자주 나타나곤 했다.

그러기에 한 해 전인 태조 4년 7월 12일에는 강비의 건강을 기원하는 뜻에서 승려들을 불러모아 불공을 드리는 한편, 중외(中外)의 죄인들을 석방하는 조치까지 취한 적이 있었던 것이다.

또 그해 9월 9일에는 강비 자신이 신궐후청(新闕後廳)에 나가서 궁궐 조영에 동원된 승려들, 목수들, 석공들에게 금품을 하사한 일도 있다. 그런 자선이라도 베풀면 병마를 쫓아버릴 수 있지 않을까 하는 안타까운 발버둥이었을 것이다.

그래도 강비의 병세는 일진일퇴할뿐 별다른 차도가 없는 모양이었지

만, 요즘 들어 그 병세가 그렇듯 악화하였다는 소식은 방원도 미처 듣지
못하고 있었다.

"구궁으로 피거하셔야 할 정도로 환후가 위독하신가?"

방원은 아픈 혼잣소리를 씹었다.

구궁이란 물론 지금은 구도(舊都)가 된 개경의 수창궁을 두고 하는
말이었다. 구도 개경이라면 애당초부터 넌더리를 내던 이성계가 아니었
던가.

그러기에 등극 직후부터 무엇보다 천도 문제에 심력을 경주하였고,
겨우 이 한양땅을 도읍지로 확정하자 새 수도 건설의 역사를 지나칠 정도
로 서둘러온 것이 아닌가. 그 결과 지난해 9월엔 대묘(大廟)와 신궁(新宮
: 景福宮)의 준공까지 보았다. 그리고 지금은 9,775보의 도성 축조의
역사가 거창히 진행되고 있는 판국이다.

말하자면 새 희망에 부푼 새 수도에서 새 나라 살림에 한창 재미를
붙여야 할 시점인데도, 버리고 온 구 왕조의 서울로 돌아가겠다고 하니
사태는 심상치 않다.

"강씨의 병세가 날로 악화되는 까닭은 신도의 물이 그 여자 몸에 맞지
않는 때문이라던가요."

심술궂은 웃음살을 새기며 민무구는 이렇게 이죽거렸다.

"아무래도 그 여자, 이번만은 살아나지 못하리라는 공론입니다."

민무질도 증오에 일그러진 소리를 던졌다.

"한번 발작이 일어나면 미치광이처럼 발광을 한다지 뭡니까. 숨이
끊어진다구 자기 손톱으로 젖가슴의 살점을 꼬집어 틀지 않나, 가슴 속에
칼날이 박혀서 염통을 점점이 저며낸다구 악을 쓰지 않나, 그런가 하면
사지를 부들부들 떨다간 다 죽은 시체처럼 늘어진다지 뭡니까."

그러니까 강비의 병세는 동맥경화증에 기인하는 심장병에 속하는 것일
까.

"거 가슴앓이란 병, 어느 병보다도 고약한 병입지요. 나도 연전에 한번

앓아본 일이 있지만요. 차라리 단숨에 죽어버리느니만 못합디다요."

민무휼이 또 이가 맞지 않는 소리를 지껄인다.

"그러니 어쨌다는 거요? 형님은 그 불여우 같은 계집을 동정하시우?"

막내동생 민무회가 앙칼지게 쏘아준다.

"동정은 고사하구 그 여자가 죽어만 준다면야 우리네들의 셈도 활짝 펴지게 되는 거지."

민무구는 검은 웃음을 씹었다.

"뭐니 뭐니 해도 방석이랑 정도전 일파가 설치는 것은 그 여자의 힘을 믿는 때문이 아닌가."

"이를 말인가요. 그 불여우가 이건 황공한 말씀이지만, 상감의 급소를 단단히 틀어잡고 좌지우지하는 형편이니까 제놈들이 거드럭댈 수 있는 거지, 만일 그 여자만 죽어보슈, 상감의 의향도 사뭇 달라지실 겁니다."

민무질도 고소하다는 얼굴을 하고 맞장구를 쳤다.

"특히 나리에 대한 상감의 처우가 급변하겠지요."

"이제 새삼스레 개국의 공훈을 운운하지 않더라도 그렇습죠. 이번에 명나라에 가시어 세우신 공로만 해도 얼마나 크십니까. 명 천자의 미움을 사서 송두리째 넘어갈 뻔했던 국가 사직을 나리 한 분의 힘으로 구출하신 거나 다름이 없지 않습니까."

전번에 명나라로 떠날 때엔 기를 쓰고 반대를 했고, 흉측한 방해 공작까지 여러모로 농하던 민가네 형제들이 아닌가. 그러나 그런 사실은 까맣게 잊어먹은양 주둥이도 씻지 않고 그들은 노닥거렸다.

"불여우 같은 그 여자에게 홀리셔서 나리를 보시는 눈이 잠시 흐려지셨던 상감께서도 이젠 다시 눈을 뜨실 겁니다."

"용렬하고 배운 것 없고 철딱서니 없는 방석이 그 애가 과연 세자 자리에 앉아 마땅할 것인가, 아니면 국가에 막중한 공훈을 세우셨으며 앞으로도 얼마든지 큰 일을 하실 나리가 적임인가, 고쳐 생각하시게 될 겁니다."

민가네 형제들의 수다는 전이나 지금이나 생리적으로 싫다. 그것은 마치 끈적끈적 피부에 달라붙어 악착같이 피를 빨아먹는 거머리처럼 역겹다.

하지만 그들이 지금 한 말만은 마약처럼 방원의 심골을 파고든다.

──아버님의 의향이 달라지시어 방석을 폐세자한다?

야릇한 흥분이 가슴 저 밑바닥으로부터 피어오른다.

물론 그와 같은 시기가 오더라도 처남들이 침을 삼키는 것처럼 자기 자신이 그 자리에 올라앉을 야욕은 없다.

명나라에서 돌아온 직후에 다짐한 것처럼, 서열을 따라서 둘째형 방과를 옹립하게 될 것이다.

그렇기는 하지만 방원은 마치 새로운 혁명이라도 꿈꾸는 것처럼 가슴이 설레는 것이다.

──그렇게만 된다면.

방원은 곱씹어 본다.

──명분상으로도 떳떳한 전통을 세운다. 적적상승의 원칙을 이 나라 왕실에 뿌리박게 된다.

실질적으로는 또 어떤가.

──둘째 형님 그분, 매사에 모질지 못한 흠은 있지만, 관록으로나 식견으로나 방석 따위와 비교할 바는 아니다.

그리고 방과가 대권을 잡게 된다면 방원 자기도 적극 국정에 참여하게 될 것이다. 실속 있는 실권은 결국은 자기 손아귀에 쥐어지게 될 것이다.

──하지만…….

그것은 어디까지나 강비가 죽는다는 것을 전제로 한 희망이며 기대라는 것에 생각이 미치자 방원은 전율한다. 그것은 곧 강비의 죽음을 갈망하는 것이나 다름없는 야욕이 아닌가.

아득한 곳에서 강비의 눈이 자기를 지켜본다. 그 눈이 점점 가까워

온다. 슬픔이 호수처럼 가득히 담긴 눈이었다.

한때 냉각하였던 강비에 대한 감정에 그 눈은 다시 `불을 지르는 것 같다.

그리고 그 눈은 다가오면서 자꾸 커진다.

마침내 슬픔의 호수는 방원의 전부를 삼키려는 듯싶었다.

"아닙니다."

방원은 도리질을 하며 외쳤다.

민가네 형제들은 어안이 벙벙한 눈으로 그를 바라보았다.

──아닙니다.

이번엔 소리를 삼키고 가슴 속으로 부르짖었다.

──당신의 죽음을 바라는 것은 결코 아닙니다. 그 일과 당신의 생사는 전혀 다른 문제입니다. 전이나 지금이나 당신이 건숭하시기를 나는 열망하고 있습니다. 나 자신처럼 말씀입니다.

방원은 자리를 차고 일어났다.

원해를 불렀다.

그가 나타나자 다른 말 제쳐놓고 지시했다.

"약을 지으라. 그대의 신묘한 의술을 어느 때보다도 유감없이 발휘하여 회생(回生)의 신약을 조제하도록 하라."

그리고는 민가네 형제들이 전한 강비의 증세를 일러주었다.

"왕비님께 바칠 약이란 말씀이지요?"

원해는 되물으며 고개를 꼬더니,

"소인 왕자님의 분부시라면 무슨 일이건 순종하겠습니다만, 그 분부만은 따르지 않는 편이 좋을 듯싶습니다."

이런 소리를 했다.

"뭐라구?"

일찍이 원해에겐 보인 적이 없는 험악한 눈길을 방원은 쏘아 던졌다.

"왕자님의 말씀이 아니라도 왕비님의 증세에 대해선 소인 여러 방면으로부터 소상한 정보를 수집하여 잘 알고 있습니다. 한마디로 말하자면 왕비님의 환후는 치유할 길이 없는 절망적인 증세입니다."

방원은 침음하면서 말했다.

"그토록 환후가 위중하시니까 그대에게 특히 청하는 게 아닌가."

원해는 무겁게 고개를 가로저었다.

"약석의 효험에는 한계가 있습니다. 제아무리 출중한 의술이라도 미칠 수 없는 한도가 있습니다. 어떠한 신약이건, 어떠한 명의이건, 살아날 수 있는 사람이라야 살릴 수 있는 겁니다. 이미 명운이 다하여 죽기로 작정된 사람의 병은 돌이킬 수 없습지요. 왕비님의 병환이 바로 그런 증세라고 소인은 진단할 수밖에 없습니다."

원해는 비정할 정도로 딱 잘라 말했다.

"도저히 돌이킬 수 없는 중환이라 그 말인가?"

괴로운 한숨을 방원은 곱씹다가 결연히 말했다.

"의술을 어째서 인술이라고 하는가. 단순히 병을 치료하는 침구술(鍼灸術)이나 조제술(調劑術), 그런 손재주만이라면 그렇게 말하지는 않을 게야. 괴로움에 허덕이는 환자를 아끼고 긍휼히 여기는 충정에서 뻗어지는 손길이기에, 세상 사람들은 어질인자까지 붙여 주는 게 아닌가. 아무래도 죽어갈 사람이라? 이 세상에 영영 죽지 않을 사람이 어디 있는가. 며칠이라도, 하루라도 아니 촌각이라도 생명의 불길을 지속시키고자 있는 힘을 다하는 것이 곧 의원된 자의 책무이며, 환자를 아끼는 권속들의 정성이 아니겠는가."

"지당하신 말씀이올시다. 어떻게 해서라도 죽어가는 사람을 살리고자 하는 것이 의원을 자처하는 저의 소임입니다."

원해는 일단 방원의 말을 시인한 다음,

"하지만 왕자님의 처지는 다르십니다."

강한 시선을 보내며 반론을 폈다.

"죽음의 구렁으로 떨어지는 사람에게 매달려 정사(情死)를 하시는 것이나 다름이 없으니 말입니다."

"정사라구?"

방원의 두 눈이 야릇하게 번뜩였다.

"그렇습지요. 물귀신을 안고 물속으로 뛰어드는 것이나 매한가지입지요."

그때껏 한편에 밀려서 주둥이를 놀릴 기회를 찾지 못하던 민무구가 좋아라고 끼어들었다.

"강씨에 대한 나리의 정성이 그토록 극진하시니, 강씨가 없어져야만 나리나 우리네들의 앞길이 트일 것이라는 말은 잠시 접어두기로 합시다. 그렇다고 나리께서 강씨가 복용하실 약을 보내신다면 어찌 되겠습니까. 그 약으로 강씨 병에 차도가 있으면 모를 일입니다만, 강씨가 끝끝내 죽어간다면 어떠한 사태가 야기되겠습니까?"

그는 잠깐 말을 끊고 자기 말의 효과를 저울질하는 듯한 눈으로 아우들을 둘러보았다.

"야단이 나겠지요."

민무질이 마주 받아 수선을 떨었다.

"특히 눈에 가시처럼 나리를 미워하고 있는 정도전 일파는 나리의 효성을 엉뚱하게 역이용할 겁니다."

"역이용을 해? 어떻게?"

아직도 방원은 처남들의 말뜻을 알아듣지 못하고 있었다.

"뻔한 노릇이 아닙니까."

민무회가 앙칼진 소리로 잘라 말했다.

"정안군 나리가 사약을 먹여서 서모를 독살했다고 말입니다."

방원은 침음했다. 듣고보니 있을 수 있는 일이었다. 아니 사태는 반드시 그렇게 전개될 것이다.

문득 북경성에서 연왕이 하던 말이 되살아난다.

——큰 것을 위해서 작은 병근을 과감히 수술할 줄 아는 용단.

――국가나 천하를 위해서 해로운 존재란 아무리 살뜰한 혈육이라도 처단하여 버리는 과단성.

그리고 귀국 후 자기자신이 다짐하던 생각들도 곱씹어 본다.

――일그러진 것을 바로잡는 정당한 수술.

――세자 자리에 앉는 것은 내가 아니다.

방원은 지그시 가슴 속의 보도(寶刀)를 꼬나잡아 본다. 모처럼 꼬나잡았던 비장의 보도였지만, 다음 순간 그 칼날을 휘어잡아 꺾는 것이 있었다.

강비의 눈이었다.

그 안광은 강하지도 않았고 표독하지도 않았다. 오히려 따스하고 인자한 눈물을 담고 있었다.

그 눈길을 마주 바라보면서 지금 앓아 누워 있는 것은 강비가 아니라 바로 자기 자신이라고 방원은 착각한다.

단순한 착각이 아니었다. 흉골 깊이 맺혀진 기억의 한 토막에 분명히 그런 장면이 있었다.

아직 이복동생 방번도 방석도 태어나기 이전이었으니까 방원의 나이 십여세 되던 소년시절이었다. 그는 병명도 알 수 없는 열병에 걸려 며칠 동안 혼수 상태에 빠져 있었다.

때마침 누군가의 제사라도 있었던 것 같다. 개경에 딴살림을 차리고 있던 강씨가 함흥 귀주동(歸州洞)에 있던 방원의 생가이자 이성계의 본가이기도 한 그 절엘 와 있었다.

물론 생모 한씨는 앓아누운 아들의 곁을 맴돌며 어쩔줄을 몰라하고 있었다. 머리를 짚어준다, 땀을 닦아준다, 촌각도 쉬지 않고 애를 태우고 있었다.

그와 반대로 강씨는 한구석에 도사리고 앉아서 움직이질 않았다. 하지만 어쩌다가 제정신이 들어 눈자위가 바로잡히는 방원의 망막엔 수선스럽게 움직이는 생모 한씨보다도 강씨의 모습만이 절실하게 비쳤다.

정신이 들 적마다 반색을 하는 생모 한씨에게선 상식적이며 얄팍한 모정만을 보았지만, 소리없이 지켜보고 있는 강씨에게선 오히려 차원 높은 애정을 느꼈던 것이다.

그날밤 생모와 서모는 방원의 머리맡을 떠나지 않았다.

그러다가 첫닭이 울던 이른 새벽이었다. 몇차례째 거듭되던 혼수 상태에서 문득 깨어난 방원이 눈을 떠보니 간호에 기진맥진한 것일까, 생모 한씨는 고개를 떨구고 졸고 있었다. 그러나 강씨만은 초저녁과 마찬가지로 꼿꼿이 앉은 채 자기를 지켜보는 것이 아닌가.

야릇한 감동이 방원의 등골을 누비며 전신에 퍼져갔다.

그때 그 눈길이었다. 따뜻한 눈물을 잔뜩 담고 있으면서도 잔잔한 파도처럼 미소지어 보이던 그 눈길이 방원의 마음의 칼날을 꺾어버린 것이다.

"약을 지으라."

방원은 다시 소리쳤다.

만일 그 약을 복용하고 강비의 병세가 더 악화되어 모함을 받는 한이 있더라도 비겁하게 꽁무니를 뺄 수는 없다. 소년시절에 지켜보던 강비의 그 눈길에 보답하기 위해서라도 자기는 최선을 다해야 한다고 다짐했다.

큰 것을 위해서 작은 병근을 과감히 수술하는 문제, 그 문제와 강비의 병 치료와는 전혀 별개의 것이라고 그는 잘라 생각했다.

"아니 됩니다, 왕자님."

외치면서 평도전이 뛰어들었다.

"원해나 졸자나 왕자님의 분부시라면 물불을 가리지 않겠습니다마는, 왕비님의 약을 지으시라는 분부만은 순종할 수 없습니다."

그는 드물게 강경한 소리를 던졌다.

"정도전 일파가 얼마나 표독한 칼날을 갈고 있는지 왕자님께선 아직 모르시기에 그런 분부를 하시는 겁니다."

이렇게 덧붙여 말하기도 했다.

"왕자님께서 명나라로 떠나실 제 분부하신 말씀, 졸자 명심하고 정도
전 일파의 동정을 예의 정탐해 보았습지요. 그때만 해도 그 자들은 쾌재
를 부르며 좋아합디다. 왕자님께서 명나라에 들어가시기만 하면 그 즉시
로 잡히시어 영영 귀국하시지 못할 것으로 믿고 말입니다. 그러기에 이조
전서(吏曹典書) 심효생(沈孝生)의 딸을 세워 세자빈으로 맞이하는 등,
세자의 위치를 굳히느라고 수선을 떨었던 것입지요. 그러다가 왕자님께
서 대공을 세우시고 귀국하셨습니다. 그 자들의 놀라움, 그 자들의 실망
이 얼마나 컸겠습니까."

평도전은 잠깐 말을 끊었다. 민무구 형제들은 그의 말에 전폭적인 동의
를 표명하는 듯이 일제히 고개를 끄덕였다.

그러나 방원은 그 말을 듣는지 어쩌는지 무거운 시선을 허공에 띄우고
만 있었다.

"어디 그뿐이겠습니까. 왕자님께서 귀국하신 후 정도전 그 자가 빠진
곤경은 어떠합니까. 왕자님껜 그와 같은 후대를 배풀던 명 천자가 정도전
그 자를 잡아보내라고 여러 차례 사신을 보내지 않았습니까."

얘기는 소급한다.

태조 4년 10월 10일, 조선측에서는 이듬해 정초를 축하하는 정조사
(正朝使)로 대학사(大學士) 유순(柳珣)과 한성윤(漢城尹) 정신의(鄭臣
義)를 명나라에 파견한 일이 있었다. 그때 바친 정조표전(正朝表箋)에
경박희모(輕薄戲侮)한 문사(文辭)가 섞여 있다 하여 그 글을 기초한
자를 압송하라고 명나라측에서 요구해 왔다.

태조 5년 2월 15일, 조선측에서는 대장군 곽해륭(郭海隆)을 파견하여
표전의 문사에 대해서 진사(陳謝)하는 한편, 정조표문의 찬자(撰者)인
성균관 대사성 정탁(鄭擢)은 풍질(風疾)을 앓아 기동이 불가능한 때문에
보내지 못한다는 뜻을 전하고, 동궁전문(東宮箋文)의 찬자인 중추원학사
김약항(金若恒)을 관송하였다.

그러나 명나라측에서는 그에 만족하지 않았다. 바로 이 소설의 시점에서 나흘 전인 그해 6월 11일 상보사승(尙寶司承) 우우(牛牛), 환자 왕례(王禮) 등을 파견하여, 표문 작성의 장본인을 정도전이라 지적하고 그와 그의 가족들까지 압송하라고 강요해 왔던 것이다.

그 후 조선측에서는 정도전이 그 표문 작성에 참여하지 않았으며 또 각기(脚氣)병이 도져서 보낼 수 없다고 둘러대긴 했지만, 정도전으로선 여간한 큰 재앙이 아니었다.

"그 사건에 대해서도 정도전 일파는 왕자님을 원망하고 있습지요. 왕자님께서 명나라에 가셨을 때 그 자를 모함하신 때문에, 이번에 그와 같은 요구를 해온 것이라고 곡해하고 이를 갈고 있는 실정입니다. 그러니 그 자들은 그 원험을 풀기 위해서라도 얼마나 바둥거리겠습니까."

"이를 말인가? 나리께서 털끝만한 빈틈만 보이더라도 그 자들은 지체없이 칼날을 들이대겠지."

이번에는 입밖에까지 내어 민무구가 맞장구를 쳤다.

"졸자 방문 밖에서 원해가 하는 말을 들었습니다만, 졸자 자신이 수집한 정보에 의하더라도 왕비님의 병환은 절망적입니다. 그러한 왕비님에게 약을 조제하여 바친다는 것은 정도전 일파가 파놓은 함정에 왕자님 스스로 뛰어드시는 것이나 다름이 없지 않습니까."

"그렇다 뿐이겠습니까?"

"인정도 좋고 효성도 귀하겠죠만, 무엇보다도 나리 자신의 앞날을 살피셔야지요"

떠들어대는 처남들의 입을 방원은 흘겨보더니, 다시 자리를 차고 일어섰다.

"정 약을 짓지 못하겠다는 건가?"

처남들에게 던졌던 백안(白眼)을 원해에게로 돌리며 방원은 다그쳤다.

"그대가 짓지 못하겠다면 좋아. 내가 짓지. 내 비록 그대만큼 의술에

정통하지는 못하지만, 그 대신 나의 정성으로 기필코 어머님의 병환을
치유하여 드릴 걸세."

그렇게까지 나오는 이상 원해도 어쩔 수 없었던 것일까.

"분부대로 하겠습니다."

무거운 한숨과 함께 순명하고는 자기 방에 가서 약 한 제를 지어 왔
다.

방원은 서둘러 의관을 정재하더니 원해가 지어준 약을 들고 집을 나섰
다. 그 뒷모습을 바라보며 평도전과 원해는 불안에 떠는 눈길을 주고받았
다.

민무구 형제들은 이맛살을 찌푸리며 투덜거렸다.

"아직도 매부는 그 불여우라면 오금을 못 쓴단 말야."

"그만치 더운 물을 켰으면 정신이 들법도 할텐데, 그 여자 얘기만 나오
면 굶주린 수캐처럼 저렇게 설치니 한심한 노릇이야."

그와 같은 독설을 어느새 앞마당까지 내려와 있던 민씨부인이 착잡한
얼굴로 듣고 있었다.

민씨부인의 치마꼬리엔 이제 세 살이 된 맏아들 제(禔)가 매달려 있었
다. 그 뿐이 아니었다.

폭넓은 치마폭을 통해서도 민씨부인의 배는 사뭇 부풀어 보였다. 만삭
이 가깝다는 것은 누구의 눈에나 완연했다.

그때 민씨부인은 훗날의 효령대군(孝寧大君)인 둘째 아들을 잉태하고
있었던 것이다.

"누님이 거기 계신 것도 모르고 매부 흉을 보았네요."

민무휼이 뒤통수를 긁적거렸다.

"누님이 들으셨으면 마침 잘 됐지 뭐유."

민무회가 앙칼진 소리를 내뱉었다. 그리고는 민씨를 향해 독기어린
소리를 던졌다.

"누님도 단단히 속을 차려야 해요. 매부가 그 불여우에게 홀려 다니다

가 무슨 화를 입을는지 모른단 말예요."

그 말에 여느때 같으면 민씨의 표정이 독살스럽게 굳어졌을 것이다. 그러나 지금의 민씨는 그저 슬프디 슬픈 눈으로 방원이 나간 대문 쪽만 응시하고 있었다.

그 모습이 보기에 민망하였던지 민무휼이 또 헤식은 소리를 흘렸다.

"매부가 아무리 뭣하기로 늙은 서모에게 빠져서 우리 누님을 잊으실라구. 우리 누님은 저렇게 떡두꺼비 같은 아들을 낳으셨고, 또 머지않아 생남을 할 몸이 아닌가."

"제발 형님은 주책없는 소리 작작 하시우."

민무휼의 말이라면 민무회는 말끝마다 핀잔이었다.

"아직 뱃속에 든 아이가 사내아인지 계집앤지 어떻게 아시우."

"사내아이라도 그렇지."

민무질도 볼멘 소리로 투덜거렸다.

"오늘 매부가 가지고 입궐한 그 약을 먹고 불여우의 병세가 악화하여 보지. 그 계집이라면 이 나라 사직을 송두리째 내놓아 바꾸어도 아깝게 여기지 않을 상감이 그냥 두겠나? 매부는 아마 능지처참을 면하지 못할 걸세. 그렇게 되면 아들이 무슨 소용이겠나. 없느니만 못하지."

"그렇구 말구. 역적의 씨알머리라 해서 햇빛도 보기 전에 숨통을 끊어버릴 게야."

민무구는 방정스런 소리를 터트렸다.

강비의 병세엔 다소 차도가 있는 것일까, 혹은 오늘이 마침 생일날이라 해서 그런가.

아직도 침전에 깔아놓은 이부자리는 그대로였지만, 몸져 눕진 않고 앉아 있었다.

처남 형제들이나 평도전의 보고보다는 훨씬 호전되어 보이는 증세에 방원은 우선 마음이 놓였다.

그 방에는 며칠째 강비 곁을 떠나지 않는다는 이성계도 앉아 있었다.

"무엇부터 경하해야 할는지 모르겠습니다. 오늘은 어머님의 생신이자 이렇듯 환후가 호전되신 모습을 뵙게 되었으니 말입니다."

방원은 절로 가벼워지는 입으로 축하의 말을 꺼냈다.

"비록 다소 차도가 있다고는 하지만, 언제 재발할는지 모르니 마음이 놓이지 않는구나."

이성계는 말하면서 불안스런 그늘을 새기고 있었다.

"미안해요, 정안군. 내 몸이 시원치 않으니 여러 사람들의 심려를 끼치는구만."

이제는 완연히 병골이 박힌 음성으로 강비는 겨우 인사를 차렸다.

이성계의 어투에나 강비의 그 어세에나 생일날을 맞은 들뜬 기분 따위는 찾아볼 수 없었다.

금방 가볍게 입을 놀린 것이 민망스런 느낌도 들었지만, 그래도 방원은 계속 수선 섞인 소리를 던졌다.

"오늘은 어머님께 생신을 경축하는 술잔을 바쳐야 하겠습니다마는 환후가 그러하시니 술 대신 약을 지어왔습니다."

"약이라구?"

강비보다도 이성계가 먼저 반색을 한다.

"어떠한 약인고?"

"신이 명나라에 갈 적에 대동하였던 한 의원이 공비의 고질병을 치유하여 준 사실은 귀국 직후에도 보고한 일이 있지 않습니까."

"네가 데리고 있는 왜의(倭醫)였다면서?"

"예, 그 사람 천하에 드문 명의입니다만, 태생이 일본땅이어서 어떨까 싶기는 합니다마는……"

방원이 일부러 말꼬리를 흐리자,

"왜인이면 어떻고 호인이면 어떠냐. 중궁의 병만 고칠 수 있다면 무엇을 탓하겠느냐. 그렇지 않소, 중궁."

이성계는 강비의 동의를 촉구했다.

일본인이라면 치를 떨던 이성계였지만, 명나라의 국교 회복에 왜의 원해의 작용이 크게 주효하였다는 사실에 사뭇 인식이 달라진 것일까.

"어느 누가 조제한 약이건 어찌 따지겠어요. 정안군이 가져온 약이니 오직 정안군의 정성으로 알고 복용할 뿐이지요."

말하면서 강비는 이윽히 방원을 건너다보았다.

바로 그 눈이다.

어릴적 앓던 방원 자신을 밤새도록 지켜보던 그 눈, 집을 떠나기 직전 자기가 꼬나잡으려던 야망의 이검을 꺾어버렸던 그 정안(情眼)이었다.

심골 갈피갈피가 훈훈하게 더워온다.

"어머님의 말씀 그러하시다면 소자 즉시 약을 달여오겠습니다."

방원은 어린 소년처럼 설레이는 걸음으로 주방엘 뛰어들었다.

손수 숯불을 피우고 약을 앉혔다.

강비에게 약 한 첩을 달여 바치고 나머지 약은 가까이에서 시종드는 시녀에게 부탁한 다음 방원은 궁중을 물러나왔다.

발걸음도 흥겨웠다. 누가 뭐라고 말하든 잘한 일이라고 다짐하고 있었다.

강비의 그 눈길, 그것 하나만이라도 무엇과도 바꿀 수 없는 흐뭇한 수확이었다고 생각한다.

발걸음이 흥겨우니 절로 흥겨운 방향으로 향하게 된다.

오랜만에 설매의 집 문을 두드렸다.

그 기방에는 아직도 김씨 모자가 몸을 담고 있다. 그래서 귀국한 이후 두어 차례 찾아가긴 했지만 되도록 발걸음을 삼가 왔다.

그것도 모나지 않게 살겠다는 생활 방침에서였다.

── 하지만 오늘은 다르다.

오늘만은 어떠한 행동을 취하건 매사가 좋게 전개될 것 같은 기분이었다. 대문을 열고 영접하는 설매는 여느 때나 다름없이 수선부터 앞세웠다.

"나리, 정말 너무하시어요. 명나라에 가서서 무슨 재미를 보셨는지
모르지만, 어쩌면 그렇게 달라지셨어요. 날만 새면 나리댁 하늘을 멍하니
바라보며 한숨만 짓는 아기엄마, 이젠 정말 못보겠단 말예요."

그 말에 어린것의 손을 잡고 설매 뒤에 서 있던 김씨가 숫처녀처럼
붉힌 얼굴을 설매 등에 파묻는다.

"저것 보세요. 아버님께서 오죽하셨으면 어린것조차 반색을 할 줄
모르고 낯을 가리겠어요."

김씨 치마꼬리에 매달려 쭈뼛쭈뼛 꽁무니를 빼는 어린것을 설매는
번쩍 안아다가 방원에게 안겨주었다.

"오냐, 알았다. 이제 오래지 않아 이집 문턱이 닳도록 드나들게 될
날이 올게다."

어떠한 성산이 있어서 꺼낸 말은 아니었지만, 지금의 기분으로는 그렇
게 자유스런 행동을 취할 수 있는 날이 당장에 올 것만 같았다.

"아니 그러시다면 아기랑 아기엄마를 언제까지나 우리 집에 처박아
둘 셈이시어요? 하루 속히 나리댁 작은방이라도 치우셔서 맞아들이셔야
지요."

설매는 또 핀잔이었다.

"그런가? 그렇다면 그렇게 되겠지."

무슨 말을 해도 시원시원 받아들이는 방원의 태도가 비로소 수상하게
여겨진 것일까.

설매는 정색을 하고 방원의 두 눈을 깊이 파고 보다가,

"오늘 무슨 일이 있으셨어요?"

소리를 죽이고 물었다.

"무슨 일이라니?"

방원은 딴전을 부려보았다.

"제 눈은 못 속여요. 제가 나리를 뵙게 된 이후 가장 혼쾌하신 안색인

걸요."

"그렇다면 좋은 일이 있었다고 해두지. 그러니 주안상이나 푸짐히 차리도록 하라. 오늘은 흐뭇하게 술타령이나 해보고 싶구나."

방안에 자리를 잡고 술상이 들어오자, 방원은 김씨 모자도 불러들였다.

"비(裶)야, 이리 온."

어린것을 무릎 위에 올려놓았다. 안주를 집을 적마다 어린것의 입에도 넣어준다.

자기 집에도 물론 맏아들 제가 있다.

어엿한 적장자였지만, 그 어린것에겐 한 번도 이같은 살뜰한 손길이 나간 적이 없다.

──무슨 까닭일까.

방원은 생각하다가 지난날의 한 장면을 회상해 본다.

언젠가 개경에 올라가서 강씨의 처소를 찾은 적이 있었다. 그때 부친 이성계는 이복동생 방석을 무릎에 올려놓고 지금 자기가 하고 있는 것처럼 고깃점을 집어 먹이곤 했던 것이다.

──그것이 곧 어버이의 정일는지도 모른다.

애정이 가는 여인의 몸에서 낳은 자식이기에 그런 것만은 아닐 것이다.

측은한 자식, 적통이 아니라고 소외되고 멸시당하는 천덕꾸러기, 그것을 가슴 아프게 여기는 나머지 빚어지는 맹목적인 사랑일는지도 모른다.

"세상엔 서러운 일도 많지만요, 곁방살이하는 처지처럼 서글픈 일은 없는 거예요."

방원의 심회를 재빠르게 눈치챈 것일까, 설매가 이런 소리를 꺼냈다.

"저도 한양에 이사오기는 했지만, 아직 제 집을 장만하지 못하고 남의 집을 빌려서 사는 형편이 아니어요? 그렇게 빌려 사는 집에서 또 방 한

칸을 얻어 곁방살이하는 아기랑 아기엄마 처지가 얼마나 딱하겠어요."

이씨왕조가 한양으로 천도하게 되었으니 개경 주민들 역시 응당 정부를 따라 이주해야 마땅할 것이다. 정부에서도 그렇게 하도록 극력 장려하였다.

그러나 개경 시민들은 정든 구도(舊都)를 버리고 산설고 물선 신도로 옮겨 살려고들 하지 않았다. 정부를 따라 천도하지 않을 수 없는 현역 관리의 직속 가족이나 겨우 움직일 뿐이었다.

그러니 기생 노릇을 하는 설매라고 서둘러 이사를 해야 할 이유도 없었으며, 그렇게 하고 싶은 심정도 아니었다. 이사할 필요성이 있었다면 김씨 모자 때문이었다.

언제라도 방원이 찾아주기 쉬운 위치에 김씨 모자를 옮겨두어야 한다는 마음에서였다.

"나리."

설매가 정색을 하며 말을 이었다.

"그 아기 각별히 아껴주셔야 합니다. 안방마님 소생의 아기는 그냥 버려두시어도 돌보고 떠받들 사람들이 얼마라도 있지요. 곁방살이 신세보다도 더 서럽게 지내는 그 아기를 나리께서 감싸주시지 않으신다면 어찌 되겠어요."

그 말에 김씨가 고개를 떨군다. 어깨를 들먹인다. 심골에 맺힌 차신의 설움을 설매가 대변하여 준 셈일까.

——아무렴, 아끼구 말구.

방원은 굳게 다짐한다.

그와 같은 다짐은 훗날 사실로 나타나는 것이다.

그 어린아기 즉 훗날의 경녕군(敬寧君), 나이 이십이 갓넘은 태종 17년에는 정헌대부(正憲大夫)에 오르게 된다. 품계는 정 2품, 오늘의 장관격인 육조의 판서와 맞먹는 계급이다.

그리고 두 해가 지난 태종 19년에는 사은사가 되어 명나라에 가게 되었는데, 그때 명나라 제위를 차지하고 있던 연왕으로부터 양 460마리, 음즐서(陰騭書) 22궤(櫃) 등을 선사 받는 후대를 받는다.

생활 태도도 어느 편인가 하면 사치하고 자유분방했다.

방원, 즉 태종이 승하한 이듬해인 세종 5년에는 음행이 심하다는 탄핵을 받기도 했지만, 이복형제인 세종의 적극적인 비호로 무사할 수 있었다. 세종 역시 부왕의 사랑을 명심했던 때문일는지도 모른다.

세종 7년에는 숭록대부(崇祿大夫 : 종 1품), 세종 12년에는 대광보국숭록대부(大匡輔國崇祿大夫 : 정 1품)에 승진하여 문관으로서는 최고의 품계에까지 오르게 되는 것이며, 세조 4년 육십여 세의 고령으로 세상을 떠날 때까지 충분한 영화를 누리게 되는 것이다.

어느 새 날이 저물었는가, 방안이 어둑어둑해진다.

느긋한 표정으로 술잔을 기울이고 있던 방원이 문득 긴장한다.

모나지 않게 살자, 평범하게 살자, 건전하게 살자.

가슴 깊이 품은 야망의 이검(利劍)을 은폐하기 위해서 굳힌 생활 신조가 고개를 든다.

방원의 이성은 이렇게 촉구한다. 하지만, 감정은 전혀 다른 방향으로 돌고 있었다. 그 자리에서 움직이고 싶질 않다.

새들에겐 날이 저물면 귀소본능(歸巢本能)이라는 것이 발동한다던가. 어디서 무엇을 하고 있건 서산에 해가 기울면 보금자리를 향하여 분주히 날아간다.

인간 역시 대개의 경우, 그 점은 비슷하다.

땅거미가 지고 들녘 저편 초가집에서 저녁 연기가 피어오르면, 자기 집 아랫목이, 가족들의 얼굴이 그리워진다. 귀로의 발걸음이 절로 바빠진다. 하지만 방원은 그 기방을 떠나고 싶지 않은 것이다.

아직 자리가 잡히지 않은 신개지, 궁궐만은 굉궐하게 세워졌지만 미처 정비되지 않은 민가들은 촌읍(村邑)처럼 허술하기만 하다. 그 중에서도 초라한 편에 속하는 초옥 한 채를 빌어서 차린 기방.

그집 한 귀퉁이에 곁방살이를 하는 김씨의 방이었다. 그러나 그 방이 아늑하게만 느껴지는 것이다. 그 방이야말로 방원 자신의 보금자리처럼 마음이 붙기만 하는 것이다.

──나의 집이라는 곳에는 무엇이 있는가.

정실부인 민씨. 얼마 전부터는 사뭇 현숙해지기는 했지만, 그 전처럼 적대의식 같은 것은 없었지만, 그렇다고 살뜰한 정이 깊이 박힌 것은 아니었다.

맏아들 제. 목이 타게 기다리던 혈육이긴 하다. 그러면서도 그 아이에 게선 생리적으로 서먹서먹한 바람만 느껴진다.

나머지는 여러 하인들, 식객들, 사병들. 모두다 사무적으로 맺어진 공동 체일 뿐이었다. 그 집에 돌아가야 할 이유가 있다면 가장으로서의 의무뿐 이라고 생각한다.

가장. 어릴적 어느 장난꾸러기 동무네 집엘 갔던 일이 회상된다.

저녁이 되자 들일을 나갔던 그집 가장이 돌아왔다. 짚신을 거꾸로 끌고 뛰쳐나가는 주부, 가장의 두 팔에 대롱대롱 매달리는 아이들.

──그것이 진정한 가장이라는 것이 아닐까. 내 집에 돌아간다고 누가 그렇듯 나를 반겨줄 것인가.

문득 김씨 모자가 몸담고 있는 이 집을 자기 집으로 바꾸어 생각해 본다.

사냥꾼이라도 좋고 품팔이꾼이라도 좋다.

일터에서 자기가 돌아온다.

김씨는 꼭 가난한 그 농가의 주부처럼 수선스럽지는 않겠지만, 속깊은 반색을 보이며 자기를 반겨줄 것이다. 이 어린것은 아장아장 걸어와서 자기 옷자락에 매달릴 것이다.

──내가 요즈음 무엇을 추구하고 있는가.

방원은 자성해 본다.

──나라와 국가를 위해서 원대한 경륜을 그리고 있다고 자부한다.

이 나라의 사직의 뿌리를 튼튼히 박고 무성하게 성장시키겠다는 야망을 태우고 있다. 하지만 그런 일들을 나만이 꼭 해야 할 것인가.

어찌어찌해서 방석이 세자 자리에서 물러난다고 하자. 그렇더라도 그 자리를 차례로 차지할 형들이 있지 않은가.

둘째형 방과(芳果)가 있다.

세째형 방의(芳毅)도 건재하다.

네째형 방간(芳幹)은 어느 형제보다도 서슬이 푸른 야욕의 칼날을 갈고 있다.

──내가 나서서 설쳐야만 할 이유가 무엇인가.

평범한 가정을 꾸미고 평범한 행복 속에서 평범한 생애를 보낸다고 누가 뭐라고 하겠는가.

"이젠 댁으로 돌아가셔야지요."

이 생각 저 생각 곱씹느라고 빈 채로 놓아둔 술잔에 한잔 더 부으며 김씨가 재촉한다. 그러나 그 눈은 슬프게 젖어 있었다.

어린것은 어느 새 방원의 무릎 위에서 잠이 들어 있었다.

"가시긴 어딜 가시란 말이우."

설매가 아프지 않은 핀잔을 준다.

"본댁, 본댁 하시지만, 하룻밤이 아니라 열흘밤을 비운들 어떻겠어요."

방원을 향하여 말머리를 돌린다.

"아무리 나리께서 댁을 비워도 안방마님에겐 누구도 손끝 하나 대지 못할 것이어요. 하지만 비 도련님 엄마는 다르지 않겠어요? 자칫 잘못하다간 어느 중놈이 업어갈는지 모를 일이구요."

걸쭉하면서도 뜨끔한 한마디를 던지더니, 설매는 슬며시 옆방으로 몸을 피한다.

"언니두 참, 어딜 가시는 거예요."

김씨는 낯을 붉히며 부른다.

"설매는 없어요. 오늘밤만은 이 집에 있어도 없는 줄만 알란 말이에
요. 이 집엔 비 도련님 모자와 정안군 나리만이 계신 줄로 알란 말이에
요."

그리고는 아무리 불러도 한마디 대꾸조차 하지 않았다.

김씨는 더욱더 어색하여졌던지 안절부절 못한다. 그 모습을 느긋한
미소로 건너다보다가 방원은 어린것을 아랫목에 뉜다.

조금 전에 밝혀놓은 등잔불을 끈다. 어둠 속을 더듬어 김씨의 잔허리를
끌어당긴다. 김씨는 당장 숨이 가빠지는 것이었지만, 입끝으로는 앙탈
비슷한 소리를 흘린다.

"아이가 깨면 어쩔려구요"

"아따, 깨지 않도록 조용조용 굴면 될게 아닌가."

방원은 노닥거리면서 건드리면 터질 것 같은 속살을 더듬어 들어갔
다. 일찍이 느껴보지 못한 행복감이 심골 갈피갈피에 젖어든다.

의관을 정제하고 무슨 거창한 행사라도 하는 듯이 점잔을 빼며 치르는
민씨부인과의 사무적인 거사에 비길 것이 아니다.

폭풍이 몰아치는 속에서 한쌍의 야수처럼 엉키고 뒹굴던 설매와의
관계와도 다르다.

단간방에서 사는 가난한 부부들은 아마 이렇게 신경을 쓰면서도 오히
려 훈훈한 정을 만끽할 것이다. 아섭고 겸허한 유열 속에 포근히 잠길
것이다.

흔히들 한 쌍의 남녀가 어울릴 적엔 몸과 마음이 한 덩이로 뭉친다고
한다.

하지만 이렇게 차분히, 이렇게 살뜰히, 이렇게 속깊이 자기가 상대편에
녹아들고 상대편이 자기에게 녹아든 적이 있었는가.

조용한 정염은 조용하게 타들어갔지만, 그만큼 그 불꽃은 오래오래
사그라지지 않았다.

언제 끝났는지 언제 사그라졌는지도 모르고 가라앉은 정염의 여열

(餘熱)을 안고 방원은 잠이 들었다.

얼마나 잤을까.

방문 밖에서 왁자지껄하는 소리에 문득 눈을 떴다.

"근사한 외박이라곤 단 하룻밤도 없었던 매부가 어젯밤 집을 비웠는데, 이 집이 아니고 어딜 갔겠느냐."

투덜거리는 소리는 틀림없이 처남 민무구의 것이었다. 방원을 찾으러 처남 형제들이 달려온 모양이었다.

"무슨 말씀을 하시는지 도무지 알아들을 수가 없네요."

콧방귀를 뀌면서 설매는 딴전을 부리고 있었다.

"정말 정안군이 찾아오지 않았다는 거냐?"

다시 캐묻는 것은 민무질의 목소리.

"나는 비록 기생 노릇은 하지만요, 한번 입밖에 낸 말은 뒤엎는 일이 없으니 더 묻지 마세요."

설매는 쌀쌀하게 잡아떼었다.

"그렇다면 큰일인걸!"

혜식은 소리로 입맛을 다시는 것은 민무휼일 게다.

"지금 궁중은 발끈 뒤집혔거든. 정안군 나리가 지어다가 바친 약을 복용한 중궁이 가슴을 쥐어뜯으며 괴로와하다가 실신을 했단 말야."

그때까지는 어색한 웃음만 씹으며 듣고 있던 방원이었지만, 그 말에 소스라쳐 놀란다.

방문을 박차고 뛰어나간다.

"앙큼한 계집, 그렇게 시치미를 떼다니!"

민무회가 설매를 노려본다.

"도대체 무슨 일이 일어났다는 건가?"

방원은 조급히 물었다.

"방금 한 말을 들으셨겠죠만, 저희들이 염려한대로 그 약이 마침내 말썽을 일으켰지 뭡니까."

투덜거리면서 민무구는 설명했다.

방원이 달여준 약 한 첩을 마신 후 한 시경쯤 지나서였다. 강비의 병세가 갑자기 악화되었다는 것이다.

틀림없이 방원이 지어다준 약 속엔 어떤 독소가 들어 있을 것이라고 강비 측근자들은 떠들어댄다는 것이다.

"이제 와서 저희들의 만류를 뿌리치신 나리의 실수를 운운하진 않겠습니다. 우선 무슨 손을 써서라도 그 앙화의 불길을 꺼야 할 것이 아니겠습니까."

아마 속에서는 울화가 끓고 있겠지만, 겉으로는 제법 점잖게 민무구는 말했다.

"그래서 어젯밤이 새도록 나리를 찾아다녔죠만, 가신 곳을 알 수 있어야죠."

민무질은 약간 원망조로 칭얼거렸다.

"어쨌든 다행입니다요. 나리를 이렇게 만나게 됐으니까요."

어수룩한 웃음을 흘리며 민무휼은 가슴을 쓸어내렸다. 방원은 말없이 한동안 생각에 잠기다가 물었다.

"지금 원해는 어디 있지?"

"그 왜놈!"

민무회가 이를 갈았다.

"어찌 그놈을 그냥 버려두겠습니까. 따지고 보면 죄는 오직 그놈에게 있으니 단단히 결박해서 댁에 가두어 두었지요."

"그래?"

방원은 착잡한 얼굴을 하다가 어제 타고온 애마 응상백을 잡아탔다.

겁에 질린 눈으로 지켜보는 김씨와 그리고 무슨 말인가 하고 싶어하는 것 같은 설매에게 심각한 눈길을 던지더니 말을 몰았다.

방원의 집 후원 함창(檻倉) 속에 원해는 갇혀 있었다. 사병들이 군율을 어겼을 때 감금하기 위해서 설치한 사설 감옥이었다.

"무슨 약을 썼기에 중궁마마의 병세가 그렇듯 갑자기 악화되었단 말인가?"

귀가하는 즉시 함창으로 달려간 방원은 그 속에 결박되어 있는 원해를 향하여 물었다.

"흔한 보약을 조제하였을 뿐입지요."

쓴웃음을 씹으며 원해는 대답했다.

"보약이라구?"

방원은 어이가 없었다.

"중궁의 가슴앓이를 치유하는 약이 아니었단 말인가?"

"소인이 처음부터 뭐라구 말씀드렸습니까. 왕비님의 병환은 어떠한 약석으로 치유할 수 없는 지경에 이르렀으니 공연한 손을 쓰지 않는 편이 좋을 거라고 누누이 여쭙지 않았습니까. 그래도 굳이 조제하라고 하시기에 해도 안 되고 그렇다고 치유력도 없는 보약을 지어드린 것이지요. 섣불리 치유하겠다고 극약이라도 투입했다가 부작용이 생길 것을 우려했던 때문입지요."

"그렇다면 어째서 그 약을 복용하신 후 그렇듯 병세가 악화되었단 말인가?"

원해는 또 쓴웃음을 흘렸다.

"소인이 조제한 약과는 아무런 상관이 없습지요. 왕비님의 환후가 본시 그러한 증세를 거듭하고 있지 않습니까. 갑자기 발작을 일으켰는가 하면 얼마 후엔 씻은 듯이 가라앉고, 그러다간 또 뜻하지 않은 때에 재발하고, 그런 증세를 거듭해 오지 않았습니까. 공교롭게도 왕자님이 그 약을 바치신 직후에 발작이 일어난 때문에 모두들 허물을 그 약에 돌리는 것이며, 그럴 경우를 염려해서 소인은 조제를 주저했던 거지요."

듣고 보니 원해의 해명이 가장 진상에 가까울 것이라고 여겨졌다.

방원은 즉시 그의 결박을 풀어 주고 함창에서 내놓은 다음, 난처한 혼잣소리를 흘렸다.

"어떻게 한다? 지난 일은 지난 일이고 우리가 마치 중궁을 독살하려고 한 것처럼 모두들 곡해하고 있을 터인데, 그것을 어떻게 푼다?"

"아마 어려울 겁니다. 안목 있는 의원에게 남은 약을 감정시킨다면, 병세를 악화시킬 만한 어떠한 약재도 투입되어 있지 않다는 것이 밝혀지겠습니다만, 과연 그렇게 쉽게 해명이 되는지 의심스럽습니다."

"의심스럽다 뿐이겠습니까."

어느 새 나타났는지 평도전도 한마디 했다.

"왕비님 측근자들이 나머지 약재를 감정시킬는지 어떨는지도 알 수 없는 노릇입니다만, 비록 나머지 약들이 무해하다는 것이 판명되더라도 사태는 호전되기 어려울 것입니다. 이미 왕비님께서 복용하신 약은 분석할 길이 없을 뿐더러 나머지 약에 쓰인 약재와 복용하신 약재는 전혀 다른 것일게라고 넘겨짚더라도 해명할 길이 없지 않겠습니까."

그건 그렇다. 악의에 찬 눈으로 모함하자면 걸리는 함정은 얼마라도 있다.

그렇다고 그냥 앉아서 팔짱만 끼고 있으면 어찌될 것인가. 모함의 불길은, 곡해의 검은 연기는 시시각각으로 극성스러워만질 것이다.

"어쨌든 내가 직접 입궐해 보는 수밖에 없다."

방원은 마음을 굳히고 집을 나섰다.

── 이제 방책은 하나밖에 없다. 어머님과 아버님께 나의 충정을 보여 드리는 거다. 내가 결백하다는 것을 충분히 해명해야 한다.

저만큼 신궁의 궁문(宮門)들, 전각들이 위용을 과시하며 육박해 온다. 태조 4년 9월 25일에 준공된 신궁은 경복궁(景福宮)이라고 명명되었다. 공교롭게도 방원의 정적 정도전이 지은 이름이었다.

국왕 이성계와 강비는 그해 10월 28일부터 근 일년 동안 그 궁에서 거처하여 왔고, 그 동안 기회 있을 때마다 방원도 그 궁문을 드나들었지만, 이때까지 별로 느껴보지 못한 위압이 오늘 따라 새삼 덜미를 누르는 것같다.

주위 1,813보, 높이 20척 1촌의 돌담으로 에워싸인 여러 전각들, 궁문
들이 그 궁궐에 명칭을 붙인 정도전의 손길처럼 자신을 거부하고 있는
것만 같다.

경복궁의 제일 관문은 광화문(光化門), 그 문앞에 당도하자 수문장
(守門將)의 태도가 여느 때와는 딴판으로 냉랭하다.

어제 아침은 말할 것도 없고 다른 어느 때에도 방원의 얼굴만 보면
코가 땅에 닿게 굽신거리며 영접하던 수문장이 최소 한도의 예도는 차리
면서도 선뜻 궁안으로 들여보내려고는 하지 않는다.

"중궁마마의 환후가 위중하시어 잡인을 들이지 말라는 분부십니다."

"잡인이라구?"

방원은 눈알을 부라렸다. 누구의 면전에 던지는 무엄한 망언인가.

자기는 이 궁궐의 주인인 국왕의 친아들이 아닌가. 마치 하찮은 천민이
아니면 부랑배에게나 써먹는 소리를 함부로 씨부려대다니, 그전 같으면
불호령과 함께 그 수문장에게 엉덩이가 으스러지도록 매질을 가하였을
것이다.

그러나 그의 그런 무엄한 태도도 강비의 병세를 악화시킨 장본인으로
자기를 간주하는 때문일 것이라고 고쳐 생각하고 꿀꺽 참았다.

어쨌든 잡인이란 말을 입밖에 낸 것만은 잘못된 짓이라고 뉘우친 것일
까, 수문장의 태도가 제풀에 누그러진다.

"웃어른께서 그렇게 말씀하시기에 그대로 옮겼을 뿐 딴 뜻은 없으니
너그러이 들어주십시오."

허둥지둥 변명하고는 떡 버티고 마주섰던 자리에서 슬금슬금 비켜섰
다. 그 사이를 누비고 방원은 안으로 들어갔다.

홍례문을 지나서 금천교를 건너서 근정문을 들어서면 근정전(勤政殿).
그 전각을 왼편으로 돌아서 사정전(思政殿), 만춘전(萬春殿), 천추전
(千秋殿) 등 세 전각 사이로 빠져 나가면 강녕전(康寧殿), 연생전(延生
殿), 경세전(慶世殿)이 나란히 서 있다.

다시 그 사이를 누비고 북쪽으로 더 올라간 곳에 교태전(交泰殿)이 있다. 왕비가 거처하는 전각이었다.

그 교태전으로 들어가는 양의문(兩儀門) 앞에 당도하자 광화문에서보다 더 까다롭게 군다.

"누구를 막론하고 양위전하(兩位殿下)의 분부없이는 들여보내지 말랍시는 엄명입니다."

그렇게까지 나오니 어쩔 수 없는 일이었다. 방원은 입술을 깨물고 기다려 볼 수밖에 없었다. 한참만에 양의문 주변이 숙연해지더니 상감께서 나오신다고 전갈하는 소리가 들린다.

방원은 숨을 들이켰다.

15. 氷 壁

무슨 일이 일어난 것일까.

국왕 이성계가 강비의 침실에서 뛰어나오더니, 양의문을 향하여 달려온다.

"전의(典醫)들은 무엇을 하고 있느냐. 어서 들라 하지 못할까."

그는 몹시 흥분하고 있었다. 강비의 병세가 또 악화된 것일까.

"아버님."

외치면서 방원은 자기도 모르게 문안으로 뛰어들려 했다.

"아니 됩니다."

문지기가 급히 그의 앞을 가로막는다. 그러나 방원과 이성계의 거리는 오륙보를 넘지 못했다.

이성계가 눈길을 들어 방원을 쏘아본다.

――아버님.

또 외치려고 하다가 방원의 입술은 얼어붙고 만다.

너무나 냉랭한 눈길이었다, 이성계의 눈길은.

그 눈을 지그시 내려깔면 바위 같은 위압에 누구도 숨을 못 쉬게 하다가도 활짝 뜨면 훈훈한 봄볕이 쏟아지는 것 같은 온정을 안겨주던 것이었는데, 오늘은 전혀 다르다.

이건 바위의 유가 아니다. 심골을 꽁꽁 얼어붙게 하는 빙벽(氷壁)이었다.

하고 싶은 말, 해명하고 싶은 사연은 많다. 호소하고 싶은 정도 사무치고 남는다.

그러나 방원은 입을 떼지 못하였다. 자기의 모든 것을 그 눈은 준절히 거부하고 있었다.

사오 명 의원들이 허겁지겁 달려와서 양의문 안으로 뛰어든다. 그제서야 이성계는 발길을 돌리고 다시 침실로 향하였다.

그의 뒷모습 역시 그의 시선 못지 않게 완강히 방원을 거부하고 있었다.

──만사휴의.

진부한 숙어였지만, 그 말이 그의 가슴을 절실하게 찍어누른다.

부왕과 자기 사이엔 영원히 허물 수도 넘을 수도 없는 성벽이 쌓여진 것만 같은 절망을 느낀다.

──이런들 어떠하며 저런들 어떠하리.

어려운 고비를 당할 적마다 흥얼거려 보던 그 〈하여가〉를 혀끝에 올리려고 했지만, 그러나 오늘 따라 그 가락조차 입에 붙지 않는다.

다른 일이라면 무슨 일이건, 제아무리 아쉽고 귀한 것이건 그 콧노래와 함께 날려버릴 수도 있다. 잊어버릴 수도 있다.

하지만 부왕 이성계만은 그렇게 할 수 없다. 부왕을 상실한다는 것은 자기 자신 전부를 포기하는 것이나 다름이 없다.

──매달려야 한다. 그 성벽이 아무리 높고 험준하더라도 오르고 또 올라가야 한다. 몇번을 떨어지고 만신이 피투성이가 되더라도 나는 기어이 그 성벽을 넘어야 한다.

그렇게 다짐하면서도 방원은 발길을 돌렸다.

지금 이 자리에서 눈에 보이는 거리를 좁히고 어쩌고 하는 것이 문제가 아니었다. 마음의 거리를 없애야 한다. 그 성벽을 허물어야 한다. 그러자면,

──때를 기다리는 수밖에 없다.

방원은 쓸쓸히 다짐하였다.

이 자리에서 부질없이 바둥거린다는 것은 오히려 성벽을 더욱더 견고하게 쌓게 하는 자극이 될 뿐일 것이다.

그는 발길을 돌렸다.

집에 돌아와보니 원해가 먼 길을 떠날 채비를 하고 기다리고 있었다.

"어디를 가겠다는 건가?"

즉각적으로 느껴지는 것이 있기는 했지만 방원은 물었다.

"아무리 영험한 약석(藥石)이라도 그 환자의 체질에 맞지 않을 경우엔 효능을 제대로 발휘하지 못하는 방법입니다만, 소인이 바로 그런듯 싶습니다."

이렇게 말하고 원해는 허허롭게 웃었다. 그 이상 구차한 설명을 하지 않더라도 그의 말뜻은 알아듣고도 남는다.

원해 자신은 재주와 정성을 다해서 방원을 돕고자 진력해 왔지만, 일들이 공교롭게 꼬이고 꼬여서 결과적으로는 방원에게 이득보다도 해를 더 많이 끼쳤다는 얘기일 것이다.

"자네 잘못은 한 번도 없었네. 실수가 있었다면 오로지 나에게 있었을 뿐이지."

방원은 진심으로 말했다.

이번에 강비의 병을 치료하려고 하다가 부왕의 노여움을 산 책임은 전적으로 방원에게 있다. 그토록 반대하던 원해의 의견을 무시하고 방원 자기가 강행했던 때문이 아닌가.

또 지난번 평주 은천에서 이성계의 질환을 치료하려다가 노여움을 산 사건 역시 그렇다. 부왕의 심정을 정확히 판단하지 못하고 경솔히 설치던 자기의 실수가 아니었던가.

"이제 와서 누구의 잘잘못을 운운한들 무슨 소용이 있겠습니까. 앞으로 더욱 치열해질 재앙의 불길을 막아야 하겠습지요."

그 말에 곁에 있던 평도전도 한마디 했다.

"이번 일을 계기로 대왕과 정부 대신들의 대일(對日) 감정이 다시 악화될 것은 틀림없습니다. 뿐만 아니라, 한때 잠잠하던 바다의 파락호(破落戶)들이 또다시 극성을 떨 조짐이 엿보이기도 합니다."

바다의 파락호란 물론 왜구들을 지칭하는 말일 게다.

"그 자들의 준동을 완전히 분쇄하기란 어려운 일이겠습니다만, 그렇다고 그냥 방치하여 둘 수만은 없는 노릇이니 사전에 손을 써야 하지 않겠습니까."

"소인이 왕자님 곁을 떠나고자 하는 것도 그 때문입니다."

원해가 다시 말을 이었다.

"소인이 조제한 약을 복용하신 나머지 왕비님의 병환이 악화되었다고 떠들어대는 일들이 두려워서가 아닙니다. 그로 말미암아 어떤 형벌이 가해질 것이 무서워서 피신을 하겠다는 것이 아닙니다. 소인의 고향이며 해적들의 본거지이기도 한 대마도에 돌아가서 소인 힘 자라는 데까지 재화를 막아보겠다는 것이 소인의 충정입지요."

"대마도엔 일본 국내에서 벼슬길이 막힌 무사들이 득실거리고 있습지요."

평도전이 마주 받아 말했다.

"그런 무변들 중에는 해적의 무리들 속에 투신하여 날뛰어보겠다는 자들도 없지 않습니다마는, 그렇지 않은 자들도 적지 않습니다. 새 천지를 찾아가서 자기들의 정당한 기량을 발휘하여 일본 국내에선 이룰 수 없는 뜻을 펴보겠다는 지사(志士)들도 많은 줄로 알고 있습니다. 만일 그런 사람들을 선무(宣撫)하고 포섭한다면 왜구 섬멸의 선봉을 삼을 수도 있을 겝니다."

"소인, 왕자님의 곁을 떠나자니 진실로 가슴 아픕니다마는, 잠시만 소인을 버려두십시오. 다시 왕자님을 뵙게 되는 날은, 그때는 어쩌면 떳떳한 이 나라의 신민(臣民)이 되는 날일는지도 모릅니다."

원해가 목멘 소리로 다짐했다.

"고마우이."

방원은 그 손을 굳게 잡았다.

강비의 병세는 날로 악화하였다.

6월 26일에는 전부터 희망하여 온대로 개경 구궁으로 피거(避去)케 하였지만 별다른 효험은 없었다.

다시 구궁을 떠나 판내시부사(判內侍府事) 이득분(李得芬)의 집으로 병석을 옮겼다. 그렇게라도 하면 혹시 차도가 있을까 하는 안타까운 미신적 기대에서였을 것이다.

그래도 병세는 더욱더 위중하여만 간다는 소식이 한양 신궁에서 마음을 죄고 있는 이성계에게 보고되었다.

8월 12일, 이성계는 급히 한양을 출발하여 개경으로 향했다. 이득분의 집으로 달려갔다.

심장병 환자에게서 흔히 볼 수 있는 부기도 오늘의 강비의 얼굴엔 없었다. 어느 편인가 하면 투명할이만큼 해맑은 안색이었다. 그러나 그 얼굴은 이미 이 세상 사람의 것이 아니라는 느낌을 이성계에게 안겨주었다.

"죽는 날까지 이렇게 상감을 괴롭히는군요."

목소리도 예상 외로 또렷또렷했지만, 그것이 오히려 사기가 임박하였다는 예감을 느끼게 한다. 꺼지기 직전에 반짝하는 호롱불처럼 여겨지기만 한다.

"상감, 제 몸을 좀 일으켜 주시겠어요?"

무슨 생각이 든 것일까, 강비는 문득 이런 부탁을 했다.

꼬박 누워 있자니 답답해서 그러나부다 생각하며, 이성계는 강비의 상반신을 일으켜 주었다.

부기가 내린 때문일까, 강비의 몸은 마른 나무가지처럼 가벼웠다.

"상감."

갑자기 목멘 소리로 부르더니 강비는 그 앞에 부복하였다.

"신첩을 용서하시어요. 처음부터 끝까지 상감을 위해서 아무런 도움도 되지 못하고 상감께 괴로움만 끼쳐드린 가지가지 허물을 너그러이 용서하시어요."

"무슨 가당치도 않은 소리."

침통하게 이성계는 말했다.

"나에게는 사사로운 혈육도 적지 않으며, 내가 일으켜 놓은 조당(朝堂)엔 훈신(勳臣)들도 많고 공신들도 많소만, 오늘날 나를 이 자리에 앉게 한 것은 오직 중궁의 힘이라고 나는 믿고 있소."

그것은 진정이었다.

그야 강비의 지난날의 행적을 표면적으로만 훑어본다면 개인 이성계에게나 창업주로서의 그에게나 큰 보탬이 된 흔적을 찾기 어려울는지 모른다. 어쩌면 강비 자신의 말과 같이 가지가지 분쟁의 바람만 일으켜 왔다고 볼 수 있을는지 모른다.

어엿한 정실부인이며 6남 2녀의 생모이기도 한 한씨부인을 제쳐놓고 강씨는 또하나의 부인 자리를 마련하게 하였다. 흔히 보는 소실이 아니라 어엿한 정실 자리를 비집고 차지한 것이다.

그와 같은 과정에서 두 여인의 틈바구니에 끼여서 이성계가 겪은 정신적인 고통은 이만저만한 것이 아니었을 것이다.

공적으로는 어떠했던가. 다른 사건 다 그만두고 세자 책립, 그 한 건만 놓고 보더라도 그렇다. 서열로 따지거나, 연배로 따지거나, 능력으로 따지거나, 개국의 공로로 따지거나 월등한 적자들을 제쳐놓고 어린 서자를 세자 자리에 올려 앉히게 했다. 그것도 생떼나 다름 없는 강비의 강요에 못이겨서 말이다.

그래도 이성계는 강비의 조력이 절대적이었다고 한다. 그 힘이란 무엇일까.

"사람이 어떠한 사업을 이룩하고자 할때 무엇이 가장 큰 힘이겠소. 물론 강력한 무력도 필요할 것이고, 풍부한 재력도 있어야 하고, 출중한 지략(智略)도 없어서는 아니 될 거요. 하지만 가장 긴요한 것은 마음의 기둥인 거요."

이성계는 엄숙히 말을 이었다.

"중궁은 바로 이러한 마음의 기둥이었소. 내가 어떤 중대한 일을 당하여 판단을 내리지 못하고 망설일 때, 중궁의 한 마디는 신불의 계시처럼 나의 눈을 밝혔으며, 나에게 새 힘을 불어넣어 주었던 거요."

"바로 그 점이어요. 신첩이 상감께 용서를 비는 것도 그 때문이어요."

이성계의 말꼬리를 받아쥐고 강비는 이렇게 말했다.

"신첩을 그토록 소중히 여기시는 상감의 은총을 기화로, 신첩은 숱한 부당한 일을 저질러 왔습니다. 특히 신첩 소생의 방석을 세자로 삼으시도록 졸라댄 것이 그것입니다. 그 애가 꼭 세자가 돼야 할 어떠한 이유가 있었습니까. 어엿한 형들을 제쳐놓고 그 자리에 앉을만한 무엇이 그 애에게 있었습니까. 있었다면 오직 신첩이 상감께 간청하였고 상감께서 너그러이 그 청을 받아들이신 그 점뿐이 아니겠습니까."

강비는 잠깐 말을 끊었다. 죽음에 임박한 쇠약한 몸으로는 한꺼번에 긴 말을 한다는 것이 힘에 겨웠던 것일까.

그러나 곧 이어 안간힘을 쓰면서 말을 계속했다.

"속알머리 없는 욕심 때문이었습니다. 제 속에서 낳은 자식만을 생각하고 다른 아무것도 배려할 줄 모르는 더러운 어미의 정 때문이었습니다. 하지만 막상 죽음이 눈앞에 닥쳐오는 것을 보게 되니, 신첩이 저지른 허물이 얼마나 무서운가를 깨닫게 된 것입니다. 세자 자리나 국왕 자리란 어느 한두 사람을 위해서 있는 것이 아니라는 점을 이제 와서 사무치게 생각하게 된 것입니다. 만일 이대로 죽어간다면 저 세상에 가더라도 편할 날이 없을 것이라고 여기게 된 것입니다. 상제(上帝)의 엄한 꾸중을 들으며 몸둘 곳을 몰라하게 될 것입니다. 그러하오니 신첩이 죽은 후에라도 상감께서 새삼 숙고하시어 상감의 뜻을 진정으로 이어받을 수 있는 왕자에게 대위를 물려주시기를 간청합니다. 그렇게 하시지 않는다면 살이

살을 뜯어먹고, 뼈가 뼈를 갉아먹는 골육상잔의 비극이 왕실을 뿌리째 흔들어 놓을 것이어요. 신첩은 오직 그것만이 두렵습니다."

여기까지 말하자, 그때까지 두 손을 뻗고 꿇어앉아 있던 강비가 갑자기 어깨를 떨구었다.

이성계는 놀라며 급히 강비의 상반신을 일으켜 보았다.

안개에 싸인 것 같은 시선을 허공에 띄우고 강비는 계속 입술을 움직이려고 애를 쓰는 것이었지만, 그 이상 무슨 말도 입밖에 내진 못했다.

"중궁."

강비의 어깨를 흔들어대며 이성계는 울부짖었다.

"염려마오. 내 한낱 포의의 몸으로, 맨주먹으로 이 나라를 세우지 않았소. 그러한 내가 나의 아들이며 중궁의 아들이기도 한 세자 하나쯤 어찌 지켜주질 못하겠소. 내 눈이 퍼렇게 살아있는 한, 아니 내가 죽은 후에라도 세자에겐 어느 누구도 손끝 하나 대지 못하게 할거요."

그리고 마치 소년처럼 눈물을 뚝뚝 떨구고 있었다.

그 이튿날 이른 새벽 강비는 숨을 거두었다.

강비의 죽음에 대한 이성계의 슬픔은 구태여 그의 마음의 갈피를 파헤치지 않아도 알 수 있다. 공식적인 그의 처결이나 행동만 살펴보아도 충분히 짐작이 간다.

그는 즉시 개경 구궁에 빈소를 마련하는 한편, 10일 동안 조정의 정사와 모든 상행위(商行爲)를 정지하라는 명령을 내렸다.

그 이튿날에는 세자를 위시하여 문무백관에게 거상(居喪)을 입도록 지시하였다.

강비가 사망한 지 사흘째 되는 8월 15일, 이성계 역시 흰 옷에 흰 갓을 쓰고 한양성 밖 동쪽 교외 안암동(安巖洞)으로 가서 능지(陵地)를 물색하였다.

17일에는 금주령(禁酒令)을 내렸으며, 전국 방방곡곡에 사냥을 금지하라는 명도 아울러 시달했다.

20일에는 한양 서북방 행주(幸州) 땅으로 친히 가서 역시 능지를 물색하게 되었다.

그때 서운관(書雲觀 : 천문, 지리, 점술 등을 관장하던 관청)에 속해 있던 지관인 유한우(劉旱雨), 배상충(裵尙忠), 이양달(李陽達) 등이 상지(相地)에 대한 의견이 맞지 않아 왈가왈부하자, 이성계는 그들 세 사람을 모조리 엎어놓고 곤장을 때렸다. 그가 얼마나 사랑하던 강비의 장지 문제를 중요시하였으며, 그 문제 때문에 얼마나 신경질이 되어 있었는가를 여실히 나타낸 행동이라 할 것이다.

21일, 이성계는 다시 안암동으로 갔다. 일단 그곳을 장지로 결정하고, 그 이튿날로 역사를 시작하도록 명령하였다. 그러나 그 땅에서 물이 난 때문에 부득불 역사를 중단하는 수밖에 없었다.

최후로 낙착된 장지는 한양 성내 취현방(聚賢坊), 즉 훗날의 덕수궁(德壽宮) 근처였다.

이성계는 어느 곳보다도 그 능지가 마음에 들었다. 그곳이라면 경복궁에서 엎드리면 코가 닿을만큼 가까운 거리였다. 언제라도 부르면 응답하는 소리를 들을 수 있을 것 같았고, 언제라도 그리우면 당장에 도보로라도 찾아갈 수 있는 이웃집 같은 그 위치가 마음에 들었다.

그 능호를 정릉(貞陵)이라고 정하였다.

강비의 죽음이 이성계에게 얼마나 큰 타격을 주었으며, 그의 신경을 얼마나 갉아먹었는가 하는 것을 말해 주는 한토막 일화가 있다.

강비의 발상 당시 약간의 술을 마시고 고기를 먹었다 해서, 상장군 오용권(吳用權), 대장군 심징(沈澄), 노상의(盧商義), 중군장군 윤보로(尹普老), 좌군장군 이사근(李思謹) 등 군부의 쟁쟁한 장성들을 파면시켰던 것이다.

강비가 사망한 뒤 한 달이 넘도록 이성계는 구궁 빈소와 장지를 오락가락 하면서 국사를 전폐하다시피 하였다.

그가 겨우 경복궁으로 돌아간 것은 9월 15일이었다.

강비의 죽음은 방원에게도 엄청난 타격이었다.

자기가 바친 약을 복용하고 병세가 악화된 때문에 부왕 이성계를 위시한 모든 사람들의 눈총을 받게 되었다는 그런 불리한 입장에 처하게 된 것뿐만이 아니었다.

보다 근원적인 아픔을 그는 아파하고 있었다.

이성계 못지않게 방원에게도 역시 강비는 마음의 샘줄이었다.

주변 정세에 따라 때로는 멀어지기도 하고 때로는 가까워지기도 했지만, 그래도 강비 생존 중엔 그 샘줄은 끊어지지 않고 이어져 왔다.

그러나 지금은 그것이 완전히 단절되고 만 것이다.

강비의 부고를 받는 즉시 방원도 빈소로 달려갔다. 세자 방석과 방번 형제는 가슴이 터지게 울고 있었다.

강비 소생의 경순공주(慶順公主)는 통곡하다 못해 실신하여 버렸다.

──나도 너희들 못지않게 슬프다.

방원은 속으로 뇌까리는 것이었지만, 겉으로는 눈물 한 방울 보이지 않았다.

눈물이라도 펑펑 쏟았으면 차라리 시원할 것 같았다. 마음의 숨통이 막혀 질식할 것만 같은 그런 괴로움이었다.

그의 표정을 훔쳐보며 그의 정적들은 수군거렸다. 눈물 없는 그의 얼굴을 보고, 강비의 죽음을 속시원히 여기는 것으로 곡해하고들 있는 모양이었다.

그 점은 정적들만이 아니었다. 그를 지지하고 그의 편을 든다고 하는 권속들이나 낭당들 역시 마찬가지였다.

"사필귀정이라고 하지 않습니까. 그 여자의 죽음으로 한때 곤욕을 면키 어렵겠습죠만, 결국은 우리네들 뜻대로 일은 돌아갈 겁니다."

민무구 같은 자는 그의 귓전에 입을 대고 이런 말을 속삭이기도 했다.

　방원은 고독했다. 황량한 벌판에 혼자 서 있는 것만 같았다. 누구에겐
가 기대고 싶었다.

　설매의 집에 맡겨둔 김씨 모자가 생각난다.

　물론 궁상 중에 기방 출입을 할 수도 없는 일이었지만, 설혹 가능하다
하더라도 김씨나 어린것이 그의 고독한 마음을 지탱하여 줄 것 같지는
않았다. 방원의 고독은 한낱 아녀자의 정으로는 어쩔 수 없는 차원의
것이었다.

　결국 답답한 가슴을 어루만져 줄 상대는 바다 건너 이방에서 흘러온
식객 평도전뿐이라고 여겨졌다.

　빈소에서 돌아오자 방원은 그를 불렀다. 무언가 얘기라도 나누고 싶었
다. 그러나 앞에 나타난 평도전은 뜻밖에도 여장(旅裝)을 하고 있었다.

　"아무래도 왜구들의 동태가 심상치 않습니다. 원해 혼자 힘으로는
그들을 다루기에 벅찰 것 같습니다. 졸자 역시 대마도로 건너가 볼까
합니다."

　그 말에 방원은 새삼 시국의 중대성을 곱씹지 않을 수 없었다.

　왜구들의 준동은 공교롭게도 강비의 사망을 전후하여 극성스러워졌
다.

　강비가 세상을 떠나기 사흘 전인 8월 9일에는 왜선 120척이 경상도에
입구(入寇)하여 우리측 병선을 탈취하였으며, 수군만호(水軍萬戶) 이춘
수(李春壽)를 살해하였다. 뿐만 아니라 그들은 남해안의 요해인 동래
(東萊), 기장(機張), 동평성(東平城 : 부산)을 점거하였다.

　강비가 세상을 떠난 5일 후인 8월18일에는 경상도 통양포(通洋浦 :
경북 포항 근처)에 침입하여 우리측 병선 수십 척을 불사르고 도망쳤다
는 급보가 날아들었다. 통양포는 수군만호 소재지였다.

　국왕 이성계가 취현방에서 강비의 장지를 물색하고 있던 바로 그날
(8월 28일)엔 영해성(寧海城 : 경북 영덕)을 점거하였다는 흉보도 전하
여졌다.

이렇게 되니 한때 잠잠하던 대일 감정이 다시 악화될 수밖에 없었으며, 그 여파는 당장에 방원에게도 밀어닥칠 기세라는 것이 평도전의 풀이였다.

"하지만 얼마 동안만 기다려 주십시오. 졸자 그 문제는 맹세코 해결하겠습니다."

평도전은 장담하고 길을 떠났지만, 재앙의 격랑은 그것만이 아니었다. 전혀 뜻하지 않은 방향으로부터 방원의 허점을 찔렀다.

하루는 생각지도 않은 한 인물이 엉뚱한 불씨를 안고 그를 찾아온 것이다.

그날은 10월 11일, 국왕 이성계의 탄신일이었다.

왕실은 말할 것도 없고 국가적으로도 경사스런 축일이었지만, 사랑하던 강비를 잃은 이성계는 모든 축하 행사를 금지하였다.

다만 승려들을 궁중에 불러들여 경을 읽게 하였다. 그 자리엔 가까운 왕족들과 중신(重臣), 내관(內官) 몇명만을 참석시켰다.

방원도 출석하여 착잡한 감회를 씹다가 귀가하는 길이었다.

궐문 밖에서 서성거리고 있던 한 관원이 그의 곁으로 다가왔다. 호조전서(戶曹典書) 양첨식(楊添植)이었다.

"나리께 긴히 여쭐 말씀이 있습니다만, 어디 조용한 자리라도⋯⋯"

소리를 죽이고 이렇게 말한다. 그는 개국 이후 각종 사신들의 수행원이 되어 여러 차례 명나라를 왕래한 적이 있는 말하자면 소장 외교관이었다.

어쩌다가 한두 번 면대한 적이 있어서 얼굴은 알고 있었지만, 그렇다고 각별한 친분이 있거나 어떤 특별한 교섭을 가져본 적은 없는 상대였다.

그러한 그가 은밀히 얘기할 말이 있다고 한다. 마음 한구석에 꺼림한 무엇을 느끼기는 했지만, 그렇다고 딱 잘라 거절해야 할 이유도 없었다.

"무슨 얘긴지는 모르네만, 할 말이 있거든 우리 집으로 같이 감세."

그렇게 하는 것이 가장 무난할 것이라고 계산하면서 방원은 말했다.

"나리댁엘 말씀입니까?"

양첨식은 조금 주저하는 빛을 보이다가 이내 마음을 고쳐먹었던지 순순히 뒤따랐다.

그들이 광화문을 등지고 방원의 사저쪽으로 향하자 궁정 담모퉁이로부터 두 사나이가 고개를 내밀었다. 하나는 환관 차림을 하고 있었으며, 또 하나는 그가 부리는 노복인 듯했다.

"전부터 너에게 정안군의 동정을 살피라고 일러왔다만, 오늘은 특별히 유의해서 염탐을 해야 할 것 같다. 양가ㅣ제자가 무엇 때문에 정안군의 꼬리에 붙어가는지 아무래도 수상하단 말야."

환관 차림을 한 자가 귀엣말로 지시했다.

"염려맙쇼. 그 자들이 무슨 꿍꿍이 놀음을 하는지 낱낱이 정탐해 올립지요."

노복은 다짐하고 방원과 양첨식의 뒤를 밟았다.

때마침 날이 저물어 어둠이 깔리기 시작할 무렵이었다. 미행자로서는 가장 편리한 시각이기도 했다.

자기집으로 돌아간 방원은 후원 호젓한 서당(書堂)으로 양첨식을 불러들였다.

"무슨 얘긴가?"

방원은 요점부터 물었다.

"봉화백(奉化伯)에 관해서 말씀 드리려는 것입지요."

봉화백이란 지난 7월 7일 정도전에게 새로 내려진 작호(爵號)였다.

지난번 명나라에 보낸 외교문서의 글귀가 불손하였다고 해서 문안 작성자인 그를 압송하라는 명나라 측의 요청이 있자, 그런 악감정을 무마하려는 뜻에서 정도전을 판삼사사(判三司事) 자리에서 물러앉게 했다.

그러나 그를 아끼는 국왕 이성계는 그 대신 그의 지위만은 한급 높여서 봉화백에 봉하였던 것이다.

"아무리 생각해도 봉화백 그분의 태도, 괘씸하지 않습니까."

양첨식은 열을 올리며 말을 이었다.

"뜻있는 인사들은 모두들 분개하고 있습니다. 연전에 정안군 나리께서 생명을 걸고 진력하시어 모처럼 호전시켜 놓으신 명나라와의 국교를 다시 그르쳐버린 장본인은 바로 봉화백 그 사람이 아니냐는 겁니다. 명나라로 보낸 표전(表箋)의 문안 작성자가 바로 자기 자신이며, 따라서 그로 말미암은 물의의 책임도 자기 자신이 짊어져야 마땅할 터인데, 멀쩡한 몸으로 신병을 빙자하여 꽁무니를 빼다니 얼마나 비열하냐는 겁니다."

명나라 측에서 문안 기초자를 압송하라고 요구해 왔을 당시, 각기병이 도져서 움직일 수 없다고 핑계를 대고 책임을 회피한 데 대해서는 앞에서도 언급한 바와 같다.

"목숨이 아까운 것은 누구나 매한가집니다. 그러나 국가로부터 최고의 관직을 받고 있으며 최고의 국록을 받아먹는 몸으로, 종묘사직의 위기를 외면하고 자기 혼자의 안일만을 탐할 수 있겠습니까. 바로 정안군 나리께서 보이신 충성은 말할 것도 없고 화산군(花山君) 같은 분도 계시지 않습니까."

화산군이란 권근(權近)의 군호(君號)였다.

정도전이 꽁무니를 빼던 그때, 예문춘추관학사(藝文春秋館學士)로 있던 권근은 자기를 명나라로 압송해 달라고 자청하고 나섰다. 그 표문 작성에 자기도 다소 참여한 바가 있으니 책임을 져야겠다는 것이었다.

국왕 이성계는 권근의 신변을 염려하여 일단 만류해 보았지만, 그는 끝끝내 졸라댔다. 마침내 7월 19일 우승지 정탁 등과 함께 어떠한 형벌이 기다리고 있을는지도 모르는 명나라로 떠났던 것이다. 굴욕적인 죄인 취급을 감수하며 압송되었던 것이다.

이렇게 되자 세론은 분분하였었다.

권근의 희생 정신을 극구 찬양하는 한편, 정도전의 비겁한 책임 회피를 지탄하여 마지않았다.

입장이 난처하여진 정도전은 당황하였다. 국왕을 졸라서 권근의 명나라행을 저지하려 했다. 자기가 먹자니 겁이 나고 남이 먹는 것은 샘이 났던 것일까.

그러나 국왕 이성계는 정도전의 진언을 받아들이지 않았다. 오히려 사람을 뒤쫓아 가게 하여, 권근에게 황금덩이를 상금으로 주었던 것이다.

"문제는 봉화백의 태도가 괘씸하다는 감정에 그칠 성질의 것이 아닙니다. 명나라 측에선 어디까지나 봉화백을 문안 작정의 책임자로 간주하고 있는 이상, 다른 사람이 가서 아무리 해명해 보았자 노여움이 풀릴 것 같지는 않단 말씀입니다."

"그러니 어쩌자는 건가?"

비로소 입을 열고 방원은 물었다.

"어떻게 해서든지 봉화백을 명나라로 압송하게 해야 하겠습지요."

양첨식은 잘라 말했다. 그 말이 방원에겐 순수하게 받아들여지질 않는다.

── 무엇 때문에 이 사람은 이렇듯 그 일에 핏대를 올리고 있는 것일까.

그의 말과 같이 단순한 정의감에서, 국가를 염려하는 충정에서 역설하는 말치고는 어딘가 부자연스런 구석이 느껴진다.

"얼마 후면 명사 우우(牛牛)도 귀국할 것이며, 그때 저도 동행하기로 되어 있습니다. 그 기회에 봉화백을 잡아갈 수만 있다면 여러 모로 다행스러운 일이 아니겠습니까."

그 말을 듣고서야 방원은 양첨식의 저의를 파악할 수 있었다.

── 바로 그 때문이로구나.

입이 쓰다.

애기는 소급한다.

태조 4년 4월 22일, 조정에서도 그때 공조전서(工曹典書)로 있던 양첨식을 시켜서 진헌마(進獻馬) 5백필을 요동으로 관송케한 일이 있었다.

그 다음달인 5月, 양첨식이 귀국하게 되었을 때, 요동도사(遼東都司)에서는 백호(百戶) 하질(夏質)에게 지시하여 군인 11명을 거느리고 양첨식을 호송하게 하였다.

압록강을 건너서 의주까지 양첨식을 경호하여준 하질 등이 다시 강을 건너 돌아가다가, 그만 급류에 말려들어 익사한 사건이 있었던 것이다.

단순한 과실치사에 속하는 사건이었지만, 명나라 측에서 보자면 양첨식에게 어떤 저의가 있어서 하질을 물에 던져 죽이지나 않았나 오해하자면 할 수도 있는 문제였다.

그런 혐의를 받고 있는 양첨식이 다시 명나라로 가게 되었다.

그 사건에 대한 추궁을 받게 될 것은 확실하다. 그때 진상을 해명하자면 우선 양첨식 자기는 명나라 당국이나 명나라 사람들에 대해서 아무런 악감정도 없을 뿐만 아니라, 오히려 두터운 호의를 품고 있다는 것을 증명해야 한다.

그러자면 명나라 측에서 재삼 요구해 온 정도전을 끌고가는 이상으로 효과적인 해명거리도 없을 것이다.

이와 같은 경위와 추측을 곱씹으면서 방원은 다시 물었다.

"정도전 그 자를 압송하는 일이 나하고 무슨 관련이 있기에 이렇듯 나를 찾아왔지?"

"명사 우우에게 한마디 귀띔을 해줍시사 하는 것입지요."

양첨식은 서슴지 않고 결론을 제시했다.

"시생도 누차 그 사람에게 역설해 보았습니다만, 그 이름과 마찬가지로 황소처럼 성미가 느린 사람이라 꾸물거리기만 하지 않겠습니까. 합니다만 정안군 나리께서 한말씀 하신다면 얘기는 달라질 겁니다. 명 천자께서도 각별한 예대(禮待)를 베푼 바 있는 나리의 말씀이라면 우우는 명심하여 들을 것이며, 그 우우가 우리 상감께 간청한다면 세인들의 물의도 있고 한 판국이니 결국은 봉화백을 압송하게 될 것이 아니겠습니까."

제법 빈틈없는 계책이었지만, 방원은 쉽게 동조할 생각이 일지 않는다. 떫은 입맛만 다시고 있는데,

"뉘놈이냐?"

돌연 서당 밖에서 외치는 소리가 들려왔다.

방원의 노복들 중에서도 가장 충직한 소근(小斤)이란 하인의 목소리였다.

방원은 급히 방문을 열어젖혀 보았다.

후원은 완전히 어둠에 덮여 있었다. 누구인가 도망치는 발소리뿐, 시야에 잡히는 것은 없었다.

잠시 후 소근이 헐레벌떡거리며 서당으로 다가왔다.

"웬일이냐?"

묻는 말에,

"소인이 보자니까 어느 놈이 서당 뒤에 붙어서 어르신네들 말씀을 엿듣고 있습디다요. 해서 호통을 치며 쫓아갔습죠만, 놈의 걸음이 어찌나 날랜지 결국은 놓치고 말았습니다요."

물론 그 염탐꾼은 방원이 퇴궐하여 양첨식을 데리고 돌아올 때 그 뒤를 미행하던 괴한이었지만, 그런 사연을 방원도 양첨식도 알 턱이 없었다.

방원은 방문을 닫았다. 그리고는 양첨식을 향하여 정색을 하며 말했다.

"정도전 그 사람, 나도 좋게 생각하고 있지는 않네. 사사건건 나와 맞서려고 들고 나를 모해하려고 하는 자이니만큼 밉기도 하네. 그렇다고 자네 말에 동조할 수는 없네. 빈대가 밉다고 집 한채를 다 태울 수는 없지 않겠나? 정도전 그 사람, 나 개인에게는 빈대나 벼룩처럼 귀찮고 얄미운 해충이지만, 그렇다고 그 자를 잡아서 명나라로 쫓아버린다는 것은 내가 사는 집에 불을 지르는 것이나 다름이 없는 걸세. 뭐니뭐니 해도 그 사람, 이 나라의 한모퉁이를 버티고 있는 기둥이니 말일세."

방원은 이렇게 말했다.

점잔을 빼려고 꾸며서 하는 소리가 아니었다. 조금 전에 자기네 말을 엿들은 염탐꾼이 있었다 해서 겁을 먹고 하는 소리는 물론 아니었다.

그것은 방원이 자신의 이성(理性)과 감정을 솔직이 털어놓고 저울질하여 계산해낸 정도전에 대한 평가였다.

뜻하지 않은 방원의 반응에 당황한 것일까, 양첨식은 무색해진 얼굴로 어물어물하다가 물러갔다.

지금의 회현동 1가로부터 조선호텔에 이르는 지점이 그 당시엔 으슥한 고갯길이었다. 송림이 울창하여 그 고개를 송현(松峴)이라고 일컬었다.

방원의 집을 염탐한 괴한은 그 송현 고갯마루에 당도하자 두어번 헛기침을 했다.

그것이 일종의 신호였던 것일까.

송림 사이로부터 한 사나이가 나타났다. 경복궁 담 뒤에서 괴한과 수군거리던 그 환관이었다.

괴한이 소리를 죽이고 귀엣말을 전하자,

"역시 그렇고 그런 흉계였구먼."

환관은 고개를 까딱거리더니, 그 길로 정도전의 사제를 찾아갔다.

정도전의 사랑방에는 그의 단짝이며 환관으로선 최고 권력자이기도 한 김사행이 와 있었다.

"무슨 희한한 소식이라도 있다는 거냐?"

김사행이 캥캥한 소리로 묻는다. 환관은 바로 그가 심복처럼 부리는 조순(曺珣)이란 내시였다.

"희한한 소식이다뿐이겠습니까?"

조순은 혀끝을 내밀어 얄팍한 입술을 할짝할짝하더니 말을 이었다.

"방원이 그 자가 마침내 정대감 마님을 모해하고자 책동을 하지 않겠습니까요."

그리고는 염탐꾼에게서 들은 말에 수선스런 꼬리까지 달아서 옮겼다.

명사 우우를 충동해서 정도전을 잡아가도록 하자고 졸라대던 양첨식의 말이 그 정보의 골자였지만, 그에 반대하던 방원의 반응은 물론 전하지 않았다.

방원이 그 말을 꺼내기 이전에 소근에게 발각된 염탐꾼이었다. 그 즉시로 도망쳤으니 방원의 반응까진 미처 엿듣지 못하였던 것이다.

정도전은 한동안 심각한 침묵에 잠기다가 겨우 입을 떼었다.

"정안군 그 사람이 그렇게까지 비열하게 나를 모해하려고 했을까?"

정도전의 어투엔 그 정보에 대한 회의가 농후했으며, 그것은 또 공교롭게도 사실과 부합되는 것이기도 했지만, 조순은 우겨댔다.

"틀림없습니다요. 그 염탐꾼은 혓바닥이 둘로 갈라지는 한이 있더라도 거짓말을 할 자가 아니니까요."

"그렇다면 가만히 있을 수는 없겠습니다요."

김사행도 핏대를 올리며 끼여들었다.

"제놈들이 손을 쓰기 전에 이 편에서 먼저 덜미를 잡아야 할 것이 아니겠습니까요."

그러나 정도전은 아무 말도 하지 않고 골똘히 생각에 잠겨 있었다.

양첨식에 의한 정도전 압송 계획은 그럭저럭 불발탄에 그치고 말았다. 그해 11월 21일, 양첨식은 빈손으로 명사 우우를 따라 명나라로 떠났다. 그러는 동안에도 왜구들의 준동은 나날이 극성스러워 가기만 했다.

10월 27일엔 동래성(東萊城)을 포위하여 우리측 병선 21척을 불태우고 도망쳤는데, 그때 수군만호 윤형(尹衡), 임식(任軾) 등이 전사하는 참변까지 있었다.

11월 5일에는 평해성(平海城 : 강원도 울진군)을 포위하였다. 그달 13일에는 영해(寧海 : 경북 영덕군)에 나타났으며, 17일에는 경상도 울주(蔚州)와 다시 강원도 울진(蔚珍)을 노략질했다.

이씨왕조 개국 이후 가장 혹심한 왜환(倭患)이었다.

국왕 이성계는 격노하였다.

왜구들이 이곳저곳 침공할 적마다 이리뛰고 저리뛰고 하면서 방어에만 급급하는 미봉책만 강구할 것이 아니라, 적극적으로 왜구들의 본거지를 강타하여 화근을 뿌리째 뽑아버리기로 결단을 내린 것이다.

건국 이후 최대 규모의 군병력을 동원하여 왜구들의 소굴이라고도 할 수 있는 일기도(一岐島)와 대마도(對馬島)를 공략하는 원정군을 파견하기로 한 것이다.

총사령관격인 오도병마도통처치사(五道兵馬都統處置使)에는 문하우정승 김사형(金士衡)을 임명하였다. 도병마사에는 예문춘추관대학사 남재(南在)를, 병마사에는 중추원부사 신극공(辛克恭)을, 도체찰사(都體察使)에는 전 도관찰사(前都觀察使) 이무(李茂)를 각각 임명하였다.

총병력이 얼마나 되었는가 상세한 기록은 없지만, 5도의 병선을 모두 모아서 보냈다고 하므로 엄청난 대함대(大艦隊)를 출동시켰으리란 점만은 짐작이 간다.

그해 12월 3일, 국왕 이성계는 친히 남문 밖까지 나아가 그들 원정군을 전송하였다.

그때 총사령관 김사형에겐 안마(鞍馬), 모관갑(毛冠甲), 궁시(弓矢), 약상자(藥箱子)를 하사하는 한편 부월(斧鉞)과 교서(敎書)를 수여하였는데, 그 교서에서 이성계는 간결하면서도 강경한 대일 감정을 피력하고 있다.

"자고로 제왕된 자, 항상 나라 안과 나라 밖을 너그러이 어루만져 백성들로 하여금 화평을 향유케 할 책무가 있느니라. 불행히도 좀도둑이 침입하여 변방을 어지럽히게 되면 오로지 방백(方伯)에게 책임을 지워 도적들을 구속하고 포살케 하는 것이나, 그러나 그 세력이 창궐하여 방백의 힘으로는 능히 제어할 수 없을 지경에 이르면 대신들을 출정시켜 토벌하도록 하는 수밖에 없느니라. 여가 즉위한 이래 군사를 움직임에 있어서 옛 성군(聖君)들의 본을 받아 일찍이 경솔함이 없었느니라. 백성들의 마음을 동요케 하지 않게 함이라. 그러하거늘 이제 섬나라 오랑캐들이 광란하여 우리 변방을 침범하기 재삼 재사에 이르렀으매 몇몇 장령을 파견하여 방어케 하였으나 도적들의 만행을 일소하지 못하였을 뿐더러 오히려 나날이 기승을 더하기만 하니, 마침내 대군을 일으켜 도적들을 포살하고 일거에 섬멸코자 하노라. 그리하여 변경의 백성들로 하여금 다시는 병화(兵火)에 시달림이 없기를 기하노라."

원정군을 전송하고난 국왕 이성계는 경복궁으로 돌아가자, 가까운 왕족들과 몇몇 중신들을 불러들여 조촐한 주연을 베풀었다.

원정군의 승리를 자축하는 뜻에서였지만, 그 자리에서 뜻하지 않은 함정이 방원을 기다리고 있었다.

강비가 사망한 이후 처음 가져보는 주연다운 주연이었다.

국왕 이성계도, 왕족들도, 대신들도 오랜만에 신경을 풀고 주흥에 들떠 있었다.

더더구나 세자 방석은 그 동안 상주(喪主) 노릇을 하느라고 누구보다도 부자유한 생활을 해온 반동일까, 먹을 줄도 모르는 술을 권하는대로 사양 않고 홀짝홀짝 들이켜고 있었다.

그것이 방원은 불안스러웠다.

——저 애가 저러다가 실수라도 한다면 무슨 망신이람.

애가 탔다.

정치적인 눈으로 본다면 방원이 차지할 수도 있었던 세자 자리를 가로챈 방석은, 방원의 적수로 간주될 수 있을는지도 모른다. 그러나 방석 개인에 대해서 방원은 아무런 적대 감정도 느껴지지 않는다.

세자가 되었다고는 하지만 방석이 자청한 것도 아니며, 그렇게 되도록 움직인 것도 아니었다. 타의에 의해서 앉게 된 영좌(榮座)에 지나지 않는다.

그런만큼 방석에게도 다른 형제들과 별 차이 없는 동기의 정을 품고 있는 방원이었다.

물론 어머니는 다르다. 하지만 배다른 형제들이 흔히 갖는 그런 위화감 (違和感)도 방원에겐 없다.

방석의 생모 강비는 방원에겐 자신의 생모 한씨보다도 더 가까운 존재 가 아니었던가.

주착없이 술을 들이키던 방석의 태도가 차차 이상해진다. 그는 샛노래 진 얼굴을 하고 안절부절 못한다.

──구토가 치밀어서 저러는 모양 같은데.

방원은 그렇게 짐작하고 방석의 곁으로 다가갔다.

"동궁 전하."

그는 귀엣말로 속삭였다. 나이어린 동생이지만, 공석에서나 사석에서나 깍듯이 세자 대접을 해온 방원이었다.

"잠시 밖으로 납시지요. 시원한 바람이라도 쐬시면 다소 편해지실 겁니다."

방석은 방원과는 달리 다른 감정을 품고 있는 것일까. 적의어린 눈으로 그를 쏘아보았지만, 치미는 구토증은 더 참을 수 없는 모양이었다.

비틀비틀 일어섰다. 방원은 남의 눈에 띄지 않게 곁에 붙어 부축하고 전각 밖으로 나갔다.

그때 그 주석에선 환관 조순이 시중을 들고 있었다.

방석과 방원이 밖으로 나가자 그는 남몰래 검은 웃음을 씹더니 조르르 뒤따라 나갔다.

밖은 이미 어두운 밤이었다.

전각에서 이삼십보 떨어진 으슥한 담밑으로 방석을 끌고가자, 방원은 소리를 죽이며 말했다.

"전하, 아주 토해 버리십시오. 그렇게 하시면 한결 시원해지실 겁니다."

"내가 그까짓 술을 못이겨 토하구 어쩌구 해?"

방석은 제법 호기를 부리려고 했지만, 다음 순간 그 자리에 쭈그리고 앉아 꽥꽥 토하기 시작했다.

그때 어둠을 뚫고 조심스런 휘파람소리가 날아갔다. 두 사람의 뒤를 밟던 조순의 짓이었지만, 방원은 까맣게 모르고 있었다.

토하느라고 고생을 하는 어린 동생의 등을 쓸어주며 거기에만 신경을 쏟고 있다가 문득 이상한 살기를 느꼈다.

고개를 들어보니 방석이 쭈그리고 앉은 바로 앞담 위에 한 괴한이 어둠 속에서도 번득이는 단검을 꼬나잡고 있는 것이 아닌가.

방원이 쏘아보자 기급을 한 것일까, 아니면 어떤 저의가 있어서 그렇게 한 것일까. 괴한은 꼬나잡고 있던 단검을 맥없이 떨어뜨렸다. 거의 반사적으로 방원은 그 단검을 받아 쥐었다.

"이노옴!"

호령을 치며 그것을 휘둘러보였다. 그러자 괴한은 당황히 담너머로 뛰어내렸고, 그때껏 토하느라고 정신이 없던 방석이 그 소리에 놀라 고개를 들었다.

휘둥그래진 눈길이 방원의 손에 잡힌 칼날에 멈추자, 그는 숨을 들이켰다.

칼날의 의미를 오해하고 있는 것 같았다. 담너머로 뛰어내린 자객은 발소리도 없이 이미 사라진 뒤였다. 따라서 방원이 그 칼날을 잡은 이유도, 이놈 하고 소리를 친 까닭도 바로 그 자객에 대한 것이었다는 점을 방석은 전혀 모르고 있었다.

방원이 자기를 죽이려고 칼을 뽑아온 것이라고 곡해하고 있는 모양이었다. 그는 비실비실 뒷걸음질을 치더니 두 손을 높이 쳐들며 외쳤다.

"사람 살려라. 저 자가 나를 죽인다. 정안군이 무엄하게도 세자를 죽이려고 덤빈다."

아직도 술잔치가 벌어지고 있는 누각을 향하여 고꾸라지듯 달렸다.

이번엔 방원이 놀랄 차례였다.

"아니올시다. 동궁전하, 동궁전하."

절규하면서 뒷쫓는 것이었지만, 워낙 당황한 때문일까, 그의 손엔 자객이 떨어뜨린 단검이 그대로 쥐어져 있었다. 누각 문밖에 밝혀진 외등에 방석의 모습이 비쳐지는 지점에까지 이르렀을 때였다. 그리로부터 급히 이성계가 뛰쳐나왔다. 심야의 정적을 뚫고 울려퍼진 방석의 비명을 들은 때문일까.

어쨌든 그가 눈앞에 나타나자,

"아바마마."

부르면서 방석은 그 품에 안겼다.

"소자는 죽습니다. 저를 살려주시어요, 아바마마."

부왕의 곤룡포 자락을 잡아 흔들며 호들갑을 떨었다. 그 두 어깨를 한편 팔로 감싸안으면서 이성계는 질러댔다.

"뉘놈이냐?"

그러자 단검을 쥐고 뒤쫓아오던 방원의 모습이 외등 속에 밝혀졌다.

"방원이?"

이성계의 그 무서운 두 눈에서 불꽃이 튀겼다. 그제서야 방원은 주춤한다. 전율한다.

방석의 오해를 풀기 위해서 뒤쫓아온 것이었으며, 그 손에는 정신이 팔린 나머지 단검을 그대로 쥐고 있었는데, 그러한 자세, 그러한 행동이 제삼자에겐 어떻게 비치는가를 비로소 깨닫게 된 것이다.

눈앞이 깜깜하다. 그는 맥없이 칼을 떨구었다.

"네놈이 이젠 세자까지 죽이려고 날뛴다?"

"오해입니다, 아바마마."

방원은 비통하게 외치며 부왕의 발아래 무릎을 꿇었다.

"이제 와서 무슨 변명을!"

꾸짖는 이성계의 말꼬리를 잡고 방석은 또 호들갑을 떨었다.

"틀림없습니다, 아바마마. 저 자가 틀림없이 저를 죽이려고 했습니다. 제가 한참 토하다가 고개를 드니까, 저자 정안군이 칼날을 번득이며 저에게 호통을 치는 것이 아니겠습니까?"

"아닙니다, 아바마마. 그때 마침 담 위에 자객이 나타나서 동궁을 해치려고 하기에 소리를 친 겁니다. 이 칼은 바로 그 자객이 떨어뜨리고 간 단검이올시다."

방원은 극구 해명하려고 애썼지만,

"자객?"

방석은 코웃음으로 그 말문을 가로막았다.

"그런거 나는 못봤어. 내가 고개를 들었을 때, 그 담 위엔 아무도 없었단 말야."

"그렇습지요. 동궁마마의 말씀이 옳으십니다요."

방원의 등 뒤로부터 조순이 나타나며 끼여들었다.

"조금 전 주연 자리에서 정안군 나리가 동궁마마를 모시고 밖으로 나가시질 않겠습니까. 그 모습이 어쩐지 수상해서 뒤따라 나가 보았습지요. 저기 저 담밑까지 가시자 동궁마마께선 그 자리에 쭈그리고 앉으시어 음식물을 토하려고 하시는데, 느닷없이 정안군이 단검을 꼬나잡고 호통을 치시는 게 아니겠습니까요."

그 말에 방원은 벌떡 몸을 일으켰다.

뺀질뺀질한 조순의 얼굴을 쏘아보며 소리쳤다.

"모략입니다."

"모략이라?"

되묻는 이성계의 목소리는 얼음장처럼 차가웠다.

"이 지경이 됐는데두 나를 기만하려 드느냐? 비열한 발뺌을 농하려 드느냐?"

이성계는 단검을 고쳐 잡았다.

"그 동안 나는 많이 참아왔다."

그는 들릴락 말락한 낮은 소리로 말을 이었다. 어떠한 호통소리보다도 듣는 사람의 심골을 얼어붙게 하는 그런 소리였다.

"숱한 사람들이 너의 죄목을 열거하고 너를 처단하도록 진언하였지만, 나는 그 말에 귀를 가려 왔다. 너를 믿었기 때문이다. 왜인들을 유인해서 괴상한 농간을 부린다는 말을 들었을 적엔, 그것도 나라를 위해서 하는 한 방도이거니 고쳐 생각하고 너그러이 보아 넘겼다. 네가 지어다준 약으로 중궁의 병세가 악화되고 마침내 세상을 버렸을 때엔 이가 갈렸고 네 몸을 갈기갈기 발겨 죽이고 싶었지만 그래도 나는 참았다. 네 놈이 지금 말한 것처럼 그야말로 오해가 아닌가 하고 말이다. 그러나 이제는 더 용서할 수 없다. 다른 허물은 덮어둘 수도 있고 참을 수도 있지만, 오늘 이 자리에서 내 눈으로 분명히 목격한 엄연한 이 사실만은 어쩔 수가 없다. 칼을 휘두르며 세자를 쫓아온 악귀 같은 네 놈의 낯짝만은 내 눈에서 지워버릴 수 없단 말이다."

이성계는 단숨에 뇌까리다가 여기서 잠깐 말을 끊었다. 그리고 단검을 높이 들었다. 다른 한 손으로 방원의 덜미를 휘어잡았다.

"너는 죽어야 한다."

"아니 됩니다, 아버님."

외치면서 영안군 방과가 허겁지겁 달려왔다. 이성계의 소매를 잡고 매달렸다.

"칼을 거두셔야 합니다."

이성계는 말없이 방과를 돌아보았다.

언제나 유순하기만 하던 방과였다. 보기에 따라서는 헤식은 인상까지 주는 위인이었다. 특히 부왕 이성계 앞에서는 할말도 못하고 제대로 얼굴도 들지 못하던 그가, 지금은 격노한 부왕을 똑바로 주시하면서 역설했다.

"여느 죄인이라도 그 죄인에게 벌을 내리자면 그 죄인이 자복(自服)하기를 기다리는 것이 고금의 율법이 아닙니까. 그래야만 옥사(獄事)가 성립되어 형을 가하는 법이 아닙니까. 하물며 방원은 아버님의 혈육입니다. 저희들의 동기올시다. 어찌 충분한 해명도 듣지 않으시고 죽이려하십니까."

방과로선 놀랄만한 용변이기도 했다.

당장에 그 칼날을 내리찍을 것 같던 이성계의 기세가 잠깐 꺾인다.

"영안군의 말이 옳습니다."

점잖게 맞장구를 치며 무학대사 자초가 다가왔다. 승려의 몸이니 주석에는 참석하지 않았지만, 따로 이성계의 부름을 받고 그는 궐내에 머물러 있었던 것이다.

"이 세상의 모든 환난이나 참사는 곡해에서 빚어지는 경우가 많습니다. 영안군도 말했습니다만, 정안군은 바로 전하의 친아드님이 아닙니까. 일시적인 노여움으로 말미암아 가벼이 처단하셨다가 훗날 무고함이 판명되었을 때, 아무리 통회하신들 무슨 소용이 있겠습니까. 정안군은 또 새 왕조 창업의 일등 가는 공신이기도 합니다. 앞으로도 종묘사직을 위해서 많은 일을 할 수 있는 큰 기둥이외다. 그 기둥을 함부로 베어버린다면 얼마나 큰 불행입니까."

"대사의 말씀 그러하오만, 내가 이 놈을 죽이고자 하는 것은 지금 당장 울화가 터진 때문만은 아니오. 아까도 말했소만 개국 이후 이 놈은 갖가지로 화란의 불을 질러왔소. 이 놈을 살려두었다간 앞으로도 어떠한 난동을 부릴는지 몸서리가 쳐지니 일찌감치 그 화근을 끊어버리자는 거요."

이성계는 반박했다.

"지당하신 말씀입니다요."

역시 오늘 주연석에 참석하였던 김사행이 재빠르게 뛰어들었다.

"아무리 아까운 수목이라도 벌레먹은 나무는 되도록 속히 캐버려야 그 병충이 다른 나무에 옮는 것을 예방할 수 있는 법입지요."

"닥치지 못할까."

자초가 일갈했다.

"지금 이 자리는 지존하신 나라님과 그 나라님께서 스승 대접을 하시는 왕사(王師) 자초가 국가의 중대사를 논의하고 있는 자리거늘, 한낱 내시 따위가 어찌 그렇듯 무엄한 주둥이를 놀리는고?"

김사행은 입술을 깨물었지만 그 입을 더 열지는 못했다.

물론 김사행도 국왕의 총애와 신뢰를 받고 있는 점에서는 누구에게도 지지 않는다. 하지만 격이 다르다. 환관은 어디까지나 왕의 잔심부름꾼임을 면치 못하는 것이며, 왕사는 국왕이라도 마음으론 무릎을 꿇게 하는 초계급적인 존재였다.

자초는 다시 이성계를 향하여 말을 이었다.

"덮어놓고 정안군을 두둔하자는 것이 아닙니다. 비록 왕자대군이라 하더라도 나라에 죄를 지었다면 마땅히 처벌을 받아야 하겠습지요. 하지만 처벌을 하되 그 죄상을 유감없이 규명하셔야 한다는 뜻입니다."

이성계는 지그시 두 눈을 내려깔았다.

주변의 사람들을 태산처럼 찍어누르는 그 표정으로 한동안 말이 없다가 방원의 덜미를 잡고 있던 손을 놓았다. 단검도 던져버렸다.

"다름아닌 왕사의 말씀이시니 한 번만 더 참겠소."

그는 다시 입을 열어 자초에 대한 예도를 차린 다음 방원을 쏘아보았다.

"하지만 네 놈이 오늘 저지른 행패 나는 결코 잊지 않는다. 네 놈의 죄를 끝끝내 규명할 것이며, 그 죄상이 확실하여지는 날이면 어느 때이고 가차없이 처단할 줄 알라."

그리고는 발길을 돌려 주연을 차려놓은 그 누각으로 다시 들어갔다.

뜻하지 않은 소란에 뛰쳐나와 먼 발치에서 구경하고 있던 여러 왕족들, 중신들도 모두 그 뒤를 따랐다.

세자 방석은 물론 김사행도 조순도 역시 뒤따라 들어갔다. 그 자리에 남은 것은 방원과 자초와 방과뿐이었다.

휘황하게 불이 밝혀진 그 누각을 방원은 절망의 눈으로 바라보고 있었다.

먼 훗날(태종 12년 4월)에는 이 궁궐의 임자가 되는 방원이 그 누각도

좁고 초라하다 하여 크게 개조하고 이름도 거창하게 경회루(慶會樓)라 명명하게 된다. 외국의 사절들이, 국내의 대소신료들이 발 아래 꿇어엎드리는 것을 굽어보며 질탕한 잔치를 베풀게 되는 것이지만, 지금의 방원의 눈에는 그 자그마한 누각이 엄청나게 크고 높게만 보였다.

다시는 그 자리에 발도 들여놓을 수 없을 것이라는 소외감만 외롭게 씹고 있었다.

그 모습을 측은한 눈으로 지켜보다가 자초가 조용히 말했다.

"어서 이 자리를 떠나도록 하게. 되도록 멀리 몸을 피하는 것이 좋겠지."

"저더러 비열하게 도망을 치라는 말씀입니까?"

자초의 권고에 저항을 느끼며 방원은 반박했다.

"아무런 죄도 없는 제가 어째서 몸을 피해야 합니까."

"그러니까 더욱 자중하라는 말일세. 자네에게 죄가 있다고 생각했다면, 자네가 진심으로 세자를 죽이고자 했다면, 나는 자네를 두둔하지는 않았을 것이며 피신하도록 권하지도 않을 걸세. 죄가 없으니까 혐의가 풀릴 때까지 몸조심을 하라는 거야."

"대사의 말씀이 옳을 것 같구면."

방과도 말했다.

"조금 전에 김사행이랑 조순이가 어떠한 주둥이를 놀리던가. 오늘 이 자리는 대사께서 진력하신 덕분에 모면할 수 있었지만, 그 자들이 자네를 그냥 버려두겠나. 무슨 말을 쏙닥거려서라도 아버님의 가슴에 불을 지를 것이며, 그 불이 다시 폭발하여 그때 자네가 가까운 곳에 어른거린다면 어떤 억울한 처형을 받게 될지도 알 수 없는 노릇이 아닌가."

"상감의 역정이 가라앉는 날을 기다려야지."

자초가 다시 말을 이었다.

"남남이라면 또 모를 일이네만, 부자의 정이란 칼로 물베기야. 지금은 아무리 역정이 심하시더라도, 영안군의 말과 같이 주위에서 속삭대는 무리가 있어서 역정의 불길이 재연하더라도, 그 고비만 넘기고 시일이 흐르면 어버이의 따뜻한 정이 다시 샘솟을 거야."

그 말을 남겨놓고 자초는 어둠 속으로 사라졌다.

방과도 누각으로 발길을 옮겼다.

이제 그 자리엔 방원 혼자만이 남았다. 누각에선 다시 술잔이라도 돌기 시작한 것일까, 흥겨운 웃음소리가 간간이 흘러나온다.

방원은 어금니를 으스러지라고 깨물었다.

자신의 해명은 들으려고도 하지 않고, 일방적인 역정만 터뜨리던 부왕 이성계의 태도도 섭섭하다. 그러지 않아도 가로막혔던 부자간의 정류(情流)가 이제는 결정적으로 절단된 것을 생각하면 가슴이 찢어지게 슬프다.

그러나 그런 슬픔이나 외로움보다도 지금의 방원의 심골을 한층 더 후벼 파는 감정이 있었다. 일찍이 느껴보지 못한 격렬한 분노였다.

티없는 마음으로만 대하던 자신의 우애(友愛)를 짓밟고, 오히려 자기를 살인자 취급을 하며 호들갑을 떨던 세자 방석도 밉다. 궁지에 몰린 자기를 더욱더 깊은 구렁 속으로 밀어넣으려고 간사한 주둥이를 나불거리던 김사행과 조순도 물론 얄밉다.

그러나 방원의 분노의 대상은 보이지 않는 흑막이었다. 자객을 가장한 괴한은 분명히 연기를 하고 있었다.

――그 자가 방석이나 나를 죽이려고 나타났다면 어째서 그 단검은 떨어뜨렸을까.

물론 방원 자기가 쏘아보는 눈길에 당황한 나머지 그렇게 했을 것이라고 풀이할 수도 있겠지만 석연치 않다.

적어도 일국의 세자나 왕자대군을 살해하려고 궁궐 깊이 잠입한 자객이 아닌가. 그만한 일에 놀라서 유일한 무기를 떨어뜨릴만큼 소심한 자라면 그런 엄청난 임무를 맡을 턱이 없다.

――그 칼을 일부러 떨어뜨린 것이 아닐까?

그 칼을 방원 자기가 줍는다. 그야 자객과 마주 싸우기 위해서 그렇게 하는 수밖에 없다. 하지만 그 순간 방석이 그것을 보게 된다면 일은 해괴하게 띈다.

자객은 재빠르게 담너머로 몸을 감춘다. 방석의 눈에 비치는 것은 단검을 잡은 방원과 자기뿐일 것이다.

──꼼짝없이 올가미를 쓰는 것은 나 혼자뿐이 아닌가.

간교하고 치밀한 모략이었다.

──어느 놈이냐?

그 모략의 각본을 꾸민 배후의 원흉이 궁금했다. 그리고 진정으로 미운 상대 역시 그 원흉이기도 했다.

──두고 보라. 언젠가는 그 놈을 색출해서 그 놈의 목을 내 손으로 도려버리겠다.

분노란 때로 사람에게 강렬한 의욕과 용기를 불어넣어 준다.

──나는 살아야 한다. 나를 해치고자 하는 무리들에게 보복의 칼날을 꽂기 위해서라도 내 몸을 아껴야 한다.

방원은 마침내 자초와 방과가 권고하던 말을 받아들이기로 마음을 굳혔다.

대궐문을 나섰다. 그러나 막상 피신을 하자니 갈 곳이 없다.

──어디로 간다.

어둠에 덮인 새 서울을 답답한 눈으로 둘러보았다.

물론 피신을 하기로 마음을 정했으니 자기집으로 돌아갈 수는 없다.

앞으로 며칠이 걸릴는지 몇달이 걸릴는지 혐의가 풀릴 때까지 몸을 숨길 처소도 막막했지만, 당장 오늘밤을 새울만한 곳도 쉽게 있을 것 같지 않다.

──걷고 보는 거다. 발길 내키는대로 걸어가자면, 내 한몸 받아들일 오두막집 하나쯤이 없겠느냐.

그는 배짱을 굳히고 걸음을 옮겼다.

결국 방원의 걸음이 멈춘 곳은 설매의 집 문전이었다. 그가 미처 두드리기도 전에 그 문이 앞질러 열렸다.

김씨가 고개를 내밀었다.

"이 밤중에 어딜 가려구?"

방원은 그렇게만 생각하고 물었다.

"나리께서 오시는 발소리가 들리기에……"

김씨는 말꼬리를 흐리며 고개를 숙였다.

방원은 가슴이 찡해진다. 언제 찾아올는지도 기약할 수 없는 사나이의 발소리를 얼마나 기다리며 마음을 써왔기에, 그토록 재빨리 판별하고 마중을 나온 것일까.

어쩌면 김씨는 그 발소리를 기다리며 하고 한 밤을 뜬눈으로 지새웠는지도 모른다. 가뜩이나 고독해진 방원의 가슴엔 절절히 스며드는 정곡(情曲)이 아닐 수 없었다.

그러나 그는 그 감정을 무뚝뚝한 한마디로 은폐하려고 했다.

"거, 희한한 귀를 가졌구먼."

"어머나! 무정도 하셔라."

뒤미처 달려나온 설매가 쏘아주며 방원을 흘겨보았다. 하다가 그 눈이 심각하게 굳어진다.

"어쩐 일이시어요, 나리. 마치 못 오실 곳엘 끌려오신 분 같구먼요."

남달리 예민한 후각은 벌써 무슨 냄새라도 맡은 것일까.

"못 올 곳엘 온 것이 아니라 갈 곳이 없어서 마지못해 온 거야."

자기도 모르게 실토를 하면서 방원은 앞장서서 김씨의 방으로 들어갔다.

음력으로 섣달 초사흘날은 삼동치고도 가장 추운 겨울날 밤이었다.

그러나 어린 비(裶)는 뜨끈한 아랫목을 비켜놓고 웃목 한구석에 쓰러져 잠이 들어 있었다.

"감기라도 들면 어쩔려구. 하필이면 웃목에서 재운담?"

방원이 무심코 입맛을 다시자.

"또 모르시는 말씀만 하시네요."

설매가 다시 핀잔을 준다.

"아랫목은 나리만이 차지하셔야 할 귀한 자리라나요. 언제 찾아오실는지 기약할 수도 없는 무정한 나리를 위해서, 아기엄마는 밤낮으로 그 자리를 비워두더군요."

더욱더 가슴이 뜨거워진다. 넓은 천지에 자기 혼자만이 외롭고 버려진 것 같던 고독감이 훈훈하게 풀린다.

그러나 그것은 잠깐 동안이었다. 그런 은근한 감정에 몸을 맡기기엔 오늘 궁중에서 받은 충격은 너무나 강렬했다.

지글지글 흥골을 태우던 보복심이 다시 끓어올랐다.

"이 집을 찾아오는 것도 어쩌면 오늘밤이 마지막일는지도 몰라."

이렇게 운을 떼고 오늘 겪은 일을 간추려 털어놓았다.

그 얘기를 듣고난 김씨는 새파랗게 질린 채 한 마디 말도 입밖에 내지 못했다.

설매도 잔뜩 긴장한 얼굴로 골똘히 생각에 잠기다가 한참만에 입을 떼었다.

"아무도 모르게 은신하실 처소야 찾자면 없는 것도 아니지만요. 나중에 그 피신처가 발각되더라도 나리를 안전하게 감싸드릴 수 있는 곳이라야 할텐데요."

혼잣소리처럼 말하다가 돌연 설매의 얼굴이 밝아진다.

"있사와요. 마땅한 곳이 꼭 한 집 있사와요."

숨가쁘게 소리쳤다.

방원도 귀가 번쩍 뜨이는 느낌으로 설매의 다음 말을 기다렸다.

16. 翁主의 집

"그래요. 그 언니라면 며칠이고 몇달이고 나리를 잘 모실 것이어요."
밑도끝도 없는 소리를 지껄이며 설매는 혼자 좋아했다.
"도대체 누구를 말하는 거냐."
방원이 조급하게 다그쳐 묻자,
"기다리시어요. 차근차근 말씀드릴 테니까요."
설매는 장난스럽게 거드름을 피운 다음 말을 이었다.
"우선 김해 땅을 찾아가셔야지요." .
"김해라면 경상도 김해 말이냐?"
"거기 말고 김해란 고장이 또 있었던가요."
말끝마다 아프지 않은 가시를 번득이며 설매는 수선이었다.
"천릿길 먼 고장이지만요, 나리가 은신하시기엔 여기서 멀수록 좋지
않겠어요? 그 곳엘 가시어서 칠점선이란 기생을 찾으시는 거예요."
"칠점선(七點仙)이라? 얼굴에 점이라도 많은 모양이구먼."
"글쎄요. 그 언니 얼굴엔 점은 고사하고 죽은깨 하나 없지만요. 어릴
적부터 모두들 그렇게 불렀고, 기적에 오른 후에도 그 이름을 그대로
따서 기명(妓名)을 삼았으니까, 어디 남모르는 곳에 귀한 점이 북두칠성
처럼 박혀 있는 모양이죠?"
"칠점선이라!"
곱씹으면서 방원은 아득한 기억을 더듬는 것 같은 얼굴을 하다가,
"전 왕조에서 왕노릇을 하던 신우(辛禑)에게도 그런 이름을 가진 후궁

이 있었던 것 같은데."

이런 말을 불쑥 꺼냈다.

그것은 사실이었다.

신우, 즉 우왕에게 여러 후비가 있었다는 것은 유명한 얘기다. 이른바 팔비삼옹주(八妃三翁主)라 하여, 비의 칭호를 내린 여성이 여덟 명 중에서 옹주 칭호를 내린 총비(寵妃)가 세 명이나 되었다고 한다.

칠점선은 바로 그 삼옹주 중의 하나였다.

원래 고려조에서 밀직사(密直使) 벼슬을 지내던 남질(南秩)이란 사람의 첩이었는데, 우왕의 눈에 들어 후궁이 되었으며 영선옹주(嬋善翁主)란 칭호까지 받게 되었던 것이다.

사비(私婢)의 몸으로 옹주가 된 것은 칠점선이 시초이었기 때문에 숱한 여성들의 선망의 적이기도 하였었다.

"바로 그 칠점선이라면 신우가 살해 당하자 어디론지 종적을 감추어버렸다고 하거니와, 날더러 찾아가라는 기녀가 그 여자는 아니겠지?"

방원이 묻는 말에,

"글쎄요."

설매는 속모를 미소를 피우며 말꼬리를 흐리다가,

"어쨌든 그 언니라면 나리를 아드님처럼 잘 돌보아드릴 것이어요."

또 해괴한 소리를 한다.

"나를 아들처럼?"

"그럴 까닭이 있다니까요. 그러니 그 언니를 만나거든 나리께서도 어머니처럼 대하셔야 한단 말이어요."

"그래?"

방원은 어리둥절한 눈길을 보내다가,

"그렇게 나이가 든 노기(老妓)인가?"

어쩐지 그 기녀의 정체가 마음에 걸려 자꾸 캐고들었다.

"그렇지도 않으니까 제가 염려하는 거죠. 나리는 말씀예요, 원래 여난의 상이 짙은 분이시니까 도무지 마음이 놓이지 않거든요. 만일 그 언니 한테 다른 욕심을 가지셨다간 나리를 감싸드릴 은신처가 도리어 재앙의 구렁으로 화할는지도 모를 일이어요."

진담인지 농담인지 알 수 없는 소리였지만, 그러나 제법 심각하게 못을 박았다.

어쨌든 방원은 칠점선이란 기녀를 찾아가 보기로 마음을 굳혔다. 지금 의 형편으로는 그보다 나은 은신처도 있을 것 같지 않았지만, 칠점선이란 그 여성에 대해서 은근한 관심이 고개를 든 때문이기도 했다.

"떠나자면 날이 밝는 즉시로 떠나야 할텐데."

방원은 이렇게 혼잣말을 흘렸다.

"그래도 댁에 연통은 하셔야지요."

설매가 묻는 말에,

"공연한 짓일 게야."

방원은 쓰겁게 고개를 가로저었다.

"우리 집이라는 곳에 누가 있기에 그런 번거로운 절차를 밟아야 하겠 나. 나를 위하는 체 떠들어대는 자들도 그 속마음을 들추어보면 다들 저희들의 잇속 때문에 그럴 뿐이야. 그러니 공연히 붙잡혀서 실랑이나 벌이면 그만큼 갈길만 늦어질 것이 아닌가."

그 말을 입밖에 내고보니 방원은 새삼 외로워진다. 자기 주변엔 많은 사람이 있는 것 같으면서도 따지고 보면 자기 혼자뿐이라는 실감이 절로 가슴을 저민다.

"굳이 들러야 할 필요가 있다면, 옷이나 갈아입고 노자나 몇푼 장만하 기 위해서일까?"

"노자라면 염려마시어요. 저에게도 그만한 돈은 있으니까요. 그보다도 나리께서 입고 가실 의관이 걱정이네요. 오늘밤 안으로 당장 지어드릴 수도 없는 일이구요."

설매는 그런 걱정을 한다.

지금 방원이 입고 있는 옷은 입궐을 위해서 차려 입은 왕자대군의 조복이었다. 그런 차림으로 더더구나 남의 눈을 피하는 도피의 여행길을 떠날 수는 없었다.

"의복이라면 제가 한 벌 장만해 둔 것이 있사와요."

그때껏 아무 말도 하지 않고 한구석에 비켜앉았던 김씨가 이런 말을 하더니 장롱에서 옷 한 벌을 꺼내왔다.

왕자대군이 입을 옷치고는 지나치게 검박한 무명 바지저고리와 도포 한 벌이었다. 그러나 어느 값비싼 비단옷보다도 방원은 그 마음씨가 고마웠다. 그리고 지금의 경우엔 가장 어울리는 의상이기도 했다.

입어보았다. 몇번씩 자로 재고 수선을 떨고 해서 지어다준 옷보다도 훨씬 더 잘 맞는다.

"비 엄마가 내 몸을 잰 적이라고는 한번도 없었던 것 같은데, 이렇게 꼭 맞을 수가 있을까."

방원은 진심으로 감탄했다.

"남정네란 저렇게 무심하다니까요."

설매가 또 핀잔 섞인 소리를 던졌다.

"우리 여자완 다르단 말씀이어요. 깊이 정을 심고 나눈 낭군이라면 그 낭군의 품이 얼마가 되는지, 기장이 얼마가 되는지 자로 재지 않아도 환히 보이는 것이어요."

"그럴까?"

곱씹으면서도 방원은 정 깊은 눈길을 김씨에게로 보냈다. 그러자 김씨는 낯을 붉히고 고개만 꼬고 있었다.

"먼 길을 떠나시자면 편히 쉬셔야겠네요."

두 정인의 오붓한 작별을 배려하는 때문인지, 설매가 살며시 빠져나갔다. 그러나 방원은 그밤이 아쉽기만 했다.

잠 잘 생각은 물론 없었다. 그렇다고 속된 정념을 돋우는 행위 따위도 그밤을 낭비하는 것만 같았다. 그저 김씨의 옆 얼굴과 어린것의 얼굴을 지그시 바라보고만 있었다.

첫닭이 운다.

방원은 자리를 차고 일어섰다. 창문을 열어보니 밖은 아직 한밤중처럼 캄캄하다. 삼동의 동이 트자면 한참은 더 있어야 하겠지마는, 시끄러운 눈을 피해서 서울 거리를 빠져나가자면 차라리 어두운 편이 나을 것이라고 여겨졌다.

어린 비는 아직도 잠이 들어 있었다. 그 무심한 얼굴에서 좀처럼 시선을 떼기 안스럽다.

"애를 깨울까요? 아버님께서 먼 길을 떠나시니 작별인사라도 드리도록 해야지요."

김씨가 하는 말에 방원은 쓸쓸히 고개를 가로저었다.

"오늘은 그냥 떠나도록 하겠어. 이제 생각하니 저 아이 어린 가슴에 나는 여러 차례 섭섭한 못을 박아온 셈이니까. 언젠가는 매정하게 만나주지도 않았고, 또 언젠가는 모처럼 첫상봉을 하고도 만리이역으로 훌쩍 떠나버리지 않았나. 저 아이가 장차 아버지를 생각할 적에 어떠한 모습이 떠오르겠나. 여느 부자지간처럼 믿음직스럽게 곁에 있어 주는 아비가 아니라, 무정하게 집을 떠나는 뒷모습만 그려질 게 아닌가."

설매는 벌써 만반의 준비를 갖추고 방문 밖에서 기다리고 있었다.

방원이 밖으로 나가도 김씨는 방안에 그냥 앉아 있었다.

설매는 무엇인가 지피는 게 있었던지 잠깐 아픈 표정을 했지만, 그러나 혀끝만은 수선을 피우고 있었다.

"비 엄마는 뭘 그렇게 꾸물거리고 있지? 낭군께서 먼 길을 떠나시니 백리 길을 따라가며 전송을 해도 시원치 않을텐데 어째서 꼼짝도 않는 거유."

"저도 떠나시는 게 보고 싶지 않은 거예요. 우리 아이처럼 말예요."

겨우 목멘 소리를 김씨는 흘려보내다가 그 말소리가 흐느낌 소리로 바뀌어진다.

방원은 침통한 얼굴로 대문을 나섰다.

그가 가는 곳엔 그림자처럼 따라다니는 애마 응상백이 고개를 떨구고 기다리고 있었다.

주인이 외출을 할 적이면 발을 구르고 코를 불며 좋아라고 설치던 그 놈이 오늘따라 풀이 죽은 것은, 그놈 역시 이번 길이 어떤 길인지 짐작하고 있는 것일까.

"가자!"

방원은 올라탔다.

"좋건 궂건 가야 할 길은 가야 하는 게야."

응상백은 느릿느릿 발걸음을 옮겼다.

그런대로 설매의 집은 차차 멀어진다. 문밖에 서서 전송하는 설매의 모습이 어둠 속에 잠겨버린다. 그러나 김씨의 흐느낌 소리만은 길게길게 꼬리를 끌고 방원의 귓전을 떠나지 않았다.

일찍이 이런 길을 떠나본 기억이 없다.

몇해 전에도 모함의 검은 바람에 몰려서 남쪽땅으로 밀려간 적은 있었다. 그때도 참을 수 없는 좌절감과 소외감이 가슴을 후비기는 했지만, 이번은 그때의 유가 아니다.

그 당시는 그런대로 형식적이나마 왜구를 섬멸하는 절제사란 사명을 띠고 많은 장졸들을 거느리고 가는 행차였지만, 지금은 비복 하나 따르지 않는 초라한 홀몸인 것이다.

한창 건축 중인 남대문 문밖에서 방원은 잠깐 걸음을 멈추었다. 네 기둥에 지붕만 엉성히 올라앉은 그 문루를 쏘아보며 다짐했다.

──어디 두고보자. 내가 다시 이 문 안에 들어서는 날 그때 응상백아, 너는 오늘처럼 이렇게 숨을 죽이고 기어가지는 않을 게다. 가슴을 활짝 펴고 코를 불면서 말굽소리도 요란하게 달리고 달릴 것이다.

별천지란 말이 있다.

김해땅에 발을 들여놓자 방원은 그 말이 실감 있게 느껴졌다.

이 나라의 최남단, 낙동강 하류에 자리잡은 그 고장은 추위가 한창 극성을 부리는 동지섣달이라고는 믿어지지 않을만큼 포근했다.

하룻밤만 자고나면 개나리, 진달래, 살구꽃들이 한꺼번에 활짝 피어날 것만 같았다. 귀를 기울이면 어디선가 꾀꼬리 울음이라도 들릴 것 같은 착각을 안겨준다.

김해는 물론 유서 깊은 고읍(古邑)이었다.

가락국(駕洛國)의 시조 김수로왕(金首露王)이 도읍한 이후, 10대 491년 동안 왕업의 중심지이던 고도(古都)이기도 하였다.

그래서 그런지 이 고을 동북쪽을 가로막고 서 있는 산봉우리들, 이름 없는 고목들, 길가에 굴러 있는 바윗돌 하나하나에도 해묵은 유서가 깊이 새겨져 있는 것 같다.

고색이 창연한 민가들 하나하나가 먼 길에 지친 나그네의 눈에는 고향의 정든 집처럼 다정하게만 보인다.

시각은 한낮인데 오가는 행인도 별로 눈에 띄지 않는다. 고을 전체가 어지러운 세파를 외면하고 단잠에 취해 있는 것일까.

——나처럼 속세의 풍진을 피해서 숨어 사는 인간에겐 제격이구먼.

흐뭇한 감회에 젖으면서 어슬렁어슬렁 거리를 누벼가자니까, 저편으로부터 꼬부랑깡깡이 노파가 대지팡이에 매달려 걸어오고 있다.

——그렇지, 칠점선인가 하는 그 기녀의 집을 찾아야 하것다?

방원은 그 노파의 곁으로 다가갔다.

"할멈, 말 좀 물어봅시다."

눈꼬리에 낀 눈꼽을 손등으로 문지르며 노파는 게슴츠레 방원을 쳐다보았다.

"칠점선이란 기생집이 어디쯤이나 되오?"

"뭐라구애? 날더러 어딜 가냐구애?"

할멈은 뚱딴지 같은 소리만 길게 뽑는다.

나이가 나이고 보니 단단히 귀라도 먹은 모양이었다.

그러다가 노파는 제풀에 흐물흐물 웃으며 수다를 떤다.

"우리 막내딸년이 고추 달린 사내놈을 낳았다고 안하는교. 딸년만 내리 일곱씩이나 내깔기다가 이제사 떡두꺼비 같은 손자놈을 낳았다카이 내사 어찌 안 가보겠는교."

방원은 절로 피어오르는 미소를 삼키며 좀더 목청을 돋우어 다시 물었다.

"그게 아니라 칠점선이란 기생의 집을 묻고 있는 거요."

"칠점선이라구얘? 어디서 많이 듣던 이름 같구마."

노파는 가뜩이나 조글조글 주름살에 덮여 있는 얼굴을 잔뜩 찡그리고 기억을 더듬는 표정을 한다.

"칠점선이라구 하면 김해땅에선 모르는 사람이 없다구 합디다."

거듭 말하며 깨우치자 노파는 무릎을 치는 대신 대나무 지팡이로 땅바닥을 두드린다.

"이제사 알겠구마, 옹주마마 말이지얘. 그분의 옛날 이름이 칠점선이라카던 모양이지만얘, 어디 여기 사람들이 그렇게 부르능교. 옹주마마라캅니다, 옹주마마라구얘."

"옹주마마?"

반문하면서 방원은 가슴 속에 무엇인가 석연치 않게 걸리는 느낌을 받았다.

"이래뵈두얘, 나는 18대나 김해땅에서 살아온 사람이 아닌기요. 옹주마마댁을 모른다면 늙기도 전에 망령이 들었다는 소릴 듣지얘."

노파는 신바람을 피우며 주워·섬겼다.

"그렇다면 좀 가르쳐 주구료."

"가르쳐 드리는 건 어렵지 않지만얘."

게슴츠레하던 노파의 눈이 약간 긴장의 빛을 띤다.

"와 묻지얘? 그 댁은 와 찾지얘?"

"허어 참, 할멈두 딱하구료."

방원은 오랜만에 느긋히 풀어지는 기분으로 흐물거려 본다.

"사내대장부가 기생집을 찾는다면 알조가 아니겠소. 내 먼 길을 오느라고 피곤도 하고 하룻밤 객고라도 풀까 해서 그러는 거지."

"예끼 이냥반!"

노파는 발끈하며 대지팡이를 들어 방원을 치는 시늉을 한다.

"우리 옹주마마는애, 옛날엔 기생 노릇을 했는지 모르지만, 지금은 아닌기라. 모두들 옹주마마라카면서 모시는기라. 그런데 뭐라구애? 그따위 거렁뱅이가 그 댁에서 묵겠다구애? 보소, 다리몽둥이 부러지고 싶지 않거든 퍼뜩 꺼지는기라."

노파는 진정으로 노하고 있는 것 같았다. 그 태도에서 칠점선이란 기녀를 싸고 도는 수수께끼가 한층 더 짙어진다.

"도대체 그 기생이 얼마나 도도하기에 그렇듯 야단을 떠는 거요?"

묻지 않을 수 없었다.

"하모애, 그 분은 옹주마마 아닌교."

"말끝마다 옹주라고 하는데, 그 기녀가 나라님의 핏줄이라도 물려받았단 말이요?"

옹주 칭호를 행사하자면 적어도 국왕의 서녀(庶女)쯤으로 태어났어야 할 것이었다.

"아니면 나라님의 두터운 정이라도 받았단 말이오?"

고려말로부터 이조 초기에 이르는 시점에선 국왕의 후궁을 옹주에 봉하는 사례가 왕왕 있어서 한 말이었다.

"바로 그거지애."

노파는 대지팡이로 또 땅바닥을 두드려댄다.

"귀하신 나라님의 고임을 받은 분이라 캐서 이 고장 사람들은 모두들 그렇게 받드는기라."

──나라님의 총애를 받았다?

설매의 입에서 칠점선이란 이름을 들었을 때 머리를 스치던 의혹이 다시 고개를 들었다.

──그 기녀가 신우의 후궁이던 칠점선이라면? 영선옹주 그 여인과 동일인이라면?

심상하게 넘겨버릴 문제가 아니다.

혁명 이후 구 왕조 유신(遺臣)들에 대해선 되도록 너그러운 포섭책을 취해 왔다. 그러나 구 왕실에 혈연이 짙은 인사들에게만은 철저하고 무자비한 숙청을 가하여왔던 것이다. 그러기에 태조 3년 4월 15일엔 강화도(江華島)에 유배하였던 왕씨(王氏)들을 강화 나룻물에 던져 죽이는 참사까지 있었던 것이다.

왕씨 중에서도 이씨왕조 측의 미움을 가장 심하게 받았던 우왕의 후궁이라면 웬만한 왕족 못지않은 위험 인물에 속한다.

──그런 여자에게 몸을 위탁한다는 것은 스스로 자멸의 구렁으로 뛰어드는 것이나 다름이 없지 않은가.

이렇게 생각하니 소름이 끼친다. 등골이 오싹오싹 얼어붙는 느낌이었다. 그러나 방원은 다시 생각해 본다.

──그 기녀가 과연 신우의 후궁이었다면, 그 사실을 설매가 모를 턱이 없다. 알면서 나를 그런 여자의 집에 보낼 까닭이 없다.

칠점선을 대하되 어머니처럼 하라던 설매의 말이 문득 떠올랐다.

──그 말은 또 무엇을 의미하는 것일까.

생각하면 할수록 수수께끼는 얽히고 설키어 갈피를 잡을 수 없었다.

──어쨌든 예정했던대로 찾아가보는 수밖에 없다.

방원은 겨우 배짱을 굳히고 다시 말을 꺼냈다.

"그 기녀, 아니 옹주마마 말이요."

노파의 비위를 상하게 할세라 말투부터 고치고 둘러댔다.

"내 그 집에 가서 객고를 풀겠다고 한 말은 농담이고, 실은 그분에게 긴히 전할 사연이 있어서 멀리 한양서 찾아온 것이니, 그 집이나 가르쳐

주오."

"한양서 오셨다구애?"

노파는 순진하게 넘어갔다. 반색을 했다.

"정말 한양서 오신 손님이라카면 우리 옹주마마 이제 셈이 펴시는
게 아닌기요."

혼자 좋아하며 앞장을 섰다.

낙동강 강줄기가 시원히 내려다보이는 풍치 좋은 강촌(江村)에 칠점선
의 집은 있었다.

뒤뜰에는 청청한 대나무를 심고 얌전하게 다져서 쌓은 흙담을 두른
정갈한 초옥이었다. 지난해 가을에 새로 엮은 것일까 때깔 고운 싸리문
앞으로 다가가자니까, 그집 내실로부터 한가하게 가야금 뜯는 소리가
들려온다.

곡은 지리산곡(智異山曲).

아득한 옛적 백제 어느 임금 시절이었다던가, 지리산 기슭 구례현(求
禮縣)에 한 가인이 있었다.

비록 가난한 촌부(村婦)였지만 자색이 출중했다. 백제왕이 그 소문을
듣고 후궁을 삼고자 했지만, 그 가곡을 지어서 부르며 죽기를 맹세하고
정절을 고수하였다는 유례가 담긴 가락이었다.

말하자면 일국의 군왕의 위세로도 한 여성의 결백성을 함부로 꺾을
수 없다는 기개를 읊조린 악곡(樂曲)인데, 고려 왕조 때엔 삼국의 속악
(俗樂)의 하나로 궁중에서도 자주 탄주하던 곡이었다.

──그와 같은 가락을 하필이면 이런 곳에 숨어 사는 한낱 기녀가
탄주하는 까닭은 무엇일까.

방원이 이런 회의에 잠겨 있는데, 그 노파는 수선스럽게 싸리문을 박차
고 안으로 뛰어들어갔다.

"오셨습니다애, 옹주마마. 마마께서 목이 빠지게 기다리시는 사람이
한양서 안 찾아왔습니까."

노파는 조바심을 하며 같은 내용의 말을 더욱더 떠들어대고 있었지
만, 이집 주인은 귓전에도 담지 않는 것인지 그 가락을 계속 뜯고만 있었
다.

어떤 저의가 있어서 탄금을 고집하는 것 같지도 않았다.

노파가 아무리 떠들어대도 청청하고 잔잔한 선율엔 추호의 혼란도
깃들이지 않았다.

지리산곡 한 곡을 다 뜯고나자 비로소 가야금 소리는 그쳤다. 하더니,

"거기 누구 왔나요?"

이번엔 이런 말소리가 날아왔다.

그 목소리에 방원은 놀랐다.

특이한 목소리라고나 할까, 얼핏 듣기엔 약간 목이 쉰 소리 같기도
하지만, 그러면서도 듣는 사람의 귀청 깊이 파고드는 음성이었다.

그러나 그런 특이한 음색 그 자체만이 문제가 아니었다. 방원의 심골
속에 오랜 세월을 두고 뿌리를 내려온 음성이었기에 그는 놀란 것이다.

누구의 목소리를 닮았을까 하고 오래 기억을 더듬을 필요도 없었다.
얼마 전에 죽은 강비의 음성이 다시 살아나지 않았나 하고 방원은 자기
귀를 의심했던 것이다.

"옹주마마."

노파가 다시 등이 닿지 않게 소리 높여 부른다.

그러니까 그 목소리의 임자는 이집 여주인 칠점선이었던 모양이다.

"새 서울 한양서 손님이 찾아왔다카지 않습니까."

그 말을 듣고 곱씹듯이 칠점선은 잠깐 동안을 두었다가,

"얘, 소월아."

하고 부른다.

부엌으로부터 열서너 살쯤 먹어보이는 소비(小婢)가 뛰어나왔다.

"무슨 일로 오신 어느 분이냐고 여쭈어 보아라."

여전히 방문도 열지 않고 칠점선은 지시했다.

소비가 사립문 쪽으로 다가오더니 고개를 갸웃하며 내다본다. 남달리 자그마한 얼굴이 달덩이처럼 동글동글하다. 그래서 소월(小月)이란 이름을 붙여준 것일까.

"누구십니까, 우리 옹주마마께서 여쭈어 보라카시지 않습니까."

낯선 사람을 경계하는 복슬강아지와 같은 그런 눈으로 빤히 쳐다보며 소월이는 물었다.

방원은 자칫 당황한다.

이 집에 몸을 의탁하자면 물론 자기 신분을 밝혀야 하겠지만, 직접 칠점선을 만나보기도 전에 통성명을 한다는 데에 석연치 않은 저항을 느꼈다.

남의 눈을 피해야 하는 떳떳하지 않은 형편에 몰린 몸이기 때문이기도 했고, 또 그것은 자기도 의식하지 못하는 동안에 가슴 속에 도사리고 앉은 왕자대군의 자존(自尊)이기도 했다.

"이 집 주인 되는 분을 직접 만나본 연후에 말씀드리겠노라고 여쭈어라."

방원은 일부러 음성을 돋우어 이렇게 일렀다. 그 목소리는 소월이의 전갈을 기다릴 것도 없이 칠점선의 귀에도 충분히 들렸을 것이다.

그러나 끝내 도도하게 굴려는 때문일까, 아무 소리도 하지 않는다.

마루 끝으로 조르르 달려간 소월이가,

"옹주마마를 만나뵙고 말씀드리겠다카지 않습니까."

전하는 말을 들은 후에야 겨우 반응을 보였다.

"내가 듣자 하니 남정네 음성 같은데, 나는 이미 기적(妓籍)을 떠난 지 오래된 몸, 남자 손님이라면 집을 잘못 찾으신 것으로 생각된다고 여쭈어라."

방원은 쓴웃음을 삼켰다.

──생각보다는 훨씬 녹녹지 않은 여자로구먼.

저 편이 도도하게 굴면 굴수록 방원 역시 쉽게 굽히고 싶지 않다.

　그만큼 풋된 오기가 아직도 버티고 있는 것일까, 아니면 칠점선이란
여성에 대한 관심도가 자꾸만 부푸는 때문에 그런 반발이 이는 것일까.
　역시 자기 신분은 밝히지 않고 다시 둘러댄다.
　"한양 사는 설매라는 기녀가 찾아보라고 하기에 왔노라고 여쭈어라."
　저 편에서 끝내 버티겠다면, 이 편에서도 지지 않겠다고 던져 본 말이
었지만, 그러나 그 말은 의외로 효과적인 반응을 불러일으켰다.
　소월이의 전갈도 기다리지 않고 이번엔 방문이 열린 것이다. 치맛자락
을 가볍게 날리면서 칠점선으로 여겨지는 여인이 대청마루 끝에 나타난
것이다.
　그 자태를 사립문 사이로 엿보면서 방원은 또 한번 놀란다.
　──이럴 수가 있을까?
　목소리만이 아니었다. 칠점선의 얼굴, 몸매까지도 강비가 다시 살아나
서 그 자리에 나타난 것이 아닌가 싶을 정도로 방불했다. 굳이 다른 점을
찾자면 사망 직전의 강비보다는 십여세 쯤 젊어보이는 점이었다.
　마당으로 뛰어내리더니, 그 마당을 가로질러 칠점선은 달려 온다.
　손수 사립문을 연다.
　그리고 방원의 얼굴을 똑바로 바라보자 이번엔 칠점선이 놀란다. 자기
도 모르게 무슨 말을 꺼내려고 하다가 황급히 삼키더니 노파에게로 눈길
을 돌린다.
　호기심에 들뜬 얼굴로 턱을 받치고 있는 노파의 귀에 입을 대고 그
낮으막한 목소리에 힘을 주며 말한다.
　"내가 잘 아는 손님이니 할멈은 염려말고 그만 돌아가도록 해요."
　"잘 아는 손님이라구얘?"
　이빨이라고는 한두 대밖에 남지 않은 뻘건 잇몸을 드러내며 노파는
히죽거렸다.
　"마마님, 그러니까 저 양반, 한양 대궐에 옹주마마를 모셔가려고 찾아
온게 아닌기요."

신바람을 피우며 수선을 떤다.

"글쎄 그런 걱정일랑 말고 어서 가서 할멈 볼일이나 보라니까요."

칠점선은 아무래도 그 노파의 이목을 꺼리는 눈치였다.

"내 볼일이라카면?"

노파는 고개를 갸웃거리다가 허둥거린다.

"참, 내 정신 좀 보시이소. 외손주놈 보러 간다카다가 여기서 이러구 있구마."

꼬부랑깡깡 할멈이 허리를 두드리며 사립문을 빠져나갔다.

그 뒷모습을 지켜보다가 칠점선은 무슨 생각이 든 것일까.

"왕자대군께 천기 칠점선 경배드립니다."

고운 옷자락이 더럽혀지는 것도 개의치 않고 방원의 발 아래 큰절을 한다.

──칠점선은 벌써 내 정체를 간파한 것일까.

떨떠름한 입맛을 다시다가 방원은 딴전을 부려본다.

"내가 누군 줄 알고 왕자대군이니 뭐니 그런 말을 함부로 하는게요."

칠점선은 그대로 땅바닥에 꿇어앉은 채 두 눈을 곱게 떠서 쳐다보더니, 그 눈가에 살며시 미소를 새기며 말했다.

"나리께선 저를 처음 보시겠습니다만, 저는 나리를 잘 알고 있습니다. 나라님의 다섯째 아드님이 되시는 정안군 나리가 아니십니까."

갈수록 선수만 쓰며 파고드는 칠점선이었다.

방원은 그저 뒷걸음질만 치고 허둥대는 느낌이었다.

"귀하신 왕자대군 나리를 이렇게 문전에서만 모실 수 있겠습니까. 누추한 곳이지만 안으로 듭시지요."

칠점선은 또 선수였다. 뒤뜰에 외따로 세워진 아담한 별당으로 방원을 인도했다.

별당 역시 짚을 이은 초당. 규모는 크지 않았지만 방안에 들어서보니 갖출 것은 다 갖추어져 있었다. 언제 누가 들어도 당장 거처할 수 있도록 깨끗이 정돈되어 있었다.

"마치 나를 기다리기나 한 것 같구먼."

방원이 이런 말을 흘리자,

"바로 그렇습니다, 나리."

칠점선은 마주 받아 말했다.

"오늘 이른 새벽이었습니다. 꿈인지 생시인지 몽롱한 속에서 문득 창밖을 내다보니까 하늘로부터 별 하나가 저희 집으로 떨어지질 않겠습니까. 제왕의 별이라고 하는 자미성(紫微星)이었습니다. 놀라 깨어났습니다마는 몹시 황공하더군요. 저 같은 천기의 집에 자미성이 왕림하시다니 당키나 한 일이겠습니까. 그래도 혹시나 싶어 이 방을 치우고 기다리고 있으려니까, 이렇듯 나리께서 찾아 주시질 않았습니까. 몽조(夢兆)가 적중한 셈이지요."

담담히 주워섬기는 말이었지만, 방원의 귀엔 섬찍하였다.

"큰일 날 소리."

전율하듯 말했다.

"나를 마치 자미성에 비유하는 말같이 들리는데, 그런 소리 다시는 입에 담지도 마오."

"제가 잘못한 말일까요."

칠점선은 묻더니 잠깐 말을 끊고 이윽히 방원을 지켜보았다.

그저 맑고 잔잔한 눈길이었지만, 방원의 마음의 갈피갈피를 샅샅이 헤치고 들여다보는 것만 같다.

그러다가 칠점선은 다시 말을 이었다.

"하늘이 내리신 큰별이란 어떠한 곳에 계시든지 그 빛을 감추지는 못하시는 법입니다. 또 그분 자신은 그 별빛을 느끼지 못하고 계시더라도 다른 사람의 눈에는 눈이 부시는 것이지요."

"모르는 소리."

방원은 쓰겁게 웃었다.

"당장 몸담을 곳도 없어서 이렇듯 남쪽 변방에까지 흘러온 방랑객을 놀려도 분수가 있어야지."

그리고는 자기가 여기까지 찾아온 경위를 간추려 설명해 주었다.

"설매가 하는 말을 듣자니 낭자를 형제처럼 가까이 여기는 것 같기에 염치 불구하고 찾아왔소만, 낭자는 도대체 어떠한 사람이요? 이 고장 사람들이 모두들 옹주마마라고 부르니 그건 또 어쩐 까닭이요?"

이때까지 수세에만 몰리던 자세를 겨우 바로잡고 방원은 캐고 물었다.

"글쎄요."

아리송한 미소로 방원의 물음을 흘려버리더니, 칠점선은 자리에서 일어섰다.

"어쨌든 저의 집을 찾아오셨으니 모든 것을 저에게 맡기시고 편히 쉬시도록 하시어요."

방원을 남겨두고 밖으로 나갔다.

가지가지 의혹의 구름이 방원의 가슴을 어지럽힌다.

── 알 수 없는 일이야. 칠점선이란 그 여성은 어떠한 내력이 있기에 돌아가신 중궁을 그토록 닮았을까. 그리고 하늘은 어떠한 명분을 섭리하셨기에 나를 그런 여성에게 보내셨을까.

── 모두들 칠점선을 옹주마마라고 부르는 까닭은 무엇일까.

다시 곱씹자니까 그 의혹의 가지가지에 공상의 이파리가 제멋대로 피어오른다.

── 어느 군왕의 총애라도 받은 몸이라는 뜻일까. 그렇다면 그 군왕이란 누구일까.

우선 우왕의 얼굴이 떠오른다.

우왕의 후궁 중에도 칠점선이란 이름의 여인이 있었으니까, 그 여인과 같은 인물이 아닐까 하는 추측도 해볼 수도 있다.

그러나 그런 추측은 지나친 비약만 같다.

우왕 다음에 왕위를 계승한 창왕(昌王)은 후궁을 두고 어쩌고 할 겨를도 없는 어린 몸으로 죽어 갔으니 예외로 하더라도, 그렇다면 고려조 마지막 임금이었던 공양왕일까.

그는 창왕과는 달리 나이 40이 넘어서야 영립(迎立)되어 왕노릇을 한 사람이니 후궁 몇몇쯤 두었을 것은 물론이다.

그도 아니라면 부왕 이성계.

그러나 방원은 그런 추리의 날개가 차츰 역겨워진다. 그것들을 걷어버리고 각도를 달리해 본다.

──지난날 어느 임금의 사랑을 받았던 몸이 아니라, 앞으로 군왕이 될 사람의 총애를 받는다는 뜻이 아닐까.

그런 미래상(未來像)을 그려보는 편이 훨씬 구미에 당긴다.

──칠점선은 나를 자미성에 비유했다. 나에게 만일 왕기(王氣)가 서려 있다면 그리고 그 여성이 나의 후실이 된다면, 옹주마마라고 불릴 수도 있지 않겠는가.

자기에겐 여난의 상이 짙다고 하던 설매의 말이 생각난다. 칠점선은 어머니처럼 섬겨야 한다고도 했다. 다른 욕심을 가져서는 안 된다고 강조했다.

──그 말은 다른 뜻이 아니라 칠점선이 너무나 강비를 닮은 때문에 내 마음이 끌릴 것을 두려워한 나머지 앞질러 못을 박은 소리가 아닐까.

김씨가 나타난 이후, 김씨를 동정하고 감싸주려는 협기(俠氣)가 작용했던지 요즈음은 그런 심정을 되도록 깊이 감추려고 드는 설매였지만, 방원에 대한 정이 완전히 냉각하여 버렸다고 단정하기는 어렵다. 설매의 마음 속에도 방원을 놓치지 않으려는 시새움이 전혀 없다고 보기는 어렵다.

이런 궁리 저런 망상에 자리에 누워 있어도 잠이 오지 않는다.

답답하다.

방원은 밖으로 나가 보았다.

한양을 떠난 것이 12월 4일, 그 동안 여기까지 오느라고 근 열흘이 걸린 셈이라, 만월에 가까운 한월(寒月)이 휘영청 밝다.

남녘의 바람은 밤이 이슥하도록 훈훈하기만 했다.

어슬렁 어슬렁 걸음을 옮겨본다.

하다가 방원은 걸음을 멈추고 귀를 기울인다. 아까 듣던 그 가야금 소리였다. 곡도 지리산곡.

물론 칠점선이 뜯고 있을 게다.

──어째서 저 여성은 군왕의 위세로도 꺾을 수 없는 정절을 강조한 그 곡만 즐겨 듣는 것일까.

방원은 문득 야릇한 역설을 느낀다.

──비록 제왕이라도 함부로 빼앗을 수 없는 절개, 그것을 빼앗을 수 있겠으면 어디 빼앗아보라고 나에게 도전하는 것이 아닐까.

이런 착각이 실감있게 그의 춘정(春情)을 흔들어대는 것이다.

흔들거리는 춘정은 그 밑바닥에 깊이 묻혀 있던 정화(情火)를 일구어 낸다.

죽은 강비에 대한 감정이었다.

──전생엔 넘을 수 없던 천륜(天倫)의 성벽도 그 분의 죽음과 더불어 소멸하였을 것이다. 그 분이 다시 칠점선이란 여인 속에 환생하였다면, 그래서 두 여인이 그렇게 닮았다면 아무런 거리낌도 없이 나를 부를 수 있을 것이 아닌가.

전혀 논리의 이가 맞지 않는 망상 속에, 그러나 방원은 깊이 빠져들면서 허위적 허위적 칠점선의 거실을 향하여 걸음을 옮겼다.

그 방엔 불이 환히 켜져 있었다.

뒤뜰로 난 방문 앞으로 다가선다.

그러자 가야금소리가 뚝 그쳤다.

──내 기척을 알아채고 경계하는 것일까. 아니면 나를 반겨주는 뜻일까. 이때까지 강조해 온 그 가락의 의미는 한낱 허세에 지나지 않는 것이

며, 실은 내가 이렇게 접근하기만 하면 언제라도 정절이란 너울 따위는 훌훌 벗어 던질 수 있다는 암시일까.

갈피를 잡을 수 없는 열화(熱火)가 광란한다.

문고리를 잡았다.

그때 건넌방에서 잠들어 있던 소월이가 무슨 악몽이라도 꾸었던지 한바탕 잠꼬대를 한다.

방원은 주춤했다. 찬물을 맞은 느낌이었다.

그런만큼 광란하던 열도 다소 누그러진다.

──그건 안 되지.

떨떠름하게 스스로 타이른다.

──아무리 급하기로 처음 발을 들여놓는 미지의 밀림이 아닌가. 어느 바위틈에 어떤 맹수나 독충이 숨어 있는지 우선 정탐부터 한 연후에 뛰어 들어야 할 것이 아닌가.

만일 섣불리 뛰어들었다가 엄숙히 정좌한 칠점선이 옛 성현의 가르침 이라고 하는 책이라도 펼쳐놓고 읽고 있는 광경과 부딪치게 된다…….

──얼마나 무안할 것인가.

결국 방원은 손가락에 침칠을 하고 창호지에 구멍을 뚫는다. 선머슴아이 같은 그런 수작이 창피하지 않은 것은 아니었지만, 정면으로 무안을 당하는 것보다는 나으리라고 여겨졌다.

그 구멍에 한쪽 눈을 가져가 본다. 그리고 숨을 들이쉰다. 촛불이 환히 켜져 있는 그 방엔 농염하게 눈을 쏘는 이부자리가 깔려 있었다.

그 이불 한자락을 제쳐놓고 칠점선은 앉아 있었다.

이제 막 자리에 들려는 것일까, 치마와 웃저고리는 이미 벗어놓았고 속적삼까지 벗는 중이었다.

양 어깨가 드러난다.

촛불 아래서 보는 여인의 살갗이란 누구의 것이건 곱게 보이기 마련이지만, 칠점선의 속살은 유달리 고혹적이었다.

명장(名匠)의 솜씨로 곱게 구워낸 것 같은 백자(白瓷)빛, 거기에 삼십대의 농익은 피가 잔잔히 파도치고 있다.

그것만으로도 사나이의 욕정을 유발하기엔 충분하였지만, 칠점선은 다시 그 속적삼을 아래로 밀어내린다.

공교롭게도 방원이 엿보고 있는 방향으로 칠점선은 등을 돌리고 있었다.

만일 정면으로 앞가슴을 노출하였더라면, 얼마나 자극적인 나신이 엿보는 눈을 부시게 하였을 것인가.

그러나 그렇지 않아도 방원을 놀라게 하기엔 충분하였다. 그는 절로 터지려는 탄성을 급히 삼키며 바삭바삭 타들어가는 혀끝으로 마른 겉입술을 핥았다.

——북두칠성.

그렇게 한 마디로 표현할 수밖에 없었다.

양 어깨의 곡선이 차분히 좁혀들다가 다시 풍만하게 좌우로 퍼지는 그 지점에 일곱 개의 검은 점이 박혀 있었다. 불빛에 반사된 때문일는지는 모르지만, 오랜 세월을 두고 갈고 닦은 흑진주를 연상케 했다.

크기는 녹두알만 할까.

칠점선이란 이름의 유래를 충분히 증거하고도 남는 점들이었다.

——자미성이 자리를 잡자면 어디쯤일까.

방원은 엉뚱한 생각을 해본다. 물론 자미성은 북두칠성 북쪽에 위치한 별이다.

——북쪽이라면 어디쯤이 될까.

상식적인 눈으로 자리를 잡자면 그 일곱 개의 점 위편이 되겠지만, 방원은 오히려 그 아래 깊은 골짝이 아닐까 착각한다.

이젠 더 보고만 있을 인내력을 방원은 가지고 있지 못하다. 자기 자신이 자미성이건 아니건, 그 위치가 어디 쯤이건 어서 자리를 잡고 싶은 욕구만이 터진 것 같다.

문고리를 잡고 있던 손에 힘을 주었다.

그때였다.

"쿵"

하는 소리가 밤의 정적을 찢고 방원의 덜미를 쳤다.

동시에 돌아앉았던 칠점선의 눈이 이 편을 쏘아보았다.

방원은 당황하지 않을 수 없었다. 칠점선의 시선도 시선이었지만, 아닌 밤중에 울려퍼진 그 괴음(愧音)에 신경을 보내지 않을 수 없었던 것이다.

소리가 난 쪽으로 고개를 돌려보았다.

후원 담밑에 검은 복장을 한 괴한 하나가 꿈틀거리는 것이 달빛을 통하여 보인다. 괴한은 잠깐 이 편을 훔쳐보는 기색이더니, 발소리를 죽이고 별당 쪽으로 다가가는 것이 아닌가.

방원은 더욱더 긴장한다.

──어느 놈이 무엇 때문에 내가 거처하는 방으로?

모처럼 타오르던 정염이 흙발에 찍어눌린 느낌이었다. 그리고 검은 의혹이 뭉게뭉게 피어오른다.

──내가 이 집에 묵게 된 것을 알고 이 밤중에 내 방을 엿보려고 하는 자라면?

우선 생각할 수 있는 것은 정적(政敵)의 마수였다.

──한양을 떠날 때부터 줄곧 내 뒤를 미행하여 오다가 오늘밤 이렇게 잠입한 것이 아닐까.

방원의 가슴엔 조금 전에 태워보았던 정화(情火)와는 다른 불길이 치솟았다.

적에 대한 증오의 불이었다.

이젠 더 이상 용서하지 않겠다. 어느 놈이건 나를 해치고자 하는 자는 뼈다귀도 남기지 않고 박살하여 버릴뿐이다.

방원은 어금니를 깨물며 괴한의 뒤를 밟았다. 별당 방문 앞까지 접근한 괴한은 문살에 귀를 대고 움직이질 않는다. 방안의 동정을 염탐하고 있는 것일 게다.

하다가 그는 손가락에 침을 묻히고 창호지를 뚫는다. 조금 전에 방원이 하던 것과 똑같은 수작이었다.

공교로운 우연의 일치에 쓴웃음을 씹을만한 여유도 방원에겐 없었다.

"이노옴."

소리를 지르며 그는 몸을 날렸다.

한 손으로 괴한의 덜미를 움켜잡았다. 방원의 손아귀에 덜미를 잡히고도 괴한은 당황하지 않았다.

서서히 고개를 돌렸다.

"아니, 그대는?"

평도전이었다.

"자세한 말씀은 천천히 여쭙겠습니다. 안으로 들어가시지요."

소리를 죽이며 평도전은 속삭였다.

어떠한 경우를 당하더라도 용의주도한 배려를 잊지 않는 이 왜무는 지금 이 순간에도 적절하게 방원을 이끈다.

누가 어디서 엿보고 있는지 알 수 없는 달빛 아래서 긴 말을 주고받을 것이 아니었다. 방원은 앞장서서 별당 안으로 들어갔고, 평도전도 그 뒤를 따랐다.

"내가 여기 있다는 것을 어떻게 알고 찾아 왔지?"

자리를 잡고 앉자 방원은 우선 그 점부터 물었다.

"졸자나 원해나 왕자님의 그림자로 자처하여 오지 않았습니까."

평도전은 숭글숭글 웃으면서 말하였다.

"졸자 비록 왕자님께 작별을 고하고 왕자님 댁을 물러나오긴 했습니다만, 그림자가 어찌 본체(本體) 곁을 아주 떨어질 수 있겠습니까."

"그렇다면 줄곧 내 뒤를 미행하여 왔단 말인가?"

방원은 새삼 속으로 혀를 찼다.

"남의 이목도 있고 하니 졸자가 직접 왕자님의 뒤를 밟지는 못했습니다마는, 졸자를 대신해서 수하 몇명을 항상 왕자님 주변에 배치해 놓고 매일처럼 왕자님의 동정을 보고하도록 하여 왔습지요."

그러다가 방원이 한양을 떠나서 이곳 칠점선의 집에 유숙하게 되었다는 정보에 접했다. 급히 달려온 그는 초저녁부터 이집 담 뒤에 숨어서 엿보고 있었다는 것이다.

——그렇다면 오늘밤 내가 취한 행동을 이 사람은 샅샅이 보았을 것이 아닌가.

생각하니 방원은 입맛이 떫다. 칠점선의 가야금 소리에 끌려서 그 방을 기웃거리던 자신의 치부(恥部)도 평도전은 다 지켜보고 있었을 것이 아닌가.

창피하다.

——아무리 허물 없는 심복이라고는 하지만 이래서야 내 체통이 서겠나.

그런 쑥스러운 기분 속에서 허위적거리는 방원에게 평도전은 심술궂은 한마디를 더 던졌다.

"그때 졸자가 담에서 뛰어내리면서 일부러 큰 소리를 내지 않았더라면 일은 어찌 되었겠습니까."

방원은 칠점선의 방으로 뛰어들었을 것이다. 반나체가 된 그 여인에게 달려들어 야수 같은 욕정을 채우려고 했을 것이다.

"물론 그 여인이 왕자님을 순순히 받아들일 수 있었다면 문제는 없었을 것이겠습니다마는, 그 여인은 결코 그렇게 호락호락 응하지는 않았을 겝니다."

이렇게 풀이하는 평도전의 말을 방원은 얼핏 이해할 수가 없었다.

——그 여자가 한밤중에 가야금소리를 날려보낸 까닭은 무엇일까. 나를 유인하자는 저의가 있어서 일게다. 내가 그 방으로 다가가자 가야금 뜯던 손을 왜 멈추었을까. 나를 받아들이겠다는 일종의 신호라고 생각할

수밖에 없다. 그리고 또 내가 창호지를 뚫고 들여다보았을 때, 촛불이
환히 밝혀진 그 방에서 여보라는 듯이 펼쳐보인 수작은 무엇일까. 하필이
면 내가 엿보는 그 앞에서 알몸을 드러낸 까닭은 무엇일까.

가지가지 의혹이 방원을 움켜잡고 흔들어댔다.

"그 여인이 왕자님을 거부할 것이라고 졸자가 추측하는 데엔 충분한
까닭이 있습니다마는, 그런 사정도 모르시고 왕자님께서 뛰어드셨다면
사태는 어떻게 발전했겠습니까."

방원의 궁금증엔 시침을 떼면서, 평도전은 딴소리만 늘어놓았다.

"왕자님의 예상과는 딴판으로 그 여인이 소리라도 질렀으면 어찌되겠
습니까. 그리고 그 소리를 이집 비복들이나 어느 누가 엿듣게 되었다면
어찌 되겠습니까. 안전한 은신처로 아시고 찾아오신 이 집이 왕자님을
멸망의 구렁으로 몰아넣는 무서운 함정이 될 겁니다."

방원은 답답했다. 칠점선이 자기를 거부하려한다면 그 이유가 무엇인
가 그 점만이 궁금했다.

그래서 물었다.

"내가 한양을 떠날 적에 설매도 그대와 비슷한 말을 하였거니와, 도대
체 칠점선이란 여성은 어떠한 여성이기에 내가 가까이 하면 엄청난 앙화
를 당하게 된다는 건가."

"왕자님께서 이 집에 유숙하시게 되셨다는 보고를 받은 즉시로, 졸자
그 여인에 대해서 급히 수소문해 보았습지요."

"그랬더니?"

"칠점선은 바로 대왕님의 총애를 받은 몸이라고 하지 않겠습니까.
지난날 대왕께서 왜구를 무찌르시고자 이 근처에 오셨을 때, 그때 이
고장에서 기생 노릇을 하고 있던 칠점선을 가까이하셨다는 겁니다. 그
후 대왕께서 새 왕조를 창업하시고 나라님이 되시자, 이 고장 사람들은
그 여인을 옹주마마라고 부르게 되었다는 겁니다."

그렇다면 이성계가 아직 고려조의 무장으로 왜구 섬멸의 전역에서

한창 활약하던 시절의 얘기일 것이다.

우연히 칠점선을 만난 이성계는 무엇보다도 강씨부인을 방불케 하는
자태에 매혹되었다. 그러지 않아도 개경에 남겨둔 채 여러 달을 만나지
못한 강씨부인을 안타깝게 갈구하고 있던 이성계였다.

칠점선이 곧 강씨부인인양 반가웠을 것이며, 그래서 사뭇 빠져들었을
것이다.

그러다가 개경으로 개선할 날이 온다.

개경에는 엄연히 진짜 강씨부인이 도사리고 있다. 칠점선과 헤어질
수밖에 없다. 진짜가 기다리고 있는 곳에 구태여 대용품을 끌고갈'필요는
없었을 것이다.

이성계는 훌쩍 떠나버렸겠지만, 칠점선은 그에게서 받은 정을 잊을
수가 없다. 그때부터 기적(妓籍)을 떠났을 것이고, 찾아오는 유객(遊客)
들을 완강히 거절하였을 것이다.

오늘도 즐겨 뜯던 그 지리산곡(智異山曲)은 바로 칠점선의 그와 같은
정절을 천명하는 가락이었다는 것을 방원은 이제서야 깨달았다.

"진짜가 존재하는 동안엔 대용품의 값은 보잘것 없을는지 모릅니다.
하지만 진짜가 이 세상을 떠난 지금 대용품의 값은 한꺼번에 껑충 뛰어오
를 것이 아니겠습니까."

평도전의 논리는 치밀하고 날카로웠다.

"지금은 아직 왕비님이 세상을 떠나신 지 얼마되지 않으니 그냥 버려
두고 계시겠습니다만, 얼마간 시일이 지나면 왕비님을 대신할 수 있는
그 여인을 대왕님께선 반드시 찾게 되실 것이며, 그런 날에 대비해서
왕자님께서는 충분한 손을 쓰셔야 하실 겁니다."

"손을 쓰다니?"

방원은 반문했다.

"칠점선이란 저 여인을 발판으로 하시어, 왕자님께서 그토록 갈망하시
던 성벽을 뛰어넘으셔야 하겠습지요."

그 말뜻은 대강 짐작이 간다.

칠점선을 이용해서 이성계와 자기 사이에 가로놓인 빙벽(氷壁)을 넘어보라는 소리겠지만, 그러나 구체적인 방법이 문제였다.

"발판을 삼다니? 어디를 어떻게 밟고 올라가라는 건가."

묻지 않을 수 없었다.

"발판이라고 덮어놓고 밟는 것은 아닙지요. 그 편에서 밟아 달라고 등을 들이대도록 은혜를 베풀어야 합지요."

"은혜를 베푼다구?"

방원은 씁쓰름하게 웃었다.

"그대도 잘 알고 있듯이, 나는 지금 칠점선의 신세를 지고 있는 몸이 아닌가. 은혜를 베푼다면 그 편에서 나에게 베풀고 있는 형편이지, 나야 동전 한푼 줄 처지가 못되지 않나."

"때가 올겁니다. 졸자에게 맡겨 두십시오."

은근한 자신을 보이고는 평도전은 덧붙여 말했다.

"다만 그런 기회가 올때까지 왕자님께선 그 여인을 어머님처럼 받들고 모셔야 하겠습니다. 오늘 저녁에 품으셨던 것 같은 욕망은 깨끗이 털어버리셔야 합니다. 그리고 어떤 변을 당하셨을 때엔 친어머님을 호위하듯이 목숨을 걸고 싸우셔야 합니다."

알 것도 같고 모를 것도 같은 소리를 남겨놓고 평도전은 별당을 빠져나갔다.

그날밤은 좀처럼 잠이 오지 않았다. 가지가지 상념이 어지럽게 피어올랐다. 그렇게 뜬 눈으로 새웠으면서도 날이 밝자 방원은 곧 의관을 정제하였다.

칠점선의 거실을 찾아갔다.

어젯밤엔 야수 같은 욕망을 태우면서 뛰어들려고 하던 그 방이었지만, 오늘 아침의 그는 그 방문밖에 머리를 조아리고 서서 공근히 아뢰었다.

"어머님, 기침하셨는지요. 소자 방원, 문안 드리고자 합니다."

그 말에 이번엔 칠점선이 놀란 모양이었다.

급히 방문이 열렸다.

어젯밤 농염하게 헝클어졌던 그런 자태는 물론 아니었다. 빈틈없이 옷을 차려 입고 머리까지 깨끗이 빗은 단정한 모습이었다. 그러나 칠점선의 표정은 산란하게 술렁이고 있었다.

"나리께서 부르신다면 칠점선, 지체않고 달려갈 터인데, 어찌하여 귀하신 몸이 이렇듯 몸소 찾아주십니까."

방원이 한 말을 분명히 들었을 터인데도 칠점선은 딴전을 부렸다. 그러나 그런 딴전에 오히려 칠점선의 혼란이 엿보인다.

"어제까지는 소자 깊은 사연을 모르는 소치로 무엄한 결례를 저질렀습니다. 어서 절이나 받으십시오."

일방적으로 덮어씌우며 방원은 방안으로 들어섰다. 문턱에 서 있는 칠점선을 향하여 넙죽이 절을 했다.

"정말 왜 이러십니까. 나리께서 어떠한 의향이 계시어 이런 장난을 하시는지 모르겠습니다만, 귀하신 나리께서 끝내 이러신다면 천기 칠점선, 벼락을 맞고 죽게 될거 올시다."

말하면서 칠점선은 몸둘 곳을 모르는 그런 태도였다.

"어머님이야말로 그같은 농은 거두십시오. 소자로 하여금 불효막심한 패륜아가 되지 않게 하여 주십시오."

칠점선의 발 아래 꿇어앉은 채 방원은 다시 한번 머리를 조아렸다.

"어젯밤 소자, 한 꿈을 꾸었습니다."

방원은 천연덕스럽게 둘러댔다.

"꿈 속에 아버님께서 나타나시어 꾸중을 하시는 게 아니겠습니까. 네 놈이 아무리 배운 것이 없기로 모친이나 다름없는 여성을 한집에 모시면서도 어찌 아들된 도리를 차리지 않느냐고 책망을 하시는 게 아니겠습니까. 잠에서 깨어난 소자, 곰곰 궁리해 보았습지요. 몇가지 사실을 꼽아

보고 엮어보고는 당황 실색하였습지요."

칠점선은 아직도 방문턱에 선 채로 귀를 기울이고 있었다.

"어제 그 노파나 소월이란 그 시비가 말끝마다 어머님을 옹주마마라고 부르던 까닭이 무엇인가를 깨닫게 되었습니다. 어머님께서 뭇사나이들을 거절하시고 홀로 깨끗이 지내시는 까닭도 알게 되었습니다. 설매가 굳이 이 집을 찾아가라고 일러준 이유도 수긍이 갔습니다. 외로운 고아나 다름 없는 이몸, 그리고 아버님의 노여움을 사서 천지간에 의지할 곳 없게 된 이 몸이 몸담을 곳이 있다면 바로 어머님의 댁뿐이 아니겠습니까."

"하는 수 없군요."

칠점선은 비로소 자리를 잡고 앉았다.

"정안군 나리의 총명은 어느 왕자보다도 출중하시다는 말을 들었습니다만, 아니 이 나라의 어떤 인재보다도 빼어난 준재라는 중평이 자자합니다만, 이렇듯 영민한 분이신 줄은 미처 몰랐습니다. 나리께서 그토록 말씀하시니 더 숨기지는 않겠습니다."

그리고는 자기가 이성계의 총애를 받은 몸이라는 사실을 밝혔다.

그 후부터 방원은 아침 저녁으로 칠점선에게 문안을 드렸고, 말끝마다 어머니, 어머니 하고 떠받들었다.

그렇게 보름이 지났다.

그날은 섣달 그믐날, 하룻밤만 자고 나면 새해 새아침을 맞게 되는 것이다. 이른바 까치설날이었다.

이 나라 남쪽 변경 김해땅도 벌써부터 명절 기분에 들떠 있었다. 집집마다 밤 늦도록 불을 밝히고 명절날에 사용할 음식에 마지막 손질을 하고 있었다.

세찬이 오고간다.

행세라도 한다는 집에선 사당이나 존장(尊長)에게 이른바 묵은 세배를 드리는 성급한 풍경도 보였다. 그날밤 잠을 자면 눈썹이 센다고 어린아이들은 졸음을 참고 재재거렸다.

멀지 않은 앞바다에선 우리측 병선과 대마도측 왜무(倭武)들이 명절을 앞두고 팽팽하게 대치하고 있었지만, 이 고도(古都) 김해엔 평화만이 깃든 것 같았다.

그러나 그 평화는 그해 그 밤을 넘기지 못하고 뜻하지 않게 발칵 뒤집혔다.

밤 자시(子時)가 거의 되어갈 무렵이었다.

읍내 남쪽 모퉁이에 때아닌 불길이 치솟더니, 그렇듯 평화스러워만 보이던 이 고장이 순식간에 아비규환의 도가니로 화하였다.

왜구들이 침입하였다는 것이다.

평상시엔 무방비 상태에 버려져 있는 이런 고을에선 왜구들의 침공을 받으면 근처 산골짝으로 피신하는 것이 상책이었다.

칠점선의 집에도 그 소식이 전해지자 소월이는 안방으로 뛰어들었다. 칠점선의 치맛자락을 끌어내며 어서 도망을 치자고 서둘러댔다.

그러나 이미 때는 늦었다.

어지러운 인마소리가 몰려들더니 왜인 특유의 혀짧은 말소리들이 담을 넘어 날아든 것이다.

별당에 홀로 앉아서 외롭게 해를 넘기는 감회를 씹고 있던 방원도, 그제서야 사태가 심상치 않음을 깨닫고 뛰쳐나왔다.

"우얄꼬, 손님 나리여."

안방 마루끝으로 방원이 다가가자, 소월이는 이번엔 방원에게 매달렸다.

"조용히 하는 게야. 너는 방에 들어가서 어머님이나 모시고 있거라."

소월이를 방안에 들여보내고 방원은 마루끝에 올라섰다.

드디어 싸리문을 부수고 왜적들이 뛰어들었다.

그들의 지휘자인 듯한 젊은 사나이가 왜검(倭劍)을 뽑아들고 앞장을 섰으며, 그 뒤를 십여명 졸개들이 따랐다.

"뉘놈들이냐?"

방원은 호통부터 터뜨렸다.

"네놈들 중에 우리 말을 알아듣는 자가 있거든 똑똑히 듣고 무리들에게 전하라."

그 기세에 눌린 것일까, 왜적들은 잠깐 주춤했다.

"네놈들은 이 댁이 어느 분의 댁인 줄이나 알고 함부로 뛰어드는 거냐? 이 댁으로 말할 것 같으면 이 나라의 중궁마마나 다름이 없으신 옹주마마께서 거처하시는 댁임을 먼저 알아두어야 할게다."

"이 나라 왕비가 사는 집이라구?"

그 자들의 두목인 듯싶은 젊은 사나이가 제법 유창한 조선말로 받아 말했다.

"그렇다면 더욱 좋다. 그 여자를 볼모로 잡아가는 거다. 엄청나게 유리한 거래를 할 수 있을테니 말이다."

"뭐라구?"

방원은 어리둥절하지 않을 수 없었다. 왜적들의 기세를 꺾으려고 그렇게 엄포를 놓아본 것인데, 그 젊은 두목은 좋아라고 방원의 말꼬리를 되잡아 흔들어대고 있으니 말이다.

"우리는 다른 왜구들과는 다르다. 이 고장 백성들의 재물을 탐내는 좀도둑이 아니란 말이다. 우리네 고향, 대마도를 수호하기 위해서 궐기한 젊은이들이란 말이다."

왜적의 두목이 지껄이는 소리는 한마디 한마디가 방원의 예상과는 엉뚱하게 빗나가고 있었다.

"지금 우리 대마도를 조선군의 병선들이 빈틈없이 에워싸고 있다. 언제 그 자들이 우리 고향을 짓밟아 쑥밭을 만들어 놓는지 모른다. 그래서 우리는 죽음을 무릅쓰고 빠져나온 거다. 조선 백성들을 사로잡아 가서 거래를 하자는 거야. 우리가 생포한 백성들의 목숨을 살리겠으면 대마도를 포위한 조선의 병선들이 물러가야 한다고 울러댈 셈이었다. 그런데 이집 주인 여자가 조선의 왕비나 다름없다고 너는 말했다. 얼마나 우리에겐 다행한 일이겠느냐. 조선의 왕비나 다름없는 여자라면, 다른 백성들 수백 명, 수천 명보다도 훨씬 값비싸게 거래할 수 있을 것이 아니겠느냐."

젊은 두목은 졸개들에게 턱짓을 하더니 마루 위로 뛰어오르려고 했다.

"안 된다."

방원은 발을 구르며 두 팔을 활짝 폈다.

"옹주마마 그분을 잡아가겠으면 먼저 나를 죽여라. 그렇지 않고는 그분에게 손끝 하나 대지 못할 게다."

"너는 누구냐?"

젊은 왜구는 표독한 눈알을 희번덕거리며 물었다.

"네가 어떠한 놈이기에 그렇게 큰소리를 탕탕 치는 거냐. 네 놈의 모가지는 무쇠로 만들기라도 했단 말이냐? 이 칼날이 먹혀들지 않는다는 거냐?"

"똑똑히 듣거라."

방원은 굽히지 않고 말했다.

"나는 이 나라 상감의 다섯째 아들, 이 댁에 사시는 옹주마마는 장차 이 나라의 중궁마마나 다름없게 되실 분이니 나에게는 곧 어머님이시다. 아들된 자로서 어찌 어머님이 왜적들에게 잡혀가는 것을 보고만 있겠느냐?"

그 말에 젊은 두목은 놀라는 얼굴을 한다.

"이 나라 나라님의 다섯째 아드님이라면……"

혼잣소리처럼 중얼거리다가,

"댁은 혹시 정안군이라고 불리시는 왕자님이 아니시오?"

하고 물었다.

"그렇다. 내가 바로 정안군 방원이니라."

그 말이 떨어지자 젊은 두목은 땅바닥에 꿇어엎드려 이마를 비벼댔다.

이건 또 무슨 수작일까.

방원은 갈피를 잡을 수 없었다.

"졸자는 바로 평도전의 아들 망고(望古)올시다."

젊은 왜무는 이렇게 자기 소개를 했다.

"정안군 왕자님이시라면 졸자의 부친 평도전이 주인 어른으로 섬기시던 분이니, 저에게도 주인 어른이나 다름이 없으십니다."

일찍이 평도전으로부터 그의 고향엔 장성한 아들 딸들이 있다는 말을 듣기는 했다.

"졸자 역시 부친을 따라 조선 나라에 귀화할 생각을 품고 있었습니다마는, 이번에 조선 정부가 대군을 동원하여 대마도를 정벌하려는 것을 보고 생각이 달라졌습니다. 대마도는 졸자가 태어난 고향이며 잔뼈가 굵은 정든 땅입니다. 그야 우리 대마도에 해적들의 소굴이 있다고 해서 조선 정부에서 대군을 파견하였다는 그 점은 이해가 갑니다마는, 그렇다고 외국군이 우리 고향땅을 짓밟는 것을 방관할 수만은 없었던 겁니다."

그럴싸한 해명이었지만, 방원은 그 말을 액면대로 받아들이지는 않았다.

바로 보름 전에 다녀간 평도전이 하던 말이 생각난 때문이었다. 그는 칠점선을 발판으로 삼아야 한다고 했다. 칠점선에게 은혜를 베풀어야 한다고 말했다.

때가 올 것이니 자기에게 맡겨두라고 자신을 보이기도 했다. 그리고 칠점선이 어떤 변을 당하였을 때엔 친어머니를 호위하듯이 목숨을 걸고 싸우라고도 권유했다.

그 때는 그 말뜻을 분명히 파악할 수 없었지만, 지금은 알 수 있을 것 같다. 평도전의 그 말들 속에 숨은 어떤 계략과 오늘의 평망고의 행동에는 긴밀한 줄이 이어져 있는 것이 아닐까.

그렇게 추리의 실마리를 더듬고 나니, 적이 마음이 놓인다. 그러나 그런 속마음은 은근히 덮어두며 방원은 다그쳤다.

"분명히 태도를 밝혀라. 그래도 옹주마마를 잡아가겠다고 고집을 하겠느냐? 그렇다면 내 비록 맨주먹이지만 끝끝내 싸워서 어머님을 호위하리라. 아니면 이 자리를 썩 물러가겠느냐."

평망고는 잠깐 괴로운 표정을 짓는 듯하다가 바짝 고개를 들고 앙칼진 소리를 던졌다.

"졸자의 부친의 주인 어른이신 정안군 왕자님껜 손끝 하나 댈 수 없습니다만, 이집 여주인은 문제가 다릅니다. 그 여인에겐 아무런 은고도 입지 않았으니까요."

평망고의 두 눈이 표독한 불을 뿜었다.

동시에 그의 입에서 괴상한 굉호가 터지더니 그는 몸을 날렸다. 두 팔을 벌리고 마루끝에 버티고 서 있는 방원의 겨드랑 밑을 뚫고 안방을 향하여 육박했다.

그 방안에 칠점선이 있다는 것을 벌써 눈치챈 것일까. 그리고 방금 그가 말한 것처럼 칠점선에겐 아무런 은고도 입지 않았으니 볼모로 납치해 가겠다는 것일까.

"이놈."

호통을 치려다가 방원은 그 소리를 삼켰다.

방원 자신보다 먼저 호통을 치며 평망고의 덜미를 잡아챈 손길이 있었던 것이다.

괴상한 일본말로 외마디 소리를 지르며 평망고는 칼자루를 움켜 잡았다. 그러나 다음 순간 덜미를 잡은 손의 임자와 눈이 마주치자 그는 칼자루에서 손을 뗀다.

평도전이었다.

어느새 어떻게 나타났는지 그는 아들의 덜미를 흔들어대며 욕설 같은 어투의 일본말을 퍼부어댔다. 하다가 문득 방원과 얼굴이 마주치자, 일본말만 쓰는 것이 민망스러웠던지 방원도 잘 알아들을 수 있는 조선말로 바꾸어 아들을 꾸짖기 시작했다.

"이 댁이 어느 댁이라구 네놈이 이렇듯 야료를 부리는 거냐. 이 댁은 바로 내가, 너의 애비가 주군(主君)으로 섬기는 정안군 왕자님께서 거처하시는 곳이며, 그 왕자님의 어머님이나 다름 없으신 분의 댁이란 말이다. 그러니 이댁 옹주마마는 곧 내가 주군 못지않게 섬겨야 할 분이시다. 그러하거늘 너는 그런 분에게 무엄한 손찌검을 하겠다는 거냐?"

못마땅한 얼굴로 평도전의 꾸지람을 듣고 있던 평망고가 입을 열었다.

"아버님은 조선 사람이 되셨는지 모르지만, 저는 아직도 어엿한 대마도 사람입니다."

물론 일본말로 지껄인 소리였지만 방원도 그 말의 내용만은 대강 파악이 되었다. 원해와 평도전을 수하에 거느리게 된 이후, 틈틈이 습득하여 그만한 일본어 해독력은 방원도 지니고 있었던 것이다.

"제가 대마도 사람인 이상 고향과 겨레를 위해서 취한 행동이 어째서 잘못이란 말입니까."

평망고는 대들었다.

"무슨 소리!"

되쏘아주는 평도전의 용어도 다시 일본말로 바뀌어진다. 그만큼 감정이 격한 것일까.

"그따위 소행이 어째서 대마도를 위하는 일이 된단 말이냐. 네가 진정으로 대마도를 생각한다면 그 곳에 근거지를 두고 가지가지 만행을 저질러 온 왜구들을 몰아내는 데 힘을 보태야 할 게다. 만일 왜구들만 그 땅에서 몰아낸다면 조선측에서도 대군을 동원하여 대마도 정벌을 꾀할 필요가 없지 않겠느냐 말이다."

그 말에 평망고는 말문이 막혔던지 입술만 깨문다.

"할말이 없으면 너는 네가 저지른 소행에 대한 처벌을 받아야 해."

평도전은 망고의 허리에 찬 왜검을 뽑아들었다. 당장 아들의 목을 끊어버리기라도 할 것처럼 기부림을 썼다.

"그렇게까지 할 것은 없지 않은가."

평도전의 팔꿈치를 방원은 조용히 끌어당겼다.

"그 젊은 사람, 어떠한 생각으로 이 집에 뛰어들었건 아직 우리를 해치지는 않았으니 너그러이 보아주도록 함세."

그리고는 안방쪽을 향하여 물었다.

"어떻습니까. 어머님의 의향은 어떠하십니까."

안방문이 열리며 칠점선이 나오더니 조용히 말했다.

"나리께서 하신 말씀, 나도 지당하다고 생각해요. 앞길이 창창한 젊은 사람, 벌을 주느니보다는 잘 타일러서 바른 길로 인도하는 편이 옳을 거예요."

"들었느냐, 망고야."

평도전은 칼날을 숙이며 말했다.

"지금 두 분께서 하신 말씀, 그것이 바로 어질고 착한 조선 사람의 마음임을 알아야 한다. 아득한 옛적부터 우리 일본의 부랑배들은 헤아릴 수 없는 해독을 이 땅에 끼쳐왔지만, 그때마다 조선 사람들은 그 자들을 너그러이 용서해 왔다. 어디 그뿐이냐. 우리네 일본 사람들이 오늘날까지 외세의 침략을 받지 않고 편안히 살아온 것이 누구 덕인 줄 아느냐. 조선 사람들의 힘이었다는 것을 잊어서는 안 된다."

"무슨 말씀을 하십니까."

평망고는 다시 반발을 보였다.

"조선 사람들이 우리 일본땅을 지켜주기라도 했다는 말씀 같군요."

"지켜준 것이나 다름이 없지."

평도전은 응수하면서 계속 역설했다.

"중국 대륙에서 새로운 세력이 대두하고 새 정권을 세울 적마다 그들은 대군을 동원하여 조선땅을 공략했다. 그것은 비단 조선을 정복하려는 의도에서만이 아니었다. 조선을 거쳐서 우리 일본땅을 공략하고 삼켜버리려는 야욕 때문이었지."

평도전의 말머리는 묘한 방향으로 비약했지만, 그러나 그의 어세엔 절로 귀가 기울어지는 강한 힘이 있었다.

"그럴 적마다 조선 사람들은 죽을 힘을 다해서 침략군들과 싸워왔다. 물론 조선 사람 자신의 나라를 수호하기 위해서였지만, 결과적으로 생각할 때 우리 일본이 당할 재앙을 도맡아 치른 셈이란 말이다. 우리 일본의 방패노릇을 했다고 해도 지나친 말은 아닐 게다."

"방패라니요?"

평망고는 아직도 평도전의 논리에 이해가 가지 않는다는 얼굴이었다.

"만일 조선 사람들이 호락호락 침략군에게 굴복했더라면 어찌 되었겠느냐. 중국의 침략군은 그 여세를 몰아 우리 일본땅을 짓밟았을 것이 아니냐. 조선 사람들과 싸우느라고 기진맥진했기 때문에, 우리 일본땅엔 손을 뻗지 못했다고 보아야 할 것이 아니냐."

그제서야 평망고도 수긍하는 기색을 보였다.

"그런데도 말이다."

평도전은 힘주어 말을 이었다.

"우리의 방패노릇을 하느라고 피비린내나는 싸움을 벌이고 있는 조선 사람들을 위해서 일본인들이 한 일이 무엇이냐. 그들의 희생을 미안스러워하기는 고사하고 그 사람들의 뒷덜미나 치고 괴롭혀 오지 않았느냐."

그때까지만 해도 앙연히 턱을 치켜들고 반발하는 기세만 보이던 평망고의 고개가 차츰 숙여졌다.

"여보게, 도전"

기가 죽어가는 평망고에게 곁눈질을 던지며 방원이 한마디 했다.

"모처럼 상봉한 부자지간이 아닌가. 이렇게 시퍼런 칼날을 번득이며 떠들어댈 것이 아니라, 조용한 곳으로 자리를 옮기도록 하세."

그것은 지금의 경우 필요한 배려였다.

마당에는 아직도 평망고가 거느리고 온 왜무들이 왜검을 뽑아들고 서성거리고 있었다. 그들을 그냥 버려두고 긴 얘기를 늘어놓는다면 어떠한 부작용이 발생할는지 모를 일이었다.

이 고장 사람 누군가가 그들을 엿보고 관군에게 고발이라도 한다면 사태는 복잡하게 꼬여들 것이다.

평망고 역시 그런 우려를 한 모양이었다.

"너희들은 일단 물러가 있도록 하라. 나도 뒤미처 가겠으니 말이다."

이렇게 지시하였다.

수하 왜무들이 물러가자 방원은 평도전 부자를 데리고 별당으로 들어갔다.

자리를 잡고 앉자 평도전은 다시 설득 공세를 폈다.

"중국에 새 정권을 세운 명나라 천자 주원장은 장차 우리 일본을 정벌하고자 칼을 갈고 있다는 소식까지 들린다. 이런 판국에 우리네 일본인들이 조선사람들을 괴롭힌다면 사태는 어떻게 발전하겠느냐. 조선 정부에서도 그냥 있지는 않을 게야. 이번 대마도 정벌과 같이 해적들의 소굴을 뿌리뽑기 위해서 대군을 동원하지 않을 수 없을 것이며, 그런 전란이 시일을 끌게 될 경우, 명나라 측에서는 조선을 원조한다는 명분을 내세우고 침략의 야욕을 채우려고 들게다. 결국 조선 사람들이나 일본인들이나 다같이 망하게 되는 거다. 그러니 조선 사람도 살고 일본 사람도 살자면 서로 으르렁댈 것이 아니라, 서로 손을 잡고 도와야 하겠단 말이다. 이 아비가 조선에 향화(向化)할 뜻을 품은 것도 그 때문이다. 조선 사람과 일본 사람이 의좋게 왕래할 수 있는 징검다리가 되려는 거야."

"징검다리라구요?"

무엇인가 곱씹는 것 같은 어투로 평망고는 중얼거렸다.

"그렇다면 요 며칠 전에 귀화한 구륙(區六)이란 자도 그와 같은 갸륵한 뜻을 품고 있을까요."

그보다 아흐레쯤 전인 태조 5년 12월 21일, 구륙이란 왜무가 수하 세 명을 거느리고 조선 왕조에 귀화한 사실이 있었다.

그때 그는 장검과 환도를 국왕 이성계에게 공물로.바쳤다. 이성계는
그들에게 조선옷 한 벌과 고정립(高頂笠) 하나를 하사하는 한편, 그들이
귀화하고자 하는 까닭을 물었다.

"졸자들이 들은 바에 의하면, 전하께선 우리네 왜인들이라도 향화
(向化)의 뜻을 밝힐 경우에는 지난날의 잘못을 따지지 않는다고 들었습
니다. 하온즉 우리가 거처할 처소만 마련해 주신다면 견마지로를 다하겠
습니다."

구륙이 이렇게 답변하자 이성계는 말했다.

"너희들이 떠나겠다면 구태여 뒤쫓지 않을 것이며, 너희들이 오겠다면
굳이 물리치지는 않으리라. 너희들의 거취는 너희들 의사에 달렸으니,
이 뜻을 다른 무리들에게도 전하도록 하라."

그 같은 관대한 처분에 구륙은 감읍하여 마지않더라고, 그 날짜 태조실
록은 전한다.

"아까도 말했지만, 조선 사람들은 우리네 섬나라 일본 사람들과는
다르단 말이다. 지난날엔 해적의 무리들과 섞여서 숱한 악행을 저지른
구륙과 같은 인간에게 조선왕조에선 분수에 넘치는 벼슬까지 내리질
않았겠느냐."

평도전은 다시 이렇게 말했고 그 말은 사실이었다. 구륙 일행이 귀화한
이튿날인 22일, 조정에선 그에게 선략장군 용양순위사행사직겸 해도관군
민만호(宣略將軍龍驤巡衛司行司直兼海道管軍民萬戶)라는 긴 이름의
벼슬을 내렸다.

선략장군이라면 종4품의 무관, 장성(將星)급에 속하는 고급 장교였
다.

"그러니 뜻있는 일본 무사들이 속속 귀화할 뜻을 비치는 것도 있음직
한 일이 아니겠느냐. 동해바다를 휩쓸 때 악독한 노략질을 일삼던 나가온
(羅可溫) 같은 해적의 우두머리 역시 투화(投化)의 움직임을 보인다는
소식을 나는 들었다."

구륙이 귀화하기 십여일 전인 9일, 해적선을 육십척이나 거느리고 영해 축산도(寧海 丑山島 : 경북 영덕 근처)에 나타난 나가온은 경상도 관찰사 한상질(韓尙質)에게 글을 보냈다. 그 내용은 이렇다.

──귀국의 변방에라도 우리가 거처하도록 허락하시고 당분간 먹고 지낼 식량을 공급해 주신다면, 감히 딴마음을 품지 않겠습니다. 우리도 조선 사람이 되어 왜구들을 무찌르는데 앞장을 서겠습니다.

그때 경상도 도절제사 최운해(崔雲海), 계림부윤 유양(柳亮), 안동부사 윤저(尹抵) 등은 관군을 지휘하여 그 일대에 나타난 왜적들과 전투를 벌이고 있었다.

그런 사실이 있었던만큼 그 왜적의 일당인 나가온이 우리측에 귀화한다는 말이 믿어지지 않았다. 어떤 엉뚱한 흉계를 획책하고 있는 것이 아닐까 의심스러워했다.

그러나 계림부윤 유양은 주장했다.

"모처럼 투항하겠다는 왜적을 덮어놓고 물리칠 필요는 없소이다. 때를 놓치지 말고 그들을 귀화시킨다면, 적에게는 큰 타격이 될 것이며 우리에겐 여러 모로 이로울 것이외다."

그리고는 글을 보내어 그들의 항복을 받아들일 뜻을 밝히자, 나가온은 왜적들의 포로가 된 우리측 군민들을 석방하여 보낸 사실이 있었던 것이다.

"나가온 얘기가 났으니 말입니다만, 그 사람에 대해서 제가 들은 정보가 있습니다."

평망고가 문득 이런 말을 꺼냈다.

"무슨 얘기냐?"

"그 자가 정식으로 귀화할 뜻을 굳히고 무리들과 함께 울주(蔚州) 포구로 향했다는 겁니다."

"그거 참 반가운 소식이로구먼."

방원이 희색을 보이자,

"반가운 소식에는 틀림이 없습니다마는……."

평도전은 말꼬리를 흐리며 심각한 표정을 한다.

"원래 사나운 들짐승이란 의심이 많은 법입니다. 그 자들이 어떠한 이유가 있어서 사람들에게 접근하려 할 때엔, 앞뒤를 재고 이모저모 그 사람의 눈치를 봅니다. 그 사람이 어디까지나 너그럽게 받아들일 기색이면 조심조심 기어와서 발밑에 쭈구리고 앉는 수도 있죠만, 그러다가 추호라도 의심스런 구석을 발견하면 당장에 이빨을 드러내어 발등을 깨물고 도망치는 경우가 많습지요."

"그러니까 항복을 받는 사람의 태도 여하에 따라서 나가온이란 그 왜무가 투화할 수도 있고 번의(飜意)할 수도 있다는 말이겠구먼."

평도전이 말한 비유를 방원은 이렇게 풀이했지만, 그때까지만 해도 그 문제의 중요성을 아직 느끼지 못하고 있었다.

"한낱 해적의 향배에 그치는 문제가 아닙니다."

평도전은 마침내 속마음을 털어놓기 시작했다.

"그 왜무들을 잘 활용하신다면 대왕님과 왕자님 사이에 가로놓인 성벽을 뛰어넘는 발판으로 삼을 수도 있을 겁니다."

그래도 그 말뜻을 방원이 알아듣지 못하는 얼굴을 하자, 평도전은 덧붙여 말했다.

"여느 좀도둑이 아니라 병선 수십 척에 수백 명 수하들을 거느리는 괴수올시다, 나가온이란 자는 말입니다. 그런 거물을 왕자님의 힘으로 투항시킨다면 대왕님께서 얼마나 기뻐하시겠습니까. 왕자님께 품으셨던 사사로운 원혐 같은 건 쉽게 씻어버리실 수 있을 겁니다."

듣고보니 그럴싸한 말이었다.

만일 그와 같은 거물을 우리측이 회유, 포섭하게 된다면 우리에게 돌아올 이득은 한두 가지가 아니다.

그들의 뒤를 따라 내투(內投)하는 자들이 꼬리를 이을 것이다. 또 그들을 이용해서 왜구들을 분열시킬 수도 있다. 뿐만 아니라 그들이 전해

주는 정보는 대마도 정벌에 엄청난 힘이 될 게다.

말하자면 방원의 힘으로 나가온을 투화시킨다는 것은, 지금 당면한 국가적인 중대사를 방원의 손으로 해결하는 것이나 다름이 없다.

이성계는 누구보다도 공과 사를 분별할 줄 아는 영도자였다. 방원에게 아무리 좋지 못한 감정을 품고 있더라도, 그가 국가를 위해서 대공을 세우게 된다면 그에 적합한 상금을 내리는 데 인색하진 않을 것이다.

한양을 떠나기 직전, 무학대사 자초가 하던 말도 생각난다. 부모 자식 간의 감정이란 칼로 물베기라고 했다.

──그 동안 벌써 한 달이란 세월이 흘렀으니, 아버님의 노여움도 훨씬 풀리셨을는지 모른다.

새 희망과 새 힘이 피어오른다.

지금 당장이라도 울주를 향해 달려가고 싶다. 그러나 한밤중이었다. 이튿날 새벽으로 출발을 연기했다.

그 이튿날은 태조 6년 정월 초하루, 그날도 방원은 출발하질 못했다.

정초의 명절 기분에 들뜨고 어쩌고 할 형편은 아니었다.

심술궂은 운명의 장난으로 돌릴 수밖에 없었다.

밤늦게 겨우 눈을 붙였다가 깨어난 방원은 예기치 않던 신열(身熱)에 놀랐다. 전신이 불덩이처럼 뜨거웠다. 뒷골이 두드려패는 듯이 아팠다.

감기라도 든 모양이었지만 감기치고도, 일찍이 앓아보지 못한 독감이었다.

"그래도 가봐야지."

안간힘을 쓰면서 몸을 일으키려고 했다. 그러나 눈앞이 팽 도는 현기증을 느끼며 그는 자리에 쓰러지고 말았다.

평망고는 지난 밤으로 이 집을 떠났지만, 평도전만은 한방에 있었다.

그도 방원 못지않게 조급한 모양이었지만, 그렇다고 기신도 못하는 환자를 업고 갈 계제도 아니었다.

방원이 자리에서 겨우 일어난 것은 정월 초사흘, 그날은 바로 강비의 시체를 취현방 북원(北原 : 정릉)에 장사지내기로 된 날이기도 했다.

감회가 착잡하지 않을 수 없었지만, 그런 감상에 젖어 있을 이유도 없었다. 허둥지둥 칠점선의 집을 떠났다. 물론 평도전도 동행이었다.

목적지는 나가온 일당이 상륙하기로 되어 있다는 울주(울산), 그러나 그날 저녁나절 그 읍내에 발을 들여놓자 가슴이 섬찍했다.

초상집 같다는 표현이 있다. 울주읍 전체가 그런 분위기였다.

정월 초사흘이라면 한창 명절 기분에 홍청거려야 할 것이 아닌가. 그러나 울주 읍내는 죽음의 거리처럼 고요하기만 했다. 연 날리는 선머슴애들의 재재거리는 소리도, 널뛰는 처녀아이들의 웃음소리도 들을 수가 없다. 아니 거리를 오고가는 행인조차 눈에 띄지 않았다.

그뿐이 아니었다. 포구 쪽으로 향한 성벽 위엔 숱한 군졸들과 장정들이 눈을 부라리고 있었다. 군졸들은 궁시(弓矢)와 창검을 꼬나잡고 있었으며, 다른 장정들은 돌팔매를 움켜쥐고 있었다.

"도대체 어찌된 일인가."

군졸들을 지휘하고 있는 한 군관을 불러 물어보았다.

"왜적들이 우리 사또를 잡아가지 않았습니까. 그래서 그 놈들이 다시 나타나기만 하면 단단히 원수를 갚으려고 모두들 벼르고 있습지요."

군관은 입술을 깨물며 대답했다.

그 말에 방원은 무엇이 와르르 무너지는 것 같은 실망을 느끼면서 자세한 사연을 캐물었다.

평망고가 제보한대로 왜무 나가온은 육십여 척 병선과 수백 명 수하들을 거느리고 울주 포구에 입항하였다. 방원이 자리에 쓰러져 한창 신음하고 있던 초하룻날 아침나절이었다고 한다.

그들을 맞은 울주지사 이은(李殷)의 조치는 적절하였다. 그들이 요구하는대로 양곡을 지급하는 한편 푸짐한 주연까지 베풀고 환대하였다.

처음에는 야수처럼 의혹의 눈알만 번득거리던 나가온도, 그와 같은 후대에 마음이 놓인 것일까.

정식으로 투항을 하겠으니 계림부윤 유양을 만나게 해달라고 요구했다. 유양으로 말할 것 같으면 전번에 투항을 권고한 인연도 있고 한 때문이었을 게다. 그리고 자신의 진정을 증명하는 뜻에서 아들 도시로(都時老)와 심복 부하인 곤시라(昆時羅)를 인질로 유양의 처소에 보내는 성의까지 보였다.

여기까지 얘기한 군관은 쓰디쓴 입맛을 다시며 아쉬워했다.

"그때 계림부윤 유사또께서 즉시 달려오셨더라면 나가온은 서슴지 않고 투항했을 겝니다. 또 우리 사또를 납치해 가는 불상사도 일어나진 않았겠습지요."

"그렇다면 계림부윤이 꽁무니를 뺐다는 건가."

"독한 감기가 들어서 꼼짝을 못하게 됐다던가요. 사또를 대신해서 의문(義讚)이란 승려를 보내지 않았겠습니까."

"그래서?"

"나가온은 노발대발했죠. 일전에 유사또가 투항을 권고한 것도 저희들을 유인하려는 흉계에 지나지 않았을 것이라고 하면서, 우리 사또와 몇몇 아전을 끌고 도망쳤지요."

"독감이라?"

방원은 갑자기 두 다리에서 힘이 싸악 가시는 느낌이었다.

"독감이라?"

그 말만 곱씹으면서 그 자리에 주저앉고 말았다.

그 독감이라는 돌림병이 방원은 밉살스러웠다. 만일 방원 자기가 독감을 앓지 않고 정월 초하룻날 이른 새벽쯤 김해를 출발했더라면 사태는 달라질 수도 있었을 것이다. 어쨌든 나가온이란 왜무에게 손은 써보았을 것이다. 그 자의 도주를 미연에 막을 수도 있었을는지 모른다.

계림부윤 유양이 독감만 앓지 않았더라도 그렇다. 그는 나가온을 만났을 것이다. 따라서 나가온이 의심을 품고 도망치는 불상사는 일어나지 않았을 것이다.

그러나 이제 와서 그런 액운을 한탄하고만 있을 수는 없는 노릇이었다. 앞으로 벌어질 사태와 그 사태에 대처할 방책이 문제였다.

"나가온이란 그 왜무, 저 혼자만 도망을 쳤으면 또 모를 일이로되, 우리측 관원들까지 납치해 갔으니 사태는 심상치 않게 꼬여들 게야."

맥이 탁 풀린 소리로 방원은 중얼거렸다.

"이제 대책은 하나밖에 없습니다."

평도전이 소리를 낮추며 말했다.

"나가온이 인질로 보냈다는 아들과 심복 부하를 잘 이용하는 길 말씀입니다."

모사 평도전, 이번에도 또 어떠한 묘책을 제시할 것인가. 방원의 표정에 다소 생기가 돈다.

그들은 즉시 그 곳을 떠나 계림(鷄林)으로 향했다.

계림부 아문(衙門) 앞에 당도하자 괴상한 비명이 그들의 귀를 놀라게 했다. 사나운 야수가 혹독한 고통을 견디다 못해서 지르는 것 같은 그런 비명이었지만, 자세히 들어보니 짐승의 소리는 아니었다. 사람의 음성이었다.

"어느 죄인이라도 잡아다가 신문을 하고 있는 모양이로구먼."

그 때는 그런 정도로만 생각을 하고 문지기를 통해서 부윤 유양을 만나러 왔노라고 전갈했다.

유양으로 말할 것 같으면 고려 우왕때 문과에 급제하여 전의부령(典儀副令), 판종부사사(判宗簿司事), 전라도안렴사(全羅道按廉使), 이조전서(吏曹典書) 등을 역임하였고, 이씨 혁명 후에는 개국원종공신(開國原從功臣)에 봉해졌으며 중추원부사(中樞院副使) 등을 거쳐 계림부윤에 임명된 전형적인 관료였다.

나이는 방원보다 열세 살이나 연장자였지만, 평소부터 가까이 지내오던 사람 중의 하나였다. 따라서 방원은 자기 신분을 감추지 않고 사실대로 전갈했다.

잠시 후 쿨룩거리는 기침소리와 함께 유양이 대문까지 달려나와 국공(鞠躬)하며 미안스러워한다.

"왕자대군께서 어찌된 일이십니까. 미리 연통을 해 주셨더라면 예도를 갖추어 영접하였을 터인데, 크게 궐례를 했습니다그려."

지방장관이 왕자나 정부 대신 같은 고관을 영접할 때엔 엄격한 법도가 정해져 있었던 것이다.

우선 호장(戶長), 기관(記官), 장교(將校) 등 향리 4명이 공복을 갖추어 입고, 오리정(五里亭) 즉 아문에서 5리가 되는 지점까지 마중을 나가 모셔오는 것이 상례였다.

그러한 예도를 갖추지 못한 것을 유양은 사과하고 있는 것이다.

"우리 사이에 번거로운 겉치레가 어찌 필요하겠소."

방원은 소탈한 웃음을 피우며 유양의 뒤를 따라 들어가다가 이맛살을 지푸렸다.

동헌 앞마당에 두 사나이가 결박되어 호된 고문을 받고 있었다. 조금 전에 들은 그 비명은 그 놈의 입을 비집고 나온 소리였을 게다.

고문형치고도 가장 잔혹한 형이었다.

한 사나이는 발목과 무릎이 단단히 결박되어 있었다. 두 형리가 그 다리 사이에 긴 막대기를 찌른 다음, 지렛대를 놀리듯이 양쪽에서 틀어댄다.

그럴적마다 사나이는 짐승의 울음 같은 비명을 연발한다.

이른바 주뢰형(周牢刑), 훗날 영조왕 때 그 형이 지나치게 가혹하다는 물의가 일어나서 즉시 엄금하는 영이 내려지게까지 되는 혹형이었다.

또 다른 사나이는 기둥 밑에 결박된 채 두 무릎을 세우고 앉아 있는데, 그 무릎 아래 정강이에 두 명의 형리가 긴 장대를 밀착시키고는 문질러대고 있었다.

얼핏 보기엔 대단치 않은 것 같지만, 고문을 당하는 자에겐 주뢰형 못지 않게 심한 고통을 주는 이른바 압슬형(壓膝刑)이었다.

이 고문형 역시 그 잔인성이 논의되어 영조왕 때 폐지된다.

"저 사람들이 무슨 죄를 지었기에 저토록 혹독한 고문을 받고 있는 거요."

동헌 별실에 자리를 잡고 앉자 방원은 넌지시 물었다.

물론 그 두 사나이가 걸치고 있는 복장이나 괴상하게 틀어올린 상투 같은 것으로 미루어 그들이 누구인가는 이내 짐작이 갔지만, 일부러 그렇게 물었다.

"그 놈들이 바로 나가온이 볼모로 보낸 그 놈의 아들 도시로와 심복 곤시라 올시다."

유양의 대답은 방원이 예측한 그대로였다.

"고문을 하는 까닭은?"

방원은 다시 물었다.

"그 놈의 아비의 소굴을 캐내기 위해서입지요. 그 놈이 도망치는 즉시로 경상도 도절제사 최공 운해장군 등의 힘을 빌어 급히 추적해 보았습니다만, 영영 놓쳐버렸지 뭡니까. 만일 끝끝내 나가온을 잡지 못하고 납치된 울주지사 등 관원을 구출하지 못한다면, 상감으로부터 어떠한 꾸중이 내릴는지 두렵기만 합니다그려."

아직도 감기 기운이 그대로 남아 있는 때문인지 코맹맹이 소리로 말하며 유양은 괴로운 기침만 연발했다.

"그래 그 왜종들이 괴수의 은신처를 자백합디까?"

"자백이 다 뭡니까. 고문을 가할 적마다 비명은 지르면서도 묻는 말엔 한마디도 대답을 하지 않습니다그려. 왜인들이 독종이란 말은 들었습니다만, 그토록 지독한 놈들인 줄은 미처 몰랐습니다."

유양은 쓰디쓰게 입맛을 다셨다.

"그럴게요. 왜종들이란 원래 의지가 강해서 고통을 줄수록 앙심만 더먹지 좀처럼 굴복하지 않는 족속들이외다."

하다가 방원은 문득 음성을 낮추며 말했다.

"그보다는 적절한 회유책을 쓰는 편이 효과적일 텐데."

"회유책이라니요?"

못마땅한 얼굴로 유양은 되물었다.

"교활하고 앙칼지기 이를데 없는 그 자들에게 먹혀들만한 회유책이 무엇이겠습니까."

"나에게 한가지 방책이 있소이다."

방원은 은근한 자신을 보이더니, 밖에서 대령하고 있던 평도전을 불러 들였다.

"이 사람으로 말할 것 같으면 이렇게 조선 사람 복장을 하고 있기는 하오만, 그리고 지금은 나의 수족처럼 움직여 주고 있소만, 본바탕은 대마도 사람이외다."

방원은 이런 말로 평도전을 소개한 다음,

"자네 생각을 사또께 말씀드려보게."

그를 향하여 종용했다.

"우리네 일본 사람들에겐 한 가지 습관이 있습니다."

이런 식으로 평도전은 자기 의견을 개진하기 시작했다.

"동료들이 무슨 일에 고통을 당하거나 손해를 본 사람을 알게 되면 그 일에 의혹을 품고 꽁무니를 뺍니다마는, 그와 반대로 후대를 받거나 이득을 취했다는 소식이 들리면 꼬리를 이어 모여드는 수가 많습니다. 그러니 그와 같은 습성을 감안하시어 조치하신다면 나가온 그 자를 유인 하는 일도 전혀 불가능하질 않을 겁니다."

"그럴까?"

유양은 잠깐 생각에 잠기다가,

"좀더 자세한 방책을 들려주게나."

캐고들었다.

"말하자면 지금 밖에서 고문을 하고 있는 그런 일부터 중지시키셔야 하겠습지요. 나가온 그 자가 그 소식을 들어보십시오. 자기 아들이나 심복을 괴롭히는 당국에 어떠한 감정을 품게 되겠습니까. 저도 잡히는 날이면 그러한 참형을 당할 것이라고 두려워하며 더욱더 꼬리를 감출 것이 아니겠습니까."

"그 놈들에게 형벌을 가하지 말고 후한 대접이라도 해주라는 건가?"

"그렇습지요. 그 자들을 후히 대접하고 벼슬이라도 주는 한편, 나가온의 처소로 사람을 보내어 그와 같은 사실을 알려보십시오. 그 자는 아마 마음을 고쳐먹을 겝니다. 원래 조선국에 귀화하려던 자가 아닙니까. 아들이 극진한 환대를 받는다는 것은 나가온 자기에게도 그런 대접이 돌아갈 것을 의미하게 될 것이며, 따라서 나가온 자신도 다시 투항할 뜻을 밝히게 될 겝니다."

"말하자면 아들이나 심복을 미끼삼아 나가온을 낚자는 얘기구먼."

방원도 맞장구를 쳤다.

겨우 동감이 가는지 유양도 그런 말을 흘리기는 했지만,

"그 벼슬을 준다는 것이 문제가 아닌가."

또다른 난색을 나타낸다.

"벼슬이라면 내가 마음대로 주는 것이 아니라 상감께서 내리시는 것이니, 내 힘으로는 어쩔 수 없는 노릇이지."

그리고 방원에게로 시선을 옮기며 한숨어린 소리를 건넨다.

"그렇지 않습니까, 정안군 나리. 그야 시생이 그와 같은 필요성을 역설하는 계를 올릴 수도 있습니다마는, 지금의 형편으론 그런 손을 쓸 수도 없지 않겠습니까. 왜적을 놓친 주제에 왜적에게 벼슬을 줍시사고 진언한다면, 오히려 호된 꾸지람만 들을 것이 아니겠습니까."

그는 또 쿨룩쿨룩 답답한 기침을 하다가,

"이렇게 하시면 어떻겠습니까. 나리께서 상감을 뵙고 시생이 진언할 말을 대변하여 주실 수 없겠습니까. 정안군 나리는 다름아닌 상감의 아드님이실 뿐더러 개국의 공신이시며, 국가를 위해서 여러 모로 큰일을 하신

분이니 상감께서도 그 진언을 기꺼이 받아들이실 것이 아니겠습니까."

남의 속도 모르고 그런 소리만 한다.

지금의 방원의 처지를 유양은 잘 모르는 눈치였다. 부왕 이성계의 노여움을 받고 한양을 떠나서 일종의 피신 생활을 하고 있다는 사실을 그는 아직 모르고 있기에 그런 말을 꺼냈을 것이다.

"글쎄 말이요."

방원은 말꼬리를 흐리며 평도전을 돌아보았다.

물론 유양의 요청대로 자기가 나설 수는 없다. 나서기는 고사하고 부왕 이성계를 만나기조차 어려운 처지다.

그렇다고 그와 같은 치부를 구태여 노출시킬 필요도 없다고 여겨지는 것이다.

평도전이 의미있는 눈길을 마주 보내더니, 방원의 곁으로 다가와서 몇마디 귀엣말을 속삭인다.

"허흠."

잔뜩 막혔던 무엇이 뚫리는 것 같은 소리를 흘리며 방원은 말했다.

"관직 문제는 내가 알아서 힘써 보리다. 그러니 유공께선 그 볼모들이나 잘 보살피도록 하시오. 아까도 말했소만 후대하면 후대할수록 나가온을 낚는데 효험이 있을 게요."

그리고는 자리에서 일어섰다.

평도전도 따라서 일어서며 한마디 더 부연했다.

"만일 볼모들이 고문을 당해서 상한 데라도 있으면 말씀입니다, 나가온이 투항해 오기 전에 깨끗이 치료해 주셔야 할 겁니다."

계림부 청사를 물러나온 방원과 평도전은 즉시 김해로 향했다.

"나리 신색이 좋지 않으시군요. 일이 뜻대로 이루어지질 못했나요?"

방원을 맞은 칠점선은 근심스럽게 물었다.

방원이 집을 떠날 때 자기 목적을 대강 밝혔던 것이다.

"예, 예상외로 일이 엉뚱하게 빗나가고 말았습니다."

대답한 방원은 별당에 들어가 자리를 잡고 앉자, 거기까지 따라 들어오며 궁금한 얼굴을 하는 칠점선에게 울주와 계림에서 보고 들은 사실을 간추려 설명했다. 그리고는,

"아무리 생각해 보아도 어머님께서 도와주셔야 하겠습니다."

이런 말을 불쑥 꺼내며 칠점선의 무릎 앞에 머리를 조아렸다.

"아버님을 급히 만나주셔야 하겠습니다. 그렇게 하셔야만 모든 일이 풀릴 것 같습니다."

착잡한 시선을 창너머 먼 하늘에 띄워보내며 한동안 말이 없다가 칠점선은 겨우 입을 열었다.

"만나뵙고 싶은 심정이야 간절하지만, 상감께서 부르시지도 않는데 이 편에서 찾아가 뵙는다는 것은 어떨는지요."

난색을 보인다.

"그런 심정은 아버님 역시 같으실 겁니다. 어머님께서 찾아오시기를 고대하고 계실 겁니다."

"과연 그럴까요?"

"저는 누구보다도 아버님을 잘 알고 있습니다. 겉으로 뵙기엔 엄하고 강하신 분 같지만, 속마음 한구석엔 소년 같은 수줍음을 안고 계신 분이십니다. 특히 여성 문제엔 더욱 그러하시지요."

"왕자님 말씀이 옳으십니다."

평도전도 한마디 거들었다.

"옹주마마를 부르시고 싶은 심정이야 절실하시겠습니다만, 왕비님께서 승하하신 지 얼마 지나지 않았는데, 옹주마마를 모셔들인다면 주위에서 어떻게 볼까 그런 망설임도 계시겠지요."

그 말에 칠점선의 아미에 슬픈 그늘이 서린다.

"내가 망설이는 것도 바로 그 때문이어요."

말하는 칠점선의 그 음성에까지 슬픈 그늘은 젖어들고 있었다.

"상감의 가슴 깊이 박혀 있는 중궁마마의 그림자, 그 그림자가 지워지기 전에는 만나뵙고 싶지 않았던 거예요."

칠점선이 처음으로 입밖에 내는 애절한 여정(女情)이었다.

애당초 이성계가 칠점선을 가까이하게 된 이유도 강비에게 있었다고 한다. 강비를 너무나 닮았기 때문에, 강비를 대신할 수 있었기 때문에 맺어진 인연이라고 한다.

칠점선의 곁을 떠난 이후 이때껏 찾지 않은 이유 또한 강비에게 있다. 강비에 대한 정이 너무나 깊었던 때문으로 풀이되고 있다.

칠점선 역시 그 점은 잘 알고 있었을 것이다. 어디까지나 대용품에 지나지 않던 자신의 처지가 견딜 수 없게 서글펐을 것이다.

이제 진짜는 갔으니 칠점선 자신이 진짜가 될 절호의 기회가 왔다고 기뻐할만큼 단순한 여성은 아니었다. 몸은 갔지만 강비가 남기고 간 마음의 발자취는 이성계의 가슴에서 좀처럼 지워지지 않을 것이다.

육신만의 진짜 노릇을 하는 데에 칠점선의 자존심은 아프게 반발하고 있었을 것이다.

──이해할 수 있다.

그와 같은 칠점선의 슬픔은 방원 자신의 슬픔과도 깊은 어느 곳에선 통하는 것을 느낀다. 그러나 그런 감정의 뒤안길에서만 소요하기엔 방원이 당면한 현실은 벅차고 절박했다.

"이왕 아버님을 모실 바에는 하루속히 서두르는 편이 좋지 않겠습니까?"

감정의 창문을 외면하면서 방원은 강하게 말했다.

"중궁께서 승하하신 지 반년 가까운 세월이 흘렀습니다. 그 동안 아버님께선 얼마나 허전하셨겠으며, 또 적적하셨겠습니까. 저도 사나이니만큼 그러한 아버님의 외로움을 대강은 짐작할 수 있습니다. 사나이란 외로워지면 거칠고 사나워지기 쉽습니다. 허전한 마음의 공동(空洞)을 힘으로 메워보려고 몸부림을 치는 거지요. 이번 대마도 원정도 그렇습니다. 해석

하기에 따라선 아버님의 마음의 공동 속에 회오리친 바람이 빚어낸 격랑
이라고도 볼 수 있을 겁니다."

"그렇습지요."

평도전이 받아 말했다.

"왜구들이 대마도에 소굴을 두고 준동하는 것은 사실입니다. 그러니
그 소굴을 뿌리째 뽑아 왜환(倭患)을 근절하려는 대책도 이론상으로는
있을 법한 일입니다. 하지만 실제적인 면에서 따져볼 때, 그와 같은 조처
도 별다른 효과를 거두기는 어려울 겁니다. 아마 대왕님께서도 그 점은
잘 알고 계셨을 겁니다."

실상 지난해 12월 3일, 대마도를 향하여 대군이 출동한 이후 한 달이
넘지만, 구체적인 전과는 거의 찾아볼 수 없다.

그 당시의 기록을 더듬어보더라도 그렇다.

적병을 몇명이나 살상하였는가.

적의 병선을 몇척이나 나포하였는가.

왜적의 거점인 대마도엔 상륙을 했는가, 어쨌는가.

그런 전황에 관한 기사는 전혀 눈에 띄지 않는 것이다.

"말하자면 이번 대마도 정벌을 계기로 아버님은 진퇴유곡에 빠지시게
된 셈입니다."

방원이 다시 말머리를 잡았다.

"이 난국을 타개하자면 우선 아버님 마음의 난관부터 풀어드려야 합니
다. 마음의 빈터에 회오리치는 바람부터 잡아드려야 합니다. 그리고 그
빈터에 정(情) 깊은 나무를 심어드려야 합니다."

스스로 간곡해지는 충정을 의식하면서 방원은 말을 이었다.

나가온 사건을 미끼삼아 자신의 궁지를 타개해 보려는 계산 따위는
어느 새 의식밖으로 자취를 감추어버렸다. 칠점선을 발판삼아 부왕의
빙벽(氷壁)을 넘어보려던 속셈도 지금은 없다. 부왕 이성계의 괴로움을
덜어주려는 충정만이 끓고 있었다.

이악스런 계산알만 퉁기며 사는 소인들에겐 이해하기 어려운 심정일 게다.

소인들의 눈엔 그것은 어리석은 감정의 흐름으로 보이기도 하고, 혹은 엉뚱한 연기(演技)로 비치기도 하는 그런 정감이 특출한 가슴 속엔 출렁이는 경우가 많다. 그리고 그와 같은 무사(無私)의 정곡(情曲)이 역사의 흐름을 세차게 끌고 나가는 원동력이 되기도 하는 것이다.

"그러니까 그와 같은 큰일을 저더러 하란 말씀입니까, 나리."

그 정류(情流)에 칠점선도 합류된 것일까, 진지한 어투로 묻고 말했다.

"한낱 아녀자로서 그런 큰일을 어찌 감당하겠느냐고 몸을 사리지는 않겠습니다. 저 혼자만의 서운한 정을 끝끝내 고집하지도 않겠습니다. 상감의 괴로움을 덜어드리고 나라의 어려움을 타개하는 데 도움이 된다면, 천한 이 몸, 어떠한 노고도 아끼지 않겠습니다. 하지만 저 혼자의 힘으로 과연 다급한 난제(難題)를 풀 수 있을는지 의심스럽군요."

방금 말한 것처럼 몸을 사리려는 기색이 아니었다. 실제적인 벽에 부딪쳐 안타까워하는 어투였다.

"나리께서 말씀하신 것처럼 상감의 외로움은 제 힘으로도 얼마간 덜어드릴 수도 있겠지요. 그것이 나아가서는 상감의 걱정을 진정시켜 드리고 난국을 수습하는 데 이끄는 실마리도 될 수 있겠습니다마는, 그러자면 너무도 오랜 시일을 요합니다. 사태는 긴박하지 않습니까."

칠점선의 논리엔 빈틈이 없었다.

"지금 당면한 해결책은 나가온의 아들이나 심복에게 벼슬이라도 주어서 회유하는 길뿐이라고 나리께선 말씀하셨습니다. 그야 굳이 하라고 하신다면 그와 같은 진언도 드리기는 어렵지 않습니다만, 결과는 과연 어떨까요. 상감 한 분의 사사로운 일도 아닌 군국의 중대사를 베개밑 속삭임 따위에 흔들려서 좌지우지되실 분이시겠습니까. 공사엔 누구보다도 공명정대하신 상감께서 말씀입니다."

지적을 받고 보니 옳은 말이었다. 칠점선이란 여성과 대왜구(對倭寇) 정책 사이엔 너무나 거리가 있다.

유일한 해결책이 어이없이 허물어지는 실망을 방원은 느끼지 않을 수 없었다. 막힐 줄을 모르는 평도전도 대책이 막막해진 것일까, 입맛만 다시고 있었다. 결국 일종의 해결책을 제시한 것은 칠점선이었다.

"이렇게 하시는 것이 어떻겠습니까. 저와 함께 나리께서도 상경하시어 그와 같은 대책을 상감께 직접 말씀드리시는 것이 첩경이 아닐까요."

그러나 그말 역시 답답한 소리로만 방원의 귀엔 들렸다.

그러나 칠점선은 한마디 더했다.

"이 기회에 나리께서도 아버님의 곁으로 돌아가시는 편이 좋을 듯싶은 데요. 그렇다고 나리께서 지금 어떠한 곤경에 계신지 그 점을 잊어버리고 하는 말은 아닙니다. 상감의 노여움을 피하시려고 저희 집까지 찾아오셨 다는 사실도 잊지 않고 있습니다."

혼자 부르고 쓰는 그런 어투로 칠점선은 말을 이었다.

"그러니 그러한 제가 어떻게 아버님께로 돌아갈 수 있겠습니까."

방원은 방원대로 이렇게 반문할 수밖에 없었다.

"나리께서 말씀하시지 않으시었어요? 저 칠점선이가 찾아오길 상감께 선 기다리고 계실 것이라고 하시지 않으셨습니까. 그와 같은 짐작에 틀림 이 없다면, 상감께서는 아드님이신 나리 역시 고대하고 계실 것이어요. 가까운 남녀간에 벌어지는 실랑이는 칼로 물을 베는 것과 같다고 하더군 요. 하지만 부자지간의 정은 거기 비할 바가 아닐 것이어요. 물이란 물꼬 를 돌려서 갈라놓으면 각각 딴 곳으로 흘러갈 수도 있습니다만, 피는 아무리 멀리 떨어져도 서로 찾고 부르기 마련입니다."

역설하다가 칠점선은 문득 어세를 달리하며 물었다.

"어떠하십니까, 나리. 아버님이 계신 한양서 멀리 천리나 떨어져 계시 다고 아버님을 잊으실 수 있으십니까?"

방원은 강하게 마음의 도리질을 했다. 물으나마나한 소리였다.

어떠한 오해를 받았을 경우도, 제아무리 심한 역정을 들었을 경우도,
견딜 수 없는 서운한 처우를 당했을 경우도 부왕 이성계를 잊어보려고
마음먹은 적은 없었다.

오히려 그런 형편에 놓일수록 부왕에 대한 애정이 사모치게 끓어오르
는 것이 방원의 어쩔 수 없는 생리였다.

지금도 그렇지 않은가. 대마도 원정이 교착 상태에 빠져 부왕의 처지가
난감하여지자, 자기 자신의 이해득실 따위는 까맣게 잊어먹고 부왕에
대해서만 진력하려는 것이 아닌가.

"아버님도 똑같은 심정이실 거예요."

방원의 속마음을 환히 들여다보고 있는 것처럼 칠점선은 말했다.

"한때는 몹시 노하셨겠지요. 하지만 나리께서 한양을 떠나셨다는 소식
을 들으셨을 때부터 그 노여움은 서운한 마음으로 바뀌어졌을 거예요.
하루라도 속히 나리께서 돌아오실 날만 기다리시게 되셨을 거예요."

그날밤 부왕이 칼부림까지 보이며 진노하던 직후, 무학대사 자초가
들려주던 말이 생각난다.

시일이 흐르면 어버이의 따뜻한 정이 다시 샘솟을 것이라고 하던 말이
실감있게 되살아난다.

"열 손가락 깨물어 아프지 않은 손가락이 없다는 말이 있지 않습니
까."

칠점선이 이런 속담을 꺼내자 그때껏 말이 없던 평도전이 한마디 했
다.

"졸자 언젠가 제주도엘 가본 일이 있습니다. 지금은 어떨는지 모릅니
다만, 혁명 이전 고려 왕조 때엔 목호(牧胡)라고 일컫는 목자(牧子)들이
소나 말이나 양 같은 가축들을 많이 기르고 있더군요. 그때 늙은 목호
하나가 들려주던 얘기가 잊혀지지 않습니다. 백 마리의 양을 거느리고
아막(阿幕 : 목사)으로 돌아가다가 한 마리 양이 실종을 할 경우, 나머지
아흔아홉 마리 양을 버려두고라도 잃어버린 한 마리 양을 찾아 헤매게

된다는 것입니다. 자기 곁을 떠나지 않은 아흔아홉 마리보다도 곁을 떠난 한 마리가 더욱더 소중히 여겨진다는 얘기입지요."

——길 잃은 한 마리의 양.

곱씹으면서 방원의 가슴엔 밝은 힘이 피어오른다.

지금 당장에라도 한양으로 달려가고 싶다. 노여움이 풀리면 활짝 갠 봄볕처럼 따스하기만 한 부왕의 얼굴을 보고 싶다.

그러나 그런 감정에만 빠져들도록 그의 지각이 그를 버려두지는 않았다.

"돌아가고 싶은 마음은 간절합니다만, 그렇다고 덮어놓고 불쑥 나타날 수도 없는 노릇이 아닙니까. 그야 어머님을 모시고 아버님을 뵙게 된다면 아버님께선 반가와하실는지 모릅니다만, 저를 미워하는 무리들이 그 일을 꼬투리 삼아 어떤 모함을 농할는지 알 수 없는 노릇이 아니겠습니까."

구체적인 방법이 아쉬운 것이다.

"저도 그 점을 걱정하고 있었어요."

칠점선도 동조한다.

"가장 바람직한 길은 제가 먼저 상감께 나리의 효성을 말씀드린 연후, 나리께서 뒤미처 상경하시는 것이 방책일 거예요. 그리고 나리께서 상경하실 때에는 그냥 상경하실 것이 아니라, 국가를 위한 어떤 큰일을 해결하시고 아버님을 뵙게 되신다면 일은 더욱 잘 돼 갈 것이어요."

그럴 것이다.

칠점선이 나타나서 반가움에 들뜬 이성계의 귀에 속삭인다, 왜적에게 잡혀서 호된 욕을 보게 된 자기를 방원이 구해 주었다는 얘기, 자기 집에 체류하는 동안 방원은 말끝마다 부왕을 사모하고 부왕을 염려하더라는 얘기, 국가의 당면한 문제에 대해서도 누구보다 염려하고 누구보다 마음을 태우며 병든 몸으로 동분서주하더라는 얘기.

그런 얘기들을 칠점선의 달콤한 입으로 들려준다면, 제아무리 굳어 있던 이성계의 빙벽(氷壁)이라도 녹아 무너지지 않을 턱이 없다.

그런데 칠점선으로 하여금 방원의 효성심을 부왕에게 전할 수는 있다 하더라도, 부왕을 떳떳이 만날 수 있는 명분이 필요하다. 칠점선이 말하듯 국가를 위한 어떤 큰 일을 해결한다는 그 방도가 막막했다.

방원은 혼잣말로 되씹었다.

"무슨 좋은 방책이 없을까?"

모두가 숨을 죽인채 말이 없다. 이렇다 할 묘책이 서지 않는다.

한참만에 평도전이 입을 열었다.

"그러시다면 이렇게 하시는 것이 어떻겠습니까."

평도전이 최종안을 제시했다.

"옹주마마께서 먼저 한양으로 떠나시는 겁니다. 그리고 나리께선 그 분을 만나십시오."

"그 분이라니?"

"이번에 도병마사(都兵馬使)로 대마도 정벌차 출정한 남대감이 있지 않습니까?"

남재(南在)를 두고 한 말이었다.

"그 분과 잘 의논을 하신다면 뜻하지 않은 소득이 있을 것으로 짐작이 됩니다."

언제나 방원의 편에 서서 조력을 아끼지 않던 남재가 아닌가. 지난번 명나라엘 가게 되었을 때엔, 죽음의 길과 같은 그 험난한 길을 자청해서 따라 나섰던 지기(知己)가 아닌가.

"그렇구먼. 그 사람 생각을 미처 못했구먼."

방원의 표정이 다시 밝아진다.

"그런데 그 사람이 지금 어디 있을까. 대마도에 상륙한 것은 아닐테구."

"졸자가 들은 바에 의하면 경산부(京山府 : 경북 성주)에 있다고 하더 군요. 나가온 도주사건에 연루된 죄인을 다스리기 위해서라던가요?"

나가온이 도주한 직후 경상도 도절제사 최운해 등이 그 뒤를 추적한 사실은 앞에서 언급한 바와 같다. 그러나 끝끝내 나가온을 잡지 못하고 허탕을 치자, 오도도통사 김사형(金土衡)은 최운해를 위시하여 이구철(李龜鐵), 김찬길(金贊吉), 김영렬(金英烈) 등 장령들을 체포하여 경산부 감옥에 수감하였다.

나가온을 놓친 책임을 묻기 위해서였지만, 그만큼 나가온의 도주사건은 대마도 정벌에 막대한 차질을 초래한 셈이었다.

17. 對馬島

옹주의 집을 나서는 방원의 감회는 착잡하였다. 그 집에 체류한 기간은 열흘도 못되는 짧은 기간이었지만, 오래오래 정든 고향집을 떠나는 것처럼 서운했다.

그날 칠점선도 동시에 출발하기로 했다. 한양으로 향하는 칠점선과 경산부, 즉 성주로 가는 방원은 팔조령(八助嶺) 근처까지는 동행이 될 수 있을 것이다. 소월이는 퉁퉁 부은 눈으로 칠점선의 치맛자락을 잡고 떨어지려 하지 않았다.

"며칠만 기다리면 되는 거야. 내가 한양에 당도하는 즉시로 사람을 보내어 너를 데려갈테니까 너무 섭섭해 하지 마라."

칠점선도 흥건히 젖은 목소리로 소월이를 달랜다.

"참말이지얘, 한양성 대궐에 들어가시면 소월이 같은 건 잊어버리시는 게 아니지얘."

몇번이나 몇번이나 다짐한 다음에야 소월이는 겨우 떨어졌다.

어깨를 들먹이며 타달타달 돌아가는 소월이의 뒷모습을 바라보자, 방원은 가슴이 짜릿했다.

어린 여종의 석별의 정이 측은한 때문만은 아니었다. 얼마를 더 가면 자기 자신도 칠점선과 헤어져야 할 것을 생각하니, 그런 감정이 방원의 정골을 후비는 것이다.

그때 칠점선은 나귀를 타고 그 고삐를 늙은 마부가 잡고 있었다.

방원은 애마 응상백에 몸을 싣고 있었으며, 평도전도 말을 타고 있었다.

김해 읍내를 벗어나서 호젓한 산길에 접어들자, 방원은 애마의 등에서 뛰어내렸다.

"그 고삐를 이리 넘겨라."

늙은 마부를 향해 말했다.

"예?"

어리둥절한 눈으로 마부는 되물었다.

"어머님의 말꼬삐를 내가 잡고 갈테니, 내가 타고 온 말을 끌란 말이다."

그 말에 마부보다도 더 놀란 것은 칠점선이었다. 방원이 나귀의 고삐를 잡자,

"나리!"

하며 당황해 나귀 등에서 내리려고 한다.

앞으로는 국왕의 총비가 되어 옹주 행세를 하게 되는지 모르지만, 현시점에서 칠점선은 한낱 퇴기(退妓)에 지나지 않는다. 그리고 방원은 어엿한 왕자대군, 그가 고삐를 잡는 나귀 등에 올라앉아 거들먹거릴 수는 없는 노릇이었다.

"그냥 타고 계십시오. 이러시면 도리어 소자가 민망하지 않습니까. 어머님의 말고삐를 아들이 잡는 것을 나무랄 자가 누구이겠습니까. 흉보는 사람이 어디 있겠습니까."

그 말엔 거역하기 어려운 강한 힘이 맺혀 있었다.

칠점선과의 작별을 아쉬워하는 충정이 넘치고 있었다.

칠점선의 두 눈에 눈물이 괸다.

"나리는 무서운 분이십니다. 저에게 엄청난 짐을 지워 주시는군요."

이런 말로 칠점선은 자기 감정을 얼버무리는 것이었지만, 그 속에 서린 깊은 감동을 감추지 못하고 있었다.

팔조령 고개마루에 이르러서야 방원은 비로소 고삐를 놓고 칠점선과

작별했다.

소월이가 그렇게 했던 것처럼 서운한 발길을 경산부로 옮겼다.

경산부는 경상도 산골에 자리잡은 자그마한 읍에 지나지 않았다.

방원으로서는 처음 발길을 들여놓는 낯선 고장이기도 했다. 그러나 앞으로 몇해가 더 지나면 그는 이 고장과 깊은 인연을 맺게 된다. 그가 이 나라의 국왕으로 군림하게 되는 태종 원년 10월 8일에는 이 고을 조곡산(祖谷山)에 자기 태를 묻을 태실(胎室)을 마련하게 되는 것이다.

말하자면 살아있으면서도 일종의 묘소 같은 것을 설치하게 되는 고장이지만, 지금의 방원으로선 그러한 앞일은 상상도 할 수 없다.

다만 조급한 마음으로 경산부 청사를 찾아들어갔다.

"상감의 노여움을 피하시어 한양을 떠나셨다는 소식은 바람결에 들었습니다만, 그 동안에 어디서 어떻게 지내셨기에 이제서야 이렇듯 찾아오십니까."

도병마사 남재는 급히 달려나오면서 반색을 했다.

도통사 김사형도 공근히 영접하며 객실로 그를 인도했다.

"이리로 앉으십시오."

북쪽 상좌를 방원에게 권한 다음, 김사형은 동쪽에 자리잡고 남재는 서쪽에 앉는다. 이것이 경외관(京外官)이 회좌(會坐)할 적에 차리는 예도였다.

어떠한 경우건 그와 같은 법도를 잊지 않는 것이 김사형의 성격이었다. 그토록 큰 일에나 작은 일에나 극히 몸조심을 한 때문이었던지, 그는 평생을 통하여 오래도록 정부 요직을 역임했지만, 단 한번도 탄핵을 받은 일이 없었다고 한다.

세 사람이 자리를 잡고 앉자, 김사형은 답답한 한숨을 몰아쉬었다.

그를 따라 남재도 그렇게 했다.

한숨과 함께 김사형은 무거운 입을 떼었다.

"우리가 서울을 떠날 때 상감께선 황공하옵게도 남문 밖까지 전송해 주시었습니다. 부월과 교서를 수여하셨으며, 안마(鞍馬), 모관갑(毛冠甲), 궁시(弓矢)까지 손수 하사하시었습니다. 하지만 서울을 떠난 지 월여가 지나도록 내가 한 일이 무엇입니까. 변변한 전과도 올리지 못한 터에, 모처럼 투항해 오려는 나가온 같은 왜괴(倭魁)까지 놓쳐버렸으니, 무슨 낯으로 장차 상감을 뵈어야 할는지 심히 민망스럽소이다."

"민망스럽기는 나도 매한가지올시다."

남재도 받아 말했다.

"도통사를 보필하여 왜구 섬멸의 중책을 다해야 할 나 역시, 해놓은 일이라고는 아무것도 없으니 얼굴을 들 수 없습니다그려."

"그것은 두 분의 책임만이 아닐 겁니다."

방원도 한마디 했다. 입에 붙은 위무(慰撫)의 말이 아니었다. 진심으로 생각하는 바를 개진하는 말이었다.

"도대체 이번 대마도 정벌에는 근본적으로 배려가 부족했던 점이 있었다고 여겨집니다."

"그야 부족한 점이야 많겠습죠만, 나리께선 어떠한 점을 그렇게 보시는지요."

김사형은 겸허하게 물었다.

그로 말할 것 같으면 일국의 부수상격인 우정승이며. 국왕을 대신해서 오도(五道)의 병마를 총지휘하게 된 최고 사령관이었지만, 그런 지위를 코끝에 거는 기미는 추호도 없었다. 그러한 점이 누구에게나 호감을 사는 비밀의 하나일는지도 모른다.

"천지 만물엔 음양이 아울러 있듯이 전쟁을 하는 마당에서도 강유(剛柔)를 다같이 활용하는 탄력성이 있어야 할 줄로 압니다."

방원은 거침없이 말했다.

"도적을 잡되 몽둥이만 휘둘러 잡으려고 드는 태도는 너무나 단순합니다. 그 자들이 자기의 잘못을 뉘우치고, 혹은 이해득실을 잘 따지고나서 자수하도록 길을 터주는 것이 가장 바람직한 상책이 아니겠습니까."

방원의 말에 김사형은 크게 고개를 끄덕였다.

"도적 한 놈을 열 사람이 쫓아도 잡기 어렵다는 말이 있습니다. 원래가 약삭빨라 동에 번쩍 서에 번쩍 종잡을 수 없는 왜구들을, 아무리 대군을 풀고 수색한다고 쉽게 섬멸할 수 있겠습니까. 신통한 전과를 올리지 못하는 것이 오히려 당연할 겁니다. 은혜를 베풀어야 합니다. 그 자들은 또 바닷물 속을 누비고 쏘다니는 물고기 같은 놈들이 아닙니까. 물고기를 어떻게 일일이 창검으로 쫓습니까. 큰 그물과 같은 너그러운 아량으로 건져내야 합지요."

"나리의 말씀 지당한 말씀입니다만, 일단 창검에 쫓겨서 도망친 물고기가 그물을 친다고 새삼 찾아들까요."

김사형은 반문했다.

"그물만으로 부족하면 다시 손을 써야지요. 미끼를 던지는 겁니다. 물고기가 냄새만 맡으면 꾀어들지 않고는 못배기는 그런 미끼를 말씀입니다."

"그와 같은 희한한 미끼가 과연 있겠습니까, 나리."

이번엔 남재가 묻는 말이었다.

"있습니다."

방원은 자신있게 잘라 말했다.

"어떠한 것입니까."

"그 미끼를 구하는 방도란 무엇인지요."

김사형과 남재는 입을 모아 물으며 다가앉았다.

"나보다도 그러한 고기잡이에 정통한 어부 한 사람을 데리고 왔습니다. 만나보시겠습니까."

방문 밖으로 잠깐 눈길을 던지며 방원은 말했다.

"만나보다 뿐이겠습니까."

뜰아래 대기하고 있던 평도전을 불러들였다.

방원은 그의 신분을 간략히 소개한 다음, 의미있는 눈짓을 보냈다.

"졸자가 정탐한 바에 의하면, 나가온은 지금 대마도로 도주하여 은신 중이라고 합니다. 그러한 자를 꾀어내기란 쉬운 일이 아니겠습니다만, 다행히도 그 자는 아들놈과 심복을 볼모로 바쳤으며, 그 아들놈과 심복은 지금 계림부윤의 손에 잡혀 있는 것으로 압니다."

평도전이 그 얘기를 꺼내자 김사형과 남재는 기대에 어긋나는 듯한 얼굴을 했다.

"그 볼모라면 우리 역시 이용해보려고 애는 썼지만, 나가온 그 자 얼마나 독한 놈인지 걸려들질 않더구먼."

"자식놈이나 심복의 목숨을 아까워하는 나머지 어떤 반응이라도 있을까 해서 그 볼모들에게 혹독한 고문을 가하고 그와 같은 소문을 퍼뜨려도 보았지만 종무소식이란 말야."

김사형과 남재는 쓰디쓰게 입맛을 다셨다.

"그것은 우리네 일본 사람들의 성깔을 모르시고 취하신 실책이올시다."

그러고 나서 평도전은 계림부윤 유양에게 개진했던 것과 같은 의견을 말했다.

고문이나 매질은 나가온이 더욱더 겁을 먹고 꽁무니를 빼게 하는 역효과를 초래할 뿐이라는 것, 그것보다는 극진히 후대를 하고 벼슬에 굶주린 낭인(浪人)들이 무엇보다도 욕심을 내는 관직을 주도록 하는 편이 가장 효과적이라는 점을 역설했다.

"내가 두 분 대감을 이렇게 찾아온 이유도 바로 그것이올시다."

방원이 다시 말했다.

"나가온의 족속들에게 벼슬을 내리자면 주상께 그와 같은 진언을 드려야 하겠습니다만, 아시다시피 아버님의 노여움을 사고 한양을 떠나온 내가 아닙니까. 섣불리 나설 수도 없는 형편이니, 두 분 대감께서 손을 써주셨으면 해서요."

"좋은 의견이올시다."

김사형은 즉각 동의했고,

"지금으로선 그 이상 가는 대책도 없겠습니다."

남재도 찬의를 표명했지만, 곧이어 꼬리를 달았다.

"하지만 너무 시일이 촉박해졌습니다그려. 상감께 품주(稟奏)해서 관직을 내리시도록 하고 다시 그 소문이 나가온의 귀에 들어가고, 그래서 그 자가 재차 투항해 오기를 기다리자면 상당히 오랜 시일이 걸릴 것이 아니겠습니까."

"우리는 오래지 않아 한양으로 귀환해야 할 형편이지요."

김사형이 뒤를 이어 말했다.

"상감께서도 원정이 오래 끌어 민심에 미치는 바를 염려하셨던지, 이달 안으로 귀환하라는 분부가 계셨습니다. 그러니 모처럼의 비책을 강구한다손치더라도 그 효과는 사후에나 나타날 거고, 원정군은 결국 빈손으로 돌아갈 수밖에 없지 않습니까."

그 얘기는 방원도 처음 듣는 소식이었다.

방원이 이곳을 찾아온 목적의 하나는 자기자신이 한양으로 돌아갈 기회를 잡자는 데 있었다. 나가온 회유 공작에 성공을 하고 그것을 전리품으로 개선하는 원정군 속에 끼여든다면, 여러 모로 효과가 있을 것이라는 계산을 했었다.

그러나 원정군이 빈 손으로 돌아가게 된다면, 그와 같은 계산에도 근본적인 차질이 생기게 된다.

"이렇게 하시면 어떻겠습니까."

평도전이 대안을 제시했다.

"오도도통사 어른은 대마도 사람들이나 왜구들에겐 조선국의 대왕님을 대리하시는 분이 아니십니까. 대왕님께서 부월을 맡기신 것은 곧 휘하 장군들이나 적군들의 생살여탈권을 일임하시는 뜻이 아니었겠습니까. 투항하는 적군에 대한 상벌 역시 도통사 어른께서 장악하고 계시지 않습니까."

"그래서?"

"그러니 임시로 대왕님의 권한을 대행하십사 하는 겁니다. 나가온의 아들과 심복에게 벼슬을 내리는 것을 약속하시면 되겠습지요."

"약속만으로 나가온 그 자가 믿어줄까?"

"믿도록 설득을 해야겠지요. 그 자의 소굴로 직접 사람을 보내서 말씀입니다."

"그 자의 소굴?"

김사형은 쓴 얼굴을 했다.

"그 곳을 탐지할 수 있었다면 벌써 오래 전에 적절한 손을 썼을 게야."

"아침엔 동에 번쩍했다가 저녁엔 서에 번쩍하는 그 놈이 어디에 있는 줄 알고 찾아낸단 말인가."

남재도 난색을 보였다.

"아무리 종잡을 수 없는 놈이라도 그 놈의 꼬리를 잡고 조종하는 원흉이 있다면, 그 원흉만은 그 놈의 거처를 알고 있을 것이 아니겠습니까."

"나가온을 조종하는 원흉이라? 누구지?"

김사형은 다급하게 물었다.

"소오 요리시게."

평도전은 일본말로 말하다가,

"조선식으로 말한다면 종뇌무(宗賴茂), 혹은 사미영감(沙彌靈鑑)이라고도 부릅니다만, 대마도 수호 그 사람 말입니다."

평도전은 엉뚱한 소리를 했다.

"대마도란 섬엔 왜구들이 득실거리는 반면, 선량한 백성들도 살고 있는 것은 사실입니다. 왜구와 양민은 엄연히 다릅니다."

대마도 얘기가 나온 때문일까, 평도전의 혀끝은 사뭇 매끄러워진다.

"또 대마도주는 양민들을 통치하는 그 고장의 수령(守令)이라는 것이 표면적인 직책입니다. 뿐만 아니라 대마도주는 평상시엔 대마도에 있지 않습니다. 바다 건너 본토 축전이란 곳에 본거지를 두고 대마도엔 삼년에 한번쯤 들러 정사를 처리하는 것이 상례올시다. 그러니 얼핏 생각하기엔 대마도주와 왜구들과는 별로 관계가 없는 것처럼 간주되기 쉽겠습지요. 하지만 내막은 다릅니다."

"다르다니, 어떻게?"

"원래 왜구란 무리들은 일본 본토에서 도적질을 하던 산적들이올시다. 따라서 일본 정부 당국 역시 그 자들을 범법자로 지목하고 단속을 해온 셈입니다만, 그래서 그 자들을 체포하면 대마도와 가장 가까운 구주(九州)땅으로 추방하는 것이 관례적인 처형 방법이었습지요."

그와 같은 실정은 방원으로서도 처음 듣는 사실이었다. 평도전의 다음 말이 절로 기다려진다.

"어른들께서도 잘 아시다시피 일본의 국정(國政)은 조선과 다른 점이 많습니다. 조선처럼 전국 각 지방이 중앙정부에 장악되어 있는 것이 아닙니다. 각 지방에는 번주(番主)라고 하는 독립된 세력이 있습니다. 구주지방이나 대마도의 번주들은 자기네 세력을 강화하기 위해서, 그 지방에 추방되어온 도적의 무리들을 포섭하고 이용해 왔습지요. 대마도를 통치하는 사미영감 그 사람 역시 예외는 아닙니다. 그러니 대마도의 왜구들을 뒤에서 조종하는 원흉이 바로 대마도주가 아니고 누구이겠습니까."

"그렇다면 왜구들의 그 악독한 노략질도 대마도주가 시켜서 하는 짓이란 말인가?"

남재가 물었다.

"그렇게 보아 틀림은 없을 겝니다."

떠름한 어투였지만 평도전은 잘라 말했다.

"그런 내막도 모르고 우리는 공연히 헛수고를 한 셈이로구먼."

김사형이 입맛을 다셨다.

"대마도는 원래 토박한 고장이올시다. 농경지라고는 전 면적의 백분의 삼에 지나지 않습니다. 풍년이 들어도 도민들의 식량을 자급자족하기가 어려운 형편입니다. 하물며 흉년이라도 드는 날이면 섬 전체가 굶주린

아귀들의 도가니로 화해 버립지요."

"그러니까 우리 조선땅에서 노략질해 간 양곡을 도민들의 식량에 충당
한다는건가?"

김사형은 심각해진다.

"그렇게 되는 셈입지요."

이렇게 말하면서 평도전은 어색한 헛기침을 흘렸다. 자기 고향의 치부
를 노출시키고 만 것이 찜찜한 모양이었다.

"어쨌든 대마도주와 왜구들의 관계가 그러한 터이니, 왜구들 중에서도
거물급에 속하는 나가온의 소재를 사미영감 그 사람이 어찌 모르겠습니
까."

말하고는 평도전은 또 미안스런 기침을 했다.

"하지만 대마도주 그 자는 삼년에 한 번이나 겨우 다녀간다고 하지
않았나. 그러하거늘 지금 대마도에 사람을 보낸다고 그 자를 만날 수
있을까."

방원이 물었다.

"졸자가 들은 바에 의하면 사미영감 그 사람, 지금 마침 대마도엘 건너
와 있다는 겁니다. 그러니 그 사람을 만나서 잘 이야기를 한다면 나가온
에게도 선이 닿을 길이 생길 줄로 압니다."

"그럴까?"

남재가 석연치 않은 얼굴로 물었다.

"방금 그대가 한 말을 들으면 왜구들은 곧 대마도주의 밥줄이나 다름
이 없는 것 같은데, 그와 같은 심복 부하를 비호하면 비호했지 우리에게
호락호락 내줄 턱이 있을까."

"그러니까 한편으론 위협을 가하면서 한편으론 잘 구슬려야 하겠다는
말씀입니다."

"우리가 출정한 이후 달포가 넘도록 무력에 의한 위협은 할만큼 한
셈이 아니겠습니까."

　남재는 말하면서 도통사 김사형을 돌아보았다.

　"그야 비록 왜구들을 많이 무찌르진 못했소만, 대마도 연안을 우리 병선으로 물샐틈 없이 포위하였으니, 우리의 위력은 충분히 과시한 셈이 아니겠소."

　김사형도 그 점만은 강조했다.

　"그렇다면 대마도주 그 자를 달래는 방법만 남아 있는 셈입니다그려."

　방원이 이렇게 말하고는 평도전을 향하여 물었다.

　"무슨 좋은 수가 없겠는가?"

　"대마도주란 일본의 여러 번주들 중에서도 가장 외딴섬에 떨어져 있는 영주가 아닙니까. 말하자면 외톨배기나 다름이 없습지요. 중앙정부로부터 받는 벼슬이나 모든 대우 역시 다른 번주들에 비하면 훨씬 떨어지는 형편입지요. 그러니 대마도주가 무엇보다도 아쉬워하는 것은 다른 번주들 못지 않은 정신적 대우올시다. 만일 그 사람에게 다른 영주들이 갖지 못한 어떤 영예를 부여한다면 크게 감격할 겁니다. 어떠한 협력이라도 서슴지 않을 겁니다."

　"영예를 부여한다?"

　착잡한 얼굴로 김사형은 곱씹었다.

　"그 자가 우리 조선국에 귀화한 향화왜인(向化倭人)이라면 또 모를 일이로되, 아직은 일본국의 한 영주가 아닌가. 설불리 벼슬을 줄 수도 없는 노릇이 아닌가."

　"벼슬이 아니라도 좋습니다. 사미영감 그 사람이 원하는 것은 다른 것이 올시다. 조선식의 성명입니다."

　평도전은 또 이해가 가지 않는 소리를 꺼낸다.

　"일본서 행세라도 하는 권세가나 책권이나 읽었다고 자부하는 무사들은 중국이나 조선의 문물을 은밀히 흠모하고 있습니다. 만일 조선의 어느 귀인이 조선식의 성씨라도 나누어 주고 조선식의 이름이라도 지어준다면, 그보다 더 큰 자랑거리는 없을 겁니다."

묘안이었다. 그러나 거기에도 난점은 있었다.

"외국 사람에게 성씨를 부여하는 일 역시 상감께서나 하실 수 있는 처사가 아닌가."

김사형은 또 벽에 부딪친 얼굴을 했다.

네 사람은 한동안 답답한 침묵에 잠겨들었다.

"실천이 가능한 방법이라면 이런 방도가 있을 수 있지 않겠습니까."

한참만에 남재가 입을 떼었다. 김사형을 향하여 하는 말이었다.

"누구인가 대마도주 그 자와 개인적으로 의형제를 맺는 겁니다. 그렇게 한다면 자연히 성씨도 나누어줄 수 있을 것이며, 그런 개인적으로 취하는 행동이라면 나라의 법도를 어기지 않아도 가능한 일이 아니겠습니까."

"누가 할 수 있겠소, 그런 일을."

김사형은 역시 난색을 보였다.

"대마도주와 의형제를 맺자면 상당한 귀인이라야 할 것이거늘, 어느 귀인이 그런 일로 대마도엘 건너갈 수 있겠소."

다시 답답한 침묵이 흘렀다.

"어쨌든 해야만 할 일이라면······"

마침내 방원이 나섰다.

"당면한 난국을 타개하는 방도가 그것뿐이라면 내가 가보겠소이다."

잘라 말했다.

"그렇게만 하신다면 대마도주 그 사람, 눈물을 흘리며 좋아할 겁니다. 왕자님과 의형제를 맺는다면, 그 사람도 조선 왕족 비슷한 대우를 받는 셈이 될테니까요."

평도전은 반색을 했지만,

"그야 그렇겠지만."

이번엔 남재가 꺼림한 기색을 보였다.

"솔직이 말씀드리자면 정안군 나리께서 여러 차례 모함을 받으신 요인이 왜인들 때문이 아니었습니까. 왜인들을 가까이하신 처신을 꼬투리 삼아 정도전 일파는 나리를 헐고 뜯지 않았습니까. 왜인들과 손을 잡고 무슨 흉계를 꾸미신다고 허무맹랑한 풍설까지 유포시키지 않았습니까. 그리고 마침내는 상감께서도 곡해하시어 나리를 멀리 하신 적까지 있지 않습니까. 만일 나리께서 대마도주와 의형제를 맺으신다면 지난날 당하신 것과 같은 재앙을 다시 자초하시게 되는지도 모를 일이 아니겠습니까."

이유 있는 우려였다. 하지만 방원은 결연히 말했다.

"나 한몸을 아끼느라고 국가의 대사를 외면할 수는 없소이다. 이번 대마도 원정을 매듭짓자면 아무리 생각해도 그런 손을 쓸 수밖에 없는 형편인 이상, 그만한 잡음이 염려된다고 어찌 망설일 수 있겠소이까."

남재는 고개를 숙였다. 개인의 이해만을 따진 자기 말이 부끄럽다는 그런 표정이었다.

"그보다도 대마도에 동행할 사람이 문제가 아니겠소. 대마도주를 설득하자면 일본말에 능해야 할 터인데, 아시다시피 나는 일본말을 잘 못하니 유능한 통사(通事 : 통역)가 필요하지 않겠소."

구체적인 방안을 방원은 파고들었다.

"글쎄올시다."

남재는 평도전에게 시선을 보냈다. 방원도 그 시선을 따라 평도전을 바라보며 물었다.

"자네가 같이 가겠나?"

우리말을 잘 해독하고 일본말을 능숙히 구사하는 것만이 문제라면 대마도 출신인 평도전 이상가는 적임자도 드물 것이었다.

"졸자는 물론 왕자님을 모시고 가겠습니다마는, 졸자가 직접 통사 노릇을 한다는 것은 어떨까 싶습니다. 그렇게 하면 조선국의 왕자님다운 위엄을 보이시는 데 지장이 생기지 않겠습니까. 왕자님 주변에 사람이 없어서 대마도 출신인 졸자까지 끌어대는 것처럼 여겨진다면, 사미영감 그 사람은 왕자님을 만만히 볼 염려도 있지 않겠습니까. 되도록이면 조선 사람 통사를 대동하시는 편이 효과적일 듯싶습니다."

"흐음."

김사형은 고개를 끄덕이다가 무릎을 쳤다.

"있소이다. 꼭 한 사람 있소이다. 전 왕조때 사재소감(司宰少監) 벼슬을 지내다가 지금은 이 근처 시골에 내려와 묻혀 살고 있는 박인귀(朴仁貴)란 인물, 그 사람이라면 일본 사람 뺨치도록 일본말을 잘 합지요."

그렇다면 통역도 결정이 된 셈이다.

방원은 즉시 대마도로 건너갈 채비를 서둘렀다.

그해 정월 보름달 역시 둥글고 밝았다.

한 달이면 한 번씩은 보게 되는 만월이었지만, 동쪽 하늘에 그것이 솟아오를 적마다 사람들은 새삼스럽게 경이와 반가움으로 그 달을 맞이한다.

달을 보는 사람들의 감회도 가지각색이다.

즐거움이 있는 사람에겐 그 즐거움에 한층 빛을 더해 준다. 하지만 시름에 잠겨 있는 사람에겐 달은 더욱 시름을 짙게 해준다.

경복궁 교태전(交泰殿) 난간에 걸터앉아 국왕 이성계도 달을 보고 있었다.

정릉 북원(北原)에 강비를 장사지낸 후 처음 보는 보름달이었다. 심란했다. 조용히 혼자서 달을 대하고 싶었다. 시녀들도 내시들도 멀리 물리치고 손수 술잔을 기울이고 있었다.

교태전이라면 왕비 강씨가 거처하던 전각이었다.

강비가 승하한 이후로는 줄곧 비어 있고 지금 역시 그 방안엔 아무도 없지만, 이렇게 방문 앞에 앉아 있자면 유명을 달리한 그 사람의 체온이 되살아날 것 같은 기분이기도 했다.

그렇게 혼자 기울인 술이 몇잔이나 거듭됐을까, 고독한대로 외로운대로 취기는 올랐다.

입에 익은 시 한 귀절이 절로 흥얼거려진다.

청천 하늘에 달이 있은 지 몇해이던가.

내 잔을 멈추고 한 번 묻노니

어느 누가 저 달을 능히 잡으랴.

술과 달의 시인 이태백(李太白)의 시귀였다.

어려서부터 궁시(弓矢)만을 벗 삼고 적진 속을 치달리며 반평생을 보낸 이성계였지만, 그렇다고 몇 수 애송하는 시구가 없을 수는 없었다.

봄 가을 쉴새없이 옥토끼는 절구질을 한다. 하지만

항아는 외롭지 않으냐, 이웃이나 있느냐.

그 귀절에 이르자 이성계는 문득 목이 멘다.

항아라는 전설의 미녀의 환상이 곧 강씨의 얼굴과 겹치면서, 그의 정념 어린 가슴으로 파고든 것이다.

그리고 항아의 남편 예라는 사람은 천하에 드문 명궁(名弓)이었다던가. 이성계 자기처럼 말이다.

항아는 외롭지 않으냐.

그는 거듭 흥얼거리며 술병과 술잔을 들고 몸을 일으켰다.

정릉 땅 속에 홀로 묻힌 강비가 외로움을 호소하는 것 같은 생각이 든 때문이었다.

강비의 무덤이 있는 정릉은 엎드리면 코닿을 지점에 있다.

그는 창랑한 걸음걸이로 대궐문을 나섰다. 물론 가까이 부리는 시녀들이나 내시들은 먼 발치에서 그를 지켜보고 있었지만 간섭하려 들지는 않았다.

그와 같은 행동은 강비를 장사지낸 이후 종종 있어왔고, 그럴때 섣부른 간섭을 했다간 날벼락을 맞기 일쑤였기 때문이다.

그들은 다만 만일의 경우를 염려해서, 이성계가 눈치채지 못할만큼 거리를 두고 은밀히 뒤따를 뿐이었다.

정릉 경내에 들어선 이성계는 석인(石人), 석수(石獸)들이 들어선
사이를 누비고 곧장 봉분 쪽을 향해 올라갔다.

"여봐요, 중궁. 내가 왔소이다. 하도 달이 좋기에 술 한잔 나누고자
찾아왔소이다."

이제는 완연히 혀꼬부라진 소리로 뇌까리면서 상석 앞으로 다가가다가
그는 멈칫했다. 술잔과 술병을 든 손으로 번갈아 눈을 비볐다. 놀라지
않을 수 없는 일이었다.

뜻하지 않은 뒷모습이 거기 있었다. 새하얗게 소복을 한 여인이 상석
앞 향로석(香爐石)에 향을 피우고는 머리를 조아리고 있었다.

"누구지?"

숨가쁘게 이성계는 물었다.

여인이 서서히 고개를 돌렸다.

이성계의 두 눈꼬리가 째지게 헤벌어졌다.

"중궁!"

그는 외치면서 비틀걸음으로 다가갔다.

"돌아왔군, 기어이 돌아왔군."

교교한 달빛을 받으며 방긋 미소하는 여인의 얼굴을 보는 사람이면,
누구나 우선 그렇게 의심할 것이다.

그만큼 여인의 용모는 죽은 강비와 흡사했다.

"예, 저는 돌아왔습니다, 상감마마."

여인은 조용히 대답했다.

달빛과 무덤이란 분위기도 작용하고 있었겠지만, 여인의 음성은 그윽
한 저 세상에서 보내지는 것만 같았다.

"돌아왔으면 진작 나를 찾아줄 일이지, 이렇듯 내 편에서 찾아오길
기다린단 말이오?"

원망 섞인 소리를 건네면서 여인의 손목을 이성계는 잡았다.

하다가 고개를 꼰다.

"왜 그러시어요? 중궁마마와는 다르단 말씀이어요?"

비꼬인 소리를 여인은 던졌다.

"글쎄."

이성계는 고개를 꼬았다.

"중궁이 임종할 때 만진 손목은 뼈만 앙상했었지. 이렇듯 질팍하진 않았어."

"이를 말씀이겠어요? 저는 중궁마마가 아니니까요."

여인은 쓸쓸히 말했다.

"중궁이 아니라구?"

여인의 얼굴을 쳐다보다가,

"아니, 너는?"

이성계는 놀란다.

"그렇습니다. 칠점선이어요."

비로소 여인은 자기의 정체를 밝혔다.

방원과 헤어져 한양에 올라온 칠점선은 우선 설매의 집을 찾아가서 여장을 푼 다음, 국왕을 만나는 데 가장 효과적인 기회를 기다렸다.

하다가 이성계가 혼자서 자주 정릉을 찾아간다는 정보를 입수했다.

옛 정인들이 상봉하는 데엔 절호의 장소라고 여겨졌다. 강비를 닮은 이유로 맺어진 인연이었다. 강비가 묻힌 무덤 앞에서 만나는 이상의 어떠한 상황 조성이 있을 수 있을 것인가.

날짜는 오늘, 대보름날 밤으로 잡았다. 슬픈 사람의 감상(感傷)을 한층 돋우어 주는 달밤이 아닌가. 그리운 사람의 유택(幽宅)을 찾지 않고는 못배길 것이라는 계산에서였다.

일국의 국모의 능침(陵寢)이었다. 잡인의 출입이 허용되진 않았지만, 그 문제는 능관(陵官)들에게 두둑이 베푼 뇌물로 해결되었던 것이다.

"칠점선이라?"

되묻는 이성계의 어투엔 약간의 실망이 서리었지만, 그러나 다음 순간 새로운 반가움으로 그것은 변했다.

"오, 칠점선."

손목을 잡은 손에 이성계는 힘을 주었다.

그날밤으로 이성계는 칠점선을 궁중에 들여앉혔다. 언젠가 방원도 말했지만, 빈 구멍이 뚫린 사나이의 마음은 무엇으로든지 메워지기를 원한다. 그 공동(空洞)이 허전하면 허전할수록 더욱 그렇다.

마음의 빈터는 육신의 허기증을 자극하게 마련이다.

그날밤 이성계는 강비가 승하한 이후 줄곧 방치되어온 정전(情田)에 오랜만에 불을 질렀다.

가뭄 속에 점화된 불길은 치열하였다.

지난날의 회포를 되새길만한 여유조차 없었다.

"그런데 그 동안 너는 어떻게 지냈지?"

이런 말을 이성계가 꺼낸 것은 그 정염이 겨우 사그라진 새벽녘이었다.

"상감을 작별한 이후 줄곧 고향에 묻혀 있었으니까요."

칠점선은 우선 이렇게 대답했다.

"그렇다면 크게 고생은 하지 않은 모양이로구먼."

이성계가 무심코 이런 말을 하자,

"상감께서야 응당 그렇게만 여기시겠지요. 길 가시다가 꺾어버리신 보잘것 없는 들꽃, 두고두고 살뜰히 하념하여 주시기를 어찌 바라겠어요."

살며시 앵도라진 소리를 칠점선은 쏘아붙인다.

"더더구나 돌보는 사람없이 버려진 몸이 아니어요. 추한 부나비들에게 시달리지 않을 수 있겠어요?"

"뭣이?"

이번엔 이성계가 불끈한다.

"그렇다면 그 후에도 기생노릇을 계속했다는 소린가?"

"너무 하시어요, 상감."

칠점선은 울먹거렸다.

"아무리 천한 꽃이라도 절개라는 것이 무엇인지 어찌 명심하지 못하겠어요."

"그렇다면 그게 무슨 소리지?"

"파리떼처럼 꾀어드는 뭇사나이들을 쫓아버리느라고 고생을 했다는 말이 아니겠어요."

그제서야 이성계는 겨우 누그러진다.

"더더구나 요 얼마 전엔 꼼짝없이 죽는 줄만 알았습니다."

"왜, 무슨 일로?"

"느닷없이 왜적들이 들이닥치질 않겠어요? 저는 죽음을 각오했었지요. 왜적들에게 잡혀가느니 깨끗이 이 세상을 하직할 생각으로 비수를 뽑아들려니까, 천만 뜻밖에도 저를 구해 주는 분이 나타나질 않겠어요."

"그게 누구냐? 그런 고마운 사람이."

"바로 상감의 아드님 되시는 정안군 나리 그분이었어요."

칠점선의 목적은 바로 그것이었다. 화제를 교묘히 유도하여 목적하는 곳으로 몰아넣은 셈이었다.

"방원이가 그 곳엘?"

이성계는 침음했다.

"한양을 떠났다는 소식은 들었지만, 그런 외진 곳까지 흘러갈 줄이야 몰랐구먼."

뇌까리는 그의 말속엔 어쩔 수 없는 부정(父情)이 번득이고 있었다.

그 부정의 갈피를 칠점선은 빈틈없이 파고들었다.

방원이 자기 집을 찾아온 일이며, 자기를 친어머니처럼 깍듯이 받들던 사실이며, 왜구들이 들이닥쳤을 때 활약하던 경위를 이성계의 신경을 상하게 하지 않는 범위내에서 윤색하고 강조하여 들려주었다.

"그래 지금 그 녀석이 어디에 있는고. 한때 내가 아무리 노여움을 보였기로 나는 제 놈의 아비이고 제 놈은 내 아들이 아닌가. 거처쯤은 알려주어야 할 것이 아닌가."

말하면서 이성계는 뜨끈한 한숨을 몰아쉬었다.

그때 방원은 대마도에 있었다.

그곳 금전성(金田城)에서 대마도주 종뇌무(宗賴茂)와 대좌하고 있었다.

대마도는 비록 일본의 영토에 속해 있었지만, 우리나라 부산포에서 30해리도 못되는 해상에 있는 섬이다. 육로로 계산한다면 약 150리.

일본 본토의 맨 아랫도리라고 할 수 있는 구주(九州)땅 서북쪽에 떨어져 있는 일기(壹岐)라는 섬에서 재더라도 34해리나 된다고 하니, 일본 본토보다도 조선 반도쪽에 훨씬 가까이 위치한 섬이다.

또 우리의 영토인 제주도와 비교하더라도 그 거리가 5분의 1밖에 되지 않는다.

그러한 지리적 조건으로 따진다면, 일본에 속하느니보다도 우리측에 속하는 편이 여러 모로 편리한 고장이라고도 할 수 있을 게다.

한마디로 묶어서 대마도라고 하지만, 한 덩어리의 섬이 아니다. 큰 덩어리만도 둘로 나누어져 있다.

북쪽, 즉 조선반도와 마주보고 있는 섬을 하도(下島)라고 하며, 일본측과 가까운 남쪽 섬을 상도(上島)라고 부른다.

그 상도 동해안에 금전성은 서 있었다.

아득한 옛적 신라가 삼국을 통일하고 국세가 날로 강성하여질 무렵, 우리측의 공략을 두려워한 나머지 그 성을 세우고 경비병을 두었으며 봉화대까지 설치하였다던가.

그 성 안에서도 가장 넓은 다다미 방이 방원과 종뇌무의 회견 장소였다.

다다미 여러 장을 따로 높이 쌓고 그 위에 대마도 특산인 담비 모피를 깔아놓은 특별석에 방원은 앉아 있었다.

그 자리는 원래 성주 종뇌무(宗賴茂)가 대마도엘 건너올 적이면 차지하기로 되어 있는 상석(上席)이지만, 지금은 방원이 정좌하고 있다. 조선국의 왕자를 받들어 모시느라고 그렇게 올려앉힌 것일까.

실상 방원에 대한 대마도 측의 대접은 예상외로 융숭하였다.

그 섬에 상륙하기 이전에는 어떠한 적대 행위라도 있지 않을까 싶어 은근히 경계한 방원이었다. 왜구들의 불의의 습격까지도 계산하고 각오했던 터였다.

그런데 막상 상도의 부중(府中) 포구에 입항하고 보니, 거기엔 성주 종뇌무가 여러 가신(家臣)들을 거느리고 마중나와 있었다.

지극히 공근한 태도로 영접하였으며, 이 금전성까지 이르는 동안에는 특별히 마련한 조선식 승교에 방원을 태워 모시기도 했다.

그야 방원이 상륙하기 전에 먼저 파견된 평도전의 공작이 주효한 때문일게다. 조선국 왕의 친아들인 동시에 이씨왕조 창업 과정에선 주도적 역할을 한 방원의 역량과 위치를 여러 모로 훤전(喧傳)하였으니 말이다.

어쨌든 방원은 최고의 빈객 대우를 받으며 금전성에 입성한 것이다.

성주 종뇌무 역시 다다미 몇 장을 겹쳐 쌓은 자리에 앉아 있긴 했지만, 방원에 비하면 훨씬 낮은 하석(下席)이었다.

"내가 이렇듯 대마도주를 찾아온 것은 국가의 공식 사절의 자격으로서가 아니라, 사사로운 입장에서 취한 행동이란 점을 먼저 밝혀야 하겠소."

종뇌무를 턱아래로 내려다보며 방원은 우선 이렇게 못을 박았다.

그 말을 박인귀가 유창한 일본어로 통역했다.

그러자 종뇌무는 약간 의아스런 그늘이 깃들인 두 눈을 깜짝깜짝했다.

방원이 꺼낸 첫마디는 충분히 계산알을 튀겨본 연후에 한 말이었다.

공식 사절이라면 마땅히 국왕의 임명을 받아야 한다. 소정의 절차를 제대로 거쳐야 한다.

그러나 방원이 처해 있는 현실이나 시간적인 여건이 그렇지 못하였기
에 그는 독단으로 대마도를 방문했다.

만일 공식 사절을 자처한다면 후에 시끄러운 물의가 일어날 것은 뻔했
다. 더더구나 그를 잡아먹으려고 이빨을 갈고 있는 정적들은, 그것을
꼬투리 삼아 좋아라고 극성을 부릴 것이다. 관명(官名)을 사칭하였다는
죄목을 씌워 으르렁대고 탄핵할 것이다.

그런 저런 모함을 미연에 방지하기 위해서 못을 박은 말이었다.

"공적이시건 사적이시건 정안군 어른은 조선국의 엄연한 왕자님이
아니십니까. 그저 공구(恐懼)하여 졸자 몸둘 곳을 모를 뿐입니다."

종뇌무의 혀끝은 매끄러우면서도 빈틈이 없었다. 그말 역시 박인귀가
우리말로 통역하자 방원은 다시 다짐했다.

"어쨌든 내가 지금부터 하는 말은 나 개인적 생각에서 꺼내는 말들일
테니, 그 점을 대마도주는 명심하도록 하오."

"명심하겠습니다. 말씀을 계속하십시오."

"내가 이렇게 찾아온 까닭은 성주 그대를 만나기 위해서라기보다도
나가온이란 왜구의 두목을 찾기 위해서요. 그 자를 불러올 수 없을까."

군소리 제쳐놓고 방원은 용건의 핵심부터 제시했다.

"나가온 말씀입니까?"

종뇌무는 또 두 눈을 깜짝깜짝했다.

"왕자님께서도 아시다시피 그 자는 해적의 두목이 아닙니까. 제멋대로
정처없이 쏘다니는 떠돌이 패거리를 졸자가 무슨 수로 찾아낼 수 있으
며, 끌어올 수 있겠습니까."

예상 못했던 것은 아니었지만, 종뇌무는 녹녹지 않았다.

"이러지 마오, 성주."

방원은 덮어 씌웠다.

"다른 사람은 다 모르더라도 성주 그대만은 나가온의 은신처를 잘

알고 있을 것이 아니겠소. 그만한 예비 지식쯤 미리 갖추지 못하고 바다 건너 이역땅엘 뛰어들 어리석은 인간으로 나를 알고 있단 말이오?"

방원의 어투는 사뭇 강압적이었다.

이 편에서 강하게 나가면 굽실대고, 만만하게 굴면 기어오르는 일본인의 근성을 충분히 계산한 언동이었다.

"글쎄올시다."

종뇌무는 또 두 눈을 감짝감짝하다가 앙큼한 소리를 건넸다.

"나가온이 어디에 숨어 있는지 졸자로선 알 턱이 없습니다만, 왕자님께서 나가온을 만나시려는 목적이 무엇인지요. 그 자의 목이라도 베어버리겠다는 의향이십니까."

이 편의 속셈부터 떠보겠다는 수작이었다.

"왜? 목을 베겠다면 거처를 밝힐 수 없단 말이오?"

방원도 지지 않고 넘겨 짚었다.

"반대로 그 자에게 상을 주겠다면 어쩌겠소? 그 자가 원하는 벼슬이라도 주선해 주겠다면 나가온을 만나게 해주겠소?"

"왕자님께선 설마 졸자를 놀리시는 것은 아니시겠지요."

얍삽한 웃음을 피우면서 종뇌무는 반문했다.

"귀국 영토를 침범하고 백성들을 살상하고 재물을 노략질한 해적의 두목이, 조선국에 어떠한 공을 세웠다고 상을 주시겠다고 하시는지 도무지 이해가 가지 않습니다그려."

요리 매끈 조리 매끈 방원의 말올가미를 종뇌무는 교묘하게 빠지고 돌았지만, 방원은 방원대로 탐색의 그물을 늦추지 않았다.

"미운 아이에겐 떡 한 개 더 준다는 우리나라 속담이 있소. 미운 쥐도 품에 품는다는 얘기도 있고 말이요. 일본인으로선 좀 이해하기 어려운 소리일는지 모르지만, 그것이 조선 사람의 진정한 마음인 거요."

"미운 아이에겐 떡을 주고 미운 쥐도 품에 안아들인다구요?"

종뇌무는 곱씹으면서 믿어지지 않는다는 얼굴을 했다.

"믿기 어렵다면 한 가지 예를 들겠소. 지난해 연말에 투화해 온 항왜 (降倭) 구륙(㲔六)과 그의 무리들에게 우리 조정에서 베푼 은전이 얼마나 극진하였소. 구륙에겐 선략장군(宣略將軍)이란 벼슬을 제수하였으며, 그의 수하들에게도 분수에 넘치는 관직을 주지 않았소."

"그런 소문도 듣기는 들었습니다만……."

종뇌무의 어세가 약간 누그러진다.

방원은 다그쳤다.

"전번에 나가온이 향화(向化)할 뜻을 비쳤을 때만 해도 그렇소. 우리 측에선 그 자의 청을 너그러이 받아들이고, 그 자에게 후한 상금을 내릴 만반의 태세를 갖추고 있었소. 하지만 나가온 그 자, 원래가 의심이 많아서 그랬던지, 무엇을 곡해했던지, 제물에 도망을 친 때문에 일이 야릇하게 꼬인 거요. 뿐만 아니라 나가온의 도주로 말미암아 그 자를 비호하려던 계림부윤 유양 같은 사람은 심히 난처한 지경에 몰린 형편이요."

"과연 그럴는지요."

금방 누그러지는 듯싶던 종뇌무의 어투가 다시 뻣뻣해진다.

"졸자가 듣기엔 계림부윤은 나가온이 볼모로 바친 아들과 심복을 몹시 고문하였다고 하던데요. 그 소식을 들은 나가온은 아들과 심복의 원수를 갚겠다고 단단히 벼르고 있습디다."

"벼르고 있습디다?"

방원은 재빨리 종뇌무의 말꼬리를 잡아챘다.

"성주, 그대는 방금 나가온의 소식에 대해선 감감하다고 하더니, 그 자가 보복을 다짐하고 있다는 사실은 어떻게 알게 된거지?"

아차 하는 얼굴로 종뇌무는 쓴 입만 다셨다.

"이것봐요, 성주. 우리 이러지 맙시다."

종뇌무가 흘린 실언을 잔뜩 휘어잡고 방원은 흔들어댔다.

"이렇게 모든 사실이 드러난 이상, 눈감고 아웅하는 따위의 어설픈 입씨름은 집어치웁시다. 솔직하게 흉금을 털어놓고 얘기를 나눕시다."

"졸자가 언제 왕자님께 속마음을 감추던가요?"

아직도 앙탈을 부리는 것이었지만, 결국 종뇌무는 방원의 손아귀 속에서 발버둥을 치는 격에 지나지 않았다.

"우리가 왜구들을 후대하려고 하는 이유란 별것이 아니요. 공연한 피를 흘리느니보다 그 자들을 포섭하고 그 자들이 아쉬워하는 것을 채워주고, 그래서 우리 서로 평화롭게 사태를 수습하자는 거요. 한편 나가온 측에 서서 생각하더라도 그렇지 않겠소. 끝끝내 우리에게 반항하다가 아들을 죽이고 심복을 잃느니보다는 우리의 품에 안겨 영화라도 누리는 편이 얼마나 이롭겠소."

종뇌무는 말문이 막힌다.

방원은 한마디 더 쐐기를 박았다.

"그 점은 곧 성주 그대에게도 그대로 적용되는 계산일거요."

"무슨 뜻이십니까, 왕자님."

방원의 말뜻을 못알아들을 리 없겠지만, 종뇌무는 끈질기게 꼬리를 사렸다.

"초록은 동색이란 말도 있지만, 그대 성주가 왜구들을 은밀히 조종하고 있다는 비밀을 내가 모르는 줄 아오?"

씹어뱉듯이 방원은 쏘아주었다.

종뇌무의 염소 같은 콧수염이 바르르 떨렸다.

"그대가 끝끝내 교활한 눈가림을 하려들고, 그대가 끝끝내 도적의 무리들을 비호하려든다면, 이 대마도는 마침내 쑥밭이 되리라는 예상을 그대도 못하지는 않을텐데?"

종뇌무의 염소 수염이 더욱더 경련한다.

"지금 우리 조선 측에서는 수만대군과 수백 척 병선을 동원하여 대마도의 상하 양 섬을 물샐틈없이 포위하고 있다는 사실도 그대는 익히 알고 있으리라. 다만 아직껏 공격을 삼가고 상륙을 보류하고 있는 것은, 어디까지나 사태를 평화리에 해결하고자 하는 우리 상감의 너그러우신 은덕과 우리 조정의 신중한 배려 때문이니라. 그러나 그대가 끝까지 협력을 거부하고 왜구들이 끝까지 굴복을 하지 않는다면, 길은 오직 하나뿐이야. 모처럼 뽑아든 칼날이 응징의 피를 뿌릴 것이며, 그 피바람은 대마도 전역을 쓸어없애고 말게야."

말씨까지 일변한 강경한 어조로 방원은 을러댔다.

"그렇다 뿐이겠습니까."

그때까지 한구석에 물러앉아서 두 사람의 대화를 듣고만 있었던 평도전이 한마디 끼여들었다.

"졸자의 입장이 입장이니만큼 조선 측이나 대마도 측의 실정을 다같이 잘 알고 있습니다만, 조선군의 병력은 대마도의 그것의 몇 갑절은 훨씬 넘을겝니다."

은근히 방원의 엄포에 한술을 더 뜬다.

종뇌무는 어금니를 깨물고 부라질만 했다.

방원이나 평도전의 말이 엄포에만 그치는 것이 아닌 엄연한 사실이라는 것을 종뇌무는 재인식하게 된 때문일까.

그 표정을 지그시 뜯어보다가, 방원이 다시 어세를 늦추었다.

"대마도주의 괴로운 입장, 나 역시 모르고 하는 소리는 아니오."

방금 등을 치고난 그 손바닥으로, 이번엔 슬슬 배를 문질러댔다.

"왜구들을 조종하지 않을 수 없는 절박한 사정도 잘 알고 있소. 굶주린 영민(領民)들을 먹여살리려는 영주(領主)의 고충이 어떠한 것인가 짐작하고도 남소. 하지만 정 식량이 아쉽다면 평화적인 상거래를 통해서도 충분히 해결할 수 있는 문제가 아니겠소."

"평화적인 상거래라구요?"

종뇌무는 자기도 모르게 반색을 한다.

"도적들의 칼부림이나 불길 대신, 우리 조선에 필요한 물건을 보내고 그대들이 원하는 물건을 댓가로 받아가면 될 것이 아니냐 말이요."

"그렇습지요. 왕자님 자리에 깔아놓은 담비털도 좋겠구요, 대마도에서

많이 나오는 납(鉛)이라든가, 어느 섬사람들보다도 어획고가 높은 수산
물이라도 좋지 않겠습니까."

　평도전이 부연했다.

　이제 종뇌무는 솔깃한 표정을 노골적으로 드러내며 귀를 기울이고
있었다.

　"만일 그대가 이번 일에 진력을 해준다면, 조선측으로선 그대에게
응분한 은전을 베푸는 데 인색하지 않을 거요. 그러니……"

　말하다가 방원은 돌연 입을 다물고 방문 밖을 쏘아보았다.

　한겨울이긴 하지만 그 방의 방문은 사방이 활짝 열려 있었다. 방문을
열어놓은 것은 두 사람의 밀담을 도청하는 자가 있을까 염려해서 취한
보안 조처였겠지만, 그 방문을 통해서 방원은 무엇을 발견한 것일까.

　"역시 쥐는 멀지 않은 곳에 숨어 있었던 모양이구면."

　아리송한 소리를 그는 흘렀다.

　"누가 왕자님의 말씀을 엿듣기라도 하는 것 같습니까."

　제발이 저렸는지 종뇌무는 앞질러 방패막이를 했다.

　"저기 저 동백나무 그늘에 생쥐들이 득실거리는 것 같구면."

　정원 한구석을 턱짓하며 방원은 뗄게 웃었다.

　"무슨 말씀인가 했더니……"

　그 동백나무 숲쪽으로 어색한 눈길을 돌리더니, 종뇌무는 변명했다.

　"조선국의 왕자님이 왕림하셨는데 어찌 경비를 소홀히 할 수 있겠습니
까. 졸자의 수하들이 그 속에 숨어서 만일의 경우에 대비하고 있습지요."

　"그래?"

　방원은 석연치 않은 고개를 꼬았다.

　"그보다도 성주님께 제가 드릴 말씀이 있습니다."

　평도전이 종뇌무의 곁으로 다가갔다.

　몇마디 귀엣말을 속삭였다.

　"뭐라구? 내게 조선국 왕실의 성씨를 주겠다구?"

종뇌무는 펄쩍 뛰는 시늉을 한다. 그제서야 평도전이 무슨 말을 속삭였는가 방원도 짐작이 갔다.

"내 생각 같아선 그대와 의형제라도 맺고 싶지만, 그렇게 표면적인 관계를 갖게 된다면 여러 가지로 시끄러운 일이 있을 것 같단 말야. 그래서 우선 조선식 성명이라도 지어줄까 하는데, 성주의 의향은 어떠하오?"

방원은 마침내 최후의 골패짝을 펴보였다. 본국에서 떠나기 전에 세웠던 작전과는 약간 다르다.

그 때는 의형제를 맺겠다고 언명하였고 남재가 반대하는 말까지 물리쳤지만, 본국을 떠나오는 동안에 곰곰 생각해 보니 역시 남재의 우려가 타당하게 여겨졌다.

한낱 고도(孤島)의 영주 따위와 의형제를 맺는다는 것은, 툭하면 명분과 체통을 찾는 정적들에게 공격의 목표를 제공하는 결과가 되기 쉽다.

그야 그 방법만이 유일한 해결책이라면 또 모를 일이지만, 종뇌무를 직접 만나고 보니 그렇게까지 굽히고 들어갈 필요는 없을 것이라는 자신이 생긴 때문이기도 했다.

그리고 그와 같은 판단은 곧 적중하였다.

그때까지 도사리고 앉아 있던 그 자리에서 종뇌무는 허둥지둥 내려앉았다.

가장 낮은 하석으로 물러가더니, 이마를 비벼대며 부복했다.

"저같은 촌부에게 상국의 성명을 지어주시다니 황공무지로소이다."

종뇌무의 말소리까지 감격에 떨리고 있었다.

절로 피어오르는 회심의 미소를 씹으며 방원은 점잖게 말했다.

"이런 것은 어떨까."

굶주린 강아지 같은 눈을 하고 종뇌무는 다음 말을 기다렸다.

"성은 나와 같은 이가, 이름은 대경(大卿), 큰 벼슬이란 뜻이지."

"이대경…… 이대경……"

무슨 진귀한 보옥이라도 이루어지는 것처럼 뇌까리다가,

"하핫."

종뇌무는 다시 다다미 석장 쯤은 더 물러가서 이마를 비벼댔다.

"어떤가? 마음에 들지 않은가?"

감격에 떨고 있는 상대를 방원은 짓궂게 집적거렸다.

"마음에 들다뿐이겠습니까? 졸자는 더 말할 것도 없고, 졸자의 자손만 대까지 길이길이 감읍하여 마지않을 은총이올시다."

정말 울음이라도 떠뜨릴 것 같은 소리였다.

"그렇다면 내 마음도 흡족하이."

생색을 내는 김에 방원은 한마디 붙였다.

"비록 내가 사사롭게 지어주는 이름이긴 하지만, 앞으로는 사사롭게 쓰이는 데 그치진 않을 게야. 우리 조선서 보내는 공식 문서에도 그대를 지칭할 경우엔, 반드시 이대경이란 성명을 사용하도록 진력함세."

그것은 빈말이 아니었다.

그보다 5개월 후가 되는 태조 6년 5월 6일, 좌정승 조준(趙浚)이 보내는 문서에도 '대마도 수호 이대경(李大卿)'이라고 지칭한 대목이 그 날짜 실록에 적혀 있으니 말이다.

종뇌무는 더욱더 감격했던지 "하핫" 소리만 연발하면서 이마를 또 비벼댔다.

예상보다 훨씬 더 고마워하는 종뇌무의 태도에 만족하면서도, 방원의 가슴의 한구석에 새겨진 찜찜한 그늘은 가시지 않았다. 동백나무 숲에서 느껴진 인기척이었다.

"그만 고개를 들고 생쥐새끼들이나 잡아오도록 하라."

절로 비꼬이는 소리를 방원은 던졌다.

"예?"

겨우 고개를 들고 종뇌무는 반문했다.

"동백나무 그늘에 숨어 있는 자들 말야. 내 생각엔 파수를 보는 그대 가신들이 아니라, 나가온 일당인 듯싶은데?"

물론 넘겨짚어본 말이었다. 자신이 있어서 한 말은 아니었다.

하지만 아직도 감격에 잠겨 있는 때문일까.

"핫, 하핫."

종뇌무는 또 이마를 비벼댔다.

"죄송합니다. 즉시 알아보겠습니다."

팔딱 몸을 일으키더니, 방문밖 낭하로 뛰쳐나갔다.

"누구 있느냐?"

큰 소리로 불렀다.

무사차림을 한 소년이 달려왔다. '고쇼오(小姓)'라고 불리는 성주의 잔심부름을 드는 동자였다.

"저 동백나무 숲에 누가 있는지 알아보도록 하여라."

이렇게 지시한 다음 귀엣말로 몇마디 더 속삭였다.

동자는 그리로 달려갔다.

잠시 후,

"도적이요! 도적!"

그 숲속에서 동자의 외치는 소리가 터졌다. 여기저기서 왜검을 뽑아든 무사들이 뛰쳐나왔다. 동백나무 숲으로 달려갔다. 그리고 곧 이어 한 왜무가 무사들에게 잡혀나왔다.

"너, 나가온이 아니냐."

종뇌무는 놀라는 시늉을 하면서 호통을 쳤다. 일부러 꾸며대는 연기(演技)의 냄새가 다분히 풍겼지만, 방원은 잠자코 지켜보고만 있었다.

"너 이놈, 무엄하게도 조선국의 왕자님께서 왕림하신 이 방을 무슨 생각으로 엿보고 있었지?"

계속 소리는 높이고 있었지만, 그의 어세엔 힘이 없었다.

나가온은 앙칼진 눈으로 종뇌무와 방원을 번갈아 쏘아보고 있었다.

짤막한 키에 새까맣게 찌든 얼굴은 앙큼한 잔나비를 방불케 하는 인상이었지만, 두 사람을 쏘아보는 눈만은 달랐다. 마치 잔나비의 낯짝에 독수리의 눈알을 뽑아 박은 것 같다.

"성주께서 조선 사람들과 무슨 흥정을 하시나 궁금하기에 잠시 엿들어 보았소이다."

나가온은 거침없이 말했다.

대마도주 종뇌무 따위는 안중에 없다는 그런 구기였다.

"흥정을 하다니?"

되묻는 종뇌무의 어투가 오히려 비굴하게 흔들거리고 있었다.

"아마 성주께선 졸자를 팔아넘기실 요량인 것 같은데, 어떻게 낙착됐지요?"

나가온은 빈정댔다.

"무엄하다, 아이다(相田)!"

최소한도의 체면이라도 유지해보려는 것일까, 종뇌무는 호통을 쳤다.

'아이다'란 나가온의 일본식 성(姓)이었다.

"조선국 왕자님께선 너에게 벼슬을 주선하시겠다는 고마운 말씀까지 하셨거늘, 네 아무리 야적(野賊)이기로 무슨 말버릇이 그 꼴인고."

그러나 나가온은 코웃음만 날리고 있었다.

"네가 나가온이란 자냐? 나는 정안군 방원이니라."

방원이 직접 말을 건넸고, 그 말을 박인귀가 통역하려고 하자 나가온이 손을 가로저었다.

"그럴 필요는 없소. 조선땅이라면 아니 가본 데가 없는 졸자가 조선말을 못알아 듣겠소?"

그는 유창한 우리말로 바꾸어 말했다.

"그렇다면 듣거라. 내가 대마도엘 온 것은 성주를 만나기 위해서라기보다도 나가온 그대를 보고자함이니라."

방원이 이렇게 말하자, 잔나비 같은 얼굴에 비꼬인 그늘을 새기며 나가온이 되물었다.

"졸자를 만나서 어찌하시겠다는 말씀인지요? 잡아가시겠습니까? 이 대마도는 졸자의 소굴이올시다. 수족같이 움직여 주는 수하들만 해도 천 명도 넘을 것이외다. 보아하니 왕자님을 수행하는 사람이라야 몇몇 되지도 않은 듯 싶은데, 과연 졸자를 잡아가실 자신이 있으신지요?"

당돌한 으름장까지 탕탕 놓는다.

"그대를 잡아갈 요량이라면 이렇듯 홀몸이나 다름없이 오지는 않았으리라. 이 대마도를 에워싼 대군을 상륙시켜 이잡듯이 수색을 했을 게다."

방원도 지지 않고 으름장으로 맞서다가 슬며시 어세를 낮췄다.

"내 의도는 다르단 말이야. 그대와 흉금을 털어놓고 의논을 하자는 것이 내 목적이란 말이다."

"글쎄올시다."

나가온은 또 비꼬인 웃음을 흘리다가 문득 그것을 거두고 정색을 했다.

"전번에 졸자가 조선에 귀화할 뜻을 전한 이유가 어떤 나변에 있는지 아십니까?"

이런 소리를 던졌다.

"아시다시피 졸자는 조선 나라 백성들에게 숱한 해독을 끼쳐왔소이다. 죄없는 백성들을 많이 죽였소이다. 그 사람들의 재물도 닥치는대로 약탈했습죠. 여자가 욕심나면 여자들도 겁탈했고, 심술이 나면 함부로 불도 질렀소이다."

그렇게 말하는 나가온의 얼굴엔 옛 상처를 파헤치는 아픔이 있었다.

"젊은 시절, 처음으로 무리들과 어울려서 노략질을 시작하던 당시엔 졸자도 우쭐스럽기만 했소이다. 어느 고장 어느 마을이건 우리의 습격을 받는 조선 백성들은 약하기만 하더군요. 변변히 싸우지도 못하고 도망을 치거나 죽어 갔습죠. 그런 조선 사람들을 졸자는 몹시 깔보았습네. 그러나 차차 그런 주제넘은 생각이 달라지더군요. 조선 사람들은 과연 약하고 겁많은 백성들일까, 그런 의심을 품게 된 거올시다."

나가온의 술회는 장황하였지만 지루하진 않았다. 듣는 사람의 귀청을 강하게 파고드는 내용이 있었다.

특히 방원에겐 그러했다.

"언젠가 한 마을을 습격하고 한 젊은 부인을 사로잡았소이다. 달덩이처럼 탐스러운 여자더군요. 다른 때 같으면 덮어놓고 사지라도 묶고 욕정을 채우고자 서둘렀겠습죠만, 그 여자에겐 그렇게 하고 싶지 않은 무엇이 느껴졌소이다. 육신보다도 마음을 정복하고 싶은 색다른 욕심이라고나 할까요. 여러 가지로 달래보았습죠. 그것도 약탈한 물건이었소이다만 값진 패물을 주면서 구슬러보기도 했습죠. 하지만 여자는 거들떠보지도 않더군요."

지금 생각해도 무안스러워지는지 떫은 그늘을 새기며 나가온은 말을 이었다.

"이번엔 칼을 들이대며 위협해 보았습죠. 그래도 굽히지 않습디다. 결국은 혀를 깨물고 그 여자는 죽었습네다."

떫은 얼굴이 다시 아픈 얼굴로 바뀌었다.

"졸자는 곰곰 생각해 보았습죠. 만일 일본땅에 외적이 쳐들어와서 일본 여자들을 협박한다면 어떠했을 것인가. 그 조선 여자처럼 끝끝내 항거할 것인가. 그럴 것이라고 믿을 자신이 졸자에겐 없었소이다. 조선 사람이 결코 약하지 않다는 걸 깨달은 건 그때부터였습죠."

나가온의 술회는 그 정도로 끝나지 않았다.

그는 다시 다른 체험담을 피력했다. 열번이면 열번, 별다른 저항도 받지 않고 노략질을 일삼던 그들이었지만, 한번은 단단히 혼이 났다는 것이다.

어느 고을을 습격하다가 우리측 관군에게 그들은 포위되었다.

나가온의 부하들은 뿔뿔이 흩어져 도망쳤다. 나가온은 허벅다리에 화살까지 맞고 산속으로 도망쳤다. 진종일 헤매다가 외딴 초가집을 발견했다.

상처와 굶주림 때문에 그는 기진맥진해 있었다.

초가집 사립문을 밀치고 기어들어갔다. 그 초가집엔 머리가 **파뿌리처**럼 센 노파가 혼자 살고 있었다.

나가온이 들이닥치자 노파는 처음엔 적의를 보였다. 식칼을 휘두르며 대들려고 했다.

"하지만 졸자가 기진맥진해서 땅바닥에 쓰러지자, 노파의 태도가 달라지더이다."

"허어, 어떻게?"

방원은 거의 반사적으로 물었다. 그만큼 나가온의 체험담은 그의 관심을 끌고 있었다.

"측은한 눈으로 한동안 졸자를 내려다보더니, 바가지에 물을 떠다 먹여 주더군요. 고향의 할머니처럼 말이외다. 먹을 것도 차려주었습죠. 약초 같은 것을 뜯어다가 상처에 발라주기도 했습죠."

얼마 후 겨우 정신이 든 나가온은 그 노파의 친절이 너무나 고맙고 또 뜻밖이어서 물었다는 것이다. 자기가 고약한 일본 해적이란 사실을 잘 알고 있을텐데 어째서 이렇게 돌보아 주느냐고 말이다.

"그 노파는 말하더군요. 다른 곳에선 어떤 짓을 했는지 모르지만, 자기 집에 기어든 졸자는 상처 입고 기진한 불쌍한 인간에 지나지 않으니까 보살펴 주는 것이 사람의 도리라고 합디다."

독수리처럼 표독하던 나가온의 눈알이 그렇게 보아서 그런지 촉촉히 젖어 있는 듯했다.

"그때부터 졸자의 가슴엔 혀를 깨물고 죽어간 젊은 부인의 마음과 노파의 마음이 뿌리를 깊이 내렸소이다. 아무리 상대편이 강하더라도 옳지 못한 일에는 굽히지 않는 기개, 아무리 고약한 도적이라도 궁지에 몰린 자를 보면 따뜻한 손길을 아끼지 않는 온정이 바로 조선 사람들의 기질이란 것을 알게 된 거올시다."

그 말에 종뇌무가 크게 고개를 끄덕였다.

방원이 그에게 강조한 조선의 마음을 나가온의 술회는 체험을 통해서 입증한 셈이었다.

"강한 자는 약한 자를 짓밟고 약한 자는 강한 자에게 꼬리를 치는 해적의 무리에 휩쓸려 다니는 것이 차츰 역겨워졌습죠. 나도 사람답게 살고 싶어진 거올시다. 그래서 때를 기다리다가 조선에 귀화할 뜻을 굳히고, 계림부윤에게 아들놈과 심복을 볼모로 바쳤던 거올시다."

절박한 참회라도 하는 자세로 긴 이야기의 끝을 맺은 나가온의 표정이 또 바뀌었다. 한때 눈물까지 글썽이던 두 눈에 독수리의 독기를 도로 담았다.

"조선인의 기질을 흠모하고 나 역시 그런 조선 사람이 되고자 했던 졸자였습죠만, 그러나 마지막 고비에 실망하지 않을 수 없었소이다. 계림부윤은 졸자를 만나 주지 않았습네다. 졸자는 의심했소이다. 아들놈과 부하만 잡아두고 약속을 어기는 그 관원의 행동을 통해서 조선 사람들을 다시 생각하게 된 거올시다. 겉에는 양의 탈을 쓰고 입속에는 이리의 이빨을 감춘 엉큼한 흉물들이 아닌가 여겨졌습죠. 그래서 울주지사와 몇몇 관원을 끌고 도망친 거올시다."

"그건 그대가 곡해를 한게야."

방원은 점잖게 해명했다.

"계림부윤 그 사람이 그대를 속인 것이 아니라, 어쩔 수 없는 신병 때문에 움직일 수가 없었느니라."

"그렇다면 여쭙겠소이다. 내 아들놈과 부하를 고문한 사실을 졸자는 잘 알고 있습죠만, 거기에 대해선 어떻게 변명하시렵니까."

나가온의 추궁은 매웠다.

"그것 역시 곡해에서 빚어진 불상사라고 할 수밖에 없지. 그대가 도망친 이유가, 우리 관원들이 그대를 속인 것으로 곡해한 때문이라고 한다면, 우리측 역시 그대를 곡해할 수 있을 게 아닌가. 우리측에서 보자면 그대야말로 배신자나 다름이 없지 않겠는가. 제발로 찾아와서 귀화할 뜻을 밝힌 그대가, 계림부윤 그 사람이 만나주지 않았다는 사소한 트집을 잡고 도망쳤을 뿐만 아니라, 우리 관원들까지 납치해 갔으니 얼마나 괘씸하였겠는가. 일시적인 분풀이도 있을 수 있지 않겠는가."

방원은 따끔하게 되쏘아주다가 다시 어세를 늦췄다.

"하지만 우리측 관원들은 즉시 그와 같은 분풀이를 뉘우쳤느니라. 그대의 아들이나 심복을 극진히 후대하였으며, 뿐만 아니라 응분한 벼슬까지 내리도록 절차를 밟고 있는 중이야."

"벼슬을 주신다구요?"

나가온의 표정이 일변했다.

"졸자의 아들놈에게 조선의 관직이라도 내려주신단 말씀입니까?"

곱섭는 나가온의 얼굴엔 반가움과 의혹이 한데 엉겨 있었다.

"아무렴, 벼슬을 주구 말구. 그대 아들뿐만 아니라 어떠한 왜무라도 귀화하는 자에겐 능력과 경력에 따라 응분한 벼슬을 주자는 것이 우리 조정의 방침이기도 하니라."

방원은 단단히 다짐하면서도 꼬리를 달았다.

"하지만 그대와 그대의 낭당들의 경우는 약간 다른 점이 있다는 것을 생각해야 해. 비록 곡해로 말미암은 본의아닌 행동이라 하더라도, 그대는 우리 조선국에 대해서 죄를 졌으니 말이다. 무고한 관원들을 납치해 갔으니 말이다. 그러니 그대가 먼저 충분한 성의를 보여야 할 것이 아닌가."

"성의를 보이라구요?"

나가온의 구기가 또 일그러진다.

"그 성의라는 걸 어떻게 보이란 말씀인지요. 졸자가 큰 잘못을 저질렀으니 잡아 잡수십사하고 조선 관원들에게 자수라도 하란 말씀인가요. 또 설혹 자수를 한다 하더라도 졸자의 신분을 무엇으로 보장해 주시렵니까. 그물에 걸려든 물고기처럼 한두릅에 엮어서 처단해 버리더라도 졸자로선 아무런 대응책이 없게 될 게 아니겠소이까."

자기를 믿지 못하겠으면 방원의 말 역시 믿을 수 없다는 소리였다.

"그대로선 그러한 의심도 품을 수는 있겠지."

방원은 일단 그의 입장을 수긍한 다음, 타협안을 제시했다.

"그러니까 그대더러 지금 당장 자수하라는 얘기가 아니니라. 그대가 납치해간 우리 관원들만 돌려준다면, 그것으로 우리는 그대의 성의를 믿어주겠다는 말이니라."

그 제안엔 다소 귀가 솔깃했던지, 나가온은 잠깐 생각에 잠기는 듯하다가 의심 많은 야수와 같은 눈알을 깜빡깜빡했다.

"결국은 졸자더러 일방적으로 손해를 보라는 말씀이군요. 졸자가 조선의 관원들을 납치해 온 것은 볼모로 바친 아들놈과 낭당들의 댓가로 생각하고 그렇게 한 것이외다. 그런데 그 아들놈과 수하들은 그대로 조선측에 맡겨두고 조선의 관원들만 돌려보낸다면 졸자에게 남는 것이 무엇이지요?"

계산상으로는 이가 맞는 해석이었다. 반박할 말을 방원은 찾지 못했다.

"졸자가 한마디 하겠습니다."

그때까지 아무 말도 없던 평도전이 나섰다. 그는 나가온에게로 시선을 옮기며, 그러나 조선말로 말했다.

"나가온, 귀하가 조선에 귀화할 뜻을 영영 포기했다면 이해할 수도 있소이다. 관원들을 그냥 돌려보낸다는 것은 과연 귀하에겐 밑지는 거래가 될 것이외다. 하지만 아직도 조선에 귀화할 뜻을 품고 있다면, 관원들을 돌려보낸다고 반드시 손해는 아닐게요. 일종의 투자라고도 볼 수 있을 것이며, 씨를 뿌리는 작업이라고도 생각할 수 있을 거요. 종국에 가선 왕자님께서 약속하신대로 귀하와 귀하의 낭당들이 조선국의 관원이 된다는 열매를 거둘 터이니 말이외다."

왜인들의 귀에는 역시 왜인들의 설득이 먹혀드는 것일까, 나가온은 고개를 까딱까딱하더니,

"좋소이다. 졸자 한번 더 믿어보겠소이다. 왕자님과 조선 사람들을 믿고 씨를 뿌려보겠소이다."

사뭇 싹싹하게 잘라 말했다.

—제2부 끝

소설 태종 이방원

제2부 왕조의 고향

초 판	1993년 05월 20일
재 판	2016년 12월 20일

지은이　방 기 환

발행처　문 지 사
발행인　홍 철 부

등록일자 1978년 8월 11일
출판등록 제 3-50호

주소　서울특별시 은평구 갈현로 312
전화 | 영업부　02)386-8451(**代**)
　　　　편집부　02)386-8452
　　　　팩 스　02)386-8453

정가 **15,000**원